Nicole Obermeier

Blondine mit Hund sucht Brillenträger mit Herz

Die Autorin
Nicole Obermeier wurde 1988 in Leipzig geboren. Nach ihrem Studium der Bibliotheks- und Informationswissenschaft lebt sie heute gemeinsam mit ihrem Freund in Südthüringen, wo sie als Bibliothekarin arbeitet. Ihre Liebe zu Büchern macht sich nicht nur in ihrem Beruf, sondern auch in ihrer Freizeit bemerkbar. Die Ideen zu ihren Geschichten kommen ihr bei ausgedehnten Waldspaziergängen mit ihrem Hund, beim Autofahren und Musikhören.

Das Buch
Zwischen Tüll und Tränen wartet die große Liebe
Sophie ist in einer festen Beziehung. Zwar mit ihrer Mischlingshündin Cleo, aber nach ihrem Exfreund hat sie auch gar kein Bedürfnis nach einem neuen Mann in ihrem Leben. Das sieht ihre beste Freundin Nadine allerdings ganz anders. Und als Nadine Sophie zu ihrer Trauzeugin macht, wünscht sie sich obendrein noch, dass Sophie mit einem tollen Date zur Hochzeit kommt. Es kann ja schließlich nicht so schwer sein, in sieben Monaten einen präsentablen Vertreter des männlichen Geschlechts aufzutreiben, der keine Hundehaarallergie hat. Also stürzt Sophie sich neben den Hochzeitsvorbereitungen ins Getümmel aus Speeddating, Online-Kontaktanzeigen und Barhopping. Nur um zu merken, dass der Zufall manchmal am besten verkuppeln kann …

Von Nicole Obermeier sind bei Forever erschienen:

Ben & Judy – Riskier dein Herz
Mika & Liz – Verlier dein Herz

Nicole Obermeier

Blondine mit Hund sucht Brillenträger mit Herz

Roman

FOREVER

MIX
Papier aus verantwortungsvollen Quellen
FSC® C083411

Originalausgabe bei Forever
Forever ist ein Digitalverlag
der Ullstein Buchverlage GmbH, Berlin März 2018

Umschlaggestaltung: zero-media.net, München
Titelabbildung: © FinePic®
Satz: Pinkuin Satz und Datentechnik, Berlin
Druck- und Bindearbeiten: CPI books GmbH, Leck
ISBN 978-3-95818-956-0

Ein Hund ist ein Herz auf vier Pfoten
Irisches Sprichwort

Kapitel 1

Januar

Ich hasse den Winter. Während alle Menschen um mich herum die angebliche Schönheit der kalten Jahreszeit bewundern, bekomme ich schon bei dem Gedanken, das Haus verlassen zu müssen, schlechte Laune. Schneematsch, Eiszapfen und rutschige Straßen gehören zu meinen natürlichen Lebensfeinden. Wenn ich könnte, würde ich mich von November bis März in meiner Wohnung einschließen, Heizung und Radio aufdrehen und in aller Ruhe meiner Arbeit nachgehen. Wichtige Entscheidungen können bequem per E-Mail oder Telefon getroffen und Lebensmittel online bestellt und nach Hause geliefert werden. Für Ablenkung würden Netflix und Co. sorgen und die Nachrichten könnte ich online oder im TV verfolgen. Mein E-Book-Reader wäre dank der Onleihe stets prall gefüllt und wenn mir doch mal nach einem gedruckten Buch zumute ist, dann lasse ich es mir über die örtliche Buchhandlung nach Hause liefern. All diese Dinge entsprechen der perfekten Realisierung meines ganz persönlichen Winterschlafes – wenn meine kleine Dackelmischlingsdame Cleo nicht wäre.

Sie ist der einzige Grund, warum ich mich tagein, tagaus ohne zu murren in mehrschichtige Outfits werfe, die einer Zwiebel Konkurrenz machen könnten. Thermoleggins unter knallenge Jeans zwängen? Kein Problem. Hässliche Mütze auf statisch aufgeladenem Haar drapieren? Von mir aus. Unterhemd, T-Shirt,

Pullover und Strickjacke unter die dicke Daunenjacke quetschen? Für meine Cleo nehme ich all das gerne in Kauf. Sogar die hässlichen, handgestrickten Socken meiner Mutter, die ich täglich in Stiefeln versenke, die für eine Polarexpedition erfunden sein müssen, wühle ich gerne aus dem Schrank.

Ich habe noch nie einen Vierbeiner gesehen, der sich so ausgelassen über frisch gefallenen Schnee freut, wie diese verrückte kleine Mischlingshündin, die mein Herz jeden Tag aufs Neue zum Schmelzen bringt – und meine Nerven zum Bersten. Denn leider ist Cleo nicht nur unglaublich flauschig und zuckersüß, sondern auch ein echter Sturkopf, der nur das tut, was ihr gefällt. Fremde Leute um Taschen und Lebensmittel erleichtern, Kinder auf Schlitten, Rollern oder Fahrrädern ankläffen und Katzen durch die halbe Stadt jagen, das alles wäre bei ihr an der Tagesordnung, wenn ich nicht gelernt hätte, meine Augen und Ohren überall zu haben und jede potentielle Gefahr schon auf zweihundert Meter Entfernung zu wittern.

Ich versuche, Cleos Unerzogenheit damit zu entschuldigen, dass ich sie damals aus dem Tierheim adoptiert habe. Als mein Ex und ich uns vor fünf Jahren dazu entschieden, einen Hund anzuschaffen, ließ ich mich durch Cleos Dackelblick von ihrer nicht vorhandenen Erziehung ablenken. In den letzten Jahren ist sie zu einem vollwertigen Familienmitglied geworden und seitdem ich wieder alleine wohne – ich gebe es zu – auch zu einer Art Partnerersatz. Ein Blick in ihre dunkelbraunen Augen genügt und mir wird warm ums Herz. Schon verrückt, wie so ein 40 Zentimeter kleiner Hund es schafft, verzückte Quietschlaute aus mir herauszulocken, einfach nur, indem er süß guckt. Cleos hell und dunkel geschecktes Fell würde die Friseurin meines Vertrauens wahrscheinlich wohlwollend als »Bronde« bezeichnen, wenn ich mit dem Wunsch zu ihr käme, ebendiese Farbkombination auf meinem Kopf tragen zu wollen. Bei Cleo heißt es hingegen immer: »Da steckt doch bestimmt ein Schäferhund mit drin!« Könnte man denken, wenn Schäferhunde kleinwüchsig wären. Doch Cleos kurze, kräftige Beine und der lange Rücken deuten zweifelsfrei auf ihre Dackelabstammung hin. Nix da mit Schäferhund.

Mein Blick fällt auf die Uhr mit integriertem Kalender an meiner Küchenwand: Freitag, der 06. Januar 2017, 17:30 Uhr. Ein guter Zeitpunkt, um Gassi zu gehen. Da die Familien im Haus vermutlich gerade mitten in den Vorbereitungen zum Abendessen stecken und der Geräuschpegel im Hausflur erstaunlich niedrig ist, schnappe ich mir Mantel, Schal, Handschuhe und Mütze, nehme Cleo auf den Arm und stapfe energischen Schrittes in die eisige Winterwelt hinaus.

Der Schnee fällt in dichten Flocken zur Erde. Im Schein der Straßenbeleuchtung kann ich nicht weit entfernt die zugefrorene Oberfläche des Markkleeberger Sees schimmern sehen, dem wir uns langsam nähern. Cleo schnüffelt angeregt an den kleinen Schneehügeln links und rechts des Weges und lässt sich durch nichts aus der Ruhe bringen, erst recht nicht von mir und meinen Versuchen, sie zum Weiterlaufen zu animieren. Obwohl ich sie über alles liebe und ihr Geschnüffel deshalb geduldig ertrage, hätte ich wirklich nichts dagegen, dieser Scheißkälte so schnell wie möglich wieder zu entfliehen. Andererseits sind diese ruhigen Momente selten und ich sollte sie nutzen, um einfach mal innezuhalten und mich zu entspannen. Da außer uns niemand unterwegs ist, nutze ich die Gelegenheit, strecke meine müden Glieder und atme tief durch. In meinem Nacken knackt es laut, doch im nächsten Moment scheint sich die Verspannung zu lockern. Dass die stundenlange Schreibtischarbeit mir nicht guttut, weiß ich nicht erst seit gestern, trotzdem liebe ich meinen Job als freie Übersetzerin.

Nach einer halben Stunde ist meine Kleidung vom Schnee durchnässt und meine Gesichtshaut spannt so sehr, als wäre sie an meinem Schädel festgefroren. Auch Cleo hat ihre Begeisterung am Schneeflockenschnappen und Sich-herzhaft-Schütteln verloren und trottet ermattet neben mir her. Die Ohren hängen traurig herunter und ihr Blick gibt mir zu verstehen, dass sie sich umgehend an die warme Heizung zurückwünscht. Na endlich! Mein Hund hasst Nässe genauso sehr wie ich, auch wenn sie das beim Anblick der frisch gefallenen weißen Pampe kurz zu vergessen schien. Grummelig und durchgefroren kehren wir nach Hause zurück. Nachdem ich Cleo mit einem Handtuch von geschmolzenen Schneeflocken und kleinen Eiszapfen befreit habe, kehren die Lebensgeister in meinen Hund zurück und sie zischt wie eine Rakete davon, um sich auf sämtlichen Teppichen in meiner Wohnung trocken zu rubbeln. Dabei sieht sie aus, als würde sie eine ausgefeilte Breakdance-Choreographie aufführen.

Kaum habe ich mich aus meinem Zwiebellook geschält und meinem ausgekühlten Körper eine heiße Dusche gegönnt, klingelt es an der Tür. Auf einem Bein hüpfend verlasse ich das Badezimmer, wickele mich in meinen Bademantel ein und versuche gleichzeitig, den wild bellenden Hund davon abzuhalten, die Wohnungstür zu zerlegen.

»Cleo! Aus!«

Doch alles Rufen und Bösegucken hilft nichts. Erst als ich die Tür geöffnet und Pia hereingelassen habe, beruhigt sich Cleo wieder. Schwanzwedelnd begrüßt sie meine Freundin und Nachbarin aus dem zweiten Stock und nimmt ihre Streicheleinheiten wohlwollend entgegen, bevor sie wieder davontrottet und es sich in ihrem Körbchen im Wohnzimmer gemütlich macht, als wäre nichts gewesen.

»Wie siehst du denn aus? Wir müssen in einer halben Stunde in Leipzig sein.« Pia bedenkt meinen Bademantel mit einem abschätzigen Blick.

»Ich habe die Zeit vergessen«, entschuldige ich mich und eile zurück ins Bad.

Pia und ich kennen uns erst seit rund acht Monaten, aber in dieser kurzen Zeit sind wir so eng zusammengewachsen, als wären wir Schwestern. Während sie es sich in meinem Wohnzimmer bequem macht, richte ich meine Frisur, tusche mir schnell die Wimpern und quetsche mich in das graue Strickkleid, das ich heute Abend zum ersten Mal ausführen werde.

»Das willst du anziehen?« Mit hochgezogenen Augenbrauen mustert mich meine perfekt gestylte Freundin. Im Gegensatz zu mir sieht Pia stets so aus, als käme sie gerade von einem Geschäftstermin. Auch heute Abend trägt sie ein figurbetontes Kostüm, blickdichte schwarze Strumpfhosen, die ihre langen Beine umschmeicheln, und Schuhe, in denen ich nicht mal im Sommer wackelfrei laufen könnte. Wie sie das im Winter schafft und dabei auch noch anmutig aussieht, ist mir ein Rätsel.

Anstelle einer Antwort stemme ich die Hände in die Hüften und nicke entschieden. Das Grau meines Kleides unterstreicht nicht nur meine Stimmung und meinen Gesichtsausdruck perfekt, sondern weckt auch keine falschen Erwartungen beim anderen Geschlecht – das sich zurzeit sowieso nicht für mich interessiert. Was auf Gegenseitigkeit beruht.

Pia zuckt die Schultern, streicht sich das lange schwarze Haar hinter die Ohren und setzt ein wissendes Lächeln auf. »Nadine möchte uns etwas mitteilen«, verkündet sie und ich spitze augenblicklich die Ohren.

Nadine ist meine älteste und beste Freundin. Wir kennen uns seit der Schule und haben gemeinsam sämtliche Höhen und Tiefen unserer Kindheit, Jugend und frühen Erwachsenenzeit durchlebt. Wir treffen uns regelmäßig, meistens zwei Mal pro Woche, um uns über die High- und Lowlights unseres Berufs- und Liebeslebens auf dem Laufenden zu halten. Pia ist letzten Sommer zu unserer Runde dazugestoßen und hat sich in unser Beste-Freundinnen-Geflecht eingefügt, als wäre sie schon immer da gewesen.

»Vielleicht hat es endlich geklappt«, vermute ich hoffnungsvoll.

»Wenn wir nicht losfahren, werden wir es nie herausfinden.« Schwungvoll erhebt Pia sich von meinem Sofa und streicht ihr dunkelblaues Kostüm glatt.

Ich verabschiede mich wortreich von Cleo, die meine Beteuerungen (»Benimm dich fein.«, »Mama kommt bald wieder.«, »Ich hab dich lieb.«) unbeeindruckt zur Kenntnis nimmt. Da ich mich weigere, bei diesem Schmuddelwetter in Pias sündhaft teurem und auffallend rotem Audi TT nach Leipzig zu brausen, hat sie sich dazu breitschlagen lassen, ausnahmsweise die Straßenbahn zu benutzen, obwohl sie die öffentlichen Verkehrsmittel verabscheut. Mit gerümpfter Nase lässt sie sich wenige Minuten später auf den freien Doppelsitz der Linie 11 fallen.

Eine Gruppe Jugendlicher befindet sich mit uns in der Tram. Einer der Jungen beobachtet Pia.

»Der steht auf dich«, raune ich ihr ins Ohr.

»Danke, Sophie, aber ich bin nicht pädophil«, gibt sie kühl zurück und spießt den Jungen anschließend mit ihrem Blick auf. Schnell wendet er den Kopf ab, der in den letzten Sekunden tomatenrot angelaufen ist.

»Wie alt war deine letzte Eroberung noch gleich?« Nachdenklich tippe ich mir mit dem Zeigefinger gegen das Kinn. Von Pia kommt nur ein dezentes Schnauben zurück.

»Fünfundzwanzig«, lässt sie sich schließlich zu einer Antwort herab. Pia selbst ist vierunddreißig und damit sechs Jahre älter als ich, doch das sieht man ihr nicht an. »Na und? Theo studiert Sport. Sein Sixpack kann sich wirklich sehen lassen. Außerdem weiß er, was er tut.«

Dass sie damit sein sexuelles Talent meint, ist mir nur allzu bewusst. Meine Freundin nickt zufrieden und lässt sich entspannt in ihren Sitz zurücksinken. Auf der knapp halbstündigen Fahrt in die Leipziger Innenstadt schwärmt sie mir ausgiebig von den Vorteilen vor, die es mit sich bringt, jüngere Männer zu daten. Als sie am Ende ihres glühenden Monologs angekommen ist, grinst sie mich vielsagend an und wechselt dann abrupt das Thema. »Morgen habe ich einen Besichtigungstermin für eine Villa im Waldstraßenviertel. Erfolgreicher Unternehmer mit bildhübscher Frau und quengeligem Kleinkind. Drück mir die Daumen.«

»Mach ich«, verspreche ich.

Durch ihren Job als Immobilienmaklerin haben wir uns im letzten Jahr kennengelernt, als sie mir meine Wohnung vermittelt hat. Zusammen mit ihrer Tante führt sie das *Immobilienbüro Brandt* und bringt hauptsächlich hochklassige Wohn- und Geschäftsräume an den Mann, die Frau oder eben die junge Familie. Die meisten dieser Objekte könnte ich mir im Traum nicht leisten. Dank ihrer erfolgreichen Vertragsabschlüsse könnte sich Pia mittlerweile wahrscheinlich selbst ein ansehnliches kleines Häuschen mit Garten gönnen, doch sie liebt ihre Zweizimmerwohnung mit Blick auf den Markkleeberger See genauso sehr wie ich meine und denkt gar nicht daran, auszuziehen. Und dafür liebe ich sie. Denn ohne meine Nachbarin mit dem abwechslungsreichen Liebesleben wäre mein Alltag um einiges langweiliger. Pia gehört zu der Art Frau, die weiß, was sie will, und es sich auch nimmt. Woche für Woche geht sie mit den attraktivsten Männern nach Hause. Mit ihrem sonnengeküssten Teint, den seidig schwarzen Haaren und ihren unendlich langen Beinen liegen ihr die Männer schlichtweg zu Füßen. Manchmal beneide ich sie darum. Obwohl ich selbst dem anderen Geschlecht zurzeit abgeschworen habe, fehlt es mir ab und zu, mich an eine breite Schulter anlehnen zu können oder an einen warmen, festen Körper gekuschelt einzuschlafen. Zwar verlässt Pia ihre Beischlafpartner meistens noch vor dem Frühstück, aber immerhin hat sie regelmäßig Sex, während ich seit … wie vielen Monaten keinen mehr hatte? Ach, lassen wir das.

* * *

Als wir das Barfußgässchen am Leipziger Markt erreichen, schneit es schon wieder. Die Innenstadt wimmelt an diesem Freitagabend nur so von Studenten und herausgeputzten Kneipengängern.

Nadine hat bereits an unserem Stammtisch in unserer Lieblingsbar Platz genommen. Zwischen Bergen von Kissen nippt sie im Schein der sanft gedimmten Beleuchtung an ihrem Weinglas. Als sie uns sieht, hellt sich ihr Blick auf und sie begrüßt uns mit einer überschwänglichen Umarmung.

»Da seid ihr ja endlich!« Ihre Wangen haben einen leichten Roséton angenommen und ich frage mich, ob das ihr erstes Glas Wein an diesem Abend ist. Gleichzeitig wird mir bewusst, dass die Tatsache, dass sie Alkohol trinkt, wohl doch nicht die Ankündigung bedeutet, auf die sie und ich schon so lange hoffen und warten.

Nadine ist ein halbes Jahr älter als ich und eine natürliche Schönheit. Anders kann man es nicht bezeichnen. Sie hat es nicht nötig, viel Make-up aufzutragen und sieht selbst in Pulli und Jeans fabelhaft aus. Ihre schulterlangen braunen Haare umrahmen ihr Gesicht in sanften Wellen und betonen ihre katzenhaften grünen Augen. Ihr voller Mund lädt zum Küssen ein, doch dieses Privileg obliegt einzig und allein ihrem langjährigen Freund Alex. Die beiden sind seit ihrer Jugend das absolute Traumpaar. Nadines schlanke, aber dennoch weibliche Figur wird an diesem Abend von einem beigefarbenen Kaschmirpullover umschmeichelt. Über ihren schwarzen Jeans trägt sie kniehohe Kunstfellstiefel.

»Was wolltest du uns erzählen?«, fällt Pia sofort mit der Tür ins Haus. Während sie sich elegant auf die grauen Sofapolster sinken lässt, streift ihr Blick durch die Bar. Das ist Pias Spezialität: Den Raum nach potentiellen Bettpartnern abscannen. Ich wette, sie hält nach Tim, einem sehr attraktiven Kellner, Ausschau.

»Einen kleinen Moment noch!«, winkt Nadine hektisch ab.

In diesem Moment kommt Tim lächelnd herüber. Er wünscht uns einen guten Abend und heftet seinen Blick etwas zu lang auf Pias Dekolleté. Sofort setzt sie ein zufriedenes Lächeln auf. Um von dem Funkenregen der beiden Flirtenden verschont zu werden, studiere ich demonstrativ die Cocktailkarte, obwohl ich das Getränkeangebot mittlerweile auswendig kenne.

Als Tim unsere Bestellung aufgenommen hat, ordert Nadine zusätzlich noch eine Flasche Champagner. Pia und ich heben kurz die Augenbrauen. Das muss ja wirklich eine Wahnsinnsneuigkeit sein, wenn unsere sparsame Freundin freiwillig so viel Geld für eine Flasche Sprudelwasser springen lässt.

Keine fünf Minuten später thront ein mächtiger Kübel voll Eiswürfeln auf unserem Tisch und Nadine beginnt damit, am Etikett der Flasche herumzufummeln.

»Jetzt mach es doch nicht so spannend.« Pias dunkle Augen folgen den Bewegungen von Nadines Fingern, dann weiten sie sich plötzlich. »Oh.«

»Oh? Was oh?« Verwirrt blinzele ich die Champagnerflasche an und hoffe, darauf die Antwort auf Pias Verblüffung zu finden. Denn sprachlos erlebe ich meine Freundin nun wirklich nicht oft.

Nadine scheint gleich vor Aufregung zu platzen. Anstatt etwas zu sagen, quietscht sie plötzlich wie ein kleines Tierchen und hält nur kommentarlos ihre linke Hand mit abgespreizten Fingern in die Höhe.

Während ich noch leicht benommen auf den dicken Klunker an ihrem Ringfinger starre, sagt Pia: »Er hat dir einen Antrag gemacht.«

Augenblicklich schraubt sich Nadines Quietschen eine Oktave höher. »Ja, ja, ja!«

Mit dem breitesten Grinsen, das ich je an ihr gesehen habe, hüpft sie auf ihrem Platz auf und ab. Als ich die Neuigkeit halbwegs verdaut habe, ziehe ich sie in meine Arme und blicke Pia hinter ihrem Rücken lächelnd an.

»Das wird ja auch Zeit«, murmelt diese nur, während ich meine beste Freundin wort- und gestenreich zu ihrer Verlobung beglückwünsche. Nadines Augen verklären sich kurz, als sie zu erzählen beginnt.

»Gestern hat Alex mich von der Arbeit abgeholt und zu unserem Lieblingsgriechen ausgeführt. Ich habe mich gewundert, warum der Tisch mit Rosenblättern dekoriert war, immerhin ist unser Jahrestag erst in zwei Wochen.«

»Der wievielte?«, hakt Pia mit unschuldigem Blick nach, während sie einen großen Schluck Champagner nimmt.

»Elf Jahre«, verkündet Nadine stolz.

Statt des angemessenen »Wow«, das man daraufhin durchaus erwarten könnte, nickt Pia nur einmal knapp.

»Dann haben wir gegessen, uns über alles Mögliche unterhalten und Pläne für den Sommerurlaub geschmiedet, als plötzlich …« Mit großen Augen pausiert Nadine, um sich unsere volle Aufmerksamkeit zu sichern. »… der Inhaber des Restaurants mit einem riesigen Stück Schokoladentorte vor unserem Tisch aufgetaucht ist. Ich wollte Alex noch fragen, ob er das bestellt hat, während ich auf Toilette war, als der Chef das Dessert mit breitem Grinsen vor mir abstellte. Und da wusste ich es plötzlich.«

»Und weiter?«, hake ich aufgeregt nach.

»Dann habe ich mich vor lauter Schreck gar nicht mehr getraut, den Kuchen zu essen, weil ich solche Angst davor hatte, dass der Ring vielleicht darin eingebacken ist und ich ihn aus Versehen verschlucke.«

Wir müssen alle drei lachen, denn das ist so typisch für Nadine. Mindestens ebenso lange, wie sie sich ein Baby mit Alex wünscht, hofft sie auf einen romantischen Heiratsantrag und als es dann endlich so weit ist, kann sie den Moment nicht mal richtig genießen, weil sie Angst davor hat, den Ring zu verschlucken.

»Als Alex meinen Gesichtsausdruck bemerkt hat, hat er die Ringschachtel aus seiner Hostentasche hervorgezaubert und ist vor mir auf die Knie gegangen.« Ein sehnsuchtsvolles Seufzen entschlüpft meiner Freundin bei der Erinnerung an den großen Moment und ihre Augen nehmen einen sanften Ausdruck an.

»Das ist so romantisch!«, seufze ich begeistert.

»Ja, nicht wahr?« Nadine genehmigt sich einen großen Schluck Champagner und blickt dabei liebevoll auf ihren goldenen Verlobungsring, in dessen Mitte ein heller Stein thront.

Endlich drückt auch Pia Nadine an sich. »Ich freue mich sehr für dich. Wurde ja auch Zeit«, fügt sie etwas leiser hinzu.

»Auf jeden Fall!« Nadine nickt energisch, dann treten Tränen in ihre Augen. »Ich wollte unbedingt vor meinem dreißigsten Geburtstag heiraten und das weiß Alex auch. Das war jetzt wirklich höchste Eisenbahn.«

»Moment mal. Heißt das, die Hochzeit findet noch in diesem Jahr statt?« Pias Augen weiten sich ungläubig.

»Natürlich. Im November werde ich dreißig. Davor muss das große Fest steigen.«

In meinem Hals bildet sich ein faustdicker Kloß. Warum nur habe ich plötzlich das ungute Gefühl, dass da noch etwas kommt?

»Aber … das ist ja gar nicht mehr lange hin«, fasst Pia zusammen.

»Sieben Monate«, konkretisiert Nadine lächelnd. »Wir wollen ja nicht im Herbst heiraten, wenn das Wetter so unbeständig ist. Ich wünsche mir eine Sommerhochzeit mit einem leichten, ärmellosen Kleid und ganz viel Sonne.«

Sieben Monate, wiederhole ich gedanklich. »Du willst also schon im August heiraten?«

Nadine nickt kräftig. »Am fünften, um genau zu sein. Ich habe den Termin gleich heute Vormittag reserviert. Ihr könnt euch ja gar nicht vorstellen, wie schwer es war, die große Neuigkeit vor euch geheim zu halten. Ich bin in den letzten vierundzwanzig Stunden fast geplatzt vor Aufregung.« Ein kleines, irres Kichern entschlüpft ihr. »Nicht mal meine Eltern und meine Schwester wissen davon. Ich wollte es euch unbedingt zuerst erzählen.« Mit einer ausholenden Armbewegung schließt sie Pia und mich in eine große Umarmung ein.

Dass wir es als Erste erfahren haben, bringt mein Herz für einen kurzen Moment zum Stolpern. Nadine so glücklich zu sehen, fühlt sich wunderbar an. Seit Monaten hoffe und bange ich mit ihr, damit sich ihr Wunsch nach einer eigenen Familie endlich erfüllt. Bisher hat es leider nicht geklappt und mehr als einmal lag mir meine Freundin deshalb weinend in den Armen. Medizinische Untersuchungen lehnt sie momentan noch ab, aber die deprimierenden monatlichen Testergebnisse nagen an ihr. Nun gibt es endlich wieder einen Grund zur Freude in ihrem Leben. Und ich freue mich mit ihr, so sehr, wie es überhaupt nur geht. Bis sie schließlich die nächste Bombe platzen lässt. Mit tränenverschleierten Augen beugt sie sich zu mir und nimmt meine Hände in ihre. Ihre Stimme zittert leicht, als sie leise fragt:

»Sophie, möchtest du meine Trauzeugin sein?«

Kapitel 2

Natürlich habe ich Ja gesagt. Was hätte ich auch anderes tun sollen? Nadine und ich kennen uns seit einer Ewigkeit. Ich war dabei, als sie Fahrradfahren und Schwimmen gelernt hat. Sie war an meiner Seite, als ich mir in der zweiten Klasse beim Spielen auf dem Klettergerüst den Arm gebrochen habe. Die Tränen nach meinem ersten Liebeskummer hat Nadine getrocknet, ebenso wie die nach der Trennung vom meinem Ex im letzten Jahr. Wenn ich so darüber nachdenke, war Nadine bei allen wichtigen Ereignissen in meinem Leben dabei: bei meiner feierlichen Immatrikulation im Leipziger Gewandhaus, bei der Zeugnisübergabe fünf Jahre später, sogar während meines Auslandssemesters in London hat sie mich besucht. Mein bescheidenes Studentenzimmer im Wohnheim am Bayerischen Platz haben wir gemeinsam dekoriert und bei den zwei Umzügen, die danach folgten, war sie auch dabei. Selbst als ich Cleo aus dem Tierheim geholt habe, war Nadine an meiner Seite anstelle von Christoph. Sie hat das Auf und Ab meiner fünfjährigen Beziehung miterlebt und mir abwechselnd Sektflöten (wenn es etwas zu feiern gab, was nicht oft vorkam) oder Taschentücher (wenn ich bitterlich geweint habe, was öfter der Fall war) gereicht. Die gesamte holprige Achterbahnfahrt, die ich dank Christoph hinter mir habe, hat Nadine als Copilotin verfolgt. Sie ist meine wichtigste Bezugsperson, auch wenn es bestimmt nicht immer leicht war, mir bei meinem Liebeschaos beizustehen.

Nadine eine gute Freundin zu sein, ist hingegen nie schwer gewesen. Durch ihre bodenständige und liebenswürdige Art hat sie bereits in unseren Kindertagen einen festen Platz in meinem Freundschaftsbuch erobert und ihn bis heute verteidigt. Seit dem Abi ist sie nun mit ihrer großen Liebe Alex zusammen. Er wechselte im letzten Schuljahr in unsere Klasse und hatte von Anfang an nur Augen für meine hübsche Freundin. Mit ihrer niedlichen Stupsnase, dem offenen Lächeln und den kastanienbraunen Haaren, die einer Shampoowerbung entsprungen sein könnten, hat Nadine den Jungs schon immer den Kopf verdreht, aber niemand konnte sie für sich gewinnen – bis Alex kam. Aus dem hippen Berlin frisch nach Leipzig gezogen, brachte er einen Hauch Großstadtflair in unser beschauliches Leben im südlichen Teil der Stadt, wo die Uhren stets etwas langsamer zu laufen schienen. Mit seinen wuscheligen blonden Haaren, dem frechen Grinsen und der sonnengebräunten Haut kam damals ein wahrer Augenschmaus in unsere Klasse, in der es sonst nicht viel zu gucken gab. Die beiden wurden schnell ein Paar und sind es bis heute geblieben. Während Nadine sich für eine Ausbildung als medizinische Fachangestellte entschied, studierte Alex Grundschullehramt.

Die beiden führen eine Beziehung wie aus dem Bilderbuch. Alex war Nadines erster richtiger Freund, ihre Jugendliebe und nun wird sie ihn heiraten. Ich mag Alex allein schon deshalb, weil er meine Freundin auf Händen trägt und ihr jeden Wunsch von den Augen abliest. Ich meine, welcher Mann schenkt seiner Freundin jede Woche freiwillig und ohne jemals darum gebeten worden zu sein einen Strauß Blumen? Also, ich kenne keinen. Außer Alex. Obwohl er schon immer zu der Kategorie überdurchschnittlich gutaussehender Männer gehörte und seine markanten Züge ihn in den letzten Jahren erst richtig interessant gemacht haben (für mich wird er aber immer der schlaksige

Alex aus der 12b bleiben), hat er sich nie nach einer anderen Frau umgedreht. Sein Interesse gilt einzig und allein Nadine, für die er durchs Feuer gehen und sein letztes Hemd geben würde, da bin ich mir sicher. Sie bedeutet ihm die Welt und nichts Geringeres hat sie auch verdient. Nur ihren Wunsch nach einem eigenen Baby, der seit zwei Jahren lauter und lauter wird, konnte er ihr bisher nicht erfüllen. Aber ich bin mir sicher, dass sich auch dieses Problem irgendwann lösen wird.

Trauzeugin zu sein klingt erstmal harmlos. Den restlichen Freitagabend fühle ich mich stolz und besonders, frage mich aber insgeheim, was so eine Trauzeugin eigentlich macht.

Nachdem wir den Champagner und diverse Cocktails geleert haben und Pia nach dessen Schichtende mit Tim, dem heißen Kellner, verschwunden ist, verabschieden Nadine und ich uns voneinander. Mein Kopf fühlt sich wattig-weich an, als ich mit der letzten Straßenbahn zurück nach Markkleeberg fahre und mich auf mein weiches Bett und Cleo freue.

Als ich ankomme, hat der Schneefall nachgelassen und es macht mir fast gar nichts aus, mich mitten in der Nacht noch dazu aufzuraffen, die letzte Gassirunde zu drehen. Wir nehmen unsere abendliche Eine-Runde-um-den-Block-Strecke und sind nach zehn Minuten wieder zurück in der warmen Wohnung. Bevor der Schlaf mich überrollt, schnappe ich mein Handy und googele die Aufgaben einer Trauzeugin. Von der Organisation des Junggesellinnenabschieds über die Auswahl des Brautkleids erfahre ich allerhand über meine zukünftigen Tätigkeiten. Vor allem bei der Gestaltung der Feier wird einiges auf mich zukommen, aber da ich annehme, dass Nadine ihre langersehnte Hochzeit bereits seit Jahren detailgetreu geplant hat, wird das wahrscheinlich ein Kinderspiel sein. Gleich darauf sinke ich ein wenig beruhigter in meine Kissen. Cleo kuschelt sich an mich und wärmt meinen Bauch mit ihrem Hinterteil. Ich kraule sie noch ein paar Minuten hinter den Ohren und lausche dem gleichmäßigen Schnaufen ihrer Atemzüge, dann falle ich langsam in einen tiefen Schlaf.

* * *

Eine feuchte Nase und eine noch feuchtere, warme Zunge wecken mich, wie an fast jedem Morgen. Noch völlig benebelt öffne ich ein Auge und sehe in das übergroße Gesicht meines schwanzwedelnden Hundes, der mit den Vorderpfoten auf meiner Brust steht und mich zum Aufstehen animieren will. Ich schiebe Cleo zur Seite, strecke mich ausgiebig und erhasche einen Blick auf den Wecker neben mir. 8:30 Uhr. Was für eine unchristliche Uhrzeit für einen Samstagmorgen, vor allem wenn man erst seit fünf Stunden im Bett liegt. Aber alles Murren und Jammern nützt nichts. Wenn der Hund es sich in den Kopf gesetzt hat, genau jetzt rauszugehen, dann habe ich nicht mehr viel Mitspracherecht. Vielleicht ist es ja auch ganz gut so. Mein Schreibtisch und die darauf verteilte Arbeit rufen viel zu laut nach mir, als dass ich es länger ignorieren kann.

Bevor ich meinen schlaftrunkenen Körper in mehrere Schichten Kleidung einwickele, setze ich einen Kaffee auf und fülle ihn in meinen Thermobecher um. So viel Zeit muss sein, auch wenn Cleo bereits wie ein kleiner Brummkreisel durch den Flur jagt und mit ihrer Leine im Maul zu mir kommt.

Als ich die Haustür öffne, verziehe ich missmutig den Mund. Alles ist noch immer mit einer dicken Schicht Schnee bedeckt. Nicht zum ersten Mal in diesem Winter bin ich froh darüber, kein eigenes Auto zu besitzen, das ich regelmäßig freischaufeln muss. Als ich hinter mir das unverkennbar freudige Kreischen der Nachbarskinder im Treppenhaus, gepaart mit dem Kläffen ihres Jack Russels höre, nehme ich die Beine in die Hand und stapfe todesmutig in die Eishölle hinaus. Mein Hund ist ganz begeistert von so viel Schnee und läuft schwanzwedelnd voraus. Als die Nachbarn hinter uns auftauchen, dreht sich Cleo um und bellt deren Hund so lange zähnefletschend an, bis er um die Ecke gebogen ist. Erst dann beruhigt sie sich wieder und verwandelt sich vom blutrünstigen Monster zurück in meinen braven kleinen Liebling.

Ich lasse mich bereitwillig von ihr durch die Gegend ziehen und hänge meinen Gedanken nach. Die Abgabe des neuen Krimis, den ich momentan für den Ullrich Verlag übersetze, steht kurz bevor und ich habe noch einige Kapitel Überarbeitung vor mir. Außerdem könnte meine Wohnung mal wieder eine Grundreinigung vertragen, die ich schon seit ein paar Tagen vor mir herschiebe. Während ich innerlich in meiner To-do-Liste versunken bin, merke ich kaum, dass Cleo uns zum See lotst, der unter einer dichten Schneeschicht verschwunden ist. Plötzlich bleibt sie abrupt stehen und versenkt erst ihre Nase und dann ihren ganzen Kopf in einem weißen Haufen am Wegesrand. Ich nutze die kurze Pause, um einen großen Schluck von meinem Kaffee zu nehmen, und spüre, wie die Lebensgeister langsam in meinen Körper zurückkehren. Vielleicht ist es wirklich gut, den Tag so ungewohnt früh zu starten. Was ich allerdings nicht bemerke, ist der Spaziergänger, der uns plötzlich aus dem Nichts entgegenkommt und einen grau-schwarzen Rauhaardackel bei sich hat. Unangeleint. Bevor ich reagieren kann, kommt der kleine Kerl auf uns zugerannt und Cleo reißt sich los. Mit einem unglücklichen Stolperer versuche ich noch, meinen Hund einzufangen, doch es ist zu spät. Von Panik erfasst, renne ich laut rufend hinter meiner Hündin her, die kurz davor ist, den Eindringling zu zerfleischen.

»Gustav! Hierher!«

Doch Gustav hört genauso wenig auf sein Herrchen wie Cleo auf mich. Die beiden trennen nur noch wenige Zentimeter. Als ich realisiere, dass ich es nicht rechtzeitig schaffen werde, dazwischenzugehen, bleibe ich stehen, kneife die Augen zusammen und spüre, wie mein Herzschlag aussetzt. In meinem Kopf spielt sich bereits das Schlimmste ab. Eine Sekunde vergeht, dann noch eine. Aber es bleibt ruhig. Nanu? Ich wage nun doch einen Blick. Überrascht stelle ich fest, dass meine Dackeldame sich vor dem fremden Hund auf den Rücken geworfen hat. Ich muss mehrmals blinzeln, bis ich begreife, dass das hier gerade wirklich geschieht. Cleo unterwirft sich einem anderen Hund. Freiwillig. Und lässt es zu, dass er ausgiebig an ihren privatesten Körperteilen herumschnüffelt. Sie scheint es sogar zu genießen. Das habe ich in all den Jahren, die sie bei mir lebt, noch nie erlebt.

»Tut mir leid«, reißt mich plötzlich die Stimme des dazugehörigen Herrchens aus meiner Schockstarre, »hätte ich Sie gleich gesehen, hätte ich Gustav natürlich angeleint.«

Nur mit Mühe gelingt es mir, meinen Blick von den Hunden abzuwenden, die sich jetzt gegenseitig durch die Schneewehen jagen, und auf den Mann vor mir zu richten. Ein unsicheres Lächeln blitzt mir entgegen.

»Ähm. Schon okay.«

Der Mann, der hier vor mir steht, lächelt mich freundlich an. Außer seinen grünen Augen erkenne ich jedoch nicht viel von seinem Gesicht, das er unter der dicken Mütze und dem ebenso dicken Schal halb versteckt hat. Doch was ich sehe, lässt mich vermuten, dass der Besitzer dieser strahlend grünen Augen sehr attraktiv ist. Ein wenig wundert es mich, dass mir dieser Gedanke überhaupt kommt, da ich mir doch eine strenge Männerpause verordnet habe.

»Gut, dann … gehen wir mal weiter.« Er nickt einmal kurz, dann pfeift er seinen Hund zu sich, der sofort angerannt kommt und sich brav vor seinem Herrchen hinsetzt. Ich bin angemessen beeindruckt. Ein wenig mehr Gehorsam täte Cleo und mir auch ganz gut, doch sie macht aus Prinzip nur das, was sie will. Was Cleo auch just in diesem Moment wieder unter Beweis stellt, als sie von hinten auf Rauhaardackel-Gustavs Rücken springt und an seinem rechten Ohr herumzuknabbern beginnt.

»Cleo! Aus!«, ermahne ich sie, doch mein Rufen lässt sie wie immer kalt.

Ein angenehmes Lachen dringt an mein Ohr und als ich es endlich schaffe, die Leine meines Hundes wieder an mich zu reißen, bemerke ich, wie verlockend der Mund, der knapp über dem Schal hervorlugt, aussieht. Noch einmal blitzen mich die grünen Augen an, dann geht der Fremde in die Hocke. Auch wenn ich dachte, dass mich jetzt nichts mehr überraschen kann, muss ich mich eines Besseren belehren lassen. Denn meine störrische Hündin schaut den Mann neugierig an, anstatt wie sonst üblich die Zähne zu blecken, wenn ihr jemand zu nahe kommt, den sie nicht kennt.

»Darf ich?« Gustavs Herrchen hat seine Handschuhe ausgezogen und eine Tüte Leckerlis aus seiner Manteltasche hervorgeholt.

»Ja, klar.«

Fasziniert beobachte ich, wie mein Hund diesem Mann aus der Hand frisst. Normalerweise hätte ich Angst, dass sie seine Finger gleich mit abbeißt, doch Cleo nimmt die Leckerlis vorsichtig entgegen und kaut genüsslich darauf herum. Anschließend legt sie sich mit schief gelegtem Kopf vor Gustavs Herrchen in den Schnee und setzt ihren liebreizendsten Dackelblick auf.

Der Fremde quittiert ihre Bettelei mit einem kurzen Lachen, bevor er mich fragend ansieht. »Darf sie noch eins bekommen?«

Ich nicke mechanisch. Für Worte ist gerade kein Platz mehr in meinem Kopf. Zu überrumpelt bin ich von dem Anblick, der sich mir bietet. Einige Sekunden lang erlaube ich mir die Vorstellung von diesem hochgewachsenen Mann, mir und unseren zwei Hunden vor einem knisternden Kaminfeuer (keine Ahnung, wo dieser Traum plötzlich herkommt), bis ich den goldenen Ring an seiner rechten Hand bemerke. Schlagartig erstirbt das zarte Lächeln auf meinen Lippen. War ja klar. Da treffe ich einmal im Leben auf einen Mann, den Cleo mag und der darüber hinaus auch noch tierlieb, freundlich und charmant ist, und dann ist er natürlich verheiratet. Wie sollte es auch anders sein? Danke, Schicksal, vielen Dank auch.

»Wir müssen dann weiter«, murmele ich in meinen Schal und ziehe an Cleos Leine.

Seine grünen Augen legen sich abermals auf mich und mustern mich neugierig. Da wird mir bewusst, wie ich überhaupt aussehe: müde, ungeschminkt und mit fahler Haut, die zu vielen Cocktails und einer verdammt kurzen Nacht geschuldet ist. Nicht mal die Zähne habe ich mir vorhin geputzt. Es wird wirklich Zeit, weiterzugehen.

»Hat mich gefreut!«, höre ich ihn noch hinter mir rufen. »Tschüs, Cleo!«, kommt es etwas leiser hinterher. Doch da bin ich schon weitergestapft.

Kapitel 3

Das restliche Wochenende verbringe ich mit Arbeit. Es war schon immer mein Traum, Übersetzerin zu werden, auch wenn ich von Anfang an wusste, dass ich mir mit diesem Job keine goldene Nase verdienen würde. Doch Geld war nie das Wichtigste für mich, obwohl es natürlich beruhigend wäre, jeden Monat ein gleichbleibend festes Einkommen vorweisen zu können. Mittlerweile bin ich in der glücklichen Lage, regelmäßig Aufträge für Romanübersetzungen aus dem Englischen angeboten zu bekommen, doch davon allein könnte ich nicht leben. Obwohl mir das Arbeitspensum und der Zeitdruck manchmal zu schaffen machen, bin ich neben dem Ullrich Verlag auf weitere Auftraggeber, zum Beispiel Wirtschaftsunternehmen, angewiesen. Und so kommt es, dass ich neben meiner Hauptarbeit auch Werbebroschüren, Pressemitteilungen und Website-Texte für Firmen aller Art übersetze. Das macht zwar nicht so viel Spaß, wie an einem Roman zu feilen, sichert aber mein Einkommen, das durch meine Selbstständigkeit jeden Monat und je nach Auftragslage deutlich schwankt. Dazu kommt noch der bürokratische Kram für das Finanzamt, der nun wirklich überhaupt gar keinen Spaß macht. Doch dafür habe ich etwas, was vielen anderen Menschen fehlt: Ich brenne für meine Arbeit und kann stolz behaupten, meine Leidenschaft zum Beruf gemacht zu haben.

Am Montag lese ich den Epilog noch einmal Korrektur und kann das fertig übersetzte Manuskript dann guten Gewissens an den Verlag zurückschicken. Bereits vor ein paar Tagen hat mir meine Lektorin Susi per Mail angekündigt, dass sie ein neues Angebot hat, auf das ich nicht nur dringend angewiesen bin, sondern das ich nun auch neugierig erwarte. Bevor sie mir die Details am Nachmittag telefonisch erläutert, habe ich mich mit meiner Mutter in der Cafeteria der Deutschen Nationalbibliothek zum Mittagessen verabredet. Nachdem ich Cleo nach unserer Gassirunde von Schnee und Eis befreit und an ihren Lieblingsplatz unter der Heizung entlassen habe, stapfe ich zur Haltestelle und atme erleichtert durch, als die Straßenbahn wenige Minuten später einfährt.

Trotz der eisigen Temperaturen herrscht im Leipziger Zentrum rege Betriebsamkeit. Dick eingepackte Studenten laufen dem innerstädtischen Universitätscampus entgegen. Mein Blick schweift zur gläsernen Fassade des Paulinum, das als moderne Nachbildung der in der DDR gesprengten Paulinerkirche über den Augustusplatz ragt. Ich denke an die vielen Stunden zurück, die ich in der angrenzenden, 24 Stunden geöffneten Campusbibliothek verbracht habe. Insgeheim nehme ich an, dass mindestens die Hälfte der grauen Haare, die langsam zwischen meiner schulterlangen blonden Mähne hervorsprießen, dort ihren Ursprung haben. Mir wurde schon während des Studiums klar: Haus-, Bachelor- und Masterarbeiten können einfach nicht gut für die Gesundheit sein. Doch diese Zeit liegt schon eine Weile zurück. Anstatt mich zu den unmöglichsten Tages- und Nachtzeiten zwischen prall gefüllten Bücherregalen und schlafenden oder serienschauenden Kommilitonen in der Bibliothek herumzutreiben, verbringe ich meine Arbeitsstunden nun alleine zu Hause an meinem Schreibtisch, mit Blick auf den Markkleeberger See. Es könnte schlimmer sein.

Fünfzehn Minuten später spuckt mich die Linie 16 vor der Deutschen Nationalbibliothek aus. Ich nehme mir eine Minute

Zeit, um den Anblick des modernen Musikarchivs und des hohen weißen Magazinturms zu würdigen. Daneben befindet sich das sandfarbene Hauptgebäude, das einen ganz eigenen Charme besitzt. Mit seinem historischen Kern und den in den letzten Jahren hinzugekommenen modernen Erweiterungsbauten war die deutsche Nationalbibliothek, kurz DNB, schon immer etwas ganz Besonderes für mich. Im Zuge meiner Masterarbeit habe ich viele Wochen im großen Lesesaal verbracht und dort bis zur Besinnungslosigkeit Fachliteratur gewälzt. Hätte meine Mutter nicht für regelmäßige Pausen und ausreichende Koffeinzufuhr gesorgt, wäre ich wahrscheinlich irgendwann durchgedreht. Soll schon vorgekommen sein.

Meine Mama arbeitet als Bibliothekarin in der Katalogisierungsabteilung der DNB. Jeden Tag bekommt sie die aktuellen Neuerscheinungen des deutschen Buchmarktes auf den Schreibtisch und sorgt dafür, dass die Titel in den unendlichen Weiten der Online-Bibliothekskataloge aufgenommen werden. Die Deutsche Nationalbibliothek sammelt unter anderem alle in Deutschland erscheinenden Verlagspublikationen und hat es seit ihrer Gründung im Jahr 1913 auf beachtliche 32 Millionen Medien gebracht, die an den beiden Standorten in Leipzig und Frankfurt am Main lagern und in den Lesesälen eingesehen werden können. Die Liebe zur Literatur habe ich also quasi von meiner Mutter geerbt. Ohne sie könnte ich heute nicht auf die prall gefüllten Regale voller Romane in meinem Wohn- und Arbeitszimmer blicken. Als Mitarbeiterin der DNB genießt sie den unschlagbaren Vorteil, die Bücher auch nach Hause ausleihen zu dürfen, was für den Ottonormalbenutzer unmöglich ist.

Im Sommer wimmelt es auf der Treppe vor dem Hauptgebäude nur so von rauchenden und haareraufenden Studenten, die in den letzten Zügen ihrer Abschlussarbeiten stecken. Heute entdecke ich nur einen einsamen Raucher, der bibbernd der Kälte trotzt. Ich betrete die goldene Drehtür, die mich im Foyer wieder ausspuckt, und nicke dem Pförtner freundlich zu. Ein wohlwollendes Lächeln wird mir entgegengebracht. Der Mann am Eingang kennt mich schon seit meiner Kindheit.

Keine Minute später rauscht meine Mutter die Treppe zu meiner Linken herunter und nimmt mich überschwänglich in die Arme. Mit ihrem braun-grünen Öko-Look und den eingeflochtenen Perlen im Haar sieht sie zugegebenermaßen wie die typische Vorstellung einer leicht verpeilten Bibliothekarin aus, doch der äußere Schein trügt. Sie liebt es, ihre Kleidung selbst zu nähen und fühlt sich in weiten Walle-Walle-Kleidern am wohlsten. Auch ihre zahlreichen perlenbesetzten Armreifen und Ohrringe stellt sie selbst her. Trotz ihrer knapp über 50 Jahre wirkt ihre Haut jugendlich frisch und fast faltenfrei, wofür ich sie manchmal beneide – vor allem, wenn ich mal wieder eine Nacht durchgearbeitet habe und danach auch entsprechend aussehe.

»Mahlzeit, Frau Ludwig«, wünscht ein Kollege, der gerade von der Cafeteria im Untergeschoss an uns vorbei in Richtung der Lesesäle davonspaziert. Dabei bedenkt er sie mit einem langen Blick.

»Mahlzeit, Herr Rudolf«, antwortet Mama in ihrer fröhlichen Singsangstimme und hakt sich dann bei mir unter. Gemeinsam schlendern wir nach unten, unserem Mittagessen entgegen, auf das mein Magen sehnsüchtig grummelnd wartet.

»Wer war das denn?«, frage ich, während ich kurz darauf das Tagesangebot in der Auslage studiere.

»Herr Rudolf von der EDV.«

Mama steht bereits mit vollbeladenem Tablett neben mir und wartet darauf, dass ich mich zwischen Spaghetti Bolognese und Königsberger Klopsen entscheide. Die Klopse machen das Rennen und als wir uns an einem freien Tisch niederlassen, nehme ich den Gesprächsfaden wieder auf. »Herr Rudolf also. Er hat dich sehr interessiert angesehen.«

»Findest du?« Sie nimmt zwei Bissen, dann sagt sie: »Wahrscheinlich wartet er nur darauf, dass mein Drucker wieder herumspinnt. Deshalb musste ich ihn nämlich in den letzten Wochen mehrmals anrufen.«

»Soso.« Ich kann das kleine Grinsen, das sich in meinem rechten Mundwinkel bildet, nur schwer unterdrücken.

Mama hält mit der Gabel in der Luft inne und schaut mich prüfend an. Dann macht es scheinbar klick. »Der ist nichts für mich.«

»Aber warum denn nicht?«

Seit der Scheidung von meinem Vater hat Mama sich mit keinem Mann mehr verabredet. Jedenfalls nicht, dass ich wüsste.

»Weil er ein Kollege ist. So was geht doch nicht gut.« Sie unterstreicht ihre Worte mit einem kräftigen Kopfschütteln.

»Viele Menschen lernen ihre Partner durch die Arbeit kennen«, wage ich zu widersprechen, nur um einen bösen Blick von ihr zu ernten.

»Ist das so? Ich habe jedenfalls keinen Bedarf.«

Damit ist das Thema für sie erledigt, obwohl ich mir wirklich wünschen würde, dass sie wieder einen Mann in ihr Leben lässt. Meine Eltern haben sich nicht im Bösen getrennt, sie haben sich über die Jahre einfach auseinandergelebt. Als Kraftfahrer ist mein Vater ständig unterwegs und mit der Zeit haben die vierzehntägigen Wochenendbesuche bei uns zu Hause einfach nicht mehr ausgereicht, um die Liebe aufrechtzuerhalten. Irgendwann hatten die beiden sich nicht mehr viel zu sagen und als meine Mutter realisierte, dass sie Papa nicht mal mehr vermisst, wenn er auf Tour ist, hat sie das Gespräch mit ihm gesucht und die Scheidung eingereicht. Das ist mittlerweile vier Jahre her. Es gab keine Tränen, keinen Rosenkrieg und keinen Streit um Haus und Hof. Ich sehe meinen Vater nach wie vor nur selten, doch wir haben trotzdem ein gutes Verhältnis. Mindestens einmal im Monat telefonieren wir ausgiebig und erzählen uns, was gerade so in unseren Leben los ist.

Geschwister habe ich nicht und so genieße ich die exklusiven Treffen mit meiner Mutter in vollen Zügen. Oftmals kochen wir zusammen oder sehen uns einen Film an. Manchmal besuchen wir den Zoo oder gehen mit Cleo im Rosental spazieren. Ich habe nicht das Gefühl, dass Mama einen Mann in ihrem Leben vermisst, aber auf die Dauer stelle ich mir ihr Singleleben doch einsam vor.

»Wie läuft es denn bei dir?«, reißt sie mich aus meinen Gedanken. Sie hat ein untrügliches Gespür dafür, wann ich mir Sorgen um sie mache und lenkt das Gespräch dann einfach auf mich.

Ich hebe die Schultern. »Heute Morgen habe ich die aktuelle Übersetzung fertiggestellt und jetzt warte ich auf den neuen Auftrag meiner Lektorin.«

»Ein Liebesroman?«, erkundigt sie sich.

Ich nicke.

»Und sonst so?« Hinter ihrem unschuldigen Augenaufschlag kann ich es rattern sehen. Sie vermeidet es, mich direkt auf mein nicht vorhandenes Liebesleben anzusprechen, würde aber trotzdem gerne wissen, wie es darum bestellt ist.

»Alles wie immer«, nuschele ich und halte den Blick dabei demonstrativ auf meinen Teller gerichtet.

Mama sieht mich lange an. Sie würde mir nie Vorschriften machen oder mich dazu drängen, mich baldmöglichst nach dem nächsten Exemplar der männlichen Gattung umzuschauen. Obwohl sie sich bestimmt genauso sehr wünscht, dass ich glücklich bin, wie ich es mir für sie wünsche, hält sie sich mit derartigen Äußerungen zurück. Auch als meine Beziehung zu Christoph nach fünf Jahren voller Hochs und Tiefs im letzten Jahr wenig überraschend zu Ende ging, hat sie nur verständnisvoll genickt, mich in die Arme genommen und mir dabei geholfen, eine neue Wohnung für Cleo und mich zu finden. Ein einziges Mal hat sie sich dazu hinreißen lassen, mir zu sagen, dass Christoph nicht der Richtige für mich war, aber das war es dann auch schon. Obwohl sie seinetwegen von Anfang an Bedenken hatte, wie sie mir hinterher gestand, hat sie ihn liebevoll in den Kreis unserer Mini-Familie aufgenommen und zu jeder Feier eingeladen. Die beiden haben sich gut verstanden, aber trotzdem habe ich geahnt, dass Mama nicht richtig warm mit ihm wurde. Sie hat es sich nie anmerken lassen, aber die Art, wie sie ihn beobachtete, oder das verhaltene Lachen über seine zugegebenermaßen wenig einfallsreichen Witze waren Indizien, die ich schon viel früher hätte bemerken müssen. Mittlerweile weiß ich, dass sie sich einen liebevollen und verlässlichen Mann für mich wünscht, der mich mit dem mir zustehenden Respekt behandelt. Tief in meinem Inneren wusste ich selbst, dass Christoph nicht der Mann meines Lebens war, aber vermutlich war ich zu sehr damit beschäftigt, an unserer Liebe festzuhalten, um zu bemerken, wie schlecht es am Ende tatsächlich um uns stand.

»Kommst du mich am Wochenende besuchen?«, fragt Mama hoffnungsvoll.

»Natürlich.«

Wir haben uns vorgenommen, mit Cleo spazieren zu gehen und danach gemeinsam zu kochen. Ein Sonntag ganz nach meinem Geschmack.

Kapitel 4

Am Dienstag steht unser wöchentlicher Mädels-Kochabend an. Heute findet er bei Nadine statt. Pia nimmt mich in ihrem Audi TT mit, auch wenn ich nur widerwillig in den Wagen einsteige. Meine Freundin fährt nicht besonders vorsichtig und gerade jetzt im Winter muss ich als Beifahrerin in manchen Situationen regelrecht um mein Leben fürchten. Doch wir erreichen die Leipziger Südvorstadt unbeschadet. Nachdem Pia endlich einen Parkplatz gefunden hat, machen wir uns auf den Weg in den dritten Stock des Altbaus auf der Karl-Liebknecht-Straße, in dem Nadine und Alex wohnen.

Nadine erwartet uns schon an der Wohnungstür und nimmt uns überschwänglich in die Arme. Sie wirkt noch immer völlig verstrahlt angesichts der bevorstehenden Hochzeit.

»Kommt rein, kommt rein«, treibt sie uns an, als Pia sich nicht schnell genug aus ihren mörderisch hohen Stiefeln befreit. Sie kommt direkt von der Arbeit und trägt wie immer ein Business-Outfit. Seitdem sie den Kaufvertrag für die Villa am Wochenende festgemacht hat, strahlt sie die Gelassenheit eines Buddhas aus und lässt sich auch von unserer aufgeregten Freundin nicht aus der Ruhe bringen. Als sie auf der Fahrt nebenbei die Summe erwähnte, die sie als Provision erhält, wurde mir kurz schwindelig.

Alex erscheint im Türrahmen und lässt sich von Pia und mir

zur Begrüßung kurz umarmen. »Geht ihr Mädels mal in Ruhe quatschen, ich kümmere mich heute ums Essen.«

Lächelnd greift er hinter sich und angelt eine Kochschürze hinter seinem Rücken hervor, die er sich umbindet. Mit großen Augen wechseln Pia und ich einen Blick, als Nadine uns kichernd ins Wohnzimmer Richtung Sofa schiebt.

»Den hast du ja wirklich gut erzogen«, lobt Pia.

Wir bekommen jede eine Sektflöte mit einer rosa sprudelnden Flüssigkeit in die Hand gedrückt, dann setzt sich Nadine uns gegenüber auf den Sessel.

»Ich muss euch unbedingt etwas zeigen.«

Gespannt beobachten wir, wie sie eine alte Holzkiste unter dem Sofatisch hervorzaubert und behutsam auf der Tischplatte absetzt.

»Na, weißt du noch, was das ist?« Ihre Augen funkeln mich erwartungsvoll an.

Ich mustere das zerkratzte Ding misstrauisch, dann schüttele ich den Kopf. »Noch nie gesehen.«

»Erinnerst du dich nicht mehr?« Enttäuscht legt sie ihren Kopf schief und erinnert mich einen Moment lang an Cleo, wenn sie bettelnd vor mir sitzt, während ich ein Wurstbrot esse.

»Äh … nein. Sollte ich?«

Anstatt einer Antwort drückt Nadine mir die Kiste in die Arme. Sie ist ganz leicht und riecht etwas muffig nach abgestandener Kleiderkammer. »Mach sie auf!«, fordert sie.

Wenn ihr so viel daran liegt und sie überdies so ein großes Geheimnis aus dem ollen Teil macht, dann muss der Inhalt ja wahrhaft gigantisch sein. Was ich jedoch aus dem Inneren der ominösen Schatzkiste hervorzaubere, sind lediglich zwei alte geflochtene Freundschaftsbänder und ein in krakeliger Kinderhandschrift verfasster Zettel. Irritiert lege ich die Wolfgang-Petry-Gedächtnis-Bänder auf dem Tisch ab und falte den Brief auseinander. Dabei überkommt mich das Gefühl, dass ich das alles schon mal irgendwo gesehen habe.

»Lies ihn vor«, bittet Nadine leise.

Ich blicke kurz zu Pia hinüber, die ihr Glas bereits geleert hat und mir zunickt, dann räuspere ich mich und trage den Text vor, der in pinker, langsam verblassender Tinte und wackeliger Schrägschrift verfasst wurde:

Leipzig, 01. März 1997

Beste-Freundinnen-Pakt

Wir – das sind Sophie Ludwig und Nadine Sonntag, 8 und 9 Jahre alt – sind die allerbesten Freundinnen. Weil wir wollen, dass das auch für immer so bleibt, schreiben wir diesen Vertrag:

Hiermit schwören wir, dass wir für alle Zeiten miteinander befreundet sein wollen, auch wenn wir groß sind und nicht mehr in die Schule gehen. Wenn eine von uns beiden heiratet, zum Beispiel Sophie den Karl aus der 4b, dann darf die andere, also Nadine, nicht traurig sein. Beste Freundinnen stehen immer an erster Stelle, auch wenn sich eine von uns so richtig doll verliebt. Damit die andere dann aber nicht so alleine ist, wollen wir alles dafür tun, damit sie bis zur Hochzeit der Freundin ebenfalls den perfekten Freund gefunden hat. Deshalb legen wir fest, dass wir nur heiraten, wenn wir alle beide einen Jungen gefunden haben, den wir für immer und ewig lieben werden.
Das beschließen heute

Nadine und Sophie

Schmunzelnd falte ich das Blatt wieder zusammen. In Nadines Augen schimmert es feucht, als sie plötzlich aufsteht und den Zettel an sich nimmt.

»Den habe ich am Wochenende beim Ausmisten gefunden. Ist das nicht total verrückt? Das ist ein Zeichen, Sophie!«

»Ein Zeichen?«, wiederhole ich verdattert.

»Ja, natürlich. Oder wie würdest du das nennen?«

»Ähm.« Darauf fällt mir nichts Passendes ein. Dass es sich hier offensichtlich um die rosarote Ausgeburt einer kindlichen Phantasiewelt handelt, ist wohl die falsche Antwort.

»Also, ich find's süß«, schaltet sich Pia ein und nimmt eines der geflochtenen Armbänder in die Hand, um es sich genauer anzusehen.

»Überleg doch mal«, fährt Nadine nahtlos fort, »ich werde heiraten. Du bist Single. Und du auch«, fügt sie an Pia gewandt hinzu, die eine Augenbraue hebt.

»Ja, weil ich gerne Single bin«, gibt sie spitz zurück.

Diesen Einwand überhört Nadine geflissentlich. Nun geht sie vor mir in die Knie und nimmt meine Hände in ihre. »Wie lange bist du jetzt von Christoph getrennt?«

»Seit acht Monaten«, antworte ich. »Fast neun.«

Sie nickt mitleidig. »Du sitzt den ganzen Tag alleine in deiner Wohnung und arbeitest von früh bis abends. Das ist doch nicht gesund. Ohne Pia und mich würdest du gar nicht mehr unter Leute kommen.«

»Ich habe doch Cleo«, wende ich ein, »und meine Mama besuche ich auch hin und wieder.«

»Die gehört ja auch zur Familie«, gibt Nadine sanft zurück. »Trotzdem. Ich mache mir Sorgen um dich. Du vereinsamst noch total da draußen in Markkleeberg. Und als ich diese Schachtel gefunden habe, da wurde mir auf einmal klar, was ich zu tun habe.« Ihr Gesicht hellt sich auf und ein breites Lächeln spannt sich von einem Ohrläppchen zum anderen.

Ich blinzele sie überrascht an. »Ach ja? Was denn?«

»Wir suchen einen Mann für dich, was denn sonst?«

Als sie aufspringt, zieht sie mich mit hoch und nimmt mich in die Arme. Etwas überrumpelt lasse ich die Umarmung über mich ergehen. Dabei kann ich Pia hinter mir schadenfroh glucksen hören.

»Und du«, wendet sich Nadine gleich darauf an sie, »brauchst auch einen Mann! Du kannst doch nicht alleine auf meine Hochzeit gehen.«

»Eigentlich wollte ich mit Sophie kommen«, gibt Pia unbeeindruckt zurück und wirft sich ihr schwarzes Haar über die Schultern. »Du weißt doch, was ich von Beziehungen halte.«

»Ich rede ja auch nicht davon, dass du deine Begleitung gleich selbst heiraten sollst, aber wenigstens ein Date wäre schön. Wie sieht das denn auf den Fotos aus? Meine besten Freundinnen, ganz alleine. Zwei Singlefrauen inmitten glücklicher Paare. Das ist irgendwie … traurig.«

»Finde ich nicht«, wende ich ein, doch Nadine redet unbeirrt weiter.

»Als wir den ersten Entwurf für die Gästeliste durchgegangen sind, haben Alex und ich festgestellt, dass ihr die einzigen Singles seid.«

Verblüfft klappe ich den Mund wieder zu, nur um eine Sekunde später zu fragen: »Ihr habt schon eine Gästeliste erstellt?«

Nadine nickt energisch. »Natürlich. Bis August ist es nicht mehr lange hin und die Einladungen sollten spätestens im März verschickt werden. Zuerst aber brauchen wir eine passende Feierlocation. Wo die Trauung stattfindet, steht auch noch nicht fest. Und dann wäre da noch mein Kleid. Das darf ich auch nicht auf den letzten Drücker kaufen.«

Die Worte sprudeln nur so aus ihr heraus. Als sie anfängt, von der Dekoration und der Tischordnung zu sprechen, schwirrt mir der Kopf. Das klingt zwar alles wichtig, aber auch nach jeder Menge Stress. Und als hätte ich es geahnt, hakt sich meine beste Freundin im nächsten Moment bei mir unter und gurrt zuckersüß: »Du hilfst mir doch bei der Auswahl der Location, oder? Ich habe schon mal danach recherchiert und ein paar Termine zum Anschauen ausgemacht. Kann ich auf dich zählen?«

Als Trauzeugin ist es wohl meine Pflicht, dieser Bitte nachzukommen, also nicke ich brav.

»Ich komme auch gerne mit«, bietet Pia an. »Sofern es meine Arbeit zulässt.«

»Wirklich?« Nadine strahlt von einem Ohr zum anderen.

»Aber nur unter einer Bedingung.« Pia beugt sich nach vorn und berührt mich leicht an der Schulter. »Dieses Hochzeitsdate-Ding gilt nicht für mich.«

Sofort fällt Nadines Lächeln wieder in sich zusammen.

»Du weißt, dass ich so was hasse. Dieser aufgesetzte Small Talk und dann das ständige Betatschen und Tanzen während der Hochzeit. Das ist einfach nichts für mich. Davon bekomme ich schlechte Laune und du möchtest bestimmt kein griesgrämiges Gesicht auf deinen Hochglanzfotos sehen.« Nadine scheint kurz darüber nachzudenken, was Pia zum Anlass nimmt, um ihren Standpunkt zu festigen. »Ich helfe euch gerne dabei, einen passenden Mann für Sophie zu finden. Denn ich muss dir recht geben: Seit der Trennung von Christoph hat die Gute keinen Kerl mehr in ihr Bett gelassen. Acht Monate ohne Sex sind eindeutig zu lang! Das ist fast ein Dreivierteljahr. Da ist es nur noch ein kleiner Schritt bis zur magischen Jahresgrenze.«

»Zur … was?«, frage ich.

»Na, du weißt schon«, raunt Nadine geheimnisvoll. »Wenn du ein Jahr lang keinen Sex mehr hattest, dann verlernt dein Körper quasi, wie es geht.«

»Was? Wo hast du das denn her?« Obwohl ich ihr kein Wort glaube, kann ich nicht verhindern, dass sich meine Stimme überschlägt.

»Cosmopolitan«, antwortet Pia an Nadines Stelle.

Die zwei nicken einträchtig. Mir ist zwar neu, dass die beiden solche Zeitschriften lesen, aber eine klitzekleine Stimme in meinem Inneren beginnt sofort alarmiert zu schrillen. Die Hochzeit findet in knapp sieben Monaten statt und wenn ich bis dahin wirklich niemanden kennenlerne, dann bedeutet das, dass ich seit fünfzehn Monaten, also fast anderthalb Jahren, mit keinem Mann mehr zusammen war. Und das kommt mir plötzlich arg lang vor – und traurig noch dazu. Immerhin bin ich achtundzwanzig Jahre alt und stehe damit quasi in der Blüte meines Lebens. Da sollte es doch ein Leichtes sein, jemanden zu finden, der mich auf die Hochzeit begleitet. Während ich über die Worte der beiden nachdenke, lasse ich mich zurück in die Sofakissen sinken.

»Also?«, fragt Nadine erwartungsvoll. »Beste-Freundinnen-Pakt?«

Zur Bekräftigung wedelt Pia mit dem Papier vor meiner Nase herum, bis ich nur noch rosa tanzende Linien sehe.

»Steht es denn wirklich so schlimm um mich?«, frage ich kleinlaut.

In diesem Moment kommt Alex ins Wohnzimmer. »Das Essen ist gleich fertig. Kommt ihr?« Als er mich zusammengesunken zwischen seinen Kissen entdeckt, sieht er mich mitleidig an. »Hat sie dich in ihre Pläne eingeweiht? Du siehst nicht besonders froh aus.«

Ich schaue zu ihm hoch und setze einen verzweifelten Blick auf. »Sag mir die Wahrheit, Alex. Aus der Sicht eines Mannes: Bin ich ein hoffnungsloser Fall, weil ich seit der Trennung von Christoph keinen anderen Mann mehr im Bett hatte?«

Falls er von meiner intimen Frage überrascht ist, lässt er es sich jedenfalls nicht anmerken. Diplomatisch faltet er die Finger vor seiner Schürze und mustert mich mit schief gelegtem Kopf. Unter seinem Blick fühle ich mich wie reduzierte Mangelware im Supermarkt. Doch zu meiner Erleichterung sagt er nur: »Quatsch. Lass dir das nicht einreden. Wenn du noch nicht über ihn hinweg bist, dann ist das eben so. Nadine war nur so begeistert, als sie euren Vertrag gefunden hat, dass sie dich jetzt unbedingt noch vor der Hochzeit verkuppeln will.«

»Aber ich bin über Christoph hinweg!«, protestiere ich. Immerhin war ich diejenige, die Schluss gemacht hat und mit Sack und Pack und Hund ausgezogen ist, um ein neues Leben zu beginnen.

»Na, dann ist doch alles gut.« Mit einem lapidaren Schulterzucken verabschiedet Alex sich zurück in die Küche, aus der ein himmlischer Duft ins Wohnzimmer herüberweht.

»Hey, jetzt sieh es doch mal so«, sagt Nadine, »wenn du dieses Dating-Experiment jetzt durchziehst, dann kannst du dich mal so richtig austoben. Die fünf Jahre mit Christoph waren doch nun wirklich keine Glanzzeit in deiner Liebesbilanz.«

Da muss ich ihr leider recht geben.

»Und der Sex mit ihm war ja offenbar auch nicht gerade der Knaller«, wirft Pia ein.

Ich kann nicht verhindern, dass ich rot anlaufe, dabei stimmt es. Oft genug habe ich mich über die Einfallslosigkeit und Eintönigkeit beschwert, die in unserem Bett herrschte. Wenn Christoph wenigstens ein bisschen Interesse an mir gezeigt hätte, wäre ich ja schon zufrieden gewesen, aber leider gehörte mein Ex zu der mir bis dahin unbekannten Sorte Mann, die nur ganz selten, und wenn, dann auch nur Standard-Missionarsstellung-rein-raus-und-fertig-Sex brauchen. Ich kann nicht fassen, dass Pia sich ausgerechnet dieses Detail aus meinen Erzählungen gemerkt hat.

»Na, siehst du«, schließt Nadine. Sie musste die Beschwerden über mein kaum vorhandenes Liebesleben immerhin am längsten über sich ergehen lassen. »Sieh es als Chance. Endlich kannst du dich frei entfalten, mit Männern verabreden und herausfinden, welcher der Richtige für dich ist. Und wenn du bis zur Hochzeit deinen Traummann findest: Jackpot!«

Als ich in die glänzenden Augen meiner besten Freundin sehe, spüre ich ein leichtes Flattern in meinem Brustkorb. Vielleicht hat sie ja recht. Vielleicht ist das die Chance, um mich endlich ins Getümmel zu stürzen und jemanden kennenzulernen, der wirklich zu mir passt. Ich werde ja auch nicht jünger.

»Na gut«, willige ich schließlich ein. So ganz überzeugt bin ich zwar immer noch nicht von Nadines Plan, doch irgendwie verleitet mich ihr breites Grinsen dazu, optimistisch herauszuposaunen: »Suchen wir einen Mann für mich!«

Kapitel 5

Zu meinem ersten »Date« komme ich früher als erwartet. Schuld daran ist meine Mutter, die ihre Wochenendpläne über den Haufen geworfen und sich spontan dazu entschieden hat, ihr Wohnzimmer neu zu streichen, anstatt spazieren zu gehen.

Als ich ihre schöne Altbauwohnung in Connewitz betrete, nehme ich als Erstes eine tiefe Männerstimme wahr, die gerade darüber philosophiert, wie man das richtige Farbverhältnis aus Weiß und Orange anmischt, um einen sonnig-fröhlichen Ton herauszubekommen. Neugierig betrete ich das Wohnzimmer.

»Ah, da bist du ja.« Lächelnd kommt Mama mir entgegen.

»Willst du so streichen?«, frage ich sie. Während ich meine ältesten und ausgewaschensten Klamotten übergezogen habe, trägt meine Mutter ihren ganz normalen Lagenlook. Heute in einem erdigen Braun mit einem Tupfen Grün. Dazu ist sie über und über mit gelben Perlenketten und Armreifen behängt.

»Ich habe mir gestern einen Nerv im Rücken eingeklemmt«, jammert sie. Zum Beweis reibt sie kurz über besagte Stelle. »Aber keine Sorge, ich habe Hilfe engagiert. Ich weiß doch, dass du Höhenangst hast. Aber es ist ja nur die eine Wand gegenüber vom Sofa, das sollte nicht so lange dauern.«

Irritiert sehe ich zu dem blonden Mann hinüber, der die Farbe anrührt. Er hebt eine Hand zum Gruß und lächelt mir kurz zu.

»Das ist Julius. Julius Roth«, stellt Mama ihn mir vor. »Julius ist ein Kollege und war so freundlich, mir seine Hilfe anzubieten, als ich ihm erzählt habe, wo der Schuh drückt.«

»Hi Sophie. Schön, dich kennenzulernen«, begrüßt er mich mit seiner angenehm tiefen Stimme. Ich kann nicht leugnen, dass ich mir gerne mal ein Buch von ihm vorlesen lassen würde. Auch sein hübsches Gesicht kann sich sehen lassen. Das offene Lächeln auf seinen Lippen wirkt herzlich und warm.

»Hallo Julius«, sage ich freundlich und trete näher, um die angerührte Farbe in seinem Eimer näher in Augenschein zu nehmen.

Er grinst mich breit an. »So siehst du also heute aus. Der Schreibtisch deiner Mutter ist über und über mit Kinderfotos von dir gepflastert.«

Peinlich berührt wende ich mich meiner Mutter zu. »Ist das wahr?«

Sie zuckt kurz die Schultern, doch ihre knallroten Wangen verraten sie. »Vielleicht mit einem oder zwei …«

Als ich ihren Schreibtisch zum letzten Mal gesehen habe, bin ich noch zur Schule gegangen. Damals war es ganz normal für mich, dort Fotos von unserer Familie und meiner Einschulung herumstehen zu sehen. Ich nehme an, dass die Bilder von meinem Vater mittlerweile verschwunden sind.

»Also«, sagt Julius und erhebt sich, »von mir aus können wir starten.«

In einer geschmeidigen Bewegung zieht er seinen dunklen Pullover über den Kopf. Darunter trägt er ein weißes, ärmelloses Shirt, das seine breite Brust umspannt. Seit wann haben Bibliotheksangestellte solche durchtrainierten Oberarme? Ertappt wende ich den Blick ab, schnappe mir das auf dem Boden herumliegende Kreppband und verknote es augenblicklich beim Versuch, ein Stück davon abzureißen.

»Moment, so wird das nichts.« Behutsam nimmt Julius mir das Band aus der Hand und hüllt mich in seinen zitronigen Duft ein. Mh, ich liebe Citrusduschgel.

»Macht ihr mal, Kinder«, flötet meine Mama und zieht sich lächelnd zurück. »Ich kümmere mich um die Verpflegung und nähe dann nebenan noch ein bisschen.« Damit verschwindet sie aus ihrem Wohnzimmer und lässt mich mit Julius alleine.

»Was äh … machst du denn genau in der DNB?«, erkundige ich mich, als ich das Spiel seiner Oberarme beobachte, während Julius die Kanten der Fußleiste und die Steckdosen abklebt. Dabei fällt ihm das wellige blonde Haar in die Augen.

»Ich arbeite an der Bücherausgabe. Benutzer bedienen, Fragen beantworten, Bücherstapel hin und her tragen und so was.«

»Sieht man«, rutscht es mir raus, bevor ich mir auf die Zunge beißen kann.

»Ach ja?« Er schenkt mir ein schiefes Grinsen. »Na ja, ich gehe auch zweimal die Woche ins Fitnessstudio«, schiebt er hinterher.

Das erklärt seinen tollen Körper. Ich sehe ihm noch eine Weile dabei zu, wie er die Kanten abklebt, bevor er sich zufrieden durch das halblange Haar fährt. »So, fertig.«

Damit ich nicht ganz so teilnahmslos herumstehe, versuche ich mich nützlich zu machen, indem ich den Boden großzügig mit Zeitungspapier auslege.

In diesem Moment kehrt meine Mutter mit einem Tablett voller Häppchen und einer Kanne Tee zurück. »Japanischer Matcha-Tee. Alles bio und supergesund«, erklärt sie und gießt sich selbst eine Tasse ein.

Julius und ich wechseln einen kurzen Blick, der Bände spricht. Dann verdreht er die Augen. Offenbar ist er auch schon in den Genuss der vielfältigen Gesundheitstees meiner Mutter gekommen. Ich versuche mein Kichern zu unterdrücken und erwidere sein Grinsen. Das Zeug schmeckt wie Spinat gemischt mit Algen und ich werde mich hüten, einen Schluck davon zu nehmen.

»Mach dir keine Umstände, Mama. Ich hab Wasser dabei.«

»Ich auch«, sagt Julius schnell, dann lachen wir gemeinsam los.

Meine Mutter wirft uns einen verwunderten Blick zu, dann

nimmt sie einen großen Schluck aus ihrer Tasse. »Ich weiß gar nicht, was ihr habt.«

»Willst du die untere Hälfte der Wand nehmen und ich streiche oben?« Erwartungsvoll hält Julius mir einen Farbroller entgegen. Als ich ihn nehme, berühren sich unsere Finger kurz. Während ich seinen intensiven Blick erwidere, bemerke ich, was für unfassbar dichte Wimpern er hat.

»Gerne.«

Wir spielen uns schnell ein. Während meine Mutter das Radio herbeiholt und es sich dann im Nebenzimmer an ihrer Nähmaschine bequem macht, gehen Julius und ich routiniert unserer Arbeit nach. Ich verteile die hellorange Farbe auf das untere Drittel der Wand und fülle die Ecken mit Hilfe eines Pinsels auf. Die Arbeit tut gut, ich kann mein Gehirn abschalten und meinen Körper auspowern, der ansonsten nicht viel bewegt wird – von meinen Spaziergängen mit Cleo einmal abgesehen. Julius übernimmt derweil den oberen Bereich am entgegengesetzten Ende der Wand. Würde er direkt über mir streichen, hätte ich am Ende des Tages vermutlich eine neue Haarfarbe.

Ich erwische mich immer wieder dabei, wie ich ihm verstohlene Blicke zuwerfe. Mamas Kollege macht eine ziemlich gute Figur bei der Arbeit. Er streicht mit auslandenden Arm- und Handbewegungen und summt dabei zu den Liedern im Radio mit. Sein ärmelloses Shirt hebt sich jedes Mal kurz an, wenn er den Arm ausstreckt, um die Stellen direkt unter der Decke zu erreichen. Immer wieder erhasche ich einen Blick auf seinen festen Bauch. Offenbar ist meine Nach-Trennungs-Zeit, in der Männer mich nicht im Geringsten interessiert haben, langsam vorbei, anders kann ich mein Starren nicht erklären.

Nach knapp zwei Stunden sind wir fertig und betrachten zufrieden unser Werk. Die Wand sieht etwas scheckig aus an den Stellen, die noch feucht sind, doch Mama meint, dass ihr Wohnzimmer spätestens morgen in einem völlig neuen Licht erstrahlen wird. Was sie sich von dieser Hauruck-Aktion mitten im Winter genau erhofft, ist mir nicht ganz klar. Wahrscheinlich brauchte sie einfach mal etwas Neues. Es würde mich jedenfalls nicht wundern, wenn sie demnächst ihrem Schlafzimmer an den Kragen will, um mit einer lavendelfarbenen Umgebung für sanftere Träume zu sorgen. Bei Mama kann man nur gespannt sein, welche verrückten Ideen sie sich als Nächstes in den Kopf setzt.

Julius und ich fallen unter ihren wohlwollenden Blicken über die belegten Brote her und amüsieren uns herrlich über unsere farbbesprenkelten Gesichter. Den Tee rühren wir nicht an, stattdessen koche ich Kaffee, den er dankbar entgegennimmt.

»Das Sonntagsworkout wäre damit erledigt«, sagt er lachend, als er wenig später aus dem Badezimmer zurückkommt und wieder klecksfrei ist. »Trainierst du eigentlich auch?«

»Ich?«, wiederhole ich glucksend. »Nein. Ich hasse Sport.«

»Echt? So siehst du gar nicht aus.« Als sein Blick an meinem Oversize-Shirt herabwandert, das ich knapp über dem Bauchnabel verknotet habe, wird mir kurz warm.

»Ich habe einen Hund«, schiebe ich schnell hinterher, damit Julius nicht denkt, ich wäre ein fauler Stubenhocker. »Wenn du ausgiebige Spaziergänge als Training durchgehen lässt, dann bin ich vielleicht doch nicht so untätig.«

»Cool. Welche Rasse?«

»Cleo ist ein Dackel-Mischling. Ungefähr so groß.« Mit der flachen Hand deute ich auf die Höhe zwischen meinem Knöchel und meinem Knie.

»Cool, ich mag Dackel.« Damit überrascht er mich. »Wohnst du hier in der Nähe?«

»Ich habe eine kleine Wohnung in Markkleeberg.«

Meine Mutter hat derweil die Fenster aufgerissen, damit die Farbe schneller trocknet. Kleine Schneeflocken fallen auf den Boden und langsam wird es zu kalt, um im bauchfreien Shirt herumzustehen. Gedankenverloren rubbele ich mit den Fingern über meine Arme.

»Du solltest dir was Warmes überziehen, Sophie«, ermahnt mich Mama.

»Ich habe vergessen, Wechselklamotten einzupacken«, gestehe ich. So was kann auch wirklich nur mir passieren. Mitten im Winter zum Malern abkommandiert werden und dann vergessen, frische Kleidung mitzunehmen, damit ich meine teure neue Daunenjacke nicht vollkleckse.

»Ich kann dir etwas von mir leihen«, bietet Mama an.

Beim Gedanken an ihre langen, unförmigen Oberteile und Kleider verziehe ich unwillkürlich den Mund. Die könnte nicht mal meine dicke Jacke verdecken und zusammen mit der bekleckstеn Hose sähe das Outfit bestimmt zum Schießen aus. Als Julius meinen Gesichtsausdruck bemerkt, lacht er.

»Hier.« Lächelnd streckt er mir seinen schwarzen Pullover entgegen. »Nimm den.«

»Deinen Pullover? Das kann ich nicht annehmen. Die Wandfarbe kriegst du nie wieder raus.« Meine Finger machen sich trotzdem selbstständig und vergraben sich in dem weichen Stoff.

»Macht nichts. Ich habe extra alte Sachen mitgenommen. Um das Shirt ist es echt nicht schade.«

Julius lächelt mich noch immer auffordernd an und bevor ich zu einem Eiszapfen festfriere, ziehe ich den Pulli schnell über. Er ist mir natürlich viel zu groß, dafür riecht er herrlich nach Zitrone. »Danke.«

Meine Mutter bedankt sich ebenfalls bei ihm. »Das ist echt toll von euch beiden, dass ihr mir geholfen habt. Jetzt fühle ich mich gleich viel wohler in meinem Wohnzimmer. Durch die neue Farbe können die Energien nun viel besser fließen.«

Julius grinst, ich schüttele nur leicht amüsiert den Kopf.

»Bist du mit dem Auto hier?«, fragt er mich. In seinen Augen liegt ein neugieriger Ausdruck.

»Mit der Straßenbahn.« Als mein Blick zur Uhr neben dem Fernseher huscht, erschrecke ich kurz. »Mist, schon so spät! Ich muss dann auch los. Ich will Cleo nicht so lange alleine lassen. Und die Arbeit wartet auch noch auf mich.«

»Am Sonntag?«, wundert er sich.

»Sophie ist Übersetzerin. Sie kennt kein Wochenende«, schaltet sich meine Mutter wieder ein.

»Das klingt interessant. Was übersetzt du denn?«

»Romane und geschäftliche und offizielle Dokumente für verschiedene Firmen«, erkläre ich, während ich meine Siebensachen zusammenpacke. Die nächste Straßenbahn müsste in fünf Minuten kommen. Wenn ich jetzt losgehe, schaffe ich es vielleicht noch rechtzeitig.

»Mama, ich muss los!«, rufe ich, doch da steht sie auch schon im Türrahmen. In der Hand hält sie einen weißen Umschlag, den sie Julius in die Hand drückt.

»Was … äh … ist das?«

»Na, ich kann dich doch nicht unbezahlt für mich arbeiten lassen!«, gibt sie zurück, als läge das auf der Hand.

Den Rotton, der Julius' Gesicht jetzt überzieht, finde ich irgendwie niedlich. »Nee, Sarah. Das kann ich nicht annehmen. Ich hab das gerne gemacht, wirklich. Ich will kein Geld dafür.«

Manieren hat er also auch. Mamas Kollege gefällt mir immer besser. Wirklich schade, dass ich schon gehen muss.

»Also, ich nehm's gerne«, scherze ich, doch Mama schenkt mir nur einen Könnte-dir-so-passen-Blick.

»Genau, gib es doch einfach Sophie«, schlägt Julius vor und steigt damit noch eine Stufe weiter in meiner Gunst.

»Gut, dann machen wir es so: Wenn ihr euch so gut versteht, dann nehmt doch einfach beide das Geld und macht was Schönes zusammen. Auf der Karli hat ein neuer Italiener eröffnet, da soll's richtig gut schmecken.« Mit einem zuckersüßen Lächeln schließt Mama ihre Hände mit dem Umschlag um Julius'.

Mir klappt die Kinnlade herunter, als mir dämmert, dass meine Mutter gerade ein Date für mich anleiert. Bevor ich ihr widersprechen kann, geht Julius auf ihren Vorschlag ein: »Das klingt gut. Ich esse total gerne Italienisch. Du auch?«

Der sanfte Aufschlag seiner dunkelblonden Wimpern verwirrt mich für einen Moment so sehr, dass ich nur nicken kann. »Ja, klar.«

»Super. Dann haben wir das ja geklärt.« Mit diesen Worten nimmt Mama mich kurz in ihre Arme.

»Ich begleite dich zur Haltestelle, okay?« Julius drückt Mama ebenfalls kurz an sich. »Hat Spaß gemacht. Viel Erfolg mit der neuen Farbe und den, äh … fließenden Energien.«

»Danke.« Mama strahlt. »Kommst du morgen mal auf einen Kaffee in meinem Büro vorbei?«

»Ich schau mal, was ich machen kann.« Dann spüre ich Julius' große warme Hand auf meinem Rücken und lasse mich sanft in den Flur schieben. Wir schlüpfen in unsere Jacken und eilen hinunter zur Straße.

Meine Tram fährt gerade vor meinen Augen davon. »Mist!«, fluche ich.

Laut Anzeige dauert es zehn Minuten, bis die nächste Straßenbahn kommt.

»Ich warte mit dir, okay?« Lächelnd vergräbt Julius die Hände in seinen Jackentaschen. Seine Malersachen hat er in einem Rucksack verstaut. Eine Mütze trägt er nicht, so dass der Schnee sein blondes Haar langsam durchnässt. Er sieht wirklich gut aus. Seine breite Nase, der leichte Dreitagebart und das eckige Kinn lassen ihn männlich und stark wirken.

Und ich stehe hier in meinen alten Joggingschuhen und einer ausgeleierten Hose, die über und über mit Farbe bekleckert ist. Heute Morgen habe ich auf Make-up verzichtet, weil ich natürlich nicht ahnen konnte, welch perfiden Plan meine Mutter ausgeheckt hat. Mittlerweile bin ich mir sicher, dass es kein Zufall ist, dass sie ausgerechnet ihren attraktiven Kollegen zum Streichen verdonnert hat. Und die Geschichte vom eingeklemmten Nerv kann sie sich auch an den Hut stecken. Trotzdem erwische ich mich bei einem Lächeln. Der Nachmittag war viel schöner, als ich es erwartet habe.

»Lass mich noch mal zusammenfassen: Du übersetzt also Bücher«, nimmt Julius unser Gespräch von vorhin wieder auf.

Ich nicke in meinen dicken Schal hinein.

»Und diese Bücher finde ich auch in der DNB?«, vermutet er.

»Ja, genau. Meine Mama leiht sich oft Bücher aus, die ich übersetzt habe.«

»Ich werde morgen gleich mal nach deinem Namen recherchieren«, verspricht er mit einem angedeuteten Grinsen im Mundwinkel.

Kurz frage ich mich, wie er meine Arbeiten unter den 32 Millionen Titeln finden will, immerhin steht mein Name gar nicht mit auf dem Buchcover – eines der Dinge, die ich ziemlich unfair finde. Zwar steht er dafür auf dem Titelblatt, aber wer schaut sich das schon so genau an?

Als hätte Julius meine Gedanken gelesen, erklärt er: »Die Übersetzer von Belletristik werden in unserem Online-Katalog hinterlegt. Ich finde deine Bücher schon.« Die Ernsthaftigkeit, die in seiner Stimme liegt, klingt, als würde er sich wirklich für mich und meine Arbeit interessieren und das schmeichelt mir. Immerhin stehe ich hier vor diesem unbestreitbar attraktiven Mann und sehe vermutlich aus wie der letzte Penner.

»Wohin musst du eigentlich?« Mein Blick fällt auf die gerade einfahrende Straßenbahn. Wahnsinn, wie schnell plötzlich die zehn Minuten Wartezeit vergangen sind. Wenn ich alleine an der Haltestelle stehe, passiert mir das nie.

»Oh, gleich um die Ecke«, antwortet er und schenkt mir ein unschuldiges Kleine-Jungen-Grinsen. »Ich wollte dich nur nicht alleine hier in der Kälte herumstehen lassen.«

Julius wird mir mit jeder Minute sympathischer. Erst hilft er meiner Mutter beim Streichen, dann gibt er mir seinen Pullover und jetzt das. »Danke«, sage ich lächelnd, dann bleibt die Bahn auch schon vor uns stehen.

Eine Sekunde lang überlege ich, wie ich mich von ihm verabschieden soll. Soll ich ihm vielleicht die Hand geben? Das wirkt immer so spießig. Oder vielleicht umarmen? Aber das erscheint mir viel zu intim dafür, dass wir uns erst vor wenigen Stunden kennengelernt haben. Auch wenn es sehr angenehme Stunden waren.

Julius nimmt mir die Entscheidung ab, indem er mich kurz an sich drückt und mir einen blitzschnellen Kuss auf die Wange haucht. Etwas überrumpelt sauge ich seinen angenehmen Geruch nach Zitrone auf. Dann steckt er mir einen kleinen gefalteten Zettel zu. »Ruf mich an. Wegen des Essens.«

Ich nicke bloß, noch immer sprachlos von seiner stürmischen Verabschiedung.

Wie ferngesteuert tragen mich meine Beine in die Bahn und setzen mich dann auf einem einzelnen Fensterplatz ab. Draußen winkt Julius zum Abschied und macht eine Telefoniergeste. Als ich die Kontrolle über meinen Körper zurückerlangt habe, erwidere ich sein Winken und sehe ihm lächelnd hinterher, während die Bahn langsam abfährt.

Kapitel 6

Bevor ich Julius wiedersehe, will ich noch ein paar Aufträge abarbeiten und mich in das neue Manuskript einlesen, das die Lektorin mir Anfang der Woche zugeschickt hat. Es handelt sich um eine zuckersüße Liebesgeschichte – ausgerechnet. Ich verschlinge Abend um Abend mehrere Kapitel und ertappe mich mehrmals dabei, dass ich an Julius' starke Arme denken muss, während die Heldin ihrem Traummann langsam näherkommt. So weit ist es also schon. Nach der ersten Sexszene, ungefähr in der Mitte des Buches, halte ich es nicht mehr aus und schreibe ihm eine Nachricht. Wir verabreden uns am Freitagabend bei dem neu eröffneten Italiener auf der Karl-Liebknecht-Straße und ich bin so aufgeregt wie schon lange nicht mehr.

»Das ist ja phantastisch«, freut sich Nadine, als ich sie am Telefon in meine Pläne einweihe. Ich hatte befürchtet, sie wäre vielleicht sauer, weil ich für mein Date heute unseren wöchentlichen Cocktailabend sausen lasse, doch sie ist ganz aus dem Häuschen. »Nein, Quatsch! Ich freue mich riesig für dich. Wer hätte gedacht, dass du so schnell zu einer Verabredung kommst? Wie sieht er denn aus?«

Ich beschreibe ihr Julius' eindrucksvollen Körper in allen Details (jedenfalls die, die ich bisher kenne) und vernehme ein sehnsüchtiges Seufzen am anderen Ende der Leitung.

»Das klingt toll. Und wie alt ist er?«

»Das weiß ich gar nicht so genau«, gebe ich zu. Über solch grundlegende Dinge haben wir noch nicht gesprochen, aber ich nehme an, dass meine Mutter mich nicht mit ihm verkuppeln wollte, wenn er nicht in meiner Altersklasse wäre. »Ende zwanzig, schätze ich?«

»Klingt gut.« Ich kann Nadines energisches Nicken bildlich vor mir sehen. »Bist du morgen trotzdem bei der Locationsuche mit dabei? Alex liegt mit Grippe im Bett.«

Die Hochzeitslocations! Die hatte ich zwischenzeitlich völlig vergessen. »Natürlich«, verspreche ich. »Ich lass dich doch nicht hängen. Wie viele willst du dir denn ansehen?« Mich beschleicht die leise Ahnung, dass Nadine einen Großeinsatz geplant haben könnte.

»Och, nur drei«, flötet sie unschuldig.

Drei klingt machbar, befinde ich. »Okay, das ist kein Problem. Ich leg am Sonntag einfach eine Extraschicht für den neuen Roman ein.«

»Du bist ein Schatz!«, freut sie sich. »Pia kommt auch mit. Sie holt dich dann um acht ab, okay?«

Um acht???

Ich verschlucke mich fast an meiner eigenen Spucke. Für eine Langschläferin wie mich, die heute das erste Date seit Monaten hat, grenzt das an Körperverletzung, aber für Nadine würde ich fast alles tun. Also sage ich ihr, dass das kein Problem ist. Nachdem sie mir noch ungefähr fünf Mal erklärt hat, wie sehr sie sich für mich freut, legen wir auf.

* * *

Als es am Abend so weit ist und ich meine Wohnung verlasse, bin ich so nervös wie schon lange nicht mehr. Im Treppenhaus laufe ich fast in Pia rein, die gerade von der Arbeit kommt. Als sie ihren Blick an meinen Stiefeln, der blickdichten Strumpfhose mit dem auffälligen Rankenmuster und meinem karamellfarbenen Mantel hinaufgleiten lässt, stößt sie einen anerkennenden Pfiff aus. »Auf dem Weg zu deinem Date?«

Ich bringe nur ein Nicken zustande.

»Sehr gut.« Pia grinst wie eine stolze Mama. Beim Gedanken an meine eigene Mutter muss ich ein wenig grinsen. Wir haben uns seit der Streichaktion am Wochenende nicht mehr gesehen, aber ich habe sie telefonisch über meine Pläne für den heutigen Abend informiert. Sie klang sehr zufrieden, als sie mir viel Spaß gewünscht hat. »Falls es später wird, sag Bescheid. Dann geh ich noch mal mit Cleo raus«, bietet Pia an und klimpert dabei mit ihrem Schlüsselbund, an dem auch der Ersatzschlüssel zu meiner Wohnung hängt.

»Ich hatte nicht vor, auswärts zu schlafen.«

»Warum denn nicht?« Ich kann ihre Gedanken in meinem Kopf hören: Wozu dann der ganze Aufwand?

»Na hör mal! Ich geh doch nicht beim ersten Date mit dem Kerl ins Bett.«

Pia grinst vielsagend. »Wie du meinst. Falls du deine Meinung im Laufe des Abends doch noch ändern solltest, denk an mein Angebot. Ich hol dich morgen auch gerne direkt in Leipzig zu den Besichtigungsterminen ab.« Mit der Melodie von »You can leave your hat on« auf den Lippen betritt sie pfeifend ihre Wohnung und lässt mich mit hochrotem Kopf im Hausflur zurück.

Eine knappe Dreiviertelstunde später verlasse ich mit wild klopfendem Herzen die Straßenbahn. Irgendwo in den hintersten Ecken meines Gedächtnisses erinnere ich mich daran, wie aufgeregt ich vor meinem ersten Date mit Christoph war. Unglaublich, dass dieser Abend schon fast sechs Jahre her sein soll! Seitdem hatte ich ganz vergessen, wie sich schweißnasse Hände und wackelige Puddingknie anfühlen. Es ist mir ein Rätsel, wie Pia es schafft, diese Tortur fast jede Woche aufs Neue durchzumachen, aber wahrscheinlich sieht sie das alles sowieso ganz anders. Im Gegensatz zu mir ist sie, was Männer betrifft, total locker.

Julius wartet bereits vor dem Eingang des Restaurants auf mich. Er hat einen Regenschirm dabei, um den Schnee davon abzuhalten, sein sorgsam frisiertes Haar zu zerzausen. Mir fällt als Erstes die Brille auf, die er dieses Mal trägt. Ein modisches Gestell mit farblosem Rahmen, das ihm ein intellektuelles Aussehen verleiht. Zusammen mit dem weiten Stoffmantel und den polierten Schuhen sieht er einfach zum Anbeißen aus. Innerlich zerspringt mein Herz fast vor Glück. Wann hat sich ein Mann zum letzten Mal so viel Mühe für mich gegeben? Wahrscheinlich noch nie.

»Hallo Sophie.« Beim Versuch, uns zur Begrüßung zu umarmen, verkeilen sich unsere Regenschirme unglücklich ineinander. Lachend befreien wir sie wieder und betreten anschließend das Restaurant. Wir bekommen einen kleinen Tisch am Ende des Gastraumes zugewiesen, der etwas abseits von den anderen steht.

»Du siehst toll aus«, bemerkt Julius mit einem kleinen Lächeln und hält meinen Blick gefangen. Wieder macht mein Herz einen Satz, so sehr freue ich mich über das Kompliment.

»Du aber auch. Schicke Brille.«

»Meine Tageslinsen waren alle. Normalerweise trage ich die Brille nur zu Hause.«

»Aber warum denn? Sie steht dir wirklich gut. Gefällt mir.«

»Findest du?« Julius strahlt mich förmlich an. An sein offenes Lächeln könnte ich mich glatt gewöhnen. Und auch an den Hauch von Citrusshampoo, der in dieser Sekunde zu mir herüberweht. »Dann trage ich sie ab jetzt immer, wenn wir uns sehen.«

Er will mich also wiedersehen? Selig lächelnd verberge ich mein Gesicht hinter der Speisekarte.

Julius bestellt eine Pizza, ich entscheide mich für Pasta mit Lachs in Sahnesoße. Wir trinken eine Flasche Rotwein, der mir normalerweise zu süß wäre, doch heute schmeckt er phantastisch. Ich erzähle Julius von meiner Arbeit und von Cleo und er berichtet ausführlich von seinem Job an der Bücherausgabe und den merkwürdigen Menschen, die er dort teilweise zu Gesicht bekommt. Wir unterhalten uns lange über meine Mutter, ihre verrückten Ideen und schrillen Outfits. Julius und sie sind letztes Jahr beim Sommerfest der Bibliothek ins Gespräch gekommen und haben sich seither immer mal wieder zum Kaffee getroffen. Er scheint sie wirklich zu mögen und das freut mich sehr.

Heikle Themen wie frühere Beziehungen sparen wir aus, wofür ich insgeheim dankbar bin. Ich bemerke kaum, wie die Zeit vergeht, doch als sich das Restaurant langsam leert und der Kellner uns zum Abschluss noch einen Ramazzotti anbietet, wird mir klar, dass es Zeit ist aufzubrechen. Den Schnaps hätte ich vielleicht ablehnen sollen, denn plötzlich fühle ich mich ganz benebelt. Julius muss mich auf dem Weg nach draußen sogar stützen. Diese verdammten Absatzstiefel! Irgendwie schaffe ich es stolperfrei über die Treppenstufen am Eingang und stehe Julius im nächsten Moment dicht gegenüber. Er ist ein ganzes Stück größer als ich und ich muss meinen Kopf in den Nacken legen, um ihm in die Augen sehen zu können. Julius' Finger streichen sanft über meine Oberarme und mein Körper reagiert prompt mit einer Gänsehaut, die ich deutlich unter meiner Kleidung spüren kann.

»Du bist echt süß, wenn du betrunken bist.« Ein schiefes Lächeln umspielt seine Mundwinkel und schiebt seine Brille auf seinen Wangenknochen ein Stück nach oben.

Ich muss schlucken und mich sehr zusammenreißen, um nicht sofort und augenblicklich über diesen umwerfenden Mann herzufallen.

»Ich … wohne gleich um die Ecke.« Unsicher wendet er den Kopf nach links, dann sieht er mich wieder direkt an. »Hast du vielleicht Lust, auf einen Kaffee mit zu mir zu kommen?«

Kaffee … das klingt einfach himmlisch. Ich denke an Pias Angebot zurück und bin kurz davor, einfach Ja zu sagen, doch ich weiß, dass ich es nach der langen, männerlosen Zeit nicht bei einem einfachen Kaffee belassen könnte. Selbst wenn Julius gar keine Hintergedanken haben sollte, kann ich im Moment für nichts garantieren. So viel also zu meinen guten Vorsätzen, mit denen ich mich vorhin noch vor Pia gebrüstet habe. Dieser große, starke Mann, der mich so sicher im Arm hält, ist einfach zu verlockend, um nicht auf unanständige Gedanken zu kommen. Für den Bruchteil einer Sekunde stelle ich mir vor, wie es wäre, morgen früh in genau diesen Armen aufzuwachen, und muss lächeln. Doch dann denke ich an Cleo, die zu Hause auf mich wartet, und sofort meldet sich mein schlechtes Gewissen. Egal, wie schön dieser Abend war, ich werde heute nicht mit Julius Roth nach Hause gehen. Auch wenn ich verdammt große Lust dazu hätte.

»Was sagst du dazu?«, fragt er noch einmal, als ich nicht antworte.

»Ich muss morgen früh raus«, entschuldige ich mich. »Meine beste Freundin sucht eine Location für ihre Hochzeit und möchte mich dabeihaben. Ich bin ihre Trauzeugin.«

Julius' Lächeln verblasst um eine Nuance, dann nickt er. »Verstehe.«

»Ein andermal wirklich gerne. Ich fand den Abend mit dir sehr schön.«

Hoffnung blitzt in seinem Blick auf. »Dann sehen wir uns also wieder?«

»Natürlich. Wenn du das auch möchtest.«

»Klar.« Jetzt grinst er wieder wie ein kleiner Junge und in meiner Brust breitet sich ein warmes Gefühl aus.

»Ich bring dich noch zur Straßenbahn.« Er ergreift meine Hand und breitet mit der anderen seinen Regenschirm über uns aus. Im orangefarbenen Licht der Straßenlaternen fallen dicke Schneeflocken lautlos zur Erde und zum ersten Mal in diesem Winter finde ich den Anblick sogar schön. Ich fühle mich, als würde ich schweben, und schmiege mich eng an Julius' Arm. Die Wärme seines Körpers dringt durch die Schichten unserer

Mäntel bis auf meine Haut. Es fühlt sich so leicht und einfach an, mit ihm zusammen zu sein. Ich hätte nichts dagegen, den Rest der Nacht mit ihm durch Leipzig zu spazieren, doch dann kommt viel zu früh die Haltestelle in Sicht. Wenigstens haben wir sie ganz für uns.

Unter dem gläsernen Dach rückt Julius eng an mich heran und betrachtet mich eingehend. Meine Beine drohen jede Sekunde unter mir nachzugeben. Als würde er ahnen, was mit mir los ist, zieht er mich in seine Arme. Hinter ihm kann ich die Straßenbahn schon um die Kurve biegen sehen. Ich seufze wehmütig.

»Da kommt sie schon«, flüstere ich.

In Julius' Blick liegt die gleiche Traurigkeit, die ich selbst verspüre. Bevor ich es mir anders überlege, streife ich meinen Handschuh ab und fahre mit den Fingerkuppen über seine Wange. »Danke für den schönen Abend.«

Das unverkennbare Rattern der Schienen wird immer lauter, als er sich unvermittelt zu mir herabbeugt und seine Lippen auf meine legt. Es ist nur ein unschuldiger Kuss, der wenige Sekunden dauert, doch trotzdem habe ich das Gefühl, jeden Moment einfach davonzufliegen.

»Ruf mich an«, bittet er mit rauer Stimme, dann lässt er mich los.

Als ich einsteige, bin ich froh, von den schützenden Wänden der Tram umgeben zu sein, weil ich ansonsten Angst hätte, vor lauter Leichtigkeit davonzuschweben. Ich lehne meinen Kopf an die kühle Fensterfront und sehe Julius nach, der winkend an der Haltestelle steht, bis die Bahn davongefahren ist.

Kapitel 7

Natürlich wäre Nadine nicht Nadine, wenn sie einfach auf dem Leipziger Standesamt heiraten wollen würde. Nein, es muss schon etwas ganz Besonderes sein.

»Alex ist die Liebe meines Lebens. Ich heirate nur ein einziges Mal und deshalb muss dieser Tag rundum perfekt sein«, instruiert sie Pia und mich am frühen Samstagmorgen.

Wir haben es uns in Pias Audi TT bequem gemacht, Cleo kommt heute auch mit. Ich möchte sie nicht den ganzen Tag alleine lassen. Im Moment liegt sie mit hängenden Ohren neben mir auf der Rückbank und schnarcht leise vor sich hin. Wie lang der heutige Tag werden könnte, wird mir erst so richtig bewusst, als Nadine mir eine dicke Mappe überreicht.

»Das sind die möglichen Trauungsorte. Die schauen wir uns jetzt der Reihe nach an.«

Von wegen drei Stück. Ich zähle mindestens fünf. Das kann ja heiter werden. Warum nur habe ich plötzlich das Gefühl, dass ich den Zeitaufwand der Hochzeitsvorbereitungen gehörig unterschätzt habe? Mit feuchten Händen blättere ich durch die Mappe. Neben dem großen und dem kleinen Trauraum im Standesamt bietet die Stadt Leipzig auch einen Saal im neuen Rathaus an. Doch gerade als ich mir die Fotos, die offenbar von der Website der Stadtverwaltung stammen, näher ansehen will, blättert Nadine ungeduldig weiter.

»Das Standesamt scheidet aus. Hier!« Ungeduldig zeigt sie auf die Alternativen. Es sind tatsächlich fünf.

»Wohin fahren wir zuerst?« Pia gibt die Adresse am Cospudener See, die Nadine ihr daraufhin nennt, in ihr Navi ein und fährt uns direkt zurück nach Markkleeberg.

Na, das kann ja heiter werden, denke ich, rutsche auf dem Sitz zurück und schließe noch mal die Augen.

* * *

Am Abend falle ich völlig erschöpft in Pias Wagen. Sogar Cleo springt widerstandslos ins Auto und rollt sich neben mir zusammen. In der Sekunde, in der sie ihre feuchte Nase auf meinem Oberschenkel ablegt, schläft sie auch schon ein. Ich hatte ja geahnt, dass es ein langer Tag werden würde, aber nun bin ich mir sicher, dass Pia mich später die Treppen hinauftragen und höchstpersönlich ins Bett bringen muss. Mir tun alle Knochen weh und vom vielen Fotografieren, meiner heutigen Trauzeuginnenaufgabe, habe ich einen ganz steifen Nacken.

»Alex wird begeistert sein!« Voller Vorfreude streicht Nadine über die Mappe auf ihrem Schoß und bedenkt sie mit einem liebevollen Blick. Natürlich hat es erst beim letzten Punkt auf unserer Reiseroute Boom gemacht, aber dafür ist meine beste Freundin nun rundum zufrieden und restlos verliebt.

Ihre Wahl kann sich wirklich sehen lassen, denn am Ende hat der barocke Saal im Gohliser Schlösschen das Rennen gemacht. Das atemberaubende Ambiente hat sogar mir kurz die Sprache verschlagen und auch Pia musste zugeben, dass man eine Eheschließung wohl kaum schöner zelebrieren kann, als in diesem wundervollen Festsaal, der seine Gäste in eine andere Zeit zurückversetzt. Die prunkvollen Wandgemälde und die goldweiße Raumgestaltung haben Nadines Augen aufleuchten und mein Herz sehnsüchtig schneller schlagen lassen. Zwar ist die Anmietung des Saales nicht ganz billig und obendrein ist der Ort bei den heiratswütigen Leipzigern sehr beliebt, aber dass Nadine für ihren großen Tag keine Kosten und Mühen scheuen würde, war mir bereits im Vorfeld klar.

»Wenn Alex einverstanden ist, informiere ich die Standesbeamtin am Montag gleich über unsere Wahl«, strahlt sie mich vom Nebensitz an. »Zeremonie und Feier in einem richtigen Schloss! Davon habe ich schon als kleines Mädchen geträumt.«

Ob sie mir meine bleierne Müdigkeit anmerkt? Offenbar nicht. Woher Nadine ihre Energie nach diesem langen Tag nimmt, ist mir schleierhaft, denn nun verkündet sie voller Tatendrang: »Wir müssen uns mit der verbindlichen Zusage beeilen, damit uns den Saal niemand mehr wegschnappen kann.«

»Wird schon schiefgehen«, nuschele ich. Leider geht der Satz in einem unschönen Gähnen unter.

In diesem Moment trudelt eine Nachricht von Julius auf meinem Handy ein.

Hallo schöne Frau. Wie war dein Tag? Seid ihr fündig geworden?

»Oh, er interessiert sich für meine Hochzeit!« Verzückt faltet Nadine die Hände im Schoß. »Du musst ihn unbedingt fragen, ob er dich begleitet.«

Mir war gar nicht bewusst, dass ich den Text laut vorgelesen habe. »Moment, Moment! So weit sind wir nun wirklich noch nicht«, wehre ich schnell ab. Immerhin hatten wir erst ein richtiges Date und außer einem unschuldigen Küsschen ist noch nichts Aufregendes zwischen uns passiert. Nachdem ich ihm geantwortet habe, folgt prompt die nächste Frage.

Wann sehe ich dich wieder?

Wieder lese ich die Nachricht laut vor. Nadine dreht sich zu mir und grinst breit. »Die Nacht ist jung.«

»Bloß nicht«, stöhne ich ermattet, »heute passiert gar nichts mehr mit mir.«

»Würde ich dir auch nicht raten«, gibt Pia mit einem Blick in den Rückspiegel zu bedenken. »Du siehst echt fertig aus.«

»Cleo und ich müssen dringend ins Bett.«

»*Cleo und ich müssen dringend ins Bett*«, wiederholt Nadine feixend. »Du klingst schon wie eine alte Oma. So wird das aber nichts mit dem perfekten Hochzeitsdate!«

»Ist ja gut«, maule ich und antworte Julius.

Morgen?

Seine Reaktion lässt keine zehn Sekunden auf sich warten.

Kochen bei dir?

Als ich seinen Vorschlag lese, muss ich lächeln.

»Was hat er geschrieben?«, will Pia wissen.

»Kochen bei mir«, antworte ich.

Pia nickt fachmännisch. »Zieh deine gute Unterwäsche an. Ich kann Cleo auch gerne über Nacht mit zu mir nehmen, damit sie euch nicht stört.«

Als meine Hündin ihren Namen hört, hebt sie kurz den Kopf und wedelt genau einmal mit dem Schwanz, dann fällt sie wieder zurück in tiefen Schlaf.

So weit kommt's noch. Ich gebe doch nicht meinen Hund ab, um in Ruhe … ja, was eigentlich? Kochen zu können? Oder wird morgen vielleicht mehr zwischen uns passieren? Egal, mein Hund gehört zu mir wie mein rechter Arm. Ausgeschlossen, dass ich sie von Julius fernhalte. »Cleo bleibt bei mir«, gebe ich deshalb entschieden zurück.

Pia hebt nur eine Augenbraue. »Wie du meinst.«

Wir setzen Nadine zu Hause ab, wo sie beschwingten Schrittes die Stufen zu ihrer Haustür erklimmt. Sie kann es kaum erwarten, dem kranken Alex von unserem erfolgreichen Tag zu erzählen. Ich nutze die Gelegenheit, um auf dem Beifahrersitz Platz zu nehmen. »Bist du auch so kaputt?«, stöhne ich, doch Pia grinst nur.

»Ich habe nachher noch ein Date.«

Mir fallen fast die Augen raus. Wo nimmt die Frau nur ihre Energie her? Entweder stimmt was mit meinen Freundinnen nicht, sie nehmen irgendwelche Aufputschmittel, von denen ich nichts weiß, oder meine Kondition ist einfach nur hoffnungslos im Keller. Das könnte eine plausible Erklärung sein. Immerhin sehe ich außer meinen vier Wänden im Allgemeinen und meinem Schreibtisch im Besonderen nicht viel von der Welt. Es ist also scheinbar wirklich an der Zeit, mich mal wieder ins wilde Leben zu stürzen.

»Theo«, ergänzt Pia und wirft mir einen kurzen Seitenblick zu.

»Theo? Der Sportstudent?«

»Genau der.«

»Ich dachte, das wäre nur ein One-Night-Stand gewesen. Du sagst doch immer, dass etwas Festes nicht für dich in Frage kommt.«

Mit einem kleinen Pfff-Laut pustet Pia eine samtschwarze Haarsträhne aus ihrem Gesicht. »Ich will ihn doch nicht gleich heiraten! Wir haben nur eine lockere Affäre, die ich in vollen Zügen genieße. Warum sollte ich ihn mir durch die Lappen gehen und der Nächstbesten überlassen? Theo ist echt gut im Bett. Und witzig ist er auch.«

»Aha.« Mein Kopf ist plötzlich bleischwer und verlangt nach Schlaf. Wie von selbst sinkt er gegen die Scheibe. Innerhalb von Sekunden hat mich das gleichmäßige Motorengeräusch von Pias Wagen in den Schlaf befördert.

»Wach auf, Schlafmütze. Wir sind da.«

Benommen blinzele ich ins Licht der Straßenbeleuchtung.

»Komm, Cleo, letzte Gassirunde.« Unbeeindruckt hüpft meine Hündin in den Schnee hinaus und schüttelt sich einmal kräftig, dann trottet sie schwerfällig neben mir her. Mehr als der allabendliche Gang um den Block ist heute nicht mehr drin.

»Warte, ich komme mit.« Mit ein paar langen Schritten ist Pia neben mir und hakt sich bei mir unter. »Ich hab noch ein bisschen Zeit, bis ich mich mit Theo treffe.«

Ich nicke müde. »Was habt ihr denn vor?« Als ich ihren Blick bemerke, dämmert mir, wie überflüssig meine Frage ist. »Okay, verstehe schon. Aber mal ehrlich: Trefft ihr euch wirklich nur zum ...?«

»Vögeln?«, vervollständigt sie meinen Satz.

So hätte ich es zwar nicht ausgedrückt, aber natürlich läuft es darauf hinaus.

»Nicht nur. Manchmal gehen wir vorher noch was trinken, spielen Billard oder besuchen ein Konzert. Mit Theo kann man ganz gut quatschen.«

Die nächste Frage liegt mir bereits auf der Zunge, als Pia mir mit der Antwort zuvorkommt.

»Aber ich will nichts Festes und dabei bleibe ich. Wir haben eine tolle Zeit und das war's. Du darfst nicht vergessen, dass der Junge erst 25 ist. Der lebt in einer völlig anderen Welt als ich.«

»Was dich im Bett aber herzlich wenig zu stören scheint«, erwidere ich. Mit Pia kann ich offen reden, sie würde mir meine Ehrlichkeit nie übelnehmen. Und auch jetzt zuckt sie nur die Schultern.

»In der Horizontale zählen eben ganz andere Dinge, Schätzchen.« Und mit einem kleinen, schelmischen Grinsen schiebt sie hinterher: »Das wirst du morgen hoffentlich selbst herausfinden.«

Kapitel 8

Ausgerechnet heute lässt Cleo mich luxuriöse zwölf Stunden am Stück durchschlafen. Als ich gegen elf Uhr vor Schreck fast aus dem Bett purzele, schaut sie mich noch immer verpennt an. Ich hätte mir einen Wecker stellen sollen!

Mit fahrigen Fingern streiche ich durch meine Haare, die ich dringend waschen und stylen muss, bevor Julius heute Abend herkommt. Überhaupt wartet ein komplettes mehrstufiges Reinigungsprogramm auf meine vier Wände und meinen Körper. Wenn ich mich hier so umsehe, wird vor allem die Wohnung längere Zeit in Anspruch nehmen. Überall liegen Bücherstapel, Ordner und halb bekritzelte Notizzettel herum. Die Wollmäuse scheinen in letzten Tagen die Herrschaft über mein Schlafzimmer übernommen zu haben und vom Zustand meiner Fenster will ich lieber gar nicht erst anfangen.

Aber zum Fensterputzen fehlt mir heute eindeutig die Zeit. Warum nur habe ich zugestimmt, bei mir zu kochen? Damit ihr ungestört seid, flüstert eine kleine Stimme in meinem Kopf. Denn ich glaube mich zu erinnern, dass Julius bei unserem Italiener-Date erwähnt hat, dass er in einer WG lebt. Bestimmt eine dieser typischen Junggesellen-Wohngemeinschaften, in der es nur zwei Kochtöpfe gibt, einen großen für Nudeln und einen kleinen für Tomatensoße. Ist jetzt aber auch egal. Er möchte zu mir kommen, also kochen wir eben hier. Immerhin weiß ich, dass meine Küche gut ausgestattet ist.

Doch als ich auf schlafschweren Beinen genau dorthin tapse und die Kühlschranktür aufreiße, stelle ich erschrocken fest, dass sich außer einer angebrochenen Milch, einer halbleeren Packung Butter und zwei Joghurts nichts darin befindet. Mit klopfendem Herzen schließe ich die Tür und schaue Cleo entgeistert an. Wie jeden Morgen sitzt sie mit wedelndem Schwanz vor mir und wartet darauf, dass mir rein zufällig eine Scheibe Wurst oder Käse herunterfällt. Doch darauf kann sie heute lange warten. Ausgerechnet jetzt habe ich nichts mehr im Haus. Das kommt davon, wenn man sich hinter seiner Arbeit verschanzt, die Welt ausblendet und sich dreimal die Woche vom China-Imbiss um die Ecke ernährt. Ich texte Julius umgehend.

Problem! Wir können nicht bei mir kochen. In meinem
Kühlschrank herrscht Ebbe.

Zur dramatischen Unterstreichung der Situation füge ich ein augenaufreißendes Emoji hinzu.

Fast sofort erhalte ich sein lachendes Pendant zurück.

Quatsch, das macht gar nix. Ich wollte dir sowieso gerade
schreiben, dass ich mich um die Zutaten kümmere.
Entspann dich, ich fahr nachher einkaufen.

Am Sonntag?

schreibe ich zurück. Wo will er denn heute einkaufen gehen, außer vielleicht beim Späti um die Ecke? Am Ende gibt es doch nur Nudeln mit Tomatensoße, befürchte ich.

Der Rewe im Hauptbahnhof hat auch sonntags geöffnet.
Alles gut, Hübsche. Kein Stress.

Kein Stress, das sagt er so leicht. Er muss ja nicht die komplette Wohnung entstauben, von Unmengen Papiermüll befreien und hübsch dekorieren. Außerdem könnte es nicht schaden, den Ofen und das Cerankochfeld auf Hochglanz zu polieren, bevor Julius hier aufschlägt. Und Cleo möchte auch noch eine große Runde spazieren gehen, damit sie heute Abend in aller Ruhe schlafen kann. Wenn ich an die ganze Arbeit denke, wünschte ich, ich hätte sie schon hinter mir.

Als ich Julius' Nachricht noch einmal lese und am Wort »Hübsche« hängenbleibe, muss ich lächeln und beschließe, mich einfach überraschen zu lassen. Er wird schon wissen, was er tut und selbst, wenn es am Ende wirklich Nudeln gibt, kann ich gut damit leben. Nudeln schmecken schließlich immer. Innerlich bin ich so aufgeregt und voller Vorfreude, dass mir ganz warm wird. Ich kippe meinen Milchkaffee herunter, dann gehe ich vor Cleo in die Hocke und streichele über ihren Kopf.

»Na komm, wir haben viel zu tun.«

Kurz vor neunzehn Uhr bin ich so nervös, als wäre ich wieder vierzehn und hätte die allererste Verabredung meines Lebens vor mir. Im letzten Moment beende ich mein Wellnessprogramm und trete glücklich und wohlriechend aus dem Badezimmer. Zufrieden betrachte ich mein Outfit im Spiegel. Ich habe mich für einen eng anliegenden roten Pullover mit tiefem V-Ausschnitt und eine einfache schwarze Röhrenjeans entschieden. Genau das Richtige für diesen Abend. Meine blau-grauen Augen leuchten mir unter schwarz getuschten Wimpern entgegen und auch mein schulterlanges blondes Haar liegt heute erstaunlich gut und macht zur Abwechslung mal nicht, was es will.

Cleo beäugt mein Aussehen unbeeindruckt von ihrem Platz unter der Heizung. Nicht mal der Vanilleduft der um sie herum drapierten Kerzen scheint sie zu stören. Überhaupt wirkt mein Wohnzimmer wie aus einem Ikea-Prospekt entsprungen. Die lecker riechenden Teelichter hüllen den Raum zusammen mit der Schneeflocken-Lichterkette am Fenster in ein schummrig-gemütliches Licht. Alle herumliegenden Bücher haben einen festen Platz im Regal gefunden, so dass man endlich gefahrlos durch das Zimmer gehen kann. Zum Beispiel mit geschlossenen Augen, während man sich auf dem Weg zum Sofa leidenschaftlich küsst.

Grinsend klopfe ich noch einmal die hübsch arrangierten Kissen auf meinem Sofa auf, da klingelt es auch schon. Mit der Geschwindigkeit einer Rakete rast Cleo an mir vorbei in den Flur und bellt aufgebracht die Tür an. Ich habe allergrößte Mühe, sie dort wieder wegzubekommen und zurück ins Wohnzimmer zu bugsieren. Schnell schließe ich die Tür, doch ihr aggressives Bellen schallt weiter durch die Wohnung.

»Entschuldige«, begrüße ich Julius, als ich ihm öffne. Er trägt denselben Stoffmantel wie beim letzten Mal, einen Rucksack auf dem Rücken und einen Strauß weiß-rosa Rosen in der Hand. Mit einem Kuss auf die Wange drückt er mich an sich und hinterlässt schneeflockengroße feuchte Stellen auf meinem Pullover.

»Du siehst toll aus.« Seine Augen glänzen hinter dem Rahmen seiner randlosen Brille, die er heute wieder trägt – extra für mich.

»Sind die für mich?«, frage ich und nehme die Blumen an mich.

»Nee, für Cleo«, scherzt er. »Wo ist sie denn?«

Der nur schwer zu überhörende Hund scharrt bereits ungeduldig mit den Pfoten vor der Wohnzimmertür.

»Da drin«, sage ich mit einem unschuldigen Lächeln auf den Lippen. »Ich kann für nichts garantieren.«

Mit einem hellen Lachen tritt Julius an mir vorbei und legt die Hand auf die Klinke. »Darf ich?«

Mutig ist er ja, das muss man ihm lassen. Ich nicke und spüre, wie meine Hände feucht werden, als er die Tür öffnet und Cleo an ihm vorbeisaust. Als ich die Augen wieder öffne, läuft sie mit gesträubtem Fell vor ihm her und bellt aufgebracht. Sie hat sogar die Zähne gefletscht.

»Sie mag keine dunkel gekleideten Leute«, erkläre ich mit Blick auf seinen schwarzen Mantel.

»Na, wenn das so ist.« Umgehend zieht Julius ihn aus. Darunter trägt er einen tannengrünen Pullover, der ihm unfassbar gut steht. Ich nehme den Mantel an mich und beobachte meinen Hund, der sich noch immer nicht beruhigen will. Zu ihrem Bellen hat sich jetzt auch noch ein Knurren dazugesellt.

Furchtlos geht Julius vor Cleo in die Hocke und lässt sie ausgiebig an seiner Hand schnuppern. »Na du. Ich habe schon ganz viel von dir gehört. Warte, ich hab was für dich.«

Zu meiner großen Erleichterung hält Cleo genügend Abstand zu seinen Fingern. Vorsichtig fummelt Julius eine Tüte aus der Hosentasche seiner Jeans. Ich erkenne am Schriftzug darauf, dass es sich um getrocknetes Hühnerbrustfilet handelt. Noch halb knurrend legt Cleo sich hin, ihr Schwanz peitscht aufgeregt hin und her. Mit einem satten Ratsch reißt Julius die Tüte auf und entnimmt zwei dünne Streifen. Dann legt er sie auf seine offene Handfläche und hält sie direkt vor Cleos Nase. Der tropft bereits der Sabber aus dem Maul, doch sie nähert sich seiner Hand nur langsam.

Mein Herz macht einen entzückten Hüpfer, als Cleo das erste Leckerchen behutsam mit ihrem Mäulchen umschließt und laut schmatzend verschlingt. Das nächste folgt sofort und plötzlich herrscht Ruhe in meiner Wohnung. Sie lässt es sogar zu, dass Julius ihren Kopf tätschelt – ganze zwei Sekunden lang, bevor sie sich von ihm abwendet. Zwar stinkt mein Flur jetzt nach getrockneten Hühnerbrustfilets (ein ähnlich abartiger Geruch wie frischer Pansen), doch dafür ist mein Hund glücklich und vor allem friedlich. Mit dem letzten großen Leckerchen im Maul wandert sie direkt in ihr Körbchen unter der Heizung.

»So, hätten wir das also geklärt.« Julius strahlt mich an und nimmt mich noch einmal ausgiebig in die Arme. »Dann können wir uns nach der Raubtierbändigung ja jetzt dem ungefährlichen Teil des Abends widmen.«

Es gibt selbstgemachte Pizza, nichts Weltbewegendes und vom Niveau her ungefähr auf Spaghetti-Bolognese-Stufe, aber das stört mich nicht. Ich genieße es, zum leisen Gedudel des Radios ausgiebig mit Julius über unsere Erlebnisse der letzten Woche zu sprechen. Er hört mir aufmerksam zu, als ich ihm vom gestrigen Trauungsorte-Besichtigungsmarathon mit Pia und Nadine berichte und erzählt mir anschließend stolz, dass er gerade einen Roman verschlingt, den ich im letzten Jahr übersetzt habe. Das Buch hat sogar einen Publikumspreis gewonnen, worauf ich sehr stolz bin, und auch Julius zeigt sich beeindruckt, als ich es erwähne.

Während die Pizza im Ofen vor sich hin bräunt, öffnet Julius den mitgebrachten Weißwein. Er schaut mir tief in die Augen, während wir miteinander anstoßen. Ein vorfreudiges Kribbeln breitet sich in meinem Inneren aus. Der heutige Abend wird nicht so unschuldig enden wie unser letztes Date, so viel steht fest.

»Wie lang wohnst du schon hier?«, unterbricht er meine nicht-jugendfreien Gedanken und lässt den Blick durch die Küche schweifen.

»Seit letztem Jahr. Meine Freundin Pia ist Immobilienmaklerin. Sie wohnt im selben Haus und hat mir die Wohnung vermittelt.«

Er stößt einen anerkennenden Pfiff aus. »Die Aussicht ist bestimmt nicht billig.« Wir sehen gleichzeitig aus dem Fenster hinaus auf den Markkleeberger See, der sich in der Dunkelheit vor uns verbirgt.

»Eigentlich liegt die Wohnung über meinem Budget«, gebe ich zu. »Aber wenn man so viel Zeit am Schreibtisch verbringt wie ich, ist man froh über einen Ausblick wie diesen. Und du? Du sagtest letztes Mal, dass du in einer WG wohnst?«

Julius schweigt ein paar Sekunden lang. »Ja … so ähnlich. Wo hast du vorher gewohnt?«

In meinem Hals wächst ein harter Kloß heran. Nun nähern wir uns also den nicht ganz so unverfänglichen Themen.

»In Leipzig, Reudnitz genauer gesagt. Zusammen mit meinem Exfreund.« Jetzt ist es raus. Julius' Augen liegen unverwandt auf mir, als er einen großen Schluck von seinem Wein nimmt.

»Möchtest du mir erzählen, warum es auseinandergegangen ist?«

Kurz winde ich mich auf meinem Stuhl, doch dann beschließe ich, dass es keinen Grund gibt, das Thema vor ihm zu verheimlichen. Immerhin ist dieses Kapitel meines Lebens beendet. Dass Julius heute Abend hier ist, ist der beste Beweis dafür.

»Wir waren fünf Jahre zusammen, die ersten zwei davon relativ glücklich. Ich habe Christoph bei einer Studentenparty kennengelernt, was schon absurd genug ist, weil er nur ungefähr zweimal im Jahr freiwillig abends weggehen wollte.«

Fragend hebt Julius eine Augenbraue.

»Er ist wohl das, was man allgemein unter dem Begriff Couchpotato versteht. Anstatt mit seinen Kommilitonen ein Bier trinken zu gehen, hat er seine Freizeit lieber zockend vor seinem Computer verbracht. Am Anfang hat mich das nicht gestört und ich war sogar froh darüber, dass er so oft zu Hause war. Doch irgendwann hat er selbst sein Frühstück vor den Computer verlegt und ist generell kaum noch aus dem Haus gegangen. Alles blieb an mir hängen, Einkäufe, Behördengänge und so was. Mir war lange nicht klar, wie ernst die Lage war. Doch dann habe ich kapiert, dass er süchtig nach Online-Spielen war. Davon wollte Christoph natürlich nichts hören. Er meinte, dass es ja wohl seine Sache sei, wie er seine Freizeit verbringt. Leider hat sich sein Verhalten auch bald auf die Uni ausgewirkt und irgendwann ist er einfach nicht mehr zu seinen Vorlesungen gegangen. Bis er schließlich zwangsexmatrikuliert wurde. Da war ich mit den Nerven bereits am Ende.«

»Glaube ich«, erwidert Julius mitfühlend.

Ich muss mir noch ein Glas Wein nachschenken, bevor ich weitersprechen kann. »Ich habe ihn angefleht, aufzuhören, doch er wollte nicht auf mich hören. Der ganze Haushalt lag mittlerweile bei mir und es hat mich halb wahnsinnig gemacht, dass ich mich um alles alleine kümmern musste. Damit wir die Miete bezahlen konnten, habe ich zwei Nebenjobs angenommen und trotzdem hat es an allen Ecken gefehlt. Als ich nicht mehr konnte und ihm mit Trennung drohte, hat er endlich verstanden, wie ernst es mir war.«

Julius' Augenbrauen erheben sich ungläubig.

»Ja, er hat sich sogar in Therapie begeben, worauf ich wahnsinnig stolz war. Ich dachte wirklich, dass wir es von da an schaffen könnten.«

»Was aber nicht passiert ist«, vermutet er.

Traurig schüttele ich den Kopf. »Nein, leider nicht. Christoph hat sich einen Job als Aushilfe in einer Konservenfabrik gesucht. Er hat seine Arbeit gehasst, aber um sich etwas anderes zu suchen, war er zu faul. Die Freude darüber, dass er sich wieder gefangen hatte, hielt nicht lange an, denn die Stimmung zwischen uns wurde immer schlechter. Am Ende hat er sich nicht einmal mehr für Cleo interessiert.«

Meine Hündin wackelt kurz mit den Ohren, als sie ihren Namen hört. Lächelnd lasse ich meinen Blick auf ihr ruhen. In den letzten zehn Minuten hat sie es sich zur Aufgabe gemacht, die Pizza im Ofen zu bewachen.

»Irgendwann hat Christoph wieder damit angefangen, vor dem Computer abzuhängen. Da wurde ich langsam unruhig. Zwar hat er geschworen, nicht mehr zu zocken, aber was er da genau tat, hat er trotzdem vor mir verheimlicht.«

»Und du hast natürlich das Schlimmste angenommen«, sagt Julius.

Ich kippe den Rest meines Weines hinunter und nicke. »Genau. Aber er hat gar nicht gezockt. Als ich dahintergekommen bin, dass er sich im Internet mit anderen Frauen verabredet hat, war ich total vor den Kopf gestoßen. Im Bett lief schon lange nicht mehr viel und nun wusste ich auch warum! Christoph hatte sich seine Befriedigung woanders gesucht. Im ersten Moment konnte ich es gar nicht fassen. Hätte ich die Chat-Nachrichten und Mails nicht durch einen blöden Zufall mit eigenen Augen gesehen, wäre mir im Traum nicht eingefallen, dass er mich betrügen würde. Dafür schien er gar nicht der Typ zu sein. Ich hätte ihm das niemals zugetraut, aber so kann man sich täuschen. Zwei Wochen später bin ich ausgezogen.«

Mit vor der Brust verschränkten Armen starre ich auf den braunen Käserand, der sich leicht blubbernd über den Belag der Pizza erhebt. Nach der Trennung und meinem Auszug war der Spuk noch lange nicht zu Ende, doch das verschweige ich an dieser Stelle.

»Und jetzt geht es dir besser?« In Julius' Frage schwingt noch etwas anderes mit. Er möchte wissen, ob ich über meinen Ex hinweg bin.

Ich nicke energisch. »Mit dem bin ich so was von durch.«

Seine Finger finden den Weg zu meiner Hand und befreien sie aus ihrem Klammergriff. Gemeinsam legen wir unsere ineinander verschlungenen Hände auf die Tischplatte. Julius lächelt mich an und ich tue es ihm gleich. Zum Glück hat meine Geschichte die Stimmung nicht ruiniert. Im Gegenteil – meine Schultern fühlen sich an, als wäre ein tonnenschweres Gewicht von ihnen genommen worden.

»Die Pizza ist fertig«, flüstert er.

Ich nicke automatisch, während ich gebannt auf seine Lippen starre. Mein Appetit ist plötzlich verflogen. Stattdessen hat ein ganz anderer Hunger von meinem Körper Besitz ergriffen. Julius scheint es genauso zu gehen. Ohne seinen Blick von meinem Gesicht abzuwenden, stellt er den Ofen ab und öffnet die Tür einen Spaltbreit zum Durchlüften. Dann zieht er mich ganz langsam auf die Füße, bis ich nur noch wenige Zentimeter von seinem verführerischen Mund entfernt bin. Seine Finger finden den Weg in mein Haar. Mein ganzer Körper erbebt unter dieser schlichten Berührung.

Bevor ich weiß, wie mir geschieht, liegen seine Lippen auf

meinen und umschließen sie fest und drängend. Julius' Hand wandert zu meinem Po, mit der anderen hält er meinen Hinterkopf fest umklammert. Würde ich mich nicht an ihn pressen, hätten meine Knie längst unter mir nachgegeben. Sein Kuss wird tiefer, drängender. Unsere Zähne schlagen in der Hitze des Augenblicks aneinander. Keine Minute später haben wir unsere Pullover auf dem Küchenboden verteilt. Ich klammere mich an seinen starken Armen fest und lotse ihn unter halb geschlossenen Lidern in mein Schlafzimmer.

Nur am Rande nehme ich wahr, dass Cleo sich in ihr Körbchen zurückgezogen hat. Als wir den Flur erreichen, trage ich bereits keinen BH mehr. Auf dem Weg ins Schlafzimmer schält Julius mich umständlich aus meiner Hose. Die Tür fliegt mit einem lauten Rumms hinter ihm ins Schloss, im selben Moment drücke ich ihn bereits auf mein Bett. Wir fallen nach hinten, er hält mich fest.

Der Anblick, der sich mir jetzt bietet, war die lange Durststrecke definitiv wert. Tschüss, sexloses Leben. Hallo, nackter Mann!

Kapitel 9

Seit meinem Date mit Julius bin ich ein körperliches Wrack. Wenn man so lange wie ich darauf verzichtet hat, kann so ein stundenlanger Sex-Marathon ganz schön schlauchen. Ich war selbst überrascht davon, wie unersättlich ich sein kann. Kaum hatten wir eine Runde beendet, fand ich mich schon wieder auf, unter oder neben Julius wieder. So genau kann ich das gar nicht mehr sagen; ich weiß nicht mal mehr, ob die Initiative von mir oder von ihm ausging. Jedenfalls schmeichelte es mir sehr, dass der schöne Mann in meinem Bett genauso wenig genug von mir bekommen konnte wie ich von ihm. Wer hätte gedacht, dass Sex solchen Spaß macht!

Mit meinem Exfreund glich mein Liebesleben, wenn man es denn überhaupt so nennen konnte, eher einer Pflichtübung, die der Vollständigkeit halber alle paar Wochen praktiziert wurde. Damals hatte ich so viel Stress mit meinem Studium, den Nebenjobs und später in meinem Job, dass mir einmal Sex im Monat ganz okay vorkam. Das klang irgendwie nach bundesdeutschem Durchschnitt und damit war ich zufrieden. Wenn ich doch nur geahnt hätte, was ich verpasse! Zum Glück hat Julius mich in nur einer Nacht bekehrt. Dafür nehme ich gerne die pochenden Schmerzen und puddingweichen Knie in Kauf, die mich an den folgenden Tagen quälen.

Heute, am Mittwoch, sehe ich ihn endlich wieder. Zuerst bin

ich aber mit meiner Mama zum Essen in der DNB verabredet. Anschließend treffe ich mich mit Julius, der extra meinetwegen früher Feierabend macht. Bestimmt ist es meiner Mama gegenüber unfair, dass ich mich mehr auf das Date mit ihm freue als auf unser Mittagessen, doch als ich ihr gegen 13 Uhr grinsend wie ein Honigkuchenpferd gegenübersitze, lächelt sie nur verschmitzt.

»Na, hattest du ein schönes Wochenende?«

Es scheint unmöglich, dass meine Mundwinkel sich noch breiter spannen können, ohne dauerhafte Schäden in meinem Gesicht zu hinterlassen.

»Dann hat sich mein kleiner Überfall ja gelohnt. Ich hoffe, du bist mir nicht mehr böse, weil ich Julius zum Streichen verdonnert habe, ohne dir vorher Bescheid zu sagen.«

»Ach was«, winke ich großzügig ab. »Schon vergessen.«

Sie grinst verschlagen. »Wie war euer Essen?«

»Unser Essen?«

Ach so, sie meint den Italiener. Für einen kurzen Moment dachte ich, sie spricht von der Pizza. Aber davon kann sie ja gar nichts wissen.

»Gut.«

Als sie fragend den Kopf schieflegt, liefere ich noch ein paar Infos hinterher.

»Unser Date war toll. Wir hatten einen sehr schönen Abend beim Italiener. Julius hat mich am Sonntag zu Hause besucht. Wir haben Pizza gebacken.« Über die wir erst mitten in der Nacht, so zwischen dem dritten und vierten Orgasmus hergefallen sind, aber das muss Mama ja nicht wissen.

»Das freut mich. Er gefällt dir also?« Interessiert beugt sie sich über ihren leeren Teller und bettet das Kinn auf ihre gefalteten Hände. Dass ich mein eigenes Essen noch gar nicht angerührt habe, merke ich erst jetzt.

»Ich denke schon.« Das ist vermutlich die größte Untertreibung des Jahres, aber bei Mama muss man vorsichtig sein. Auch wenn sie sich für gewöhnlich nicht in mein Leben einmischt – von spontanen Streichaktionen mal abgesehen –, möchte ich trotzdem nicht, dass sie sich zu große Hoffnungen macht. Noch weiß ich schließlich nicht, wohin die Reise geht.

»Wann seht ihr euch wieder?« Im selben Atemzug schiebt sie hinterher: »Isst du das noch?«

Wortlos überlasse ich ihr meinen Teller, über den sie sich augenblicklich hermacht. Zwar ist in meiner Bauchgegend jede Menge los, aber mit Appetit hat das nicht viel zu tun.

»Er macht gleich Feierabend und dann … äh …« Ja, was sage ich ihr denn jetzt? *Mal sehen, was wir machen, aber wahrscheinlich endet es damit, dass wir uns die Seele aus dem Leib vögeln?* Wohl kaum. Eigentlich haben wir gar nicht darüber gesprochen, was wir heute Nachmittag machen werden, aber wenn ich so an meine neuerwachte Libido denke, läuft es wohl genau darauf hinaus.

Doch zu meinem Glück ist Mama sowieso nicht an den Details interessiert. Zwischen zwei Bissen nickt sie bloß und nuschelt: »Viel Spaß.«

Mit hochrotem Kopf nehme ich einen großen Schluck von meinem Kaffee und versuche, meine plötzlich auftretenden Hitzewallungen niederzukämpfen. In diesem Augenblick betritt Julius die Cafeteria. Das blonde Haar hängt ihm leicht verwuschelt in die Stirn, so als ob er sich gerade mit der Hand hindurchgefahren wäre. Einige Frauen wenden die Köpfe nach ihm um, nur um sich anschließend mit einem schmachtenden Blick wieder ihrem Mittagessen zu widmen. Ein leichtes Gefühl von Stolz durchströmt mich, als er mich entdeckt und lächelnd an unseren Tisch kommt.

»Hey, meine Schöne, hier steckst du.«

Vielleicht genieße ich die Aufmerksamkeit und die missgünstigen Blicke der anwesenden Damen einen Tick zu sehr, als er mir einen Kuss auf die Wange drückt. Muhahaha, schreit mein Unterbewusstsein. Seht her, der gehört mir!

»Hallo Sarah«, begrüßt er meine Mutter und in sein Lächeln mischt sich eine Spur Schüchternheit.

»Hey Julius. Ich muss dann auch mal wieder.« Mit einem Satz ist Mama auf den Beinen. »Die Bücher warten«, fügt sie überflüssigerweise hinzu, dann grinst sie mich vielsagend an und – oh Gott, wie peinlich! – zwinkert mir auch noch vor Julius zu. Ich möchte am liebsten im Erdboden versinken, doch leider wird mir dieser Wunsch natürlich nicht erfüllt.

»Wollen wir auch gleich los?« Als Julius nach meiner Hand greift, blitzt eine schnelle Abfolge von Bildern vor meinem inneren Auge auf: sein nackter Hintern, in den ich meine Fingerkuppen kralle, sein muskulöser Oberkörper, der sich über mir hebt und senkt, und das blonde Haar, das ihm wild in die Stirn hängt, als er …

»Ja, los geht's.«

Bevor ich noch auf die Tischplatte sabbere, lasse ich mich von ihm nach oben und hinaus in die Kälte führen. Kaum hat die Winterluft meine dampfenden Gedanken abgekühlt, fühle ich mich wieder wie ein normaler Mensch und nicht mehr wie eine untervögelte Endzwanzigerin.

»Was machen wir jetzt?« Ich bemühe mich, die Frage unschuldig klingen zu lassen, doch Julius' freches Grinsen katapultiert mich sofort zurück in meine Phantasiewelt.

»Worauf hast du denn Lust?«, raunt er dicht an meinem Ohr, während seine Hand langsam an meinem Rücken herunterwandert und eine Spur wohliger Gänsehaut auf meinen Armen hinterlässt.

»Wollen wir zu dir gehen? Ich würde gerne sehen, wie du lebst.«

Schlagartig erstirbt das lüsterne Grinsen auf seinen Lippen. Julius tritt einen Schritt zurück, um sich durch die Haare zu fahren. Oje, habe ich etwas Falsches gesagt?

»Ist es … gerade schlecht?«

Hoffentlich habe ich jetzt nicht die Stimmung ruiniert. Er

schweigt ein wenig zu lange, bevor er mit der Sprache herausrückt.

»Ein andermal echt gerne. Aber mein … äh … Mitbewohner hat zur Zeit Urlaub und es ist immer etwas anstrengend, wenn er den ganzen Tag daheim ist.« Als ich ihn fragend anblinzele, fügt er seufzend hinzu: »Mein Mitbewohner verlangt sozusagen Dauerbespaßung. Wir hätten also keine ruhige Minute.«

»Oh.« Mehr fällt mir dazu nicht ein. Verlockend klingt das wahrlich nicht. »Okay, dann … wollen wir vielleicht zu mir fahren?«

Als hätten meine Worte einen Schalter umgelegt, überbrückt Julius die Distanz zwischen uns und lächelt nun wieder unbefangen. Erleichtert sinke ich in seine starken Arme.

»Ich hab dich noch gar nicht richtig begrüßt«, murmelt er. Mit einem vielsagenden Funkeln in den Augen blickt er auf mich hinab. Leider trägt er seine Brille heute nicht, aber die würde auch nur stören, so stürmisch, wie er mich im nächsten Moment küsst.

Arm in Arm schlendern wir zur Haltestelle. Julius' Hand liegt die ganze Zeit über auf meinem Po. Mein Unterleib zieht sich in aufgeregter Vorfreude zusammen und ich grinse ununterbrochen vor mich hin.

Für meinen Geschmack dauert es entschieden zu lange, bis wir die Fahrt nach Markkleeberg, inklusive Umsteigen und Wild-an-der-Haltestelle-Herumknutschen, hinter uns gebracht haben. Atemlos stolpern wir die Stufen zu meiner Wohnung hinauf und lösen unsere Lippen nur voneinander, als wir kurz vorm Erstickungstod stehen. Ich fühle mich wie ein verknallter Teenager. Wer hätte gedacht, dass ich dieses unbeschreibliche Gefühl jetzt, viele Jahre später und um ein Vielfaches intensiver, wieder erleben darf?

Kaum ist die Wohnungstür hinter uns ins Schloss gefallen, reißt Julius mir ungeduldig die Jacke von den Schultern, sein Mantel folgt nur wenige Sekunden später. Aus der offenen

Wohnzimmertür kommt Cleo angetrabt, beäugt unseren frisch aufgeschichteten Klamottenberg misstrauisch und trottet dann zurück zu ihrem Platz. Ach, das schon wieder, scheint sie zu denken. Das kann dauern, da mach ich mich lieber noch mal lang.

Gute Entscheidung, genau das werden wir jetzt auch tun!

Kapitel 10

Natürlich wollen Pia und Nadine über jedes Detail meines neu erwachten Liebeslebens informiert werden. Als wir uns am folgenden Freitagabend in unserer Lieblingsbar im Barfußgässchen treffen, schwärme ich ihnen in den höchsten Tönen von Julius' unglaublichem Körper vor.

Nadine hat die Arme auf ihren übergeschlagenen Beinen verschränkt und sieht mich verzückt an. Pia nickt zufrieden. »Das wurde ja auch Zeit«, brummt sie.

»Seid ihr jetzt ein Paar?«, will Nadine wissen.

Ich verschlucke mich fast an meinem Mojito. Die Frage ist durchaus berechtigt, von einer lockeren Affäre war schließlich nie die Rede – von allem anderen aber eben auch nicht.

»Oh, oh. Falsche Frage.« Pia zwinkert mir hinter ihrem Cocktailglas zu.

»Wie? Ihr habt noch gar nicht über euren Beziehungsstatus gesprochen?« Verblüffung schwingt in Nadines Worten mit.

»Jetzt mach ihr kein schlechtes Gewissen«, springt Pia mir bei. »Du machst das schon ganz richtig, Sophie.« Ihre dunkelrot lackierten Nägel streichen kurz über meinen Handrücken. »Man kauft ja schließlich nicht die Katze im Sack. Erstmal ausgiebig testen und dann entscheiden, ob man sich längerfristig darauf einlassen möchte.«

»Du klingst, als würdest du von einer Matratze sprechen, auf der du im Möbelhaus probeliegst«, bemerkt Nadine lachend.

»Da gibt es ja durchaus Gemeinsamkeiten …« Pia schafft es gerade noch, ihren Cocktail abzustellen, bevor Nadine sie mit einem Dekokissen bewirft.

»Hier geht es um Menschen und Gefühle! So was sollte man abklären, bevor jemand verletzt wird.« Nadines Blick wird wieder ernst. »Weißt du noch, als du damals die Affäre mit diesem Musiker hattest?«, fragt sie mich. »Bevor du mit Christoph zusammengekommen bist?«

Als sie diese kurze Episode meines Lebens anspricht, muss ich schlucken. Sie scheint eine Ewigkeit her zu sein und doch erinnere ich mich genau daran. Wie könnte ich meinen Schmerz von damals jemals vergessen?

»Für dich war es die große Liebe. Du warst so verblendet, dass du gar nicht gemerkt hast, dass der Arsch dich nur ausnutzt. Wie hieß der Typ noch mal? Gregor?«

»Ja«, antworte ich mit gepresster Stimme. »Das war wirklich keine schöne Zeit.«

Das stunden-, manchmal tagelange Warten auf seinen Anruf, die ewigen Gedankenspiele um eine gemeinsame Zukunft, die nie eintreten sollte, und etliche rotweingetränkte Abende mit Nadine flammen vor meinem inneren Auge wieder auf. Damals habe ich zum ersten Mal hautnah erlebt, wie schlimm sich Liebeskummer anfühlen kann. Seit Jahren habe ich nicht mehr an Gregor gedacht, aber jetzt ist plötzlich alles wieder präsent: die Unsicherheit, das schmerzhafte Gefühl in meiner Brust und die viel zu kurze gemeinsame Zeit, die wir meistens auch noch im Bett verbracht haben. Ständig habe ich mich gefragt, wie Gregor zu mir steht und mich doch nie getraut, ihn direkt darauf anzusprechen. Zu groß war meine Angst vor einer Enttäuschung, denn insgeheim war mir bereits klar, dass ich für ihn nicht mehr als eine lockere Affäre war. Dabei hatte ich so sehr gehofft, dass er sich vielleicht doch in mich verlieben würde, wenn wir nur mehr Zeit miteinander hätten. Aber das ist natürlich nicht passiert. In den wenigen gemeinsamen Wochen war ich meistens traurig, übermüdet oder verkatert. Nie habe ich mich gut genug für ihn gefühlt. Die Gefühle von damals drohen wieder in mir aufzulodern, doch ich kämpfe sie entschlossen nieder. Das ist lange vorbei. Nie wieder will ich einem Kerl hinterherrennen, der mich nicht zu schätzen weiß.

Nadine schaut mich lange an. »Na also«, sagt sie zufrieden. »Wer sagt denn, dass es Julius mit dir anders geht? Vielleicht fragt er sich im Stillen, was das zwischen euch beiden ist, und traut sich nicht, dich darauf anzusprechen.«

»Ich bitte dich! Er ist ein Mann«, wirft Pia ein, als wäre die bloße Existenz eines Y-Chromosoms Grund genug, um vor Liebeskummer gefeit zu sein.

»Na und? Deshalb kann er sich ja trotzdem falsche Hoffnungen machen!«

Nadine und Pia liefern sich ein Blickduell, bei dem die Funken fliegen. Irgendwann gibt Pia auf und verdreht genervt die Augen. »Wenn du meinst. Dann sprich halt mit ihm über eure *Gefühle.*« Sie betont das Wort, als wäre es giftig.

»Okay«, murmele ich in mein Glas. Wann sind Dates eigentlich so kompliziert geworden? Wieso kann ich die Zeit mit Julius nicht einfach genießen? Weil du nicht so ein rücksichtsloses Arschloch wie der gitarrespielende Idiot von damals sein willst!, erinnert mich mein Gewissen.

Wieder muss ich daran denken, dass es noch so viel gibt, was ich nicht über Julius weiß. Stattdessen kenne ich jeden Zentimeter seines (sehr beeindruckenden) Körpers. Wenn ich an seine Augen, sein offenes Lächeln, die starken Oberarme und den knackigen Hintern denke, schlägt mein Herz schneller. Das ist doch ein gutes Zeichen, oder? Wir müssen uns einfach besser kennenlernen, um zu wissen, was aus uns werden kann, beschließe ich und leere mein Glas. Unser Stammkellner Tim bringt unaufgefordert Nachschub. Guter Mann.

Als wüsste Julius, dass ich an ihn denke, klingelt in diesem Moment mein Handy. Neugierig beugen sich Pia und Nadine über mich, um einen Blick auf mein Display zu erhaschen. Von dort leuchtet ihnen das Foto eines verschlafenen, nackten Mannes entgegen, das ich am Morgen nach unserem letzten Treffen heimlich gemacht habe.

»Na los!«, ermuntert mich Nadine.

»Schnapp ihn dir!«, grinst Pia.

Leicht beschwipst kichere ich ins Telefon. »Hallo, schöner Mann.«

»Hallo, schöne Frau«, kommt prompt die Antwort. Ich kann das feine Lächeln in seiner Stimme hören. »Ich hoffe, ich störe euren Mädelsabend nicht, aber ich hatte solche Sehnsucht nach dir, dass ich unbedingt deine Stimme hören musste.«

»Ooooooh«, kommt es entzückt von Nadine, die ihr Ohr fest an die Rückseite meines Telefons presst. Ich versetze ihr einen Stoß in die Rippen und räuspere mich.

»Nicht doch. Du störst nicht.« Meine Stimme klingt so zuckersüß wie der Cocktail, der sich gerade mit den Schmetterlingen in meinem Bauch vermischt.

»Wir wollten sowieso gleich unsere Zelte abbrechen«, sagt Nadine, die sich von der Kraft meiner Ellenbogen keineswegs beeindruckt zeigt und standhaft ihren Platz an der Rückseite meines Telefons verteidigt.

»Wirklich?«

Ich meine, einen Hauch Erleichterung aus Julius' Stimme herauszuhören. Er macht eine kurze Pause, die von Nadines leisem Kichern gefüllt wird. Pia neben mir verdreht nur weiterhin die Augen – scheinbar ihre Lieblingsbeschäftigung am heutigen Abend.

»Ich muss dich sehen«, höre ich Julius sagen. »Lass mich dich abholen! Ich halte es keine Sekunde länger ohne dich aus. Zwei Tage ohne dich sind einfach 48 Stunden zu viel.«

Während Nadine schmachtend rücklings aufs Sofa fällt, nutze ich die Gelegenheit, um ein paar Zentimeter von ihr wegzurücken.

»Gerne«, antworte ich und spüre meine Wangen aufleuchten wie zwei neonrote Werbetafeln an einem Sexshop. Ich gebe Julius unseren genauen Standort durch und verspreche ihm, mich nicht von der Stelle zu rühren, bis er hier auftaucht. Nachdem ich das Handy in meiner Handtasche verstaut habe, rücken plötzlich mehrere Schminkutensilien in mein Blickfeld. Wortlos hält Pia mir ihre Mascara, einen Kajalstift und einen Concealer entgegen.

»Rouge hast du nach dem Telefonat nicht mehr nötig«, stellt sie trocken fest. Sie kennt mich gut genug, um zu wissen, dass ich, im Gegensatz zu ihr, nicht auf alle Eventualitäten vorbereitet bin, wenn ich das Haus verlasse. Deshalb nehme ich die Sachen dankbar an mich. Bevor ich auf die Toilette verschwinde, kramt Nadine noch einen Kamm aus ihrer Handtasche und lässt ihn in meinem Ausschnitt verschwinden. Beschwingt verlasse ich meinen Platz, um mich auf der Toilette herzurichten. Meine Augen wirken leicht glasig nach den Cocktails. Generell sehe ich ein bisschen verstrahlt aus, aber das könnte auch an dem Telefonat mit Julius liegen.

Zehn Minuten später stoße ich, neu frisiert und mit aufgefrischtem Make-up, zurück zu meinen Freundinnen. Auf dem Tisch steht immer noch wartend mein halbvoller Mojito. Pia und Nadine bekommen gerade Nachschub geliefert. Grinsend beobachte ich unseren Kellner, der mir freundschaftlich zuzwinkert, bevor er seinen Blick einen Platz weiter wandern lässt und Pia aufreizend anlächelt. Als sie sein Lächeln auf hocherotische Art erwidert, kann ich mir schon sehr genau vorstellen, wie der Abend für sie enden wird. Ohne ihren Blick von Tim abzuwenden, umschließt sie den Strohhalm ihres Sex on the Beach mit ihren vollen Lippen und saugt genüsslich daran.

Bevor ich dem Vorspiel der beiden weiter folgen kann, verlangt jedoch mein Handy nach meiner Aufmerksamkeit. Im Minutentakt trudeln neue Nachrichten von Julius ein.

Stehe jetzt an der Haltestelle

Die Bahn kommt in 3 Min.

Sitze in der Bahn

Bin gleich bei dir

Falls sich Herzen wie klebrig-süße Zuckerwatte anfühlen können, dann hat meines gerade einen neuen Rekord in dieser Disziplin aufgestellt.

»Ich schätze mal, Tim und ich haben heute noch ein Date«, raunt Pia mit tiefer Stimme.

»Welcher Tim?«, frage ich verwirrt. Mein Gehirn scheint gerade einen kleinen Aussetzer zu haben.

Nadine nickt unauffällig in Richtung Kellner. Nur mit eiserner Disziplin schaffe ich es, die Augen von meinem Display abzuwenden, und bemerke die feurigen Blicke, die Pia und Tim sich ununterbrochen zuwerfen.

»Ach so, der Tim.« Wortlos schiebe ich Pia ihre Schminksachen unter dem Tisch zu, doch sie stößt meine Hand mit ihrem Bein zurück.

»Nee, Süße. Die behältst du mal schön selbst. Heute Nacht fährst du nicht zurück nach Markkleeberg.«

»Aber –« Ich will gerade protestieren, als sie mir verschwörerisch den Kopf zuwendet.

»Du lüftest heute die letzten Geheimnisse über deinen heißen Julius und ich übernehme Cleo. Keine Widerrede.«

»Und was ist mit Tim?« Sagte sie nicht gerade, dass die beiden heute noch ein Date hätten?

»Der wohnt gleich hier am Marktplatz.« Sie wirft einen beiläufigen Blick auf ihre Armbanduhr. »In einer halben Stunde hat er Feierabend. Ich nehme mir später ein Taxi und bin noch vor zwei Uhr zu Hause.«

Ich bin noch immer nicht ganz überzeugt, außerdem will ich ihr ja nicht den Abend verderben.

»Ich schlafe nie außer Haus«, erinnert sie mich. »Cleo kommt mit in meine Wohnung und morgen früh kannst du uns gerne mit frischen Brötchen wecken. Oder morgen Mittag – je nachdem, wie lange Julius durchhält«, fügt sie mit einem durchtriebenen Grinsen hinzu.

Darauf fällt mir auch nichts mehr ein. Es wäre jetzt sowieso zu spät, denn in dieser Sekunde tritt Julius durch die Tür und sieht sich suchend um. Sofort nehmen meine Freundinnen Haltung an, rücken von mir ab und ziehen unschuldig an ihren Strohhalmen. Möglichst unauffällig lasse ich Nadines Kamm und Pias Make-up in meiner Handtasche verschwinden, als er mich auch schon entdeckt und freudestrahlend an unseren Tisch kommt.

»Guten Abend, die Damen.«

Nadine seufzt verzückt. Pia lächelt nur kühl, als Julius den beiden einen angedeuteten Kuss auf den Handrücken haucht. Dann endlich beugt er sich zu mir, hüllt mich in den zitronigen Duft seines leckeren Shampoos ein und erlöst meine Lippen, die sich sehnsüchtig seinem Mund entgegenrecken. Wieder schafft es ein unschuldiger Begrüßungskuss, all meine erogenen Zonen gleichzeitig in Wallung zu versetzen.

»Ich hoffe, ihr verzeiht es mir, wenn ich Sophie jetzt entführe.« Mit seinem charmanten Lächeln könnte Julius wahrscheinlich einen Eisblock zum Schmelzen bringen.

»Natürlich«, flötet Nadine mit einem entrückten Lächeln.

»Nur zu.« Pia sieht mich noch einmal eindringlich an und gibt mir zu verstehen, dass ich mir keine Sorgen um Cleo machen soll. Weil ich weiß, dass ich mich hundertprozentig auf sie verlassen kann, nicke ich zur Bestätigung, bevor ich meine beiden Freundinnen zum Abschied fest umarme.

Auf dem Weg nach draußen scheinen die Mojitos ihre volle Wirkung zu entfalten. Die Leipziger Innenstadt verschwimmt in einem wilden Farbstrudel aus frisch gefallenem Schnee, bunter Schaufensterbeleuchtung und schummerigen Straßenlaternen. Kaum haben wir den Marktplatz hinter uns gelassen, presst Julius mich gegen eine Hauswand und küsst mich, als ob sein Leben davon abhinge. Seine Hände wandern unter meinen Mantel, meine vergraben sich in seinem blonden Haar und kurz darauf in den Potaschen seiner Jeans. Irgendwo pfeift jemand anerkennend, ein anderer ruft: »Nehmt euch ein Zimmer!«

Grinsend löse ich mich von ihm und fahre mit den Fingerspitzen die Konturen seiner Wangen nach. Als ich bemerke, dass seine Brille, die er heute wieder trägt, durch unsere Knutscherei verrutscht ist, muss ich lachen.

»Du schmeckst nach Minze«, bemerkt Julius und leckt sich genüsslich über die Lippen. »Gefällt mir.«

»Und du schmeckst nach Julius«, raune ich und ziehe ihn wieder an mich. Mein linkes Bein macht sich selbstständig und presst sich zwischen seine Schenkel. Julius' Reaktion lässt nicht lange auf sich warten. Er vergräbt seinen Kopf an meiner Schulter und stöhnt erstickt auf.

»Okay«, murmelt er schwer atmend, »ich halte es auf keinen Fall mehr bis nach Markkleeberg aus.« Mit einer hektischen Kopfbewegung scannt er die Straße ab. Just in diesem Moment fährt ein Taxi an uns vorbei, das er hektisch heranwinkt.

»Und was ist mit deinem Mitbewohner?«, will ich wissen. Zwar bin ich mindestens genauso außer Atem wie er, aber ich versuche, es mir nicht anmerken zu lassen.

»Egal«, raunt er und schiebt mich auf die Rückbank des Taxis. »Schläft wahrscheinlich eh schon.«

Ohne seine Lippen von meinem Hals zu lösen, nennt er dem Fahrer seine Adresse. Der nickt und setzt wortlos den Blinker. Wahrscheinlich erlebt er Szenen wie diese öfter.

* * *

Als ich den Druck auf meine Blase nicht länger ignorieren kann, schlage ich die Augen auf. Sie fühlen sich verklebt an, außerdem schmeckt meine Zunge, als hätte ein flauschiges Tier darauf übernachtet. Apropos flauschiges Tier: Wo ist eigentlich Cleo? Das helle Licht, das aus dem Fenster ins Zimmer scheint, brennt in meinen Augen. Sofort flammt ein heftiger Schmerz hinter meinen Schläfen auf.

Benommen sehe ich mich um. Das ist nicht mein Schlafzimmer. Unter zerwühlten Laken entdecke ich blonde Haarsträhnen, die sich im Rhythmus eines schlafenden Körpers sanft auf und ab bewegen. Lächelnd streiche ich sie aus Julius' Gesicht. Er quittiert meine Berührung mit einem leisen Grunzen. Irgendwie niedlich. Auf dem Fußboden neben dem Bett entdecke ich eine leere Flasche Rotwein (das erklärt dann wohl meine hämmernden Kopfschmerzen) und ein Glas Wasser, das ich gierig hinunterstürze. Meine schwere Zunge dankt es mir, doch meine Blase verlangt jetzt noch dringender nach Erleichterung. Auf wackeligen Beinen klettere ich über Julius hinweg.

Meine auf dem Boden verstreuten Klamotten sammele ich notdürftig ein und schlüpfe schnell in mein Höschen und Julius' Shirt, das bis zur Mitte meiner Oberschenkel reicht. Mehr ist nicht drin, denn wenn ich nicht sofort eine Toilette aufsuche, platze ich. Ganz leise schleiche ich aus dem Zimmer und finde mich in einem langen Flur wieder. Irgendwo in der Nähe läuft ein Fernseher.

Die angelehnte Tür zu meiner Rechten gibt den Blick auf einen gefliesten Fußboden frei – das muss das Badezimmer sein. Erleichtert sinke ich wenige Sekunden später auf das kühle Plastik des Toilettensitzes und lasse der Natur ihren Lauf. Nebenbei wandert mein Blick durch den Raum. Ich muss zugeben, dass Julius und sein Mitbewohner Geschmack haben. Die Fliesen über der Badewanne sind mit kleinen Stickern beklebt, auf denen Muscheln und Fische abgebildet sind. Richtig süß. Als ich bemerke, dass die Handtücher neben dem Waschbecken farblich mit der Gardine und dem flauschigen Badewannenvorleger harmonieren, entfährt mir ein schmachtender Laut. Alles hier ist pikobello sauber. Während ich in meinem Badezimmer regelmäßig an kurzen Hunde- und langen Menschenhaaren verzweifle, sieht es hier aus, als wäre erst gestern alles blitzblank geputzt worden. Das hätte ich einer Männer-WG gar nicht zugetraut. Jetzt bin ich doch ein klitzekleines bisschen neugierig auf den ominösen Mitbewohner. Oder sollte es gar Julius' Verdienst sein, dass dieses Vorzeigebadezimmer blitzt und blinkt, als wäre es einem Möbelkatalog entsprungen? Das wäre ja ein wahrer Traum!

Zufrieden wasche ich meine Hände und grinse dabei vor mich hin – bis ich mein Gesicht im Spiegel erblicke. Oh Gott, da helfen auch Pias kleine Hilfsmittel nicht mehr. Ich sehe aus wie ein Panda, der die Nacht durchgefeiert hat! Mein komplettes Make-up ist zerlaufen, die Wimpern kleben unschön zusammen und meine Haare machen jedem Vogelnest Konkurrenz. Auf der Suche nach einer Creme, mit der ich meine wundgeschrubbte Haut ein paar Sekunden später wieder beruhigen kann, finde ich ein wahres Arsenal an Tuben und Tiegeln, die sich fein säuberlich gestapelt hinter den Türen des Spiegelschranks verbergen. Von Antifaltenfluids bis hin zu verschiedenen Peelings und UV-Schutz-Tagescremes ist alles vorhanden, was Frauenherzen höherschlagen lässt. Make-up finde ich allerdings keines, was mich nicht wundert, schließlich befinde ich mich in einer Männer-WG. Kurzentschlossen schnappe ich mir das nächstbeste Tiegelchen und verteile den Inhalt großzügig auf meinem frisch gewaschenen Gesicht. Meine Haut nimmt das kleine Pflegeprogramm dankbar an und auch meine Haare freuen sich über die ausgiebige Behandlung mit einer Profibürste. Nachdem ich meine Zähne notdürftig mit auf dem Finger verteilter Zahnpasta gereinigt habe, fühle ich mich auch fast wieder wie ein Mensch. Nur gegen die unbarmherzigen Kopfschmerzen muss ich dringend etwas unternehmen.

Auf der Suche nach der Küche stolpere ich durch den Flur. Auch hier ist alles sauber und ordentlich. Ein schmaler, blau-weiß-gestreifter Läufer bedeckt den Boden. Auf einer Kommode an der Wand thront ein duftender Blumenstrauß. Stimmungsvolle Strandaufnahmen hängen an den Wänden. Langsam werde ich unruhig. Diese Behaglichkeit ist fast zu viel des Guten. Nicht mal meine eigene Wohnung wirkt so gemütlich.

Kaum habe ich meine Hand auf die Klinke der Tür gelegt, hinter der ich die Küche vermute, wird sie unvermittelt aufgerissen. Erschrocken stolpere ich einen Schritt zurück. Vor mir steht eine kleine, korpulente Frau mittleren Alters mit einer Kaffeetasse in der Hand. Ihre grau-grünen Augen kommen mir vage bekannt vor, aber mein Gehirn weigert sich, seine Arbeit aufzunehmen, bevor ich ihm nicht eine Aspirin spendiert habe.

»Guten Morgen«, begrüßt mich die Frau kühl.

»Äh … guten Morgen.«

Sie legt den Kopf schief und sieht schmaläugig zu mir hoch. Dabei wirkt sie, als würde sie ein seltenes Insekt unter einem Mikroskop begutachten. »Wer sind Sie?«

»Sophie«, antworte ich automatisch.

»Und was machen Sie hier, Sophie?« Ihre Stimme ist schneidend.

»Ich … äh … bin auf der Suche nach einer Aspirin.« Nach einer kurzen Pause traue ich mich zu fragen: »Und was machen Sie hier?«

»Ich?« Sie lacht kurz auf, dann funkelt sie mich düster an. »Ich wohne hier.«

Plötzlich rastet ein Schräubchen im Getriebe meines müden Gehirns ein. Gleichzeitig geht hinter mir eine Tür auf.

»Sophie, du bist ja schon wach.« Mit wackeligen Schritten trottet Julius auf mich zu und gähnt dabei herzhaft. Als er die Frau mir gegenüber wahrnimmt, reißt er die Augen auf. Alle Müdigkeit scheint schlagartig aus seinem Körper verschwunden zu sein. Seine Stimme klingt panisch und er bringt nur ein einziges Wort heraus: »Mama!«

»Mama«, wiederhole ich leise. Ich habe es geahnt. Mein ausgestreckter Zeigefinger deutet auf die Frau, deren Augenfarbe ich jetzt sehr deutlich zuordnen kann. Sie stimmt exakt mit Julius' überein. »Ist das etwa dein *Mitbewohner*?«

Mit schuldbewusster Miene greift Julius nach meinem Arm, doch ich schüttele seine Hand ab. Er hat mich angelogen.

»Was ist hier eigentlich los?« Julius' Mutter mustert ihren Sohn von oben bis unten. »Sag bloß, dieses Flittchen hat hier übernachtet.«

»Wie bitte –« Ich schnappe nach Luft, doch Julius drängt sich zwischen uns und wirft seiner Mutter einen flehenden Blick zu.

»Mama, bitte! Beruhige dich. Das ist Sophie.«

Ist das sein Ernst? Mehr hat er dazu nicht zu sagen?

»So habe ich dich nicht erzogen!«, zischt seine Mutter. Sie wirkt, als wollte sie ihren Sohn jeden Moment mit Blicken erdolchen. »Du weißt ganz genau, dass ich keinen Frauenbesuch in meiner Wohnung dulde. Solange du deine Füße unter meinen Tisch …«

»Jaja«, unterbricht er sie. »Tut mir leid. Ich kenne die Regeln.«

Mit zusammengekniffenen Augen stemmt sie eine Hand in ihre Hüfte. »Ich dachte, du wärst ein guter Junge. Außerdem bist du noch viel zu jung für … so was.« Ihr wenig freundlicher Blick wandert an meinem Körper hinab.

»Na, hören Sie mal!«, ereifere ich mich. »Was soll das denn heißen?« Wütend wende ich mich zu Julius um, erwarte, dass er mich verteidigt und seinen Mann steht, doch er wendet nur den Kopf ab. Schwanzeinziehen nennt man das wohl. Fassungslos klappt meine Kinnlade herunter. Ich kann es nicht glauben, dass er mich einfach so von seiner Mutter als Flittchen betiteln lässt. Und dann schießt plötzlich eine Frage durch meinen Kopf: »Wie alt bist du eigentlich?«

»Ha!«, lacht seine Mutter schadenfroh auf. »Nicht mal das weiß sie. Also wirklich, Juli, du solltest dich schämen!«

Juli? Langsam fühle ich mich wirklich, als wäre ich im falschen Film gelandet.

»Na los, sag es ihr! Sag schon!«, fordert sie mit immer lauter werdender Stimme, doch Juli bleibt stumm. Er schafft es nicht mal, mich anzusehen.

»Zwanzig«, nuschelt er kaum hörbar.

Ich glaube, mich verhört zu haben, doch seine Mutter unterstreicht seine nur schwer zu verdauende Antwort mit einem kräftigen Hab-ich's-doch-gesagt-Nicken.

»Da haben Sie es. Mein Juli-Schatz ist viel zu jung für eine wie Sie. Bestimmt war er betrunken, als Sie ihn verführt haben! Mit klarem Verstand würde er sich niemals mit einer ... wie alt sind Sie denn? Fünfunddreißig?«

Okay, jetzt fallen mir endgültig die Augen raus. Mag sein, dass ich verkatert bin. Und mag sein, dass ich in diesem Moment mehr Ringe als Augen vorweisen kann. Vielleicht haben die Mojitos und der Rotwein auch die ein oder andere Falte unschön hervorgehoben und ganz sicher sieht man im Licht der Flurbeleuchtung auch mehr graue Haare, als mir lieb ist, aber fünfunddreißig? Ich meine: Geht's noch?

»Ich bin achtundzwanzig«, schaffe ich es gerade noch, mit fester Stimme zu antworten, bevor ich Juli-Schatz und seiner Mutter den Rücken zuwende. Erst werde ich von der Mutter eines Mannes, den ich viel älter eingeschätzt habe, als Flittchen bezeichnet und dann hält er es nicht mal für nötig, für mich Partei zu ergreifen. Mir reicht's.

Lautstark knalle ich seine Zimmertür hinter mir zu. Hätte ich gestern Abend mal einen genaueren Blick gewagt, dann wäre mir Julius' Dragon-Ball-Bettwäsche sicher aufgefallen. Und auch das Regal voller großbusiger Mangafiguren spricht nicht gerade für einen Mann in meinem Alter.

Wie konnte ich mich bloß so in Julius täuschen? Dass er sich derart unterbuttern lässt, wäre mir nie in den Sinn gekommen. Ob seine Mutter weiß, welche Wirkung ihr kleiner Juli-Schatz auf Frauen hat? Auf mich machte er nicht den Eindruck, als sei er ein Kind von Traurigkeit. Aber offenbar ahnt seine Frau

Mama nichts vom regen Sexleben ihres Sprösslings, der es zu Hause nicht mal fertigbringt, ihr Paroli zu bieten. Soll er doch machen, was er will. Ich lasse mich jedenfalls nicht so behandeln.

Wütend rausche ich aus dem Zimmer. Aus dem Augenwinkel nehme ich noch wahr, wie Julius eine deftige Standpauke über sich ergehen lässt. Die gekrümmte Körperhaltung und der schuldbewusste Gesichtsausdruck verwandeln ihn in einen kleinen Jungen, der gerade etwas Schlimmes angestellt hat. Ich halte eine Sekunde inne, bevor ich die Wohnungstür öffne, doch er ruft mich nicht zurück. Stattdessen kuscht er vor seiner Mama und beteuert immer wieder, wie leid es ihm tue und dass so etwas nicht noch mal vorkommen werde.

Mit mir bestimmt nicht, denke ich und lasse die Tür mit einem lauten Rumms hinter mir ins Schloss fallen.

Kapitel 11

März

»Der Ullrich Verlag lädt zum Frühlingsfest« prangt in großen goldenen Lettern auf dem Kopf des Briefes, den ich gerade aus dem Briefkasten gefischt habe. In vier Wochen schon, am 15. April, findet das Event in Berlin statt. Meine Lektorin hat mich bereits per Mail darüber informiert und freut sich darauf, mit mir über die neuen Projekte zu sprechen, die der Verlag geplant hat.

Frühlingsfest, denke ich und schüttele ungläubig den Kopf. Wo ist nur die Zeit geblieben? Vor einer gefühlten Sekunde noch lag die Stadt unter einer dichten Schneedecke begraben und jetzt erblüht die Natur in den schillerndsten Farben. Hinter meinem Schreibtisch habe ich das kaum mitbekommen. Zu sehr war ich damit beschäftigt, mich mit Arbeit davon abzulenken, dass es mit mir und den Männern einfach nicht klappen will. Wenn ich an die unglückliche Episode mit Julius zurückdenke, bekomme ich sofort Bauchschmerzen. Meine Mutter war ziemlich geschockt, als ich das tatsächliche Alter ihres Kollegen enthüllt habe. Sie hatte ihn wesentlich älter (und reifer) eingeschätzt, genau wie ich. Dass er noch bei seiner Mutter lebt, konnte sie nicht ahnen und dafür mache ich ihr auch keinen Vorwurf. Dennoch hätte ich mir von ihr etwas mehr Recherche im Vorfeld gewünscht. Gehört das nicht zu ihrem Job als Bibliothekarin? Recherchieren und Informationen beschaffen?

Jedenfalls betrete ich die DNB seither nur noch mit gemischten Gefühlen. Glücklicherweise ist mir Julius dort nicht noch einmal über den Weg gelaufen. Es hätte sonst sehr peinlich werden können. Ich bin fast ein bisschen froh darüber, dass er sich nach dem unschönen Zusammentreffen mit seiner Mutter nicht mehr bei mir gemeldet hat, auch wenn es meinem Herzen insgeheim einen kleinen Stich versetzt. Vielleicht habe ich mir doch gewünscht, dass er um mich kämpft oder sich zumindest bei mir entschuldigt. Aber Pustekuchen! Offenbar hat seine Mutter ihn fest im Griff. Je länger ich darüber nachdenke, desto klarer komme ich zu dem Schluss, dass der abrupte Kontaktabbruch das Beste war. Was hätte ich ihm auch sagen sollen? »Werde erstmal erwachsen und melde dich in fünf Jahren wieder bei mir?« Bestimmt nicht!

Es ist Freitagabend, die wöchentliche Cocktailsause mit Nadine und Pia steht kurz bevor. Nachdem ich ein paar unserer Treffen in letzter Zeit wegen meiner übervollen To-do-Liste absagen musste, freue ich mich richtig darauf, heute rauszukommen und mich ins Getümmel der Leipziger Innenstadt zu stürzen. Ich checke mein Outfit ein letztes Mal im Spiegel, auch wenn der knielange Lederrock, die schwarzen Stiefel und das hochgeschlossene Oberteil an mir lange nicht so erotisch wirken, wie es bei Pia der Fall wäre. Cleo liegt wie erschossen auf dem Sofa. Nach unserem langen Spaziergang vorhin weiß sie, dass sie die nächsten Stunden in aller Ruhe verschlafen kann, bis ich zurück nach Hause komme und sie wieder nach draußen scheuche. Sie wedelt kurz mit dem Schwanz, als ich ihr einen Abschiedskuss auf den Kopf drücke.

Als ich die Wohnungstür hinter mir schließe, höre ich noch eine andere Tür zuknallen. Zwei Stockwerke unter mir hat Pia gerade ihre Wohnung verlassen, pünktlich auf die Minute.

»Mach's gut«, höre ich eine männliche Stimme sagen, gefolgt von einem eindeutigen Kussgeräusch.

»Du auch«, antwortet meine Freundin, dann verklingen schnelle Schritte im Treppenhaus.

Vorsichtig spähe ich über das Geländer nach unten. Pia trägt ausnahmsweise kein schickes Kostüm, sondern Jeans und ein schlichtes schwarzes Shirt, das ich unter ihrem geöffneten Trenchcoat nur erahnen kann. Ein seltener Anblick.

»Pia?«, rufe ich leise.

»Ja, komm runter.« Sie klingt irgendwie anders. Als ich bei ihr bin, erkenne ich dunkle Ringe unter ihren Augen, die auch der weltbeste Concealer nur schwer verbergen kann.

»Alles in Ordnung? Wer war denn das?«

»Theo.«

Nanu, das überrascht mich jetzt aber doch. Pia hat schon lange nicht mehr von ihrem jungen Sportstudenten gesprochen.

»Du siehst ein bisschen krank aus«, bemerke ich vorsichtig und mustere ihr blasses Gesicht und den streng zurückgebundenen Pferdeschwanz. Normalerweise trägt sie ihr seidig-schwarzes Haar offen. Es ist so etwas wie ihr Markenzeichen, immerhin reicht es bis zu ihrem Bauchnabel.

»Mir geht's auch nicht besonders gut«, räumt sie ein. »Die letzten zwei Tage habe ich mir freigenommen, aber jetzt wird es Zeit, dass ich mal wieder vor die Tür gehe. Theo wollte nur kurz nach mir sehen.«

»Trefft ihr euch wieder regelmäßig?«

Sie zuckt vage die Schultern. »Weiß ich noch nicht. Ich habe ihn jedenfalls gebeten, wieder zu gehen. Nach Sex ist mir heute wirklich nicht zumute.«

Die Überraschung muss mir sehr deutlich ins Gesicht geschrieben stehen.

»Jetzt guck doch nicht so! Ich spring doch nicht, wenn der Kerl pfeift, so weit kommt's noch. Wenn schon, dann soll er sich gefälligst nach meinem Zeitplan richten. Und heute fühle ich mich eben noch ein bisschen angeschlagen.« Sie verschränkt die Arme vor der Brust und lächelt grimmig. »Lass uns losfahren. Mein Körper verlangt einen Tequila Sunrise!«

Mit diesen Worten hängt sie sich bei mir unter und gemeinsam schlendern wir zur Haltestelle.

* * *

Nadines Anblick gefällt mir heute gar nicht. Meine beste Freundin hängt wie ein Häufchen Elend zusammengekrümmt auf unserem Stammplatz in unserer Lieblingsbar. Vor ihr steht ein leeres Weinglas.

Alarmiert nehme ich neben ihr Platz und berühre vorsichtig ihre Schulter. Als ich Spuren von Tränen auf ihren Wangen erkenne, lasse ich sofort meine Tasche fallen und umarme sie fest. »Hey Süße, was ist denn los?«

Wortlos lässt sie sich in meine Arme sinken und bricht in leises Schluchzen aus. Pia setzt sich auf ihre andere Seite und beobachtet uns mit verkniffenem Gesichtsausdruck. Mit überbordenden Emotionen konnte sie noch nie viel anfangen.

»Alex …«, beginnt Nadine stockend, doch mehr kommt da nicht. Ihr herzzerreißendes Weinen versetzt mir einen Stich.

»Was ist mit ihm? Hat er Mist gebaut?«, frage ich leise.

»Nein.« Mit hängenden Schultern löst sie sich von mir, atmet tief aus und wühlt anschließend ein Tempo aus ihrer Handtasche hervor, mit dem sie sich notdürftig das Gesicht trockentupft. »Manchmal ist er so unsensibel«, bricht es schließlich aus ihr hervor.

Ich lehne mich zurück und warte darauf, dass sie weiterredet. In dieser Sekunde taucht Tim auf und stellt wortlos Cocktails vor uns ab. Den hoffnungsvollen Blick, mit dem er Pia bedenkt, ignoriert sie gekonnt.

Bevor Nadine sich dazu aufrafft, weiterzusprechen, nimmt sie einen großen Schluck. »Er ist gerade mit seiner Klasse auf Klassenfahrt«, beginnt sie mit brüchiger Stimme. »Und er weiß ganz genau, dass ich letzte Woche … meine Tage hätte kriegen müssen.«

Mit tränennassen Augen sieht sie zu mir auf. Ich nehme sie noch einmal in den Arm. Mein Herz wird schwer, denn ich ahne, was jetzt folgt. Gespräche wie diese haben wir im letzten Jahr zu oft geführt.

»Hat es wieder nicht geklappt?«, frage ich behutsam.

Nadine schüttelt den Kopf. Eine einzelne Träne löst sich aus ihrem Wimpernkranz. »Ich habe letzten Samstag einen Test gemacht, als meine Periode ausgeblieben ist. Er war negativ. Aber dann ist trotzdem nichts passiert.«

Ich kann mir genau vorstellen, wie sehr sie an ihrer Hoffnung festgehalten hat.

»Das lag bestimmt am Stress«, sagt Pia. »Die Hochzeitsplanung und dann der Druck auf Arbeit … Da kann sich die Regel schon mal verspäten.«

Nadine nickt unsicher. In der Frauenarzt-Praxis, in der sie als medizinische Fachangestellte arbeitet, sind momentan zwei Kolleginnen krank, und es geht drunter und drüber. Dazu nehmen die Hochzeitsvorbereitungen einen Großteil ihrer begrenzten Freizeit in Anspruch. Es vergeht kaum ein Abend, an dem wir nicht miteinander telefonieren und sie mich über ihre neuesten Ideen und Pläne in Kenntnis setzt. Das Datum steht, die Location ist für die Trauung und die anschließende Feier gemietet und die Einladungen sind letzte Woche rausgegangen. Jetzt geht es um die Feinheiten: die Dekoration und Blumen, das Programm, die Sitzordnung. Das kann einem schnell über den Kopf wachsen.

»So lange hat es sich noch nie verschoben«, flüstert sie niedergeschlagen. »Gestern habe ich Alex angerufen und gefragt, ob ich mit dem zweiten Test auf ihn warten soll. Aber er hat Nein gesagt.«

Ihr verletzter Blick spricht Bände. Erneut steigen Tränen hinter ihren Lidern auf. Es tut jedes Mal so verdammt weh, sie leiden zu sehen.

»Langsam glaube ich, dass er das Thema abgehakt hat.«

»Was? Aber das stimmt doch nicht!«, widerspreche ich. Ich

weiß, wie sehr Alex sich wünscht, dass die beiden ein Baby bekommen.

»Manchmal kommt es mir aber so vor. Als ich meinen Eisprung hatte, wollte er nicht mal mit mir schlafen. Ich musste ihn regelrecht dazu überreden. Meinen eigenen Verlobten! Das ist doch nicht normal.«

»Vielleicht setzt du ihn zu sehr unter Druck«, kommt es von Pia.

Oh, oh. Das hätte sie lieber nicht sagen sollen. Der bitterböse Blick, mit dem Nadine sie daraufhin straft, lässt Pia schnell nach ihrem Cocktailglas greifen und einen tiefen Schluck nehmen.

»Na, was denn! Vielleicht muss dir das mal jemand sagen. Wie lange probiert ihr es jetzt schon?«

»Über ein Jahr«, gibt Nadine kleinlaut zu.

»Mir würde es auch keinen Spaß machen, den Zuchtbullen zu spielen«, sagt Pia kühl.

Entrüstung glimmt in Nadines Blick auf. Diese unsensible Bemerkung hätte Pia sich wirklich verkneifen können.

»Hör mal, Süße, ich bin auf deiner Seite, wirklich. Ich weiß, dass du dir nichts sehnlicher wünschst, als ein kleines süßes pausbäckiges Baby, aber du musst doch auch mal Alex verstehen. Wenn du ihn ständig mit Sex nach Kalender nervst, dann kann er vielleicht einfach nicht so, wie er gerne würde.« Pia versucht, ihrer Stimme einen sanften Klang zu verleihen, doch ihre Worte treffen Nadine hart, das sehe ich. Als Pia ihre Hand ergreifen will, zieht Nadine sie weg und vergräbt sie in ihrem Schoß. Sie will das nicht hören und ich kann es ihr nicht verdenken, auch wenn Pia sicher nicht ganz unrecht hat. »Versuch doch einfach mal abzuschalten und nicht immer nur an deinen nächsten Eisprung zu denken.«

»Ja, danke, ich hab's verstanden«, zischt sie. »Es hat sich sowieso erledigt. Ich habe vorhin meine Regel bekommen. Der zweite Test ist damit hinfällig. Nächsten Monat werde ich Alex verschonen, am besten haben wir gar keinen Sex mehr. Nicht, dass der arme Mann noch zusammenbricht, wenn er ständig den Zuchtbullen geben muss.«

Damit ist die Stimmung am Tisch vollends ruiniert. Die Eiszeit zwischen meinen beiden Freundinnen ist mit Händen greifbar. Als Nadine ihren Cocktail wegext, nutze ich den Moment und versuche, die Wogen zu glätten.

»Pia meint es doch nicht böse. Weißt du, für uns ist es auch nicht leicht, dich jedes Mal am Boden zerstört zu sehen, wenn es wieder nicht geklappt hat. Wir sind deine Freundinnen und wir lieben dich. Natürlich wünschen wir uns, dass dein Traum in Erfüllung geht, aber es stimmt wirklich: Wenn man sich so verbissen in die Kinderplanung hineinsteigert, dann klappt es einfach nicht.«

Zögerlich setzt Nadine ihr Glas ab und sieht mich lange an. Ich fasse mir ein Herz und spreche weiter. »Sieh mal: Du heiratest in wenigen Monaten den Mann deiner Träume. Alex und du habt schon so viel zusammen erlebt, euch kann nichts auseinanderbringen. Wenn du wieder richtig durchatmen kannst und der ganze Stress auf Arbeit und mit den Hochzeitsvorbereitungen vorbei ist, dann wirst du sehen, dass es euch viel leichter fallen wird, ungezwungen miteinander zu schlafen.« Das ist zugegebenermaßen ziemlich weit aus dem Fenster gelehnt, immerhin habe ich keine Ahnung, ob es tatsächlich so kommen wird, aber Nadine scheint für den Moment besänftigt. Pia nickt mir aufmunternd zu, also rede ich schnell weiter. »Bestimmt leidet Alex genauso sehr wie du, weil es nicht klappt, aber du kennst ihn doch. Über seine Gefühle konnte er noch nie offen reden.«

»Stimmt«, murmelt sie.

»Ich bin mir sicher, dass es ihn schmerzt, nicht an deiner Seite sein zu können, während du allein zu Hause sitzt und darauf hoffst, schwanger zu sein.«

Nadine starrt eine ganze Weile auf ihr Glas, dann atmet sie tief aus. »Vielleicht hast du recht.« Mit schuldbewusster Miene sieht sie zu Pia. »Tut mir leid, ich wollte dich nicht so anfahren.«

»Schon okay«, winkt diese ab.

Nadine lächelt unsicher, Pia erwidert es und gemeinsam stoßen wir miteinander an. Langsam merke ich, dass der Alkohol seine Wirkung entfaltet. Tims Kollegen meinen es immer besonders gut mit uns, wenn sie unsere Cocktails mischen.

»Ich wollte euch eigentlich noch etwas anderes erzählen«, wechselt Nadine das Thema.

Sie zieht ihr Smartphone aus der Handtasche und tippt kurz darauf herum. Das schuldbewusste Lächeln, das sie mir schenkt, als sie mir das Display unter die Nase hält, lässt mich nichts Gutes ahnen. Mit klopfendem Herzen nehme ich das Handy an mich. Pia beugt sich über mich und liest mit. Meine Augenbrauen machen sich selbstständig und kriechen mit jeder weiteren Zeile meine Stirn hinauf. Als ich den Artikel beendet habe, starre ich Nadine an.

»Speed-Dating? Ist das dein Ernst?«

»Ich habe dich schon angemeldet«, gesteht sie und weicht meinem Blick aus. »Morgen Abend im Pub auf der Karli.«

»Wie bitte?« Ich hebe fast von meinem Platz ab, als Pia ihre Hände auf meine Schultern legt und mich davon abhält, durch die Decke zu gehen.

»Komm schon, das ist doch lustig.«

»Lustig?«, wiederhole ich und klinge dabei, als würde ich mich an meiner eigenen Zunge verschlucken. Ich glaube, mir wird schlecht.

»Sei nicht sauer!«, fleht Nadine mich mit ihrer Klein-Mädchen-Stimme an. »Seit der Sache mit Julius hattest du kein einziges Date mehr und bis August dauert es nicht mehr lange. Du brauchst dringend ein Date für meine Hochzeit.«

»Jetzt vergiss doch mal diesen blöden Vertrag!« Langsam kann ich mich nicht mehr zurückhalten. Ich dachte, das war nur ein Scherz, eine nette Anekdote aus unserer Kindheit, doch Nadines verletzter Gesichtsausdruck macht mir deutlich, wie ernst sie die Sache nimmt. Trotzdem werde ich gerade fuchsteufelswild. »So nötig habe ich es nun auch wieder nicht, dass ich bei so einer … einer …« Mir fällt kein passendes Wort ein, das meiner Abscheu gebührend Ausdruck verleihen würde. »… Veranstaltung mitmachen muss.«

»Aber warum denn nicht?« Pia klingt, als wäre auch sie total begeistert von Nadines Schnapsidee. »Was hast du denn schon zu verlieren?«

Meint sie das wirklich ernst?

»Das ist erniedrigend! Man wird herumgereicht wie auf einem Präsentierteller und muss sich anpreisen, als wäre man ein Schnäppchen im Sommerschlussverkauf. Single-Resteverwertung ist das! Nein danke, da mache ich nicht mit.« Ich verschränke die Arme vor der Brust und schüttele entschieden den Kopf. »Das geht zu weit. Du kannst mich nicht einfach bei so einem Mist anmelden und dann von mir erwarten, dass ich mich ganz allein dutzenden wildfremden Männern an den Hals werfe.«

»Ach, darum geht es dir? Gib mal her.« Mit einem selbstgefälligen Lächeln schnappt sich Pia Nadines Smartphone. Zwei Minuten lang tippt sie darauf herum, dann reicht sie es ihr mit hochzufriedener Miene zurück. »So, ich habe mich ebenfalls angemeldet. Wir gehen morgen zusammen da hin. Keine Widerrede.«

Völlig überrumpelt vergesse ich, meine ablehnende Haltung aufrechtzuerhalten und lasse meine Arme kraftlos in meinen Schoß zurückfallen. »Ist das dein Ernst?«

»Natürlich.« Sie nickt, als wäre das die einzig logische Konsequenz gewesen, die sie aus meinem Verhalten ziehen kann. Wahrscheinlich fragt sie sich sogar, warum Nadine nicht selbst auf die Idee gekommen ist, Pia mit anzumelden. Immerhin findet sie solche Events ganz toll.

»Du bist die Beste!«, freut sich Nadine und klatscht aufgeregt in die Hände. Als ich sehe, dass ihre Augen wieder leuchten und wir es geschafft haben, sie von ihren trüben Gedanken einen Moment lang abzulenken, gebe ich auf und sinke zurück in die Kissen. Geschlagen verdrehe ich die Augen und seufze tief.

»Na gut, überredet. Ich gehe hin.«

Pia reicht mir meinen Cocktail, den ich dankbar an mich nehme. Nachdem ich einen tiefen Schluck genommen habe, stelle ich vorsichtshalber klar: »Aber ich muss niemandem meine Nummer geben, der mir nicht gefällt, verstanden? Wenn die Männer dort nichts taugen, verlieren wir nie wieder ein Wort darüber und dieser Abend hat niemals stattgefunden.«

Nadine und Pia nicken einhellig. Fast schon ist das flaue Gefühl in meinem Magen wieder abgeklungen, als ich das klitzekleine Grinsen bemerke, das sich um Pias Mundwinkel kräuselt. Warum nur habe ich das Gefühl, dass dieses Speed-Dating eine ganz, ganz schlechte Idee ist?

Kapitel 12

Ich kann es selbst kaum glauben, als ich mich am nächsten Abend tatsächlich mit Pia auf den Weg in die Leipziger Südvorstadt mache. Die Kneipenmeile, die sich auf der Karl-Liebknecht-Straße (von den Leipzigern liebevoll Karli genannt) befindet, ist am frühen Abend bereits gut besucht. Ich hake mich bei meiner Freundin unter und schaue mich verstohlen um, als wir den Pub kurz vor 18 Uhr betreten. Eine kleine, kurvige Frau begrüßt uns herzlich, checkt unsere Anmeldeformulare und drückt uns zwei Fragebögen in die Hand. Sie erklärt, dass die Teilnehmer des Speed-Datings nach Altersgruppen aufgeteilt werden. Wir verziehen uns in eine Ecke und füllen die Bögen aus. Lächelnd nimmt uns die junge Frau die Blätter kurz darauf wieder ab, setzt ein paar Häkchen auf ihre Liste und drückt uns zwei grüne Klebeherzen mit den Nummern 8 und 9 in die Hand.

»Ihr seid in der zweiten Runde dabei, Altersklasse 25 bis 30. Kurz bevor es losgeht, bekommt ihr einen Sekt an der Bar und einen Notizblock bei mir. Damit ihr euch die wichtigsten Infos zu den Männern notieren könnt«, erklärt sie, als sie meinen fragenden Blick bemerkt. Nachdem sie ihre Armbanduhr gecheckt hat, fügt sie hinzu: »Eure Runde ist erst um 19 Uhr dran. Sucht euch gerne einen Tisch aus und esst so lange etwas.«

Das lässt Pia sich nicht zweimal sagen. Entschieden schiebt

sie mich zu einem freien Zweiertisch und greift gezielt nach der Speise- und der Whiskeykarte.

»Hast du keinen Hunger?«, will sie wissen, als ich die Karten nach mehreren Minuten immer noch nicht angerührt habe.

»Ehrlich gesagt ist mir der Appetit vergangen.« Muss an der Nervosität liegen, die sich plötzlich in mir ausbreitet.

»Dann solltest du wenigstens was trinken«, entscheidet sie. Eine Kellnerin notiert unsere Getränkewünsche, die Pia ihr so selbstverständlich diktiert, als würde sie sich mit den vielen verschiedenen Whiskeysorten bestens auskennen.

»Bist du sicher, dass das eine gute Idee ist?« Die bernsteinfarbene Flüssigkeit, die kurz darauf vor uns steht, scheint mir nicht unbedingt die beste Wahl als Einstieg in den Abend zu sein.

»Deshalb sollst du ja auch was essen. Hier.« Abermals schiebt sie die Speisekarte über den Tisch, die ich jetzt brav aufschlage. Immerhin möchte ich den Männern nachher nicht auf den Tisch kotzen. Während ich noch überlege, was ich nehmen soll, beobachtet Pia die anwesenden Gäste. Einige tragen bereits ihre Herzchen und outen sich damit als Kandidaten für das Speed-Dating. »Gar nicht schlecht«, murmelt sie anerkennend. »Das scheint ein interessanter Abend zu werden.«

Ich folge ihrem Blick semi-interessiert, kann aber niemand Vielversprechendes entdecken. Wir ordern eine große Platte Fingerfood – schön fettig und sättigend. Genau das Richtige, um den hochprozentigen Alkohol zu entschärfen, auf den später noch ein leckeres belgisches Kirschbier folgt. Wenigstens bin ich danach einigermaßen entspannt und fast schon glaube ich, dass der Abend doch ganz spaßig werden könnte. Immerhin ist Pia an meiner Seite und dafür danke ich ihr von Herzen. Hätte sie sich nicht gestern noch spontan angemeldet, wäre ich heute garantiert nicht hier aufgetaucht.

Mittlerweile ist es zehn vor sieben. An der Bar warten die bis oben hin gefüllten Sektgläser auf die Teilnehmer der zweiten Runde. Der Barkeeper wirft einen kurzen Blick auf unsere grünen

Herzen, die wir auf unserer Brust platziert haben, und drückt uns jeweils ein Glas in die Hand. Pia grinst er dabei anzüglich an. Sie schenkt ihm einen verheißungsvollen Augenaufschlag, dann wirft sie ihr langes Haar, das sie heute in leichten Wellen trägt, aufreizend auf den Rücken. In diesem Moment klingelt eine Glocke.

»Die zweite Runde startet in wenigen Minuten. Fünfundzwanzig bis dreißig Jahre! Bitte holt euch die Notizblöcke bei mir ab!«, ruft die Frau vom Eingang. Wir stellen uns brav in die Schlange und nehmen die Blöcke und Kulis entgegen. Die Kategorien Name, Alter, Beruf, Hobbys und weitere Notizen sind schon auf den einzelnen Seiten vorgedruckt. Wichtige Details, die ich damals bei Julius vergessen habe in Erfahrung zu bringen. Heute bin ich klüger, nehme ich mir vor.

Die Frauen nehmen nacheinander an den schmalen Tischen in der Mitte des Gastraumes Platz. Die Männer stehen mit ihren Sektgläsern in Reih und Glied bereit. Als ich sie unauffällig mustere, fällt mir plötzlich etwas auf.

»Fünfundzwanzig bis dreißig?«, zische ich Pia am Nebentisch zu.

Sie lächelt mich unschuldig an. »Was denn? Du wolltest doch nicht alleine sein. Da habe ich eben ein bisschen geschummelt.«

Ich schüttele lachend den Kopf, als der erste Gong ertönt und die Männer sich in Bewegung setzen. Mir gegenüber nimmt ein schlaksiger Kerl in einem Anzug Platz, der ihm viel zu groß ist. Soweit ich es überblicken kann, ist er der Einzige, der so overdressed zum Speed-Dating erschienen ist. Schweißperlen stehen ihm auf der Stirn, als er mir seine Hand entgegenstreckt.

»Hi, ich bin Marcel, siebenundzwanzig Jahre alt und von Beruf Konditor«, rasselt er herunter. Freundlich lächelnd erwidere ich seinen feuchten Händedruck. Für jemanden, der täglich mit leckeren Süßspeisen arbeitet, ist Marcel erstaunlich hager.

»Ich heiße Sophie, bin achtundzwanzig und arbeite als Übersetzerin«, sage ich. Marcel rückt umständlich auf seinem Stuhl zurecht und beginnt augenblicklich, meine Infos auf seinem

Block zu notieren. Damit vergehen locker dreißig Sekunden, in denen keiner von uns ein weiteres Wort sagt. Komisch, ich dachte, wir sollen die Blätter erst am Ende der Runde ausfüllen, aber okay, von mir aus.

»Wie lange bist du schon Single?«, erkundigt er sich, ohne von seinem Block hochzusehen.

»Seit fast elf Monaten.«

Er nickt fachmännisch. »Zwei Jahre«, antwortet er, obwohl ich nicht danach gefragt habe. »Meine Ex – Claudia – kam mit meinen Arbeitszeiten nicht gut zurecht. In der Bäckerei muss ich mitten in der Nacht anfangen und kann dann natürlich abends nicht so lange wach bleiben. Wäre das ein Problem für dich?« Während er meine Antwort abwartet, legt er den Kopf schief und starrt ungeniert auf meine Brüste. Automatisch ziehe ich den Ausschnitt meines Tops etwas höher und lenke Marcels Aufmerksamkeit damit wieder auf meine Augen.

»Äh … ich glaube nicht?«, antworte ich vage.

»Gut.« Er nickt zufrieden. »Was machst du so als Übersetzerin?«

»Texte übersetzen.« Was für eine komische Frage. Weil er mich jedoch noch immer ansieht wie ein Reh im Scheinwerferlicht, gebe ich mir einen Ruck und erkläre ihm, welche Art von Texten ich meine.

»Hm …«, macht er und kratzt sich am Kinn. Dabei springt ein Schweißtropfen von seiner Hand und landet in seinem Sektglas. Vorsichtshalber schiebe ich mein eigenes aus der Flugbahn.

»Also, Bücher lese ich überhaupt nicht. Dazu fehlt mir einfach die Zeit.«

Innerlich verdrehe ich die Augen. Auf solche Sätze reagiere ich extrem allergisch. In der Vergangenheit musste ich mich schon öfter für die Zeit rechtfertigen, die ich mit Lesen verbringe, während sich niemand daran stört, dass andere Menschen mehrere Stunden am Tag wie hypnotisiert auf einen Bildschirm glotzen und sich jeden erdenklichen Scheiß reinziehen.

»Lesen gehört zu meinem Job«, erkläre ich und falte die Hände diplomatisch auf der Tischplatte. »Ich lese jeden Abend, abwechselnd deutsche und englische Titel. Als Übersetzerin muss ich mich in beiden Sprachen zu Hause fühlen.«

Marcel wirkt wenig begeistert und macht sich weitere Notizen. Ich nutze den Moment, um einen Schluck von meinem Sekt zu nehmen. Zum Glück ertönt in dieser Sekunde der Gong. Fast schon erleichtert springt Marcel auf und eilt ohne Verabschiedung zu Pia, während der nächste Kandidat vor mir Platz nimmt. Mit seinem offenen Lächeln und den strahlend weißen Zähnen wirkt der dunkelhaarige Mann ziemlich vielversprechend. Er gibt mir nicht die Hand, stattdessen stößt er mit seinem Sektglas gegen meines.

»Cheers. Ich bin Hannes. Auf einen schönen Abend.« Sein Lächeln wird noch breiter. Ich erwidere es und nehme einen Schluck. Blöd nur, dass mein Glas jetzt leer ist.

»Sophie«, antworte ich und mustere sein Gesicht. Hannes sieht wirklich gut aus. Er hat dunkelbraune Haare und helle Augen. Ein leichter Dreitagebart umspielt seine markanten Gesichtszüge und dieses entwaffnende Lächeln gefällt mir ausgesprochen gut.

»Nachschub!«, blafft er plötzlich und winkt eine junge Frau heran, die sich sofort daranmacht, unsere leeren Sektgläser wieder aufzufüllen. Als das erledigt ist, lehnt er sich entspannt in seinem Stuhl zurück. »Erzähl mir was über dich.«

Aus seinem Mund klingt es fast wie ein Befehl. Etwas irritiert rassele ich die wichtigsten Informationen – Alter, Beruf und Hobbys – herunter und warte gespannt auf seine Antwort. Doch anstatt mir etwas über sich zu erzählen, beugt Hannes sich nach vorn und sieht mich eindringlich an.

»Akademikerin, das gefällt mir. Du weißt ja, was man sagt.«

»Äh … nein?« Was kommt denn jetzt bitte? Mir schwant nichts Gutes.

»Na, je höher der Bildungsgrad, desto versauter die Miez.«

Sein Grinsen nimmt einen widerlichen Zug an, dann zwinkert er mir zu.

Die Miez? Ich muss mich wohl verhört haben. Wo sind wir denn hier, im Tierheim? Meine Kinnlade klappt herunter, doch er redet bereits weiter.

»Erzähl doch mal. Worauf stehst du so?«

Der Blick, mit dem er mich bedenkt, erinnert mich an einen ausgehungerten Bauarbeiter, der ein saftiges Steak vor sich hat.

»Was meinst du?«, stelle ich mich dumm. Er will doch wohl nicht wirklich …? Doch, er will.

»Na, im Bett«, raunt er und wackelt anzüglich mit den Augenbrauen.

Ich schließe die Augen, zähle bis drei und öffne sie dann wieder. Falls Hannes meinen ablehnenden Blick registriert, lässt er es sich nicht anmerken.

»Ich denke nicht, dass meine Vorlieben im Bett ein passendes Thema für das erste Treffen sind.« Mir entgeht nicht, wie schnippisch ich dabei klinge, aber ich meine: Hallo? Verwechselt er den Pub vielleicht mit einem Puff?

Unbeeindruckt rutscht er noch ein paar Zentimeter weiter an den Tisch heran. Als ich seine Knie an meinen spüre, mache ich mit meinem Stuhl einen Satz zurück.

»Also, ich mag es ja eher dominant«, brummt er mit tiefer Stimme. »Die Frau darf sich schön zurücklehnen und mich einfach machen lassen. Ich benutze auch gerne Spielsachen.« Vielsagend hebt er die Augenbrauen und ich möchte einfach nur noch verschwinden.

Zum Glück ertönt in dieser Sekunde der nächste Gong und ich atme erleichtert auf. Noch immer überrumpelt von so viel Offenheit nehme ich einen weiteren Schluck Sekt. Hannes steht ganz langsam auf, dabei rückt er sein bestes Stück auffällig in seiner Jeans zurecht. Angewidert wende ich den Blick ab. Als ich wieder hochsehe, steht er immer noch vor meinem Tisch, obwohl der nächste Mann bereits hinter ihm wartet.

»Merk dir meine Nummer«, raunt er, deutet auf das grüne Herz auf seiner breiten Brust und zwinkert erneut. Dann nimmt er an Pias Tisch Platz.

Ich muss um Fassung ringen, um mir vor dem nächsten Kandidaten nichts von meinem Ekel anmerken zu lassen, doch der lacht nur, als er sich setzt.

»Was war das denn für einer?« Die angenehm tiefe Stimme lässt mich wieder entspannen.

»Das willst du nicht wissen. Ich glaube, der denkt, das wäre hier so eine Art Swingerclub.«

»Verstehe.« Blaue Augen blitzen mich amüsiert unter hellbraunen Wuschelhaaren an. Nummer elf trägt eine schwarze Brille mit runden Gläsern.

»Ich bin Torben«, stellt er sich vor und reicht mir seine Hand. Dankbar nehme ich sie in meine und sende ein Stoßgebet gen Himmel, damit Torben sich bitte als normaler, freundlicher Mann erweisen möge. »Neunundzwanzig Jahre alt, Mittelschullehrer.«

Oh, das klingt gut. »Welche Fächer?«

»Deutsch und Englisch.« Sein Lächeln verblasst keine Sekunde.

Erfreut erkläre ich ihm, dass ich als Übersetzerin arbeite.

»Ist was Bekanntes dabei?«, möchte er wissen. »Irgendein Buch, das ich kennen könnte?«

»Kommt drauf an. Was liest du denn so? Von Krimi über Liebesgeschichte bis hin zu Jugendbüchern übersetze ich alles Mögliche.«

»Krimi klingt schon mal gar nicht schlecht.«

»Ich habe letztes Jahr *Das Mädchen aus dem Wald* übersetzt.« Zwar rechne ich nicht damit, dass Torben ausgerechnet dieses Buch gelesen hat, auch wenn es recht bekannt ist, doch er lächelt erfreut und ich merke, dass ich mich getäuscht habe.

»Das war echt spannend. Und auch irgendwie krank.«

Da muss ich ihm zustimmen. Die zahlreichen blutigen Szenen sind jedenfalls nichts für schwache Nerven. Wir verstricken uns in eine angeregte Diskussion über unsere zuletzt gelesenen Bücher und tauschen Lesetipps aus, bis viel zu schnell der Gong ertönt. Torben wirkt etwas traurig, als er sich erhebt. Er nimmt noch einmal meine Hand und diesmal haucht er einen Kuss auf meinen Handrücken.

»Hat mich gefreut, Sophie.« Sein Blick huscht zu meinem grünen Sticker. Darunter schlägt mein Herz einen kleinen Purzelbaum. »Nummer acht, du hörst auf jeden Fall von mir.«

Damit geht er zu Pia und stellt sich freundlich vor. Ich sehe ihm noch einige Sekunden nach und bekomme kaum mit, wie der nächste Mann mir gegenüber Platz nimmt. Vor lauter Verzückung habe ich sogar vergessen, mir Notizen zu machen. Wenigstens Torbens Nummer, die 11, schreibe ich schnell auf, bevor ich sie wieder vergesse.

»Na, der hat es dir wohl angetan.« Mein neues Gegenüber lächelt wissend.

Entschuldigend hebe ich die Achseln und spüre, wie sich eine verräterische Röte auf meinen Wangen ausbreitet.

»Kein Problem«, grinst Nummer zwölf. »Darf ich mich trotzdem vorstellen?«

»Klar.« Alles andere wäre ja auch unhöflich. Obwohl es mir schwerfällt, mich alle paar Minuten auf einen neuen Mann einzustellen, muss ich ihm doch wenigstens eine Chance geben. Auch wenn Torben die Messlatte ziemlich hoch gelegt hat.

Leider sagt mir der muskelbepackte Kerl, der sich als Kevin vorstellt, schon optisch nicht zu. Mit seinen tätowierten Oberarmen, die fast aus den Ärmeln seines T-Shirts quellen, der breitgliedrigen goldenen Kette und dem kahl rasierten Schädel erinnert er mich stark an Vin Diesel. Vielen Frauen gefällt dieser Typ Mann zwar ausgesprochen gut (unter anderem Pia), aber ich kann fehlendem Haupthaar und zu viel Muskelmasse leider gar nichts abgewinnen.

Wenig überraschend entpuppt Kevin sich als Security-Mitarbeiter mit dem Hobby Pumpen. Er erzählt mir lang und breit von Sportlernahrung, Kalorientabellen und Gewichten, die zu stemmen er in der Lage ist. Ich bemühe mich, beeindruckt auszusehen, doch ich kann nicht leugnen, wie froh ich bin, als endlich der nächste Gong ertönt. Kevin schüttelt mir noch einmal die Hand, lächelt und geht weiter zu Pia. Mir fällt auf, dass er mir keine einzige Frage gestellt hat. Besonders traurig darüber bin ich allerdings nicht.

Bevor ich mich wieder gesammelt habe, nimmt ein großer schwarzhaariger Mann mit der Nummer dreizehn Kevins Platz ein und lächelt mich schief an. »Hi, ich heiße Chris. Also, eigentlich Christian.« Ein unsicheres Lachen folgt.

»Sophie«, erwidere ich freundlich und strecke ihm meine Hand entgegen, die er ausgiebig schüttelt.

»Wie gefällt dir das Speed-Dating?«

Oh, mal ein anderer Gesprächsauftakt. Das gefällt mir.

»Bisher ist es ganz witzig«, gebe ich zu. »Ich wäre gar nicht hergekommen, wenn meine Freundin mich nicht begleiten würde.« Ich nicke rüber zu Pia, die sich angeregt mit Kevin unterhält. Es würde mich nicht wundern, wenn die beiden sich wiedersehen. »Eine gemeinsame Freundin von uns hat mich angemeldet. Ohne mich zu fragen«, erkläre ich lachend.

Chris nickt ernst. »Ich wäre auch niemals hergekommen, wenn mein bester Kumpel sich nicht einen Spaß erlaubt und die Anmeldung für mich ausgefüllt hätte.«

»Na, dann sind wir ja schon zwei.« Wir lächeln uns einhellig zu, dann beginnt der übliche Faktencheck: Chris ist auch 28, studiert irgendwas mit Medien an der HTWK, wohnt in einer WG und ist nach Meinung seines Kumpels schon viel zu lange Single. Nachdem ich mich vorgestellt habe, möchte er wissen, was ich so in meiner Freizeit mache.

»Wenn ich nicht arbeite, dann treffe ich mich mit meinen Freundinnen, lese und gehe mit meinem Hund spazieren.«

»Oh.«

Ein gequälter Ausdruck huscht über Chris' Gesicht. Kurz frage ich mich, ob er auch ein Bücherhasser ist, als er mir seine Reaktion erklärt.

»Sorry, ich habe eine Hundehaarallergie.« Sein Blick gibt mir zu verstehen, dass unser Schicksal damit besiegelt ist. »Sorry, Sophie«, fügt er mit Grabesstimme hinzu.

Ich klappe den Mund zu und weiß im ersten Moment gar nicht, was ich dazu sagen soll. Gar nichts, wie sich herausstellt, denn mit einem großzügigen X kreuzt Chris meine Nummer auf seinem Notizblock durch, verschränkt die Arme vor der Brust und wendet demonstrativ den Blick ab, bis der Gong ertönt. Wow, so effektiv bin ich noch nie abserviert worden.

Die restlichen Kandidaten verschwimmen mehr oder weniger in einer grauen Masse. Ich bin regelrecht froh, als ich mich zum letzten Mal, jetzt schon deutlich gelangweilt, vorstellen und meine Daten herunterrasseln muss. Wer hätte gedacht, dass es so anstrengend sein könnte, Männer kennenzulernen? Zwischen den einzelnen Kandidaten habe ich mich immer wieder dabei erwischt, dass ich verstohlen nach Mittelschul-Torben Ausschau gehalten habe. Und auch er hat hin und wieder meinen Blick gesucht und mich freundlich angelächelt.

Wenig überraschend halte ich eine gute halbe Stunde später seine Handynummer in der Hand, die mir die junge Frau vom Eingang überreicht hat. Auf jedes Match, also jede gegenseitige Sympathiebekundung, folgt der Austausch der persönlichen Daten. Pia hat gleich vier Nummern eingesackt, ich nur diese eine. Außer Torben hat heute Abend kein Mann bleibenden Eindruck bei mir hinterlassen.

Fünf Minuten, nachdem ich seine Nummer erhalten habe, trudelt auch schon eine Nachricht von ihm auf meinem Smartphone ein, in der er mir mitteilt, wie sehr er sich darauf freut, mich besser kennenzulernen. Wir verabreden gleich im Anschluss ein Doppeldate: Torben sammelt mich am Eingang des Pubs ein, Pia hat sich dafür entschieden, den Abend mit Muskel-

Kevin ausklingen zu lassen. Zu viert ziehen wir weiter zum allsamstäglichen All You Can Dance in der Moritzbastei.

* * *

Wummernde Bässe dröhnen auf mich ein. Verschwitzte Körperteile drängen sich an mich und mehr als einmal habe ich Angst, meinen Longdrink auf einem leicht bekleideten Frauenoberkörper zu verschütten. Torben und ich stehen mitten auf der Tanzfläche und beobachten Pia und Kevin, die sich zum Rhythmus der Musik aneinander reiben. Vom Balzverhalten der beiden können die deutlich jüngeren Tanzwütigen um uns herum noch etwas lernen.

Als die Lieder immer technolastiger werden und ich wirklich nicht mehr weiß, wie ich mich dazu bewegen soll, greift Torben nach meinem Arm und zieht mich ein Stück zur Seite. Oberhalb des Main Floors befinden sich ein paar Sitzgelegenheiten. Dankbar lasse ich mich in eine freie Nische gleiten und nippe an meinem Drink.

»Ist nicht so deine Musik, was?«, ruft Torben über das Gewummse der Techno-Beats hinweg.

Ich schüttele den Kopf.

»Wollen wir woanders hin?«

Da ist sie also, die Frage, auf die ich schon seit geraumer Zeit gewartet habe. Mittlerweile ist es kurz nach halb eins, die Menge tobt und die Stimmung ist auf dem Höhepunkt – bis auf meine eigene. Die ist mittlerweile am Tiefpunkt angelangt.

»Ich weiß nicht«, gebe ich unentschlossen zurück. Vom vielen Alkohol bin ich müde geworden und mein Bett ruft laut und verlockend nach mir, auch wenn mir der Weg nach Markkleeberg in diesem Moment unendlich weit vorkommt.

»Ich kann uns ein Taxi rufen, wenn du magst«, bietet Torben an. Es ist schon süß, wie er mich dabei ansieht. Genau so schaut Cleo auch, wenn sie bettelnd vor mir sitzt. Hach, Cleo … sie fehlt mir ein bisschen, auch wenn ich weiß, dass sie tief und fest schläft und es auf ein paar Stunden mehr oder weniger nicht ankommt.

»Und dann?«

»Ich habe noch Rotwein zu Hause.« Das schüchterne Grinsen, das Torbens Worte begleitet, erweckt etwas tief in mir zum Leben. Rotwein, das klingt verlockend, auch wenn es in diesem Fall nur ein Synonym für Sex ist – so wie »Film gucken«.

Als wir vor wenigen Stunden gemeinsam den Pub verließen, dachte ich, dass aus uns vielleicht etwas werden könnte, aber seitdem wir hier sind, hat Torben noch keinen Versuch unternommen, mich außerhalb der lauten Tanzfläche in ein Gespräch zu verwickeln. Stattdessen ist er immer wieder auf Tuchfühlung gegangen. Die Blicke, mit denen er mich dabei bedacht hat, waren eindeutiger Natur. Ich brauche mir also nicht einzubilden, dass der Mann an etwas Festem interessiert sei. Im ersten Moment war ich deshalb etwas niedergeschlagen, aber dann dachte ich mir: Scheiß drauf. Ich bin hier mit einem gutaussehenden, gebildeten Mann, der eindeutiges Interesse an mir hat. Warum sollte ich mir nicht einfach mal einen schönen Abend machen? Oder eine schöne Nacht? Ich beschließe, dass ich nach der Pleite mit Julius etwas Spaß verdient habe und stimme dem Rotwein zu.

Wenig später sitzen Torben und ich auf der Rückbank eines Taxis und schauen einvernehmlich schweigend zum Fenster hinaus. Ich schreibe eine kurze Nachricht an Pia, um sie wissen zu lassen, dass ich gegangen bin, dann beobachte ich Torben von der Seite. Gerade als ich darüber nachdenke, wie ich ein unverfängliches Gespräch in Gang bringen kann, räuspert er sich umständlich. Erwartungsvoll schaue ich ihn an. Er nimmt meine Hand und beginnt, nervös an meinen Fingerkuppen zu zupfen.

»Du, Sophie …«

Der Einstieg lässt mich bereits ahnen, was gleich unweigerlich folgen wird. Nicht, dass ich darüber besonders überrascht wäre.

»Ich finde dich echt nett.«

Oh Mann, nun sprich es schon aus, denke ich ungeduldig.

»Aber ich will dir keine falschen Hoffnungen machen …«

Ach was. Es ist ja nicht so, dass ich vor lauter Schmetterlingen im Bauch gleich davonfliegen würde.

Ein entschuldigendes Lächeln spannt sich um Torbens Mundwinkel. »Ich will nur, dass du weißt, worauf du dich einlässt, wenn du mit zu mir kommst.«

Das fällt ihm ja früh ein, jetzt, wo wir im Taxi sitzen. Aber trotzdem finde ich es irgendwie süß, dass er sich darüber Gedanken macht.

»Kein Problem«, antworte ich locker und rutsche ein Stück näher an ihn heran. Torben riecht ausgesprochen gut, zudem entspricht er mit seinen dunklen Wuschelhaaren genau meinem Beuteschema. Beste Voraussetzungen für ein kleines Abenteuer. Warum sollte immer nur Pia ihren Spaß haben? Heute Abend fühle ich mich selbst wie eine waschechte Femme fatale. Vom Alkohol mutig geworden, lege ich meine Hand in Torbens Nacken und beginne mit seinen Haaren zu spielen. Wer sagt denn eigentlich, dass man beim Speed-Dating die große Liebe finden muss? Na gut, Nadine vielleicht, aber die lebt ja mit ihrer perfekten Beziehung sowieso in einer anderen Welt.

Torben lehnt sich entspannt zurück und genießt meine Berührung. Ihm entfährt sogar ein leises Stöhnen. »Dann hast du kein Problem damit, dass …?«

»Wir uns nach heute Nacht nicht wiedersehen werden?«, vervollständige ich seinen Satz.

Ertappt erwidert er meinen Blick. »Ich habe momentan so viel Stress auf Arbeit und dazu kommt, dass meine Familie –«

Behutsam lege ich meinen Zeigefinger auf seine Lippen. Das will ich alles gar nicht wissen. »Hey, entspann dich. Alles gut.«

Ich weiß nicht, woher diese verführerische Sophie plötzlich kommt, aber ich weiß, dass sie keine Ruhe geben wird, bevor sie nicht bekommt, wonach sie verlangt. Und im Moment verlangt sie eindeutig nach einer wilden Liebesnacht mit Torben. Als ich meinen Zeigefinger von seinen Lippen nehme, ersetze ich ihn kurzerhand durch meine Lippen. Energischer, als ich es ihm zugetraut hätte, zieht Torben mich an sich und vertieft unseren Kuss. In meinem Bauch breitet sich ein heftiges Prickeln aus und schickt vorfreudige Blitze in meinen Unterleib.

Als das Taxi hält, stolpern wir wild knutschend heraus. Aus dem Augenwinkel nehme ich noch wahr, dass Torben dem Fahrer ein paar Scheine in die Hand drückt. Kurz darauf finde ich mich in einem schummerigen Treppenhaus wieder, mit dem Rücken an die Wand gepresst, seine Hände auf dem Weg zu meiner Oberweite.

Ich erkenne den unschuldig lächelnden Mittelschullehrer mit dem Faible für blutrünstige Krimis kaum wieder, als er beginnt, meine Brüste zu streicheln. Torben wirkt wie ausgewechselt und überlässt der Leidenschaft das Ruder. Noch im Treppenhaus beginnt er, mich auszuziehen. Völlig von Sinnen presse ich mich an ihn. Mein Gott, der Mann weiß, was er tut!

Kapitel 13

Drei Tage später werten Nadine, Pia und ich beim Kochen bei mir zu Hause das Speed-Dating aus. Wie immer wird dabei auch die eine oder andere Flasche Wein geköpft.

Während die Lasagne im Ofen bäckt, bewacht Cleo die Küche und hört uns mit halb aufgestellten Ohren zu.

»Schade, dass das mit Torben nichts geworden ist.« Nadine seufzt enttäuscht. »Ich dachte wirklich, das wäre die Gelegenheit, um den Mann deiner Träume kennenzulernen.«

»Wohl kaum«, bemerkt Pia spitz. »Dort war ein Kandidat schräger als der andere. Ich erinnere nur an Konditor-Marcel, der gleich Nägel mit Köpfen machen wollte, oder Sexsucht-Hannes. Der war wirklich der Knaller.«

»Sexsucht-Hannes?« Nadine lacht. »Das klingt doch nach dem perfekten Mann für dich.« Sie stößt Pia freundschaftlich in die Seite, doch die verzieht nur angewidert das Gesicht.

»Nee, danke. Der war selbst mir zu aufdringlich.«

»Und das will was heißen!«, mische ich mich ein. Alle drei brechen wir in schallendes Gelächter aus. »Aber jetzt erzähl doch mal, Pia. Wie ist es noch mit Kevin gelaufen?«

»Meister-Proper-Kevin?«, prustet Nadine, der ich bereits am Sonntagabend am Telefon ein paar Details von unserem Speed-Dating berichtet habe.

»Genau der!« Vor Lachen falle ich fast von meinem eigenen

Sofa. Wenn ich nur daran denke, wie der riesige Muskelberg sein bestes Stück auf der Tanzfläche an meiner Freundin gerieben hat, könnte ich schon wieder würgen.

»War eigentlich ganz witzig mit ihm.« Für Pias Verhältnisse fällt ihre Antwort ziemlich zugeknöpft aus.

»Jetzt erzähl schon! Wir wollen Fakten!«, spornt Nadine sie an. Ihre Wangen haben vom Wein einen leichten Rosaschimmer angenommen.

Pia windet sich auf ihrem Platz. So richtig will sie heute nicht mit der Sprache herausrücken. Als wir sie mit untertellergroßen, neugierigen Augen anstarren, gibt sie schließlich nach und gesteht: »Na gut, ihr wolltet es nicht anders, aber seid nicht enttäuscht. Es ist nichts gelaufen, okay? Nachdem Sophie und Torben abgezogen sind, um wilden, leidenschaftlichen Sex zu haben …«

An dieser Stelle pruste ich in mein Glas. Sie hat ja keine Ahnung, wie wild unsere Nacht war. Ich glaube, die Nachbarn mussten danach erstmal ihre Möbel wieder geraderücken.

»… habe ich mich auf der Damentoilette übergeben«, beendet Pia ihren Satz.

»Oh.« Nadine lässt die Hände in ihren Schoß fallen. »Zu viel Alkohol?«

»Zu viel durcheinander getrunken«, präzisiert Pia und zuckt die Schultern. »Whiskey, Bier, Sekt und dann noch die Drinks im Club. Das war wohl zu viel für meinen Magen. Jedenfalls fand Kevin mich danach nicht mehr so sexy.« Ihr schiefes Grinsen verrät jedoch, dass ihr das ziemlich egal ist. Pia wäre nicht Pia, wenn sie sich etwas aus der Meinung irgendeines dahergelaufenen Bodybuilders machen würde. Dafür ist sie viel zu stolz.

»Ist das der Grund dafür, dass du deinen Wein heute noch nicht angerührt hast?«, fragt Nadine.

Mir ist es bisher gar nicht aufgefallen, aber sie hat recht. Unangetastet steht das bauchige Glas vor Pia, während Nadine und ich mittlerweile schon beim zweiten angekommen sind.

»Hm«, brummt Pia mit schmachtendem Blick in Richtung

Küche. »Ich warte erstmal aufs Essen und dann schau ich mal, ob mein Magen schon wieder Alkohol verträgt.«

Just in diesem Moment klingelt mein Handywecker, den ich gestellt habe, um die Lasagne rechtzeitig aus dem Ofen zu holen. Gemeinsam fallen wir über das Essen her und versuchen, die unter dem Küchentisch liegende Cleo mit ihrem bettelnden Dackelblick zu ignorieren.

Nachdem wir alle satt und zufrieden zurück in die Sofakissen geplumpst sind, zwängt Cleo sich zwischen uns und geht auf Kuschelkurs. Während Nadine über ihr weiches Fell streichelt, bringt sie uns in Sachen Alex auf den neuesten Stand.

»Wir haben uns am Wochenende ausgesprochen. Ich glaube, ihr hattet recht. Er hätte es selbst nie zugegeben, aber ich denke, dass ich ihn zu sehr unter Druck gesetzt habe. Und es stimmt ja auch: Sex nach Kalender macht einfach keinen Spaß. Jedenfalls haben wir uns jetzt darauf geeinigt, uns erstmal in aller Ruhe um unsere Hochzeit zu kümmern und danach sehen wir weiter.« Hoffnungsvoll blickt sie in die Runde.

»Das ist sicher die richtige Entscheidung.« Liebevoll drücke ich ihre Hand. Ein unsicheres Lächeln erscheint auf Nadines Lippen.

»Wir bekommen im April eine Vertretung für meine dauerkranke Kollegin und dann hoffe ich, dass es auch auf Arbeit wieder etwas ruhiger zugeht.«

»Na, siehst du. Alles wird gut.«

Dankbar lächelt meine beste Freundin mich an.

Später am Abend bringen Pia, Cleo und ich Nadine zur Haltestelle, dann laufen wir zu dritt zurück nach Hause. Obwohl Pia den ganzen Abend über keinen Tropfen Alkohol angerührt hat, wird ihr Gang immer wackeliger.

»Vielleicht ist deine Magengeschichte noch nicht richtig abgeklungen«, vermute ich. Mittlerweile müssen wir alle paar

Schritte stehen bleiben, weil Pia Angst hat, sich gleich in den nächstbesten Busch zu übergeben. »Oder du hast die Lasagne nicht vertragen.«

Schwer atmend schüttelt sie den Kopf. »Keine Ahnung, was mit mir los ist. Aber es nervt gewaltig.«

»Wenn es nicht besser wird, solltest du mal zum Arzt gehen.«

»Geht nicht. Ich muss morgen einen Termin für meine Tante übernehmen. Sie hat ein älteres Ehepaar für eine Eigentumswohnung im Waldstraßenviertel reinbekommen, dafür muss ich die Verhandlungen bei einem Hausverkauf führen.«

Das ist meine Freundin, immer schwer beschäftigt. Wenn es darum geht, bei einem Vertragsabschluss die besten Konditionen auszuhandeln, verwandelt sich Pia in eine knallharte Geschäftsfrau.

»Ich schau mal in meinem Medikamentenvorrat, was ich mir reinpfeifen kann.«

Das beruhigt mich zwar nicht wirklich, aber Pia würde sowieso nicht auf mich hören, wenn ich sie noch mal darum bitten würde, sich vom Arzt durchchecken zu lassen.

»Ruf mich an, wenn du was brauchst.« Ich drücke sie kurz an mich, dann entlasse ich sie in ihre Wohnung.

* * *

Als Pia drei Tage später unser Freitagstreffen absagt, weil es ihr immer noch schlecht geht, werde ich langsam unruhig. Ich beschließe, ihr etwas Gutes zu tun und sie mit einer selbst gekochten Hühnerbrühe zu überraschen. Zum Glück hat Nadine nichts dagegen, unser Cocktaildate diese Woche ganz ausfallen zu lassen. Wie sie mir ganz aufgeregt mitteilt, will sie den freien Abend nutzen, um sich mit Alex Eheringe im Internet anzusehen. Die beiden haben bereits drei Juweliere in der Innenstadt abgeklappert und bisher nichts Passendes gefunden.

Kurz vor sechs mache ich mich mit einem Topf heißer Suppe

und Cleo im Schlepptau auf den Weg nach unten. Pia hat nicht mit meinem Besuch gerechnet und starrt mich nur müde aus dunkel umrandeten Augen an, als ich unangemeldet vor ihrer Tür stehe. Ihr Anblick jagt mir einen kleinen Schreck ein. So habe ich meine top gestylte Freundin noch nie gesehen. Sie trägt einen alten Jogginganzug, die langen Haare hat sie zu einem unordentlichen Dutt zusammengezwirbelt und ihr ungeschminktes Gesicht wirkt eingefallen und grau. Außerdem scheint sie abgenommen zu haben.

»Komm rein«, nuschelt sie undeutlich und tritt zur Seite. Cleo streicht vorsichtig um ihre Beine, wagt es jedoch nicht, sie anzuspringen, wie sie es sonst immer tut. Mit einem müden Lächeln geht Pia in die Knie, um meine Hündin zur Begrüßung ausgiebig zu streicheln.

»Du siehst echt scheiße aus«, begrüße ich sie mit einem mitleidigen Lächeln auf den Lippen. Ich halte ihr den Topf mit der Hühnersuppe hin, doch als Pia den Deckel anhebt, verzieht sie nur angewidert das Gesicht.

»So schlimm?«

»Setz dich erstmal.«

Mit einem kleinen Sicherheitsabstand nehme ich neben Pia auf ihrem Designersofa Platz. Auf dem Glastisch steht eine Kanne Tee, die den Raum in einen intensiven Kamillengeruch hüllt.

»Du kannst ruhig näherkommen. Ich bin nicht ansteckend.«

»Nicht?« Sofort rutsche ich ein Stück näher.

Seufzend vergräbt Pia den Kopf in ihren Händen. Sie wirkt, als müsste sie die Last der ganzen Welt auf ihren schmalen Schultern tragen. Als sie mich wieder ansieht, steht ihr eine unausgesprochene Qual ins Gesicht geschrieben.

»Was ist denn los?« Behutsam greife ich nach ihrer schlaffen Hand und umschließe sie mit meiner. Dieses Trauerkloßgesicht gefällt mir gar nicht. Sie wird doch wohl nicht ernsthaft krank sein? Meine liebe, selbstbewusste, gesundheitsfanatische Freundin? Nein, das kann einfach nicht sein.

»Ich war gestern Morgen bei meinem Hausarzt, nachdem ich die halbe Woche über der Kloschüssel verbracht habe«, erzählt Pia leise. Dabei weicht sie meinem Blick aus, und das kann nun wirklich nichts Gutes bedeuten. Als sie nach einer halben Minute nicht weiterspricht, wage ich es, nachzufragen.

»Was hat er gesagt?«

»Er hat mich eingehend untersucht, konnte aber nichts finden. Dann hat er mich selbst drauf gebracht.«

Fragend hebe ich die Augenbrauen.

»Ich bin schwanger«, stößt sie schnell zwischen den Zähnen hervor.

»Was?« Ich muss mich verhört haben. Das ist unmöglich.

Sie seufzt schwer. »Zuerst habe ich es auch nicht geglaubt, aber dann habe ich nachgerechnet und bin sofort zur Apotheke gefahren, um einen Test zu kaufen. Er war positiv. Der zweite und der dritte ebenfalls.« Pia hält kurz inne. »Heute Morgen war ich bei meinem Frauenarzt. Er hat es bestätigt.« Ihr leerer Blick geht zum Fenster hinaus. Alle Kraft scheint aus ihrem Körper gewichen zu sein. Sie schlingt die Arme um ihren Oberkörper und reibt gedankenverloren über den Stoff ihres Oberteils.

»Aber … aber …« Ich weiß gar nicht, was ich dazu sagen soll. Soll ich mich freuen und sie beglückwünschen? Wohl eher nicht. Pia wirkt nicht so, als wären das gute Neuigkeiten. Ich meine mich sogar daran zu erinnern, dass sie mal gesagt hat, dass sie keine Kinder haben wolle. Schon gar nicht als alleinerziehende Mutter ohne feste Beziehung. Da kommt mir ein neuer Gedanke. »Wer …?«

Ich muss den Satz nicht beenden, sie versteht auch so, was ich fragen will.

»Theo.«

Oh Gott, der Sportstudent. Der Schreck muss mir ins Gesicht geschrieben stehen. Schnell wendet sie den Blick von mir ab und starrt auf ihre Oberschenkel.

»Er war der Einzige, mit dem ich im fraglichen Zeitraum …«

»Aber habt ihr denn nicht verhütet? Hast du es ihm schon gesagt? Wie geht es denn jetzt weiter?« Die Fragen sprudeln nur so aus mir heraus. »Wie konnte das überhaupt passieren? Ihr habt doch sicher verhütet?«

»Wir haben Kondome benutzt.«

Die Pille nimmt sie schon seit Jahren nicht mehr, das weiß ich. Nachdem sie mir vor ein paar Monaten einen Vortrag darüber gehalten hat, welche Auswirkungen hormonelle Verhütungsmittel auf die Gesundheit und die Libido von Frauen haben können, habe ich zu einer hormonfreien gewechselt. Aber Pia hat keine Lust, ihr Leben von einer kleinen Tablette bestimmen zu lassen.

»Kein Verhütungsmittel ist zu 100 % sicher«, fährt sie leise fort. »Das schafft nur Enthaltsamkeit.« Ein trauriges Lächeln legt sich auf ihre Lippen. »Ich hätte nie gedacht, dass mir das mal passieren würde. Ausgerechnet mir! Ich kaufe nur teure Markenkondome, die im Test mit sehr gut abschneiden. Ich passe immer auf, dass das Ding richtig sitzt und dann passiert so was.«

»Wann willst du es Theo sagen?« Da sie meine Frage gerade eben nicht beantwortet hat, nehme ich an, dass er noch nichts davon weiß.

»Gar nicht.«

»Aber –«

»Nein, er wird es nicht erfahren. Weil es keine Rolle spielt.« Als sie mich mit einem langen, intensiven Blick bedenkt, beginne ich zu verstehen.

»Du … du willst das Kind nicht behalten?« Ich bin nicht mal besonders überrascht. Pia und ein Baby … Wenn ich ganz ehrlich bin, passt dieses Bild vorne und hinten nicht zusammen.

Sie schüttelt nur stumm den Kopf. Nein, sie will es nicht behalten. Die Entschlossenheit in ihrem Blick lässt keinen Zweifel an ihrer Entscheidung.

Meine Sprache scheint mir abhandengekommen zu sein. In meinem Hals bildet sich ein Kloß, der sekündlich größer wird. Mit zitternden Fingern fahre ich durch meine Haare und versuche die Informationen zu verdauen. Als ich eine ganze Weile nichts gesagt habe, sieht Pia mich wieder an.

»Hör zu, ich möchte, dass du Nadine nichts davon erzählst, ja?«

Benommen nicke ich. Das würde sie nicht verkraften. Ihr größter Wunsch ist es, selbst schwanger zu werden. Sie wäre außer sich, wenn sie erfahren würde, dass Pia schwanger ist und ihr Baby abtreiben will. Unsere Freundschaft würde das bestimmt nicht überstehen.

»Danke.« Zufrieden drückt sie meinen Handrücken. Sogar ein leichtes Lächeln gelingt ihr. Ich versuche es zu erwidern, doch es fühlt sich falsch an.

»In der wievielten Woche bist du?« Meine Stimme ist nur ein leises Krächzen. Sie ist auf halber Strecke in meinem Hals stecken geblieben.

»In der sechsten. Bis zur zwölften Woche muss es … passiert sein.«

»Verstehe.« Ich versuche mich an einem Nicken, doch der dicke Kloß in meinem Hals macht es mir verdammt schwer, überhaupt Luft zu bekommen.

»Meinen Frauenarzt habe ich schon über meine Entscheidung informiert. Bald kann ich alles Weitere in die Wege leiten. Vorher muss ich aber noch zu einem Beratungstermin gehen. Das gehört zu den Formalitäten.« Pia sagt das so, als würde sie über ihren nächsten Wellnesstrip plaudern. Termin ausmachen, Beratung einholen, Einverständnis geben und los geht's. Nein, schelte ich mich im nächsten Moment für meine zynischen Gedanken. Ich tue Pia unrecht. Es ist ihr Leben. Ich kann mir nicht mal ansatzweise vorstellen, wie es sich anfühlen muss, so eine schwerwiegende Entscheidung zu treffen.

Das Zimmer beginnt sich vor meinen Augen zu drehen. Mein Gehirn fühlt sich an, als wäre es in dicke Watte gepackt. In mir toben die unterschiedlichsten Gefühle: Schock, Unverständnis und Traurigkeit wechseln sich im Sekundentakt ab. Welches

Recht habe ich schon, darüber zu urteilen? Wie würde ich mich an Pias Stelle fühlen? Wie würde ich mich entscheiden? Ich weiß es nicht. Ich habe keine Ahnung.

Mit hämmernden Schläfen starre ich auf den Fußboden, der vor meinen Augen verschwimmt. Ich kann meinen aufgewühlten Herzschlag deutlich in der Brust spüren.

»Sophie«, unterbricht Pia mein rasendes Gedankenkarussell, »kann ich auf dich zählen?«

Ich hole tief Luft. Pias verzweifelter Blick tut mir im Herzen weh. Sie ist meine Freundin und sie braucht mich jetzt.

»Ich stehe hinter dir«, verspreche ich schließlich.

Kapitel 14

So zu tun, als ob ich von nichts eine Ahnung hätte, fällt mir verdammt schwer. Noch dazu fühle ich mich wie eine Verräterin, weil ich Nadine nichts erzählen darf. Wenn ich mit ihr telefoniere, um die neuesten Details für die Hochzeit abzusprechen, habe ich richtige Bauchschmerzen. Ich schiebe eine sich anbahnende Erkältung als Erklärung vor, denn natürlich entgeht ihr meine Einsilbigkeit nicht.

In der darauffolgenden Woche verabreden wir drei uns am Freitagabend. Heute besuchen wir zur Abwechslung mal nicht unsere Lieblingsbar, sondern haben stattdessen einen Tisch beim Mexikaner bestellt.

Pia fährt uns beide in ihrem Audi TT nach Leipzig. Auf der Fahrt schwört sie mich noch einmal darauf ein, meinen Mund zu halten. Ich gebe ihr mein Wort.

»Nur noch eine Woche, dann ist es vorbei. Diese Schwangerschaft hat es nie gegeben und niemand wird je davon erfahren.« Fast wirkt es, als müsste sie sich selbst von ihren Worten überzeugen.

Eine Woche also, denke ich. Dann verschwindet der kleine Zellhaufen aus dem Bauch meiner Freundin, als hätte er nie existiert. In den letzten Nächten habe ich lange wachgelegen und darüber nachgedacht, warum mich Pias geplante Abtreibung so sehr mitnimmt. Wahrscheinlich ist mein schlechtes Gewissen

Nadine gegenüber Schuld. Meine beste Freundin wünscht sich so sehr ein Baby und es will einfach nicht klappen. Wenn ich an all die Tränen denke, die wir gemeinsam vergossen haben, als die Testergebnisse negativ ausgefallen sind … Und Pia wird einfach schwanger, ohne es zu wollen. Nadine wäre am Boden zerstört, wenn sie davon erfahren würde.

Ich fühle mich, als wäre ich in einem dicken Seil eingeschnürt, an dem von zwei Seiten heftig gezogen wird. Die Schlinge zieht sich immer fester zu. Vielleicht wird es besser, wenn in einer Woche alles vorbei ist. Ich weiß nämlich nicht, wie lange ich dem Druck, den Mund halten zu müssen, noch standhalten kann.

* * *

Als wir vor dem mexikanischen Restaurant halten, streicht Pia ihr fliederfarbenes Kostüm glatt und setzt ein undurchdringliches Pokerface auf. Tief in meinem Inneren glaube ich, dass es auch ihr nicht so leichtfällt, diese Entscheidung zu treffen, wie sie mich glauben lassen will.

Nadine wartet bereits im Gastraum auf uns. Ich schaffe es nicht mal, ihr richtig in die Augen zu sehen, so schrecklich fühle ich mich.

»Da seid ihr ja! Wenn wir uns beeilen, erwischen wir noch die Happy Hour.« Energisch schiebt sie uns die Cocktailkarten zu.

»Ich muss noch fahren«, weicht Pia aus und legt ihre Karte wieder zurück in die Mitte des Tisches.

»Das stört dich doch sonst auch nicht«, wundert sich Nadine. »Komm schon, wenigstens einen?«

Hätte Pia mir vorhin nicht erzählt, dass ihr vom Geruch alkoholhaltiger Getränke kotzübel wird, würde ich sie vermutlich ebenfalls dazu überreden wollen und vorschlagen, dass sie das Auto stehen lässt und sich später einfach ein Taxi nimmt. Das machen wir oft, Geld spielt in ihrem Leben schließlich keine besonders große Rolle. Es muss ein schönes Gefühl sein, zu wissen, dass immer genug davon da ist. Doch heute habe ich Mitleid mit ihr, als ich den angewiderten Blick bemerke, mit dem Pia die Cocktailkarte betrachtet.

»Warum probieren wir nicht mal die alkoholfreien Varianten?«, schlage ich deshalb vor und lese die Namen der fruchtigen Getränke laut vor: »Virgin Mojito, Spring Paradise, Sunny Day … Das klingt doch gar nicht so übel.«

Nadines Augenbrauen wandern ein paar Zentimeter nach oben. »Was ist denn mit euch los? So kenne ich euch ja gar nicht.«

Nach einem kurzen Seitenblick auf Pia winke ich betont locker ab. »Wir müssen es doch nicht jede Woche krachen lassen. Die ganzen Cocktails gehen auch ganz schön ins Geld.« Verschwörerisch beuge ich mich zu Nadine vor und stelle meine besten Schauspielkünste zur Schau: »Überleg nur mal, wie viel du sparen kannst, wenn wir uns bis zur Hochzeit ein bisschen zurückhalten.«

Sie schluckt ihre Antwort herunter. Damit habe ich ihren wunden Punkt erwischt. Obwohl Alex ganz gut verdient, legt meine Freundin großen Wert darauf, sich die Kosten für die Hochzeit eins zu eins mit ihm zu teilen. Bei ihrem Gehalt muss sie dafür ganz schön zurückstecken, denn ihr opulenter Traum in Weiß hat seinen Preis.

»Na gut, von mir aus«, gibt sie schließlich nach einem letzten Blick auf die Getränkepreise nach. »Aber ich möchte nicht, dass unsere Treffen bis zur Hochzeit unter meinem Sparzwang leiden müssen.«

»Keine Angst«, beruhige ich sie. »Wir müssen ja nicht jedes Mal einen alkoholfreien Abend einlegen. Aber heute probieren wir es einfach mal aus, okay?«

Als Nadine lächelnd nickt, verschwindet Pias Gesicht zufrieden hinter der Karte. Ich bin ein wenig stolz auf mich und meine Herausredungskünste.

* * *

Wie sich im Laufe des Abends herausstellt, können wir auch ohne Alkohol sehr viel Spaß haben. Nach dem üppigen Essen und einem leckeren Dessert bringt Nadine ihr neues Lieblingsthema (direkt nach der Hochzeit) zur Sprache: mein Liebesleben. Beziehungsweise mein nicht vorhandenes Liebesleben und die damit verbundene Tatsache, dass mir noch immer eine Verabredung für ihren großen Tag fehlt.

»Also, was gedenkst du zu tun, Sophie?«

Mühsam zwinge ich die letzten Bissen meines sündhaft leckeren und wahrscheinlich bombastisch kalorienhaltigen Schokokuchens hinunter, dann hebe ich die Schultern und sehe hilfesuchend zu Pia. Es wäre durchaus angebracht, dass sie mir jetzt auch mal zu Hilfe kommt.

»Nichts?« Nadine verschränkt enttäuscht die Hände auf der Tischplatte. »Hast du nach Speeddate-Torben niemanden mehr kennengelernt?«

Fast hätte ich laut aufgelacht. »Wo soll ich denn bitte schön auf die Schnelle einen neuen Mann kennenlernen? Ich habe jede Menge Arbeit, die erledigt werden muss. Und in meine Wohnung verirren sich nicht so viele potentielle Hochzeitsdates.« Kurz denke ich darüber nach, ob der DHL-Bote vielleicht in Frage käme, aber das erscheint mir dann doch ein bisschen traurig. Außerdem riecht er komisch.

»Das müssen wir dringend ändern«, beschließt Nadine. Als hätte ich die unwillkürlich ablaufende Sanduhr nicht genauestens auf dem Schirm, rechnet sie mir noch einmal vor, dass es nur noch knapp fünf Monate bis zu ihrer Hochzeit sind.

»Und wie soll ich das machen?«, wage ich zu fragen. Meine Stimme klingt ein klein wenig giftig, aber langsam fängt das Thema an mich zu nerven.

Eine Weile überlegt Nadine, dann schnippt sie mit dem Finger. »Tinder!«, ruft sie aufgeregt. Als ich sie verständnislos anstarre, wirft sie mir vor, dass ich wohl in den letzten Jahren hinter dem Mond gelebt habe. »Das ist eine App, bei der man Singles aus der näheren Umgebung kennenlernen kann. Wenn dir ein Mann gefällt, gibst du ihm einen Like und wenn er dich ebenfalls interessant findet, dann habt ihr ein Match und könnt euch schreiben.« Ein entrücktes Lächeln taucht auf ihrem Gesicht auf. Wahrscheinlich malt sie sich bereits in den schillerndsten Farben aus, welch unfassbar tolle Junggesellen darauf warten, von mir »gematcht« zu werden, wie sie es ausdrückt.

»Ich kann aber auch einfach in eine Bar gehen und dort einen Mann anquatschen, der mir gefällt«, werfe ich mit düsterem Gesichtsausdruck ein. »Das ist viel einfacher.«

»Machst du aber nicht, denn dafür bist du viel zu schüchtern.«

Mist, der Punkt geht an Pia. Trotzdem funkele ich sie wütend an. Warum fällt sie mir jetzt auch noch in den Rücken?

Als sie meinen Blick bemerkt, sagt sie schnell: »Aber Tinder ist wirklich nichts für Sophie. Die meisten Kerle, die da eine Frau suchen, sind nur auf schnellen Sex aus. Damit wäre uns in Sachen Hochzeitsdate auch nicht geholfen.« Aus ihrem Mund klingt es fast so, als wäre ich ein hoffnungsloser Fall.

Resigniert stößt Nadine ein langes Seufzen aus. »Wo sollen wir denn sonst jemanden für dich finden? Für die Studentenclubs sind wir mittlerweile zu alt, für Tanzkurse zu untalentiert und Onlinedating findest du doof.«

»Das habe nie gesagt.« Nanu, wo kam das denn her? Ich könnte mir in den Hintern beißen, denn der hoffnungsvolle Blick, mit dem Nadine mich jetzt bedenkt, spricht Bände.

»Nein? Das heißt, du würdest es versuchen? Für mich?«

Dem kulleräugigen Blick, den Nadine jetzt aufsetzt, kann ich genauso schwer widerstehen wie Cleos. Verdammt, was haben die katzenhaften Augen meiner besten Freundin und der Dackelblick meines Hundes nur an sich, dass ich ihnen keinen einzigen Wunsch abschlagen kann? Seufzend lasse ich mich in meinen Stuhl zurücksinken. Das habe ich jetzt von meiner vorwitzigen Zunge.

»Von mir aus. Aber nur auf einem seriösen Portal. Und dort

werden nur Infos über mich preisgegeben, die ich vorher autorisiere. Und wir geben ganz genau an, was ich mir so vorstelle.« Ich will schließlich nicht an einen zweiten Perverso-Hannes geraten, der mir auf der Suche nach einer »heißen Akademiker-Miez« ungefragt Penisfotos zuschickt.

»Prima!«, ruft Nadine freudig aus. »Wir füllen dein Profil gemeinsam aus, keine Sorge. Und du allein entscheidest, was wir reinschreiben.«

»Ich bitte darum.« Großmütig schenke ich ihr ein Nicken. Wäre ja auch noch schöner, wenn ich die beiden einfach machen ließe.

»Welche Plattformen gibt es denn so?« Diese Frage richtet Nadine an Pia, unsere unangefochtene Dating-Expertin. Sie hat in der Vergangenheit schon fast alle Methoden ausprobiert, die auch nur ansatzweise dazu geeignet sind, einen Mann kennenzulernen. Wenn auch mit anderen Absichten als ich.

»Lass mich überlegen. Da wären E-Love24, Partner-Match, Love-Scout-Deluxe, Finde-die-wahre-Liebe.com …«

»Moment, Moment.« Das ging Nadine eindeutig zu schnell.

»Sorry, Mädels, ich muss mal zur Toilette«, entschuldigt sich Pia und steht auf.

Während Nadine ihre Handtasche auf der Tischplatte ausräumt, wiederholt sie angestrengt die Namen der Portale, die Pia gerade aufgezählt hat. »E-Love-24, Partner-Match … Mist«, murmelt sie dann, als der komplette Inhalt ihrer Tasche auf dem Tisch verstreut liegt. Sie findet eine von diesen kostenlosen Postkarten, die überall verteilt werden, und dreht sie herum. »Das muss ich mir aufschreiben. Hat jemand einen Stift?«

Bedauernd schüttele ich den Kopf. Notizen finden seit geraumer Zeit nur noch auf meinem Smartphone Anwendung. Aber Pia, ganz die auf alles vorbereitete Immobilienmaklerin, gibt Nadine auf dem Weg zur Toilette mit einem Handzeichen zu verstehen, dass sie in ihrer Tasche nachsehen soll.

Voller Tatendrang reißt Nadine Pias Handtasche auf und

wühlt wild darin herum. »Mein Gott, was schleppt die Frau nur alles mit sich …«

Plötzlich hält sie abrupt inne. Ihre Hand scheint in den Tiefen des Futters festgewachsen zu sein. Als sie eine kleine weiße Broschüre hervorzieht, bleibt mein Herz einen Moment lang stehen. Oh nein, bitte nicht! Bitte, lass es nicht das sein, was ich denke … Doch zu spät.

»Schwangerschaftsabbruch«, liest Nadine mit ausdrucksloser Stimme vor. Sie legt die DIN-A5 große Broschüre vor sich auf den Tisch. Ihre Augen verharren einige Sekunden lang auf dem Titelbild, als könnten sie nicht begreifen, was sie da gerade vor sich sehen. Dann hebt sie langsam den Blick. »Was ist das?«

In diesem Moment rast Pia zurück an unseren Tisch. In ihren weit aufgerissenen Augen steht der blanke Schock geschrieben. Mit einer blitzschnellen Bewegung entreißt sie Nadine die Broschüre. Ich kann ihr klopfendes Herz bis hierher hören, jedenfalls bilde ich mir das ein. Nadine starrt noch immer auf ihre Hände, die eben noch das Prospekt gehalten haben, dann sieht sie ganz langsam zu Pia hinauf.

»Was zur Hölle ist das?« Jedes einzelne Wort klingt, als ob es mühsam aus ihren Lungen herausgepresst worden wäre.

»Das … das …« Pia will das Heft zurück in ihre Handtasche stopfen, doch sie zittert so sehr, dass die Tasche umfällt und die Hälfte des Inhalts herauskullert. Als sie die Taschentücher, Stifte und Schlüssel hastig wieder einpacken will, legt Nadine ihre Hand auf Pias. Sie zuckt unter der Berührung zusammen.

»Pia!« Noch nie hat die Stimme meiner besten Freundin so bedrohlich geklungen. Eine scharfe Warnung schwingt in diesem einen Wort mit.

Pia sinkt ermattet auf ihren Stuhl zurück. Ohne den Blick von der Tischkante zu heben, murmelt sie: »Ich bin schwanger. Es war ein Unfall. Ich wollte es dir nicht sagen, weil ich weiß, dass …«

»Ein Unfall?«, wiederholt Nadine. Ihre Augen weiten sich ungläubig. »Und jetzt willst du es wegmachen lassen?«

Ein heftiger Ruck fährt durch Pias Körper. Als sie Nadine endlich ansieht, schimmern Tränen in ihren dunklen Augen. »Ich … ja.« Sie holt zitternd Luft, dann schüttelt sie hilflos den Kopf, nur um kurz darauf zu nicken.

Ich fühle mich wie eine Statistin in einem Katastrophenfilm. Direkt vor meinen Augen bricht gerade die Welt zusammen. Ich sehe die Tragödie kommen, kann aber nichts dagegen machen. Wie festgefroren sitze ich auf meinem Stuhl. Der Blick, mit dem Nadine Pia bedenkt, jagt wellenförmige Schauer über meine Haut.

»Hast du denn mal darüber nachgedacht, wie es wäre, das Kind zu bekommen? Du kannst es doch auch zur Adoption freigeben.«

Tränen strömen über Pias Gesicht. Ohne dass sie es ausspricht, gibt sie uns zu verstehen, dass dies keine Option für sie ist.

Nadine wendet den Blick ab und kämpft ihre eigenen Tränen zurück. »Ich … das …« Mit einer ruckartigen Bewegung schnappt sie sich ihre Handtasche. »Sorry. Ich … ich kann das nicht.« Dann stürmt sie kopflos aus dem Restaurant.

Ich will aufspringen und ihr hinterhergehen, doch Pias kalte Hand legt sich plötzlich auf meine. Halb im Aufstehen begriffen, sinke ich zurück auf meinen Stuhl und blicke meine Freundin hilflos an. Zum ersten Mal in all der Zeit, die wir uns jetzt kennen, sehe ich sie weinen. Die Tränen verwässern ihre bildschönen dunklen Augen, bevor sie über ihre aschfahlen Wangen laufen.

»Lass sie. Nadine würde das niemals verstehen. Sie hätte das gar nicht sehen sollen. Ich … ich bin so dumm! Warum habe ich nicht an diese saublöde Broschüre gedacht?« Fassungslos über ihren eigenen Fehler schüttelt sie den Kopf. »Bitte«, flüstert sie dann, »bleib bei mir. Lass mich jetzt nicht alleine.«

Ich weiß nicht, was ich sagen soll. Hin- und hergerissen zwischen dem Drang, Nadine hinterherzulaufen, um sie in die Arme zu nehmen, und dem Wunsch, für Pia da zu sein, lausche ich meinem klopfenden Herzen.

Kapitel 15

April

Am Samstagabend halte ich es nicht mehr aus und steige in die Bahn nach Leipzig. Nadine hat in den letzten vierundzwanzig Stunden all meine Nachrichten und Anrufe ignoriert. Am Ende hat sie sogar ihr Handy ausgeschaltet. So abweisend kenne ich sie gar nicht. Ich kann mir nicht mal ansatzweise vorstellen, wie sehr sie der gestrige Abend mitgenommen haben muss.

Noch nie musste ich mir selbst Mut zusprechen, um die Stufen in ihrem Treppenhaus zu bezwingen. Hoffentlich macht sie mir überhaupt die Tür auf. Mit einem mulmigen Gefühl im Bauch drücke ich auf die Klingel und warte mehrere Herzschläge lang darauf, dass etwas passiert. Erst nach einer gefühlten Ewigkeit setzen sich auf der anderen Seite Schritte in Bewegung. Ein erschöpft aussehender Alex öffnet mir in Jogginghosen die Tür.

»Sophie.« Er wirkt nicht mal überrascht, mich zu sehen. Wortlos tritt er zur Seite und lässt mich herein. Ich muss mich an meiner Tasche festklammern, so nervös bin ich.

»Nadine ist im Schlafzimmer. Ich glaube aber nicht, dass sie dich sehen will … oder irgendjemand anderen.«

Mit einem kleinen Lächeln nicke ich ihm zu. Das hatte ich befürchtet, aber ich habe mich trotzdem dazu entschieden, herzukommen. Alex wirkt, als hätte er mehrere Nächte lang nicht geschlafen. Er sieht fertig aus. Aber ich bin wegen Nadine hier, Alex' Zustand muss ich heute wohl oder übel ignorieren.

Vorsichtig klopfe ich an die geschlossene Schlafzimmertür. Als auch nach mehreren Sekunden keine Reaktion kommt, öffne ich sie einen Spaltbreit und spähe in den Raum. Nadine sitzt mit gekrümmtem Rücken vor ihrem Kleiderschrank, der fast die gesamte Wand gegenüber dem Bett einnimmt. Vor ihr liegen mehrere Kisten und Schachteln verstreut, einige davon sind geöffnet. Als mein Blick auf die winzig kleinen Babysöckchen fällt, die sie in der Hand hält, wird mein Herz unendlich schwer. Schweigend knie ich mich neben sie und lege meinen Arm um ihre Taille.

Nach einer Weile traue ich mich zu fragen: »Wie geht's dir?«

»Wie schon? Beschissen.« Sie hat geweint, nicht gerade wenig, das ist ihr deutlich anzusehen. Auch ihre Stimme klingt heiser.

»Es tut mir leid, dass du es so erfahren musstest. Dass du es überhaupt erfahren musstest.« Bevor ich richtig realisiere, was ich gerade gesagt habe, wendet Nadine ihren Kopf zu mir um.

»Du hast es gewusst?« Doch ihre Überraschung hält nur eine Sekunde lang an, dann sinkt sie wieder in sich zusammen. »Natürlich hast du es gewusst.«

»Es tut mir so leid«, wiederhole ich, weil ich nicht weiß, was ich sonst sagen soll.

Sie nickt bloß. »In der wievielten Woche ist sie?«

Einen Moment lang bin ich überrascht über diese Frage, doch dann rechne ich nach. »In der siebten, glaube ich.«

»Und wann …?« Sie bringt es nicht übers Herz, die Worte auszusprechen.

»Nächste Woche irgendwann.« Wann genau hat Pia nicht gesagt und ich wollte es ehrlich gesagt auch gar nicht wissen. Wie egoistisch von mir, wird mir plötzlich klar. Ich kann sie doch dort nicht alleine hingehen lassen. So etwas sollte keine Frau mit sich allein ausmachen müssen.

Nadine schlägt die Augen nieder. »Sie will das also wirklich durchziehen, ja? Eine Alternative kommt für Pia nicht in Frage?«

»Ich fürchte nicht. Du kennst sie ja. Wenn sie sich einmal etwas in den Kopf gesetzt hat, …«

»… dann macht sie es auch«, beendet sie meinen Satz. »Ja, ich weiß.« Ein markerschütterndes Schluchzen bricht aus ihr heraus. Kurz darauf vergräbt Nadine ihren Kopf in ihren Händen und wiegt sich sekundenlang hin und her. Als sie mich wieder ansieht, wirkt sie um Jahre gealtert. »Das ist so unfair! Warum wird Pia schwanger und ich nicht? Was habe ich denn verbrochen?«

»Ich weiß es nicht«, flüstere ich und nehme sie wieder in die Arme. Eine Weile lässt Nadine sich von mir halten. Ihre Tränen tropfen auf meine Hände, so lange, bis keine mehr übrig sind.

* * *

Unser geplantes Treffen am Dienstag fällt aus, ohne dass wir darüber sprechen müssen. Nadine will Pia nicht sehen und ich kann es ihr nicht verdenken. Pia und ich haben keine Lust, alleine zu kochen, dafür sind wir gar nicht in der Stimmung.

Nachdem ich am Samstag bei Nadine gewesen bin, fühle ich mich nutzlos und leer. Meiner besten Freundin kann ich nicht helfen und Pia genauso wenig. Am kommenden Freitag muss sie in die Klinik. Ich habe angeboten, sie zu begleiten, aber sie hat abgelehnt. Mir hat die Kraft gefehlt, sie zu überreden, also habe ich ihre Entscheidung stillschweigend akzeptiert. Vielleicht ist es wirklich besser für Pia, wenn sie das alleine macht.

Das Leben geht weiter, die Arbeit stapelt sich und ich verlasse kaum noch das Haus. Nur Cleo scheucht mich alle paar Stunden durch das nasskühle Markkleeberger Aprilwetter. Wenn ich sie nicht hätte, würde ich wahrscheinlich vollends hinter meinem Schreibtisch versumpfen. Ich habe noch ein paarmal versucht, Nadine anzurufen, aber sie hat mich gebeten, ihr ein bisschen Zeit zu geben. Wenn sie so weit ist, wird sie sich bei mir melden.

Noch nie habe ich mich so allein gefühlt. Nicht mal das gemeinsame Mittagessen mit meiner Mama am Mittwoch in der DNB schafft es, mich aufzuheitern. Ohne meine beiden besten

Freundinnen fühlt sich mein Leben an, als hätte es all seine Farben verloren.

Ich weiß nicht, wie es mit uns dreien weitergehen soll. Nadine ist so tief verletzt, dass ich mir nicht vorstellen kann, wie sie in Zukunft mit Pia umgehen wird. Die ungewollte Schwangerschaft und die geplante Abtreibung haben einen Keil zwischen die beiden getrieben, der so tief sitzt, dass es undenkbar scheint, dass wir uns eines Tages wieder unbeschwert auf einen Cocktail treffen können. Ich versuche, an etwas anderes zu denken und mich voll und ganz auf den neuen Roman zu konzentrieren, den ich übersetzen muss. Doch meine Gedanken springen immer wieder zu Nadines entsetztem Gesichtsausdruck zurück, als sie die Broschüre entdeckt hat. Dieser Moment, in dem ihr klarwurde, dass Pia etwas ungeschehen machen will, das sie sich so sehr wünscht und das ihr doch verwehrt bleibt, will mir einfach nicht aus dem Kopf gehen. Immer wieder sehe ich Nadine vor mir, mit zitternden Händen und ungläubigem Blick.

Am Ende des Tages zwingen mich meine Kopfschmerzen dazu, früh schlafen zu gehen.

* * *

Als es in der Nacht zu Donnerstag an der Tür klingelt, bin ich sofort hellwach. Ich spüre instinktiv, dass etwas Schlimmes passiert sein muss. Als hätte mir jemand einen Eimer kaltes Wasser über den Kopf gekippt, renne ich zu meiner Wohnungstür. Selbst Cleo, die normalerweise total ausrastet, wenn es klingelt, verhält sich ungewöhnlich ruhig.

Pia steht vor mir, völlig verstört, mit tränenüberströmtem Gesicht und noch im Schlafanzug. Sie zittert wie Espenlaub und muss sich am Türrahmen festhalten, um nicht umzukippen. Ihr Gesicht wirkt aschfahl im Neonlicht der grellen Flurbeleuchtung.

Wortlos lasse ich den Blick an ihr hinabwandern und bleibe

an dem fußballgroßen Blutfleck auf ihrer Schlafanzughose hängen. Das heftige Schluchzen, das Pias Körper erschüttert, hindert sie am Sprechen. Ich erkenne den Ernst der Lage sofort. Hastig schnappe ich meine Jacke, Tasche und die Wohnungsschlüssel, schlüpfe in meine Turnschuhe und werfe die Tür hinter mir ins Schloss.

»Du musst ins Krankenhaus!«, sage ich und frage mich im selben Moment, wie ich es schaffe, dabei so gefasst zu klingen. Ich wickele Pia in meine Jacke ein und stütze sie auf dem Weg nach unten. Schweigend drückt sie mir ihre Autoschlüssel in die Hand.

Irgendwie schaffe ich es, den Sportwagen unbeschadet nach Leipzig zu manövrieren. Glücklicherweise sind die Straßen in diesen frühen Morgenstunden weitestgehend leer und die meisten Ampeln noch ausgeschaltet. Pia hat sich auf dem Beifahrersitz zusammengekauert, die Beine an die Brust gezogen, und schluchzt unkontrolliert. Das lange schwarze Haar hängt ihr wirr ins Gesicht. Sie starrt durch die Windschutzscheibe und scheint doch nichts zu sehen.

Wir erreichen die Notaufnahme der Uniklinik um kurz vor vier. Am Empfang nimmt eine Schwester Pias Daten auf und schickt sie sofort in die gynäkologische Abteilung. Ich übernehme das Sprechen, erkläre, dass meine Freundin in der achten Woche schwanger ist und starke Blutungen hat. Pia ist nicht dazu in der Lage, auch nur ein Wort von sich zu geben.

Den Weg zur Gynäkologie legen wir wie in Trance zurück. Auf der Station empfängt uns eine Schwester und bittet uns, kurz Platz zu nehmen, bis die diensthabende Ärztin sich um meine Freundin kümmert. Während wir warten, greift Pia nach meiner Hand und hält sie fest. Ich erwidere den Druck und beginne, in sanften Kreisen über ihren Handrücken zu streicheln. Vielleicht bilde ich es mir nur ein, aber sie scheint schon etwas weniger zu zittern.

»Mein Baby …«, flüstert sie plötzlich erstickt und sieht mich aus rot geweinten Augen hilflos an.

»Schsch«, mache ich und streiche eine Strähne ihres wirren Haares hinter ihr Ohr. »Die Ärztin ist gleich da und dann wissen wir mehr.«

»Ich habe mein Baby getötet!« Die Worte kommen abgehackt aus Pias Mund. »Ich wollte es nicht haben und jetzt ist es gestorben.«

Ein neuer Schwall Tränen bricht hinter ihren Lidern hervor. Sie zieht ihre Hand zurück und krümmt sich mit einem schmerzverzerrten Laut, der nicht von dieser Welt zu kommen scheint, auf ihrem Stuhl zusammen. In diesem Moment geht die schwere Glastür auf und eine ältere Frau mit freundlichem Blick kommt auf uns zu.

»Pia Brandt? Kommen Sie bitte mit.«

Schwerfällig erhebt sich Pia und dreht sich noch einmal zu mir um. In ihrem Blick liegt die absolute Gewissheit, dass sie ihr Kind verloren hat. Jetzt erst begreife ich, was das mit ihr macht. Ich beginne zu verstehen, dass Pia keineswegs die kühle, berechnende Frau ist, der es nichts ausmacht, ihr Baby abzutreiben, um danach weiterzumachen, als wäre nichts geschehen. Und ich glaube, sie beginnt es auch gerade zu verstehen.

Die Ärztin verschwindet mit ihr in einem Untersuchungsraum. Ich bleibe allein zurück und fühle mich schrecklich hilflos.

Ich weiß nicht, wie viel Zeit vergeht, ich weiß nur, dass es sich anfühlt, als wären es Stunden, die Pia mittlerweile weg ist. In Wahrheit vergehen nur etwa dreißig Minuten. Eine Stationsschwester taucht wie aus dem Nichts neben mir auf und beginnt das Blut vom Stuhl zu wischen, auf dem Pia gerade eben noch saß. Instinktiv will ich aufstehen und ihr helfen, doch sie bittet mich mit leisen Worten, Platz zu nehmen und auf meine Freundin zu warten.

Als sie wieder weg ist, dauert es noch ein paar weitere Minuten, bis die Tür sich endlich öffnet. Die Ärztin geht vorneweg und ihr Gesichtsausdruck gibt keinerlei Hinweis auf das, was sie herausgefunden hat. Hinter ihr läuft Pia. Sie hat die Arme um ihre Mitte gekrümmt und den Blick zu Boden gerichtet.

»Was ist ... Ist es ...?« Mehr als ein hilfloses Stammeln bringe ich nicht zustande.

Die Ärztin berührt Pia sanft am Arm und murmelt ihr leise Worte ins Ohr, die ich nicht verstehe. Ich werde mit einem kurzen, unverbindlichen Nicken bedacht, dann verschwindet die Ärztin in Richtung Kreißsaal.

Pia starrt noch immer auf den Boden. Oh Gott, es ist wahr, sie hat ihr Kind verloren, ist alles, was ich denken kann. Meine Beine tragen mich zu ihr, ohne dass ich weiß, was ich jetzt sagen oder tun soll. Doch als sie endlich ihren Blick hebt und mich ansieht, wirkt Pia vollkommen ruhig, geradezu gefasst.

»Es lebt.«

Bevor ich ihre Worte richtig begreife, fällt Pia mir bereits in die Arme und weint, wie ich noch nie einen Menschen habe weinen sehen.

»Mein Baby lebt! Das kleine Herz schlägt.« Es fällt mir schwer, ihre Worte zwischen all dem Schluchzen zu verstehen.

»Kommen Sie bitte?« Die Stationsschwester ist auf einmal wieder da und lächelt Pia aufmunternd zu.

»Ich ... ich habe ein Hämatom an der Gebärmutter, das die Blutung verursacht hat«, erklärt Pia aufgelöst, »und ich muss erstmal hier bleiben.« Die Erleichterung steht ihr buchstäblich ins Gesicht geschrieben.

Und auch ich presse die Hände vor den Mund und kann ein kleines Juchzen nicht unterdrücken. »Das ... das ist ja wundervoll. Also, dass es dem Baby gut geht.« Mein Kopf geht von links nach rechts und wieder zurück. »Oder nicht?«

Pia nickt. Doch, das ist es. Ich kann es in ihren Augen lesen. In dieser Nacht ist etwas geschehen, etwas hat sich verändert. Pia wird ihr Kind nicht abtreiben.

Kapitel 16

Am nächsten Tag bringe ich Pia ein paar Sachen aus ihrer Wohnung vorbei. Bereits auf dem Gang des Krankenhauses höre ich die rauchige Stimme ihrer Tante Ann, mit der Pia das Immobilienbüro Brandt zusammen leitet. Einzelne Satzfetzen dringen an mein Ohr.

»… mir nichts gesagt … hätte dir geholfen … mit mir reden …«

Als ich es wage, den Kopf zur Tür hereinzustecken, bietet sich mir ein geradezu ulkiges Bild. Pia sitzt mit vor der Brust verschränkten Armen aufrecht im Bett und starrt demonstrativ an ihrer Tante vorbei zum Fenster hinaus. Ihre langen Haare hat sie zu einem unordentlichen Dutt aufgetürmt. An ihrer Schläfe meine ich eine Ader pochen zu sehen. Ihre fein herausgeputzte Tante hat ihre Arme auf das Fußende des Bettes gestützt und sich so sehr in Rage geredet, dass ihr Gesicht rot glüht.

»Was ist denn hier los?« Ich kann gerade noch einen Schritt zur Seite machen, bevor eine rundliche Krankenschwester mich fast über den Haufen rennt. »Was brüllen Sie hier so rum? Das ist ein Krankenhaus, verdammt noch mal. Die Patienten brauchen Ruhe!«

Sofort ist es totenstill im Raum. Die korpulente Schwester funkelt Pias Tante bitterböse an.

Ann senkt beschämt den Kopf und murmelt ein leises »Ja, natürlich, ich bitte vielmals um Entschuldigung«.

»Benehmen Sie sich, sonst muss ich Sie auffordern, die Station zu verlassen.«

Als Ann ein versöhnliches Nicken zustande bringt, nickt auch die Schwester zufrieden und geht wieder davon.

Zwei Sekunden lang sagt niemand ein Wort, dann lächelt Pia mich an. »Hallo, Sophie.« Erleichtert breitet sie die Arme aus.

Ich murmele ihrer Tante ein schnelles »Hallo, Ann« hin und umarme meine Freundin fest. Alle Wut ist plötzlich aus dem Gesicht der über sechzigjährigen Immobilienmaklerin gewichen. Auf ihrem makellos schönen Gesicht erscheint ebenfalls ein Lächeln, als sie mich in eine lange Umarmung zieht.

»Ein Glück, dass du mein Pia-Kind ins Krankenhaus gebracht hast. Ich bin so froh, dass ihr nichts passiert ist.« In ihren Augen kann ich Tränen erkennen, die sie eilig mit einem Taschentuch wegtupft, um ihr aufwendiges Make-up nicht zu ruinieren.

In Sachen Schönheit und Styling steht Ann (die eigentlich Ann-Jolie heißt, aber »ums Verrecken nicht« so genannt werden will) ihrer Nichte in nichts nach. Als ich im letzten Jahr den Mietvertrag für meine Wohnung in den großzügigen Altbauräumen ihres Leipziger Büros unterzeichnet habe, hat Ann mich sofort ins Herz geschlossen und ich sie in meines. Sie war ganz aus dem Häuschen, weil ich in Pias Haus einziehen wollte und mich auf Anhieb blendend mit ihrer Nichte verstand. Wahrscheinlich war es mir damals noch nicht bewusst, aber mittlerweile weiß ich, dass Anns gute Menschenkenntnis unsere Freundschaft bereits ab dem ersten Tag als solche identifiziert hat. Seitdem habe ich Pias resolute Tante immer mal wieder getroffen, wenn ich meine Freundin auf einen Kaffee in ihrem Büro besucht habe.

Die Ähnlichkeit zwischen den beiden ist nicht zu leugnen. Anns seidig schwarzes Haar (in das sich dank regelmäßiger Starfriseurbehandlung nicht ein einziger grauer Schimmer verirrt), die schlanke, trainierte Figur und die hohen Wangenknochen finden sich eins zu eins bei Pia wieder. Da beide mit Nachnamen

Brandt heißen und ein ähnlich selbstbewusstes Auftreten an den Tag legen, vermuten viele ihrer Kunden, dass es sich bei dem erfolgreichen Gespann um Mutter und Tochter handelt. Meist lassen sie die Leute in dem Glauben, denn selbst eine Mutter könnte ihrer Tochter nicht näherstehen.

Doch die traurige Wahrheit ist eine andere: Als Pia fünf Jahre alt war, nahm ihre Mutter sich mit einer Überdosis Schlaftabletten das Leben. Sie litt unter schweren Depressionen, die sich auch mit einer Therapie nicht in den Griff kriegen ließen. Pias Vater war zu diesem Zeitpunkt schon über alle Berge und zeigte kein Interesse an seinem Kind. Ann war es schließlich, die den leblosen Körper ihrer jüngeren Schwester einen Tag später fand. Pia lag völlig erschöpft neben ihrer Mutter im Bett und weinte ununterbrochen. Seit diesem Tag lebt Pia bei ihrer Tante. Die beiden sind ein eingespieltes Team und lassen sich von nichts und niemandem etwas sagen. Kein Jugendamt, kein potentieller Lebensgefährte und keine noch so schwierige Situation konnten die beiden auseinanderbringen. Jeder Rückschlag (und davon gab es einige im Leben der alleinerziehenden Ann) hat die zwei nur enger zusammengeschweißt.

Ähnlich wie Pia lebt ihre Tante die Vorzüge ihres Singledaseins in vollen Zügen aus. Obwohl sie mittlerweile die sechzig knapp überschritten hat, mangelt es ihr nicht an Verehrern und Liebesbekundungen. Doch Ann liebt ihr Leben so, wie es ist, und sieht es gar nicht ein, ihr hart verdientes Geld und ihre spärliche Freizeit an irgendeinen dahergelaufenen Kerl zu verschwenden. Vielleicht aber hat sie den Richtigen einfach noch nicht kennengelernt. Nadine hätte sicher ihre helle Freude daran, die resolute Immobilienmaklerin zu verkuppeln.

Mit einem erschöpften Seufzen lässt Ann sich an Pias rechter Seite nieder und nimmt ihre Hand. Ich ziehe mir einen Besucherstuhl vom Tisch gegenüber heran und nehme auf der linken Seite neben dem Bett Platz.

»Mein Liebling, was hast du dir nur dabei gedacht? Warum

hast du mir denn nichts gesagt?« In Anns Stimme liegt keine Verurteilung, nur ehrliche Enttäuschung.

Pia benötigt ein paar Sekunden, bis sie so weit ist. »Ich war selbst so schockiert von der Schwangerschaft. Das hat einfach nicht in mein Leben gepasst. Beim bloßen Gedanken an ein schreiendes Baby habe ich mich schon überfordert gefühlt.« Sie sieht mich kurz an und ich gebe ihr mit einem kleinen Nicken zu verstehen, dass sie weiterreden soll. Ihre Ängste und Sorgen müssen ausgesprochen werden. »Ich meine … wie soll das denn gehen? Der Job nimmt mich rund um die Uhr in Beschlag. Ich arbeite viel und gerne, ich brauche das.«

»Na, na, na!«, tadelt Ann sie streng. »Meinst du vielleicht, für mich war es einfach, das Unternehmen ganz alleine aufzubauen? Mit einem traumatisierten Kind?«

Schuldbewusst zieht Pia die Schultern hoch. »Natürlich nicht.«

»Und trotzdem habe ich es geschafft. Und du wirst das auch«, sagt Ann im Brustton der Überzeugung. »Du bist nicht alleine, mein Pia-Kind, vergiss das nicht. Ich bin immer für dich da und du hast Freunde, die dich lieben.« An dieser Stelle lächelt sie mich an. »Außerdem gibt es Kitas und Nannys. Mach dir darum keinen Kopf.«

Als Pia in das riesige Kissen zurücksinkt, droht sie fast, in dem Krankenhausbett unterzugehen. »Und was ist mit meinem Auto und meiner Zweiraumwohnung? Das ist doch alles nichts für ein kleines Baby. Mal ganz abgesehen davon, dass ich überhaupt nicht weiß, wie das alles geht. Was mache ich, wenn es nicht aufhört zu schreien? Oder wenn es krank wird?«

»Liebes«, unterbricht Ann ihre Nichte, »das sind die ganz normalen Ängste einer werdenden Mutter. Kein Kind kommt mit einer Betriebsanleitung zur Welt. Aber zwischen dir und diesem winzigen Wesen in deinem Bauch besteht jetzt schon eine ganz besondere Verbindung, die dir sagen wird, was das Richtige für dein Baby ist. Mütterliche Intuition nennt man das.«

Pia schweigt. Gedankenverloren legt sie ihre rechte Hand auf ihren flachen Bauch und horcht in sich hinein.

»Wohnungen kann man kündigen, Autos verkaufen. Und um den Job mach dir mal keine Sorgen. Ich werde eine Vertretung suchen, die deine Aufgaben eine Weile übernimmt und mir zur Hand geht.«

»Aber –«, will Pia widersprechen.

»Nichts aber«, unterbricht Ann sie bestimmt, »im ersten Jahr gehört das Baby zu seiner Mutter! Und danach sehen wir weiter. Wir legen deine Termine so, dass es mit der Kinderbetreuung keine Probleme gibt und du dich in deiner Freizeit um den kleinen Wurm kümmern kannst. Glaub mir, wenn das Baby erstmal da ist, willst du es sowieso nicht mehr freiwillig hergeben.«

Schuldbewusst klappt Pia ihren Mund wieder zu. Ich ahne, was ihr in diesem Moment durch den Kopf geht: Bis gestern Nacht wollte ich mein Kind noch freiwillig weggeben. Ich wollte es abtreiben.

In dem viel zu groß wirkenden Bett wird meine Freundin immer kleiner.

»Pia«, sage ich leise, »bitte hör auf, dir Vorwürfe zu machen. Es ist doch noch mal alles gut gegangen. Du hast erkannt, dass du dein Baby behalten willst, und nur das allein zählt.«

Anns Gesichtszüge werden weich. Als die erste Träne über Pias Wange kullert, wischt ihre Tante sie sanft mit dem Daumen weg. »Nicht weinen, Pia-Kind. Wir stehen alle hinter dir.«

Pias Stimme klingt zwar brüchig, aber auch entschieden, als sie sagt: »Ich werde mein Kind bekommen.«

Erleichtert drückt Ann ihre Nichte fest an sich. Pia schluchzt und weint einige Minuten lang, bis sie sich von ihrer Tante löst und mit den Fingern über ihr Gesicht fährt. Ein leises Lachen entschlüpft ihrer Kehle.

»Ich bekomme ein Baby. Ich! Könnt ihr euch das vorstellen?«

Ich kann nicht anders, als in ihr erleichtertes Lachen einzustimmen. Bis vor ein paar Wochen noch wäre diese Vorstellung völlig absurd gewesen, aber jetzt, in diesem Zimmer, nach einer Nacht voller Sorgen und Ängste, scheint es das einzig Logische zu sein.

»Und ich werde Oma«, fügt Ann strahlend hinzu, »oder Großtante? Stiefoma? Was bin ich denn dann?«

»Egal.« Pia winkt lachend ab. »Nenn es, wie du willst. Ich weiß auf jeden Fall, dass du die allerallerbeste Stief-Großtanten-Oma der Welt sein wirst.«

In dem sanften Lächeln, das sie ihrer Tante schenkt, liegt so viel Liebe und Zärtlichkeit, dass alle weiteren Worte überflüssig sind.

Kapitel 17

Eine Woche ist mittlerweile vergangen, in der ich nichts von Nadine gehört habe. Es zerreißt mir das Herz, ohne sie zu sein. Aber sie hat sich Zeit erbeten und die muss ich ihr zugestehen. Auch wenn es mir schwerfällt.

Pia ist am Mittwoch aus der Klinik entlassen worden. Sie soll sich noch ein paar Tage schonen, aber seit die Blutungen aufgehört haben, geht es ihr schon wesentlich besser. Ich habe sie mit ihrem Sportwagen abgeholt und nach Hause gebracht. In ihrer Wohnung hat Ann sie mit einem üppigen Abendessen in Empfang genommen, zu dem auch ich eingeladen war. Nachdem ihre Tante gegangen war, haben wir uns noch eine Komödie im Fernsehen angesehen. Während der Film an uns vorbeiplätscherte, hat Pia die ganze Zeit über abwesend ihren noch nicht vorhandenen Bauch gestreichelt. Die Zärtlichkeit, die dabei in ihrem Blick lag, hat ein warmes Gefühl in meiner Brust hervorgerufen.

* * *

Nun ist es Freitagabend und ich bin gerade dabei, meine Koffer zu packen. Morgen findet das Frühlingsfest des Ullrich Verlags statt und ich bin deshalb schon seit Tagen aufgeregt. Die Vorstellung, all die Menschen, mit denen man ansonsten nur telefonisch, per Mail oder Post Kontakt pflegt, in persona zu treffen, ist eigenartig und wunderbar zugleich. Cleo habe ich vor einer halben Stunde bei meiner Mutter in Connewitz abgeliefert, da mein Zug morgen ganz früh geht und ich den Tag dazu nutzen will, mich ein wenig in der Hauptstadt umzusehen. Normalerweise hätte ich meine Hündin zu Pia gebracht, aber nach den letzten Tagen haben Mama und ich beschlossen, sie übers Wochenende lieber in ihre Obhut zu geben. Auch wenn ich mich darauf freue, einmal schlafen gehen zu können, ohne vorher durch die Markkleeberger Nacht spazieren zu müssen, fühle ich mich auf einmal unvollständig. Die Wohnung erscheint mir viel zu groß und zu leer ohne die überall verstreut herumliegenden Quietschspielsachen und Kauknochen, über die ich nachts auf dem Weg zur Toilette gerne mal stolpere.

Gerade als ich mich unter meiner dicken Bettdecke verkrieche, leuchtet mein Handy auf. Eine Nachricht von Nadine wird angezeigt. Sofort bin ich hellwach. »Hast du morgen Zeit für ein Treffen?«

»Leider nicht«, tippe ich mit fliegenden Fingern. »Ich fahre ganz früh nach Berlin zum Frühlingsfest des Verlages.«

Es vergehen ein paar Sekunden, dann beginnt Nadine, eine Antwort zu verfassen. »Ach so, stimmt. Ganz vergessen. Wann kommst du zurück?«

Ihre Frage gibt mir zu denken. Und warum schreibt Nadine mir heute eine Nachricht, wenn wir doch sonst meistens telefonieren?

»Sonntagmittag geht mein Zug. Ist was passiert?«

Mein Text wird als zugestellt und gelesen angezeigt. Trotzdem passiert nichts weiter. Ich starre noch eine Weile auf das Chatfenster, dann ist Nadine plötzlich offline. Da stimmt doch was nicht. Kurzerhand wähle ich ihre Nummer und bin ehrlich erstaunt, als sie gleich nach dem ersten Klingeln rangeht.

»Hey.« Sie klingt furchtbar müde, dabei ist gerade erst 21 Uhr durch.

»Was ist passiert?« Ich kenne Nadine so gut wie niemand sonst (außer vielleicht Alex) und kann bereits aus ihrer einsilbigen Begrüßung heraushören, dass es ihr nicht gut geht. Meine Ahnung bestätigt sich, als sie das abgrundtief erschöpfte Seufzen einer alten Frau ausstößt. »Nadine, du kannst mir alles sagen.«

»Ich weiß«, antwortet sie leise. »Tut mir leid, dass ich dich so lange ignoriert habe. Ich wollte dich nicht verletzen, aber die Sache mit Pia hat mich ganz schön mitgenommen.«

»Schon gut.« Ich bin so erleichtert darüber, wieder mit ihr zu reden, dass ich ihr die Funkstille der letzten Tage nicht übelnehme. Wie könnte ich auch?

»Wirklich? Du bist nicht sauer?«, vergewissert sie sich.

»Nein. Ich verstehe dich. Ich hoffe, du bist mir auch nicht mehr böse, weil … Du weißt schon. Weil ich dir nichts erzählt habe.«

Ein weiteres Seufzen dringt durch die Leitung. »Nein, schon gut. Ich weiß ja, dass du es nicht böse gemeint hast. Ihr wolltet mich nur schützen, das ist mir jetzt klar. Und jetzt ist es ja eh fast schon egal.«

»Warum?«, frage ich irritiert.

»Na, weil der … Eingriff doch schon stattgefunden hat.«

Oh Gott, daran habe ich ja gar nicht gedacht! Nadine glaubt immer noch, dass Pia ihr Baby abgetrieben hat. Sie weiß noch gar nichts von den neuesten Entwicklungen.

»Pia hat ihr Baby nicht abgetrieben. Sie will es behalten.«

Ein überraschtes Luftschnappen entfährt ihr, dann höre ich, wie Nadine tief ausatmet. Ihren verblüfften Gesichtsausdruck kann ich bildlich vor mir sehen.

»Nicht?«, fragt sie vorsichtig und ich schüttele den Kopf, bis ich bemerke, dass sie mich ja gar nicht sehen kann.

»Nein.« In den folgenden Minuten erzähle ich Nadine, was in den letzten Tagen passiert ist. Ich berichte ihr von dem Schock, als Pia letzte Woche mitten in der Nacht blutend vor meiner Wohnungstür stand, voller Angst, ihr Kind verloren zu haben.

Mir kommen die Tränen, als ich am Ende meiner Schilderungen angelangt bin, und es kostet mich unglaubliche Mühe, meinen Gefühlen nicht nachzugeben.

Lange Zeit sagt Nadine nichts und außer ihrem ungleichmäßigen Atem ist kein Geräusch zu vernehmen. »Das … das hätte ich nicht gedacht.«

»Ich auch nicht«, gestehe ich. »Meinst du, dass du irgendwann wieder mit ihr reden kannst?«

»Ich weiß nicht«, antwortet sie schwach. »Also, ich wünsche es mir natürlich schon. Unsere Freundschaft ist mir wichtig und die letzten Tage ohne euch waren echt mies. Aber jetzt … Pia bekommt ein Baby.«

Ich kann die Worte, die sie nicht ausspricht, deutlich hören: Und ich nicht. »Du fehlst ihr.«

»Sie fehlt mir auch. Und du. Du vor allem.«

Ein kleines Lächeln legt sich auf meine Lippen. Es tut unfassbar gut, das zu hören. Dennoch spüre ich, dass ihre Sehnsucht nicht der einzige Grund ist, warum sie sich wieder bei mir gemeldet hat. »Warum wolltest du dich morgen mit mir treffen?«

»Ich, also …« Es raschelt, als ob sie sich in ihrem Bett aufsetzt. »Können wir uns am Sonntag sehen? Ich würde das wirklich gerne persönlich mit dir besprechen.«

Spätestens, als sie ein leises, kaum vernehmbares »Bitte« hinzufügt, schrillen meine Alarmglocken in voller Lautstärke. Das klingt gar nicht gut. Aber ich werde wohl oder übel bis übermorgen warten müssen, ehe ich erfahre, was los ist.

»Natürlich. Ich melde mich, wenn ich wieder in Leipzig bin.«

* * *

Mit gemischten Gefühlen steige ich am nächsten Morgen am Leipziger Hauptbahnhof in den Zug nach Berlin. Ich habe Nadine angeboten, gestern noch zu ihr fahren (das hat sie abgelehnt) oder zumindest heute einen Zug später zu nehmen (das hat sie ebenfalls abgelehnt), und doch fühle ich mich wie die schlechteste beste Freundin ever. Da hilft es auch nichts, dass sie mich quasi dazu gezwungen hat, ihr zu versprechen, die Verlagsfeier zu genießen und einen tollen Tag in Berlin zu verbringen. Sie hat nicht eher Ruhe gegeben, bis ich ihr hoch und heilig geschworen habe, keinen weiteren Gedanken an ihren Anruf zu verschwenden und sie erst morgen, bei meiner Rückkehr nach Leipzig, wieder in meinen Kopf zu lassen. Wenn das mal so einfach wäre …

Irgendwie schaffe ich es aber doch noch, die Sorgen um meine beste Freundin zu verdrängen und steige bei strahlendem Sonnenschein und mit etwas besserer Laune in Berlin aus dem Zug. Obwohl ich die Hauptstadt in den letzten Jahren nur ein paarmal aus beruflichen Gründen besucht habe, fühle ich mich ein bisschen so, als würde ich nach Hause kommen. Der typische Berliner Dialekt zaubert mir ein Grinsen ins Gesicht und die Straßenmusiker in der S-Bahn profitieren in Form von ein paar Münzen davon. Irgendwie habe ich die schnodderig-lockere Art der Hauptstädter sogar vermisst.

Nachdem ich im Hotel am Alexanderplatz eingecheckt und mich ein bisschen frisch gemacht habe, lasse ich mich als Erstes auf das verlockend breite Bett fallen und rufe meine Mutter an, um mich davon zu überzeugen, dass es Cleo gut geht. Ich kann Mama vor mir sehen, wie sie die Augen verdreht, weil ich es keinen Tag ohne meinen Hund aushalte, ohne dabei zu leiden wie eine Mutter, der man ihr Neugeborenes entrissen hat. Aber wie soll meine Mama das auch verstehen? Schließlich hat sie nie selbst Haustiere gehabt. Erst als ich davon überzeugt bin, dass Cleo bei ihr in besten Händen ist, heute schon ausgiebig gefressen und brav ihr Geschäft verrichtet hat, bin ich zufrieden. Denn wie ich immer so schön zu sagen pflege: Kackt der Hund, ist er gesund. Das gilt auch für Fressen, Spielen und Schlafen. Am besten in genau dieser Reihenfolge.

Die verbleibenden Stunden bis zum Frühlingsfest nutze ich,

um im Alexa-Kaufhaus shoppen zu gehen. Nicht, dass es in Leipzig nicht auch genügend H&Ms, C&As und all die anderen Ketten gäbe, aber fernab von Zuhause macht Geldausgaben eben doch ein bisschen mehr Spaß.

An der Hotelbar gönne ich mir später noch einen Aperol Spritz, bevor ich mich um 17:30 Uhr auf den Weg zum Verlag mache, der seinen Sitz ebenfalls in Mitte hat. Die kurze Strecke lege ich mit der Straßenbahn zurück und finde mich um kurz vor sechs vor den opulent geschmückten Eingangstüren des Verlagshauses wieder.

Auch die Eingangshalle, in der die aktuellen Bestseller ausgestellt sind und die gerahmten Fotos der großen Autoren hängen, wurde festlich hergerichtet. Eine freundliche Dame überprüft meine Einladung und bietet mir ein Glas Sekt an, danach zeigt sie mir den Weg in den Innenhof, aus dem laute Musik zu hören ist. Der Platz ist voll mit Menschen, die sich um weiße Stehtische herum gruppiert haben. Ein kleines Festzelt beherbergt das Büffet, das einen verführerischen Duft aussendet.

Es müssen um die 200 Menschen versammelt sein und sekündlich kommen neue hinzu. Meine Lektorin, Susi Förster, erkenne ich dennoch sofort. Mit ihrem quietschpinken Petticoat-Kleid und den hochgesteckten rosa Haaren, in denen echte Rosenblüten befestigt sind, sticht sie deutlich aus der Masse der Anzugträger hervor. Als sie mich in meinem schlichten weißen Kleid entdeckt, winkt sie mich aufgeregt heran.

»Sophie, wie schön, dass du da bist!« Unter ihrem aufwendigen Make-up strahlt sie mich glücklich an. »Wie war die Anreise?«

Ich erzähle ihr von meiner Zugfahrt und dass ich in einem Hotel nicht weit von hier entfernt übernachten werde. Susi hört mir aufmerksam zu und versichert mir noch einmal, wie schön es ist, mich mal wieder zu sehen.

Bevor der offizielle Teil beginnt, erzählt sie mir von den geplanten Programmerweiterungen. In den nächsten Monaten will der Verlag eine neue Reihe für vielversprechende Debütautoren auf die Beine stellen. Sowohl internationale als auch deutsche Autoren sollen unter dem Label »Ullrich Brand:Neu« erscheinen. Und da komme ich ins Spiel. Sie fragt, ob ich mir vorstellen kann, einen der ersten englischsprachigen Titel zu übersetzen. Inhaltlich setzt der Verlag bei Brand:Neu ebenfalls auf Innovation. Aufsehenerregende, kontroverse Manuskripte sind es, die den Weg zwischen die Buchdeckel des neuen Labels finden sollen. Und auch die Erzählstile sind anspruchsvoll und ungewöhnlich zugleich. Die Zeit drängt ein wenig (wann tut sie das nicht?), aber ich bin trotzdem guter Dinge, immerhin ist mein Job meine größte Leidenschaft, und deshalb sage ich sofort zu. Zufrieden verspricht mir Susi, das Manuskript und die Details gleich am Montag an mich weiterzuleiten.

In diesem Moment tritt Herr Sonnenberg aus der Verlagsleitung an das Rednerpult und begrüßt die Gäste. Die Gespräche verstummen und in den nächsten zehn Minuten lauschen wir den Lobpreisungen und Erfolgsbekundungen des sympathischen Geschäftsmannes, dem man schon beim Reden anmerkt, dass er voller Energie und Tatendrang steckt. Nachdem er allen festen und freien Mitarbeitern, den Autoren, Lesern und anwesenden Gästen ausgiebig für ihr Engagement und ihre Energie im letzten Geschäftsjahr gedankt hat, brandet tosender Applaus auf. Das könnte allerdings auch daran liegen, dass Herr Sonnenberg seine Rede mit den magischen Worten »Das Büffet ist eröffnet!« beendet hat.

Susi und ich marschieren gemeinsam zum Festzelt. Auf dem Weg dorthin sehe ich ein paar bekannte Gesichter, die ich vom Studium und von diversen Buchmessen kenne. Wir verabreden uns für später zu einem kleinen Plausch, aber vorher muss ich mich unbedingt erst einmal quer durch dieses köstliche mediterrane Büffet hindurchprobieren.

* * *

Je weiter der Abend voranschreitet, desto gelöster und entspannter fühle ich mich. Der fruchtige Sekt wärmt mich auf, was meinen glühenden Wangen sicher deutlich anzusehen ist. Ich komme mit einigen Übersetzerkollegen ins Gespräch und tausche mich über die aktuellen Auftragslagen aus. Wir sprechen über laufende und geplante Projekte und unsere Wünsche für die Zukunft. Der Ullrich Verlag ist einer der am besten zahlenden deutschen Verlage. Das Seitenhonorar liegt über dem Durchschnitt und wenn es nach mir ginge, würde ich noch viel mehr Romane aus seinem Programm übersetzen. Aber auch mein Tag hat nur vierundzwanzig Stunden und bei der Masse an Manuskripten und Neuveröffentlichungen ist das natürlich nicht machbar. Außerdem schläft die Konkurrenz nicht und deshalb muss ich nehmen, was ich kriegen kann. Trotzdem spüre ich an diesem Abend deutlich, dass die Buchbranche für mich mittlerweile ein zweites Zuhause geworden ist. Ich kann mir nichts Schöneres vorstellen, als mich beruflich mit Literatur zu beschäftigen und hoffe inständig, dass der Job es mir auch in Zukunft ermöglicht, für meinen Lebensunterhalt aufzukommen und weiterhin gut leben zu können.

Mittlerweile sorgt ein DJ für die musikalische Untermalung und spielt angenehm poppige Chartmusik. Einige Leute nutzen die Freifläche vor seinem Pult zum Tanzen und auch ich wippe an meinem Tisch verhalten mit. Während die Beats durch meinen Körper wummern, wandern meine Gedanken zurück nach Leipzig, zu Pia und Nadine. Wie es den beiden wohl gerade geht? Ob Pia schon Pläne für die Zeit nach der Geburt schmiedet, oder ist es dafür noch zu früh? Und was will Nadine mit mir besprechen, das sie am Telefon nicht übers Herz bringt? Sofort ist der vertraute Knoten wieder da, der sich fest um meine Eingeweide zieht.

Während ich meinen Gedanken nachhänge, bekomme ich kaum mit, dass sich jemand zu mir gesellt. Als ich von meinem Glas aufblicke, treffe ich auf ein helles, neugieriges Augenpaar, das mich hinter den Gläsern einer randlosen Brille, Modell Nachrichtensprecher, freundlich anblickt. »Ich hoffe, ich störe nicht.« Die dazugehörige Stimme klingt samtweich und kratzig zugleich. Irgendwo meine ich sie schon einmal gehört zu haben.

»Nein, nein. Ich war nur gerade in Gedanken.« Ich fühle deutlich, wie Wärme mein Gesicht überzieht, als ich den Mann unauffällig mustere, der so plötzlich neben mir aufgetaucht ist. Er wirkt älter als ich, Ende dreißig oder Anfang vierzig, ist einen halben Kopf größer und trägt einen dunklen, eng geschnittenen Anzug. Sein Körperbau ist schmal, aber nicht hager. An seinen Schläfen sind deutliche grauen Strähnen in seinem kurzen dunklen Haar erkennbar.

»Ich bin Felix«, stellt er sich vor und reicht mir seine Hand. »Tut mir leid, wenn ich Sie einfach so überrumpele, aber Sie sahen so verloren aus, dass ich Sie einfach ansprechen musste.«

Mein Gehirn benötigt zwei Sekunden, bevor es sich an die Gepflogenheiten der deutschen Kultur erinnert und ich seine Hand ergreife, um mich vorzustellen. »Freut mich. Ich heiße Sophie.« Und in einem Anfall von Übermut frage ich: »Wollen wir uns nicht lieber duzen?«

Die kleinen Lachfältchen um Felix' Augen vertiefen sich. »Gerne. Ist mir auch lieber.«

Wo habe ich diese Stimme nur schon mal gehört? Es will mir einfach nicht einfallen, aber mittlerweile bin ich mir sicher, diesen Mann zu kennen. Auch wenn mir sein Aussehen nicht wirklich bekannt vorkommt.

»Arbeitest du beim Verlag oder schreibst du?«, möchte er wissen. Sein unverwandt freundliches Lächeln löst ein Kribbeln in meiner Bauchgegend aus, das sich überraschend gut anfühlt. Könnte aber auch an dem leckeren Sekt liegen, von dem ich mittlerweile mein drittes oder viertes Glas in der Hand halte.

»Beides. Ich arbeite als freie Übersetzerin. Also schreibe ich streng genommen nicht, sondern hülle die Worte nur in ein anderes Gewand.«

»Das hast du schön gesagt. Auf die Literatur.« Damit stößt Felix sein Sektglas gegen meines. Als er es zum Mund hebt, bleibt sein Blick an mir haften. Aus irgendeinem Grund bin ich absolut fasziniert von der souveränen Ausstrahlung dieses Mannes.

»Und du?«, erkundige ich mich. »Du schreibst?«

»Ja, ich bin Autor. Bei Ullrich bin ich aber erst seit zwei Jahren unter Vertrag.«

Als mein Blick auf das kleine Namensschild an seiner Anzugjacke fällt, erkenne ich ihn plötzlich wieder. Felix Herzsprung. Er ist einer der Newcomer der deutschen Buchszene. Mit seinem gesellschaftskritischen Roman *Die Hand, die mich aufzog* gewann er im letzten Frühjahr den Preis der Leipziger Buchmesse. Die Kritiker haben sich überschlagen und in Fachkreisen wird er seitdem als einer der vielversprechendsten neuen deutschen Gegenwartsautoren gehandelt.

Als Felix meinen Blick bemerkt, grinst er verlegen. »Ertappt.«

»Allerdings«, gebe ich schmunzelnd zurück. »Herzlichen Glückwunsch zu deinem erfolgreichen Debütroman.«

»Oh, das war nicht mein Debüt«, winkt er ab. »Ich schreibe schon seit über zehn Jahren, aber erst mit meinem letzten Buch habe ich den Durchbruch geschafft, wie man so schön sagt.«

Seine Bescheidenheit imponiert mir. »Und nun?«, möchte ich wissen. »Wann folgt der nächste Roman? Ullrich hat doch bestimmt gleich zugeschlagen.«

»Stimmt«, gibt er unumwunden zu. »Aber der Erfolg des Vorgängers setzt mich ein wenig unter Druck.« Verlegen kratzt er sich am Kopf. »Es könnte gerade alles etwas besser laufen. Mir fehlt ein wenig der Antrieb, die Leidenschaft, weißt du? Die Abgabefrist während einer laufenden Lesetour mit unzähligen Interviewterminen einzuhalten, habe ich mir einfacher vorgestellt.« Ein ehrliches Lachen begleitet seine Worte.

Ich will gerade etwas darauf erwidern, als der DJ die Lautstärke aufdreht und die Musik ohrenbetäubend laut über den Platz schallt. Die Tanzwütigen drehen durch, doch Felix sieht mich nur irritiert an. Als er sich zu mir beugt und sein warmer Atem mein Ohrläppchen streift, stellen sich die Haare auf meinem Arm auf. »Wollen wir ein Stück spazieren gehen?«

Ich nicke dankbar und nehme seinen Arm, den er mir ganz gentlemanlike hinhält. Schnell entschlüpfen wir der Feier und treten hinaus in die Berliner Abendluft. Es ist kühl hier draußen, die Heizstrahler im Innenhof haben mir in den letzten Stunden ein falsches Bild der Apriltemperaturen vermittelt. Felix bemerkt mein Frösteln und zieht sein Sakko aus, um es mir über die Schultern zu legen.

»Danke.« Lächelnd schmiege ich mich hinein und gemeinsam schlendern wir durch die belebten Straßen der Berliner Innenstadt.

»Woran arbeitest du gerade?«, will er wissen und bleibt kurz stehen, um einen Schluck von seinem Sektglas zu nehmen, das er mitgenommen hat.

»Ich habe gerade die Übersetzung eines britischen Liebesromans beendet und werde mich in der nächsten Woche an die Broschüren für einen Leipziger Solarhersteller setzen. Meine Lektorin will mir ein neues Projekt zukommen lassen, das kommt direkt danach.«

»Kommst du aus Leipzig?«

»Ja, ich wohne schon mein ganzes Leben dort.« Dann fällt mir ein, dass das ja gar nicht mehr stimmt und ich schiebe schnell hinterher: »Seit einem Jahr wohne ich aber in Markkleeberg. Liegt gleich neben Leipzig und ich kann bequem mit der Straßenbahn in die Stadt hineinfahren.«

»Von Markkleeberg habe ich schon gehört«, überrascht mich Felix. »Dort gibt es doch diesen tollen Badesee, oder? Wie heißt der noch gleich?«

»Markkleeberger See?«, helfe ich ihm auf die Sprünge. »Oder meinst du den Cospudener See?«

»Ja, genau, den meine ich. Meine Tochter studiert in Leipzig und verbringt dort ihren ganzen Sommer.«

Vor Überraschung bleibt mir der Mund offen stehen.

»Habe ich dich jetzt verschreckt? Weil ich eine erwachsene Tochter habe?« Felix klingt nicht enttäuscht oder beleidigt, ganz im Gegenteil. Stolz schwingt in seiner Stimme mit, als er mich neugierig ansieht.

»Vielleicht ein bisschen?«, gebe ich zu und weiche seinem intensiven Blick aus. »Du wirkst gar nicht so …«

»Alt?«

Ich nicke.

»Meine Exfrau und ich haben Marie sehr früh bekommen. Vielleicht ein bisschen zu früh, aber wenn ich sie mir heute ansehe, war es genau richtig. Marie studiert Deutsch und Geschichte auf Lehramt an der Uni Leipzig. Ich bin sehr stolz auf sie.«

»Und sie ist bestimmt sehr stolz auf dich«, gebe ich mit einem Lächeln zurück.

Bescheiden hebt Felix die Schultern. »Joa, doch.« Ein jungenhaftes Grinsen huscht über sein Gesicht.

Für einen Moment kann ich nicht anders, als in seinen hellen Augen zu versinken und vergesse, dass ich fast nichts über diesen Mann weiß. Zumindest nicht über ihn als Person. Seinen Roman aber kenne ich, denn jetzt weiß ich auch wieder, warum mir seine Stimme so vertraut ist. *Die Hand, die mich aufzog* habe ich im letzten Jahr als Hörbuch verschlungen, von Felix selbst gelesen. Und auch wenn es ein blödes Klischee ist, glaube ich doch daran, dass man aus den Werken eines Autors etwas über ihn als Person herauslesen (oder in diesem Fall heraushören) kann. Und was ich über Felix zu wissen glaube, gefällt mir ausgesprochen gut.

»Würdest du mich für total verrückt halten, wenn ich dir jetzt sage, dass ich dich gerne küssen möchte?«

Ich bin nicht mal überrascht, als Felix das fragt. Mein Herz gibt mir deutlich zu verstehen, dass es absolut nichts dagegen hat. Zwischen den nachtschwärmenden Touristen und laut johlenden Einheimischen stehen wir beide uns dicht gegenüber und sehen uns lange an. Die Sekunden scheinen in Zeitlupe zu verstreichen, während Felix auf meine Antwort wartet. Als ich langsam den Kopf schüttele, beugt er sich zu mir und legt seine Fingerkuppen an meine Wangen. Sie fühlen sich weich und zart an. Ein feines Lächeln umspielt seine Mundwinkel, als er die letzten Zentimeter zwischen uns überbrückt und seine Lippen auf meine legt.

In meinem Inneren scheint etwas zu explodieren. Mein Herz macht Dinge, die nicht gut für meine Gesundheit sein können. Der Geschmack des fruchtigen Sektes vermischt sich mit Felix' Zunge, die meine sanft umspielt. Seine rechte Hand wandert in mein Haar. Ich lasse mich in seine Arme gleiten und von der Wärme seines Körpers umhüllen. Der Kuss dauert eine Ewigkeit und ist gleichzeitig viel zu schnell vorbei. Als wir uns voneinander lösen, pumpt mein Herz, als wäre ich einen Marathon gerannt.

»Das war schön«, bemerkt er leichthin und fährt sich mit der Hand durchs Haar. »Viel schöner, als ich es mir vorgestellt habe. Und bereits in meiner Phantasie hat es sich atemberaubend angefühlt, dich zu küssen.«

»Du hast dir vorgestellt, wie es wäre, mich zu küssen?« Ein kleines Glucksen verlässt meinen Mund.

»Gleich, als ich dich am Rand der Tanzfläche entdeckt habe«, raunt Felix und das Kratzen in seiner Stimme lockt erneut die Gänsehaut auf meinen Armen hervor.

Selig lächelnd setze ich mich auf das Fensterbrett des Geschäfts, vor dem wir stehen geblieben sind. Felix nimmt neben mir Platz und greift nach meiner Hand. Ich kenne diesen Mann seit einer halben Stunde und doch habe ich das Gefühl, dass ich nicht mehr Zeit brauche, um mich in seiner Gegenwart wohlzufühlen. Manchmal spürt man einfach, dass es keines intensiven Kennenlernens bedarf, vielleicht nicht mal vieler Worte. Niemals hätte ich es heute früh, als ich in Leipzig in den Zug gestiegen bin, für möglich gehalten, dass ich diesen Abend mit intensivem Herzklopfen beenden würde.

»Und jetzt?«, möchte Felix wissen. »Sollen wir zurück zur Feier gehen?«

Ich schüttele den Kopf. »Von der Musik bekomme ich Kopfschmerzen.«

»Geht mir genauso.« Langsam sinkt er zurück und lehnt seinen Kopf gegen das Schaufenster des Bekleidungsgeschäfts. Doch nur ein paar Sekunden später setzt er sich wieder kerzengerade auf und sieht mich an. »Was möchtest du stattdessen tun, Sophie?«

Die Art, wie er meinen Namen ausspricht, fühlt sich an, als würde er mit Samthandschuhen über meine Seele streicheln. Noch nie haben diese zwei Silben so schön geklungen.

»Lass uns spazieren gehen«, schlage ich vor.

»Bei den Temperaturen?«

Ich trage noch immer sein Sakko und Felix nur ein dünnes, weißes Hemd. Doch sein Grinsen verrät mir, dass er einverstanden ist. Hand in Hand schlendern wir durch die Straßen, an überfüllten Bars und lachenden Menschengruppen vorbei. Jeder Schritt neben Felix fühlt sich federleicht an. Dann und wann bleiben wir stehen, sehen uns tief in die Augen und küssen uns wie zwei verliebte Teenager, die nicht genug voneinander bekommen können.

Kapitel 18

»Ruf mich an, wenn du wieder in Berlin bist.« Mit diesen Worten hat Felix mir in der Nacht einen Zettel mit seiner Handynummer in die Hand gedrückt. Auch wenn ich wusste, dass ich nicht auf sein Angebot zurückkommen würde, habe ich gelächelt und das Papier in meinen Geldbeutel gesteckt.

Der gestrige Abend war wunderschön. Ich habe es genossen, von ihm gehalten, gestreichelt und geküsst zu werden. Der Sekt, die gute Stimmung auf der Feier und die laue Berliner Aprilnacht trugen ihr Übriges dazu bei, mich geheimnisvoll, schön und begehrt zu fühlen. Als ich an Felix' leuchtende Augen denke, flattert mein Herz in meiner Brust wie ein kleiner Kolibri.

Du bist verliebt in die Liebe,

antwortet Pia, als ich ihr im Zug zurück nach Leipzig per WhatsApp von meiner kleinen Knutscherei berichte. Schmunzelnd lese ich den Satz mehrere Male, bis ich ihr schließlich zustimme. Der Rausch, den der gestrige Abend in mir hervorgerufen hat, ist dem ähnlich, den ein Frischverliebter verspürt. Doch ich weiß, dass ich Felix nicht wiedersehen werde. Unsere gemeinsame Zeit beschränkt sich auf diese eine Nacht, die wir frei und ungezwungen miteinander auf den Straßen Berlins verbracht haben. Und das ist völlig in Ordnung.

Als ich wenig später am Leipziger Hauptbahnhof aus dem Zug steige, genehmige ich mir einen Coffee to go, um meine müden Gedanken wieder in Gang zu bringen. Nach der kurzen Nacht könnte ich an Ort und Stelle umfallen und bis morgen durchschlafen. Aber daraus wird nichts, schließlich möchte Cleo von meiner Mutter abgeholt werden. Und dann ist da noch Nadine, der ich im Zug so lange auf den Keks gegangen bin, bis sie zugestimmt hat, sie gleich im Anschluss zu besuchen.

Mit der Straßenbahn fahre ich nach Connewitz und kann Cleo bereits im Treppenhaus bellen hören. Als Mama die Wohnungstür öffnet, schießt meine Hündin wie eine kleine braunschwarze Rakete heraus und springt mich jaulend an. Lachend drücke ich sie an mich und lasse ihre feuchten Schmatzer über mich ergehen. »Hallo mein Schatz, du hast mir auch gefehlt.«

Es kostet mich einige Mühe, mich nicht von der kleinen, elf Kilo schweren Mischlingsdame über den Haufen springen zu lassen. Schmunzelnd lehnt Mama im Türrahmen und bedenkt mich mit einem wissenden Blick.

»Na, lange Nacht gehabt?«

Ein wenig ertappt lasse ich von Cleo ab und richte mich auf. Ich kann nicht verhindern, dass meine Wangen verräterisch glühen, dabei kann Mama doch gar nichts von Felix wissen. Oder doch? Manchmal habe ich das Gefühl, in meiner Mutter versteckt sich ein kleines Röntgengerät, mit dem sie in der Lage ist, meine Gedanken zu lesen. »Ging ziemlich lange gestern«, antworte ich vage und streiche mir das Haar aus dem Gesicht.

»Das sehe ich. Komm erstmal rein, ich habe uns Mittagessen gekocht.«

Dankbar nehme ich ihr Angebot an und betrete mit der wild herumspringenden Cleo auf den Fersen Mamas Wohnung. Im Wohnzimmer fällt mein Blick auf die Wand, die Julius und ich für sie gestrichen haben. Ist das wirklich schon drei Monate her? Als hätte sie mich abermals durchschaut, fragt Mama: »Denkst du manchmal noch an Julius?«

»Hm«, lautet meine ausweichende Antwort. »Eigentlich nicht. Hauptsächlich ärgere ich mich darüber, dass ich meine Zeit mit ihm verschwendet habe.«

Mamas intensiver Röntgenblick wandert über mein müdes Gesicht. »Na komm, das Essen wird kalt.«

* * *

Cleo hasst es, Straßenbahn zu fahren. Das ganze Gewackel und Geschaukel behagt ihr nicht und so sitzt sie mit hängenden Ohren und zwischen den Hinterpfoten eingeklemmtem Schwanz zwischen meinen Beinen und wartet darauf, dass die Tortur ein Ende hat. Zum Glück ist es nicht weit bis zu Nadine und dementsprechend glücklich springt sie bald darauf hinaus ins Freie. Wir drehen noch eine Runde um den Block und spätestens jetzt kann ich nicht mehr anders, als mich zu fragen, was meine beste Freundin so sehr beschäftigt, dass sie es mir nicht am Telefon sagen kann.

Als Alex mir mit dunklen Augenringen die Tür öffnet, ahne ich bereits das Schlimmste. Wortlos tritt er zur Seite und lässt mich herein. Seine Haut wirkt fahl und seine blonden Haare sehen fettig und ungekämmt aus. Ich will ihn gerade fragen, wie es ihm geht, als er seine Jacke und die Schlüssel schnappt und an mir vorbei nach draußen eilt. So habe ich ihn in all den Jahren noch nicht erlebt. Nicht, als er vor lauter Masterarbeitsstress die Nächte durchgearbeitet hat, und auch nicht, als er in der stressigsten Phase seines Referendariats steckte. Der Mann, der da gerade an mir vorbeigerauscht ist, ist nur noch ein Schatten seiner selbst.

»Sophie?«, erklingt Nadines dünnes Stimmchen aus dem Wohnzimmer.

Ich leine Cleo ab und ermahne sie, nicht so wild zu sein. Zur Abwechslung hört sie tatsächlich mal auf mich und trottet ganz gemächlich hinter mir her. Nadine sitzt auf dem Sofa, um sich herum eine stattlich angehäufte Sammlung zerknüllter Taschentücher. Ihre Augen sind rot geweint. Vor ihr auf dem Tisch steht eine angebrochene Flasche Wein, dabei ist es erst Nachmittag.

»Willst du auch?«

Ich schüttele den Kopf und räume ein paar dutzend Tempos zur Seite, damit ich neben ihr Platz nehmen kann. Cleo streicht kurz um Nadines Beine, doch als sie nicht mit den erhofften Streicheleinheiten bedacht wird, rollt sie sich zu meinen Füßen zusammen. Ich möchte meine beste Freundin nicht bedrängen, aber mein Herz klopft so unerbittlich in meiner Brust, dass ich mich nicht länger zurückhalten kann. »Was ist passiert?«

Als hätte sich durch meine Worte eine Schleuse geöffnet, strömen die Tränen plötzlich wie kleine Sturzbäche aus Nadines geschwollenen Augen. Vor Schreck trete ich fast auf Cleos Schwanz.

»Jetzt machst du mir aber Angst.«

Nadine bekommt keinen Ton heraus und in meinem Kopf breiten sich nach und nach die schlimmsten Befürchtungen aus.

»Ist es wegen Pia?«, beginne ich mit der harmlosesten. »Wegen des Babys?«

Doch sie schüttelt nur stumm den Kopf.

»Du bist doch nicht krank, oder?« Alarmiert starre ich auf ihre dünnen Arme, die in einem viel zu weiten Pullover stecken. Hat Nadine in den letzten Wochen abgenommen oder war sie schon immer so dürr? »Oder Alex? Ist Alex krank?«

Als ich den Namen ihres Verlobten ausspreche, schwillt ihr Schluchzen zu einem unmenschlich gequälten Laut an. Oh Gott, ich habe doch wohl hoffentlich nicht ins Schwarze getroffen. Das wäre eine Katastrophe.

»A-Alex …«, stammelt Nadine unverständlich. Mehrmals hintereinander zieht sie die Nase hoch. Ich reiche ihr ein frisches Taschentuch und warte auf die schreckliche Diagnose. Doch es gibt keine. Stattdessen sagt sie leise: »Ich glaube, ich kann ihn nicht heiraten.«

Ein paar Herzschläge lang ist es totenstill im Zimmer.

»Du … Was? Warum?« Mit allem habe ich gerechnet, aber nicht damit.

Ein schweres Seufzen vermischt sich mit ihrem Schluchzen. Dann endlich ist sie in der Lage, sich mir anzuvertrauen. »Ich weiß es selbst nicht genau. Da ist dieses Gefühl, dass ich vielleicht einen großen Fehler mache. Es war irgendwann einfach da und lässt mich seitdem nicht mehr los.«

»Aber Nadine, ihr liebt euch doch! Alex und du, ihr seid ein super Team. Ihr seid schon so lange zusammen und hattet noch nie ernsthaft Streit.« Jedenfalls nicht, dass ich wüsste, und Nadine erzählt mir alles, was sie quält. »Das ist bestimmt normal«, versuche ich sie zu überzeugen. »Ich meine … so eine Hochzeit ist ein großer Schritt. Du bist sicher nicht die Einzige, die kurz vorher kalte Füße bekommt.« Ich probiere mich an einem aufmunternden Lächeln, doch es führt nur dazu, dass noch mehr stumme Tränen fließen.

»Wenn es nur das wäre …« Mit zittrigen Fingern wischt sie über ihren nassen Wimpernkranz. Es fällt ihr nicht leicht, auszusprechen, was ihr auf der Seele liegt, das kann ich in ihrem gequälten Blick lesen. »Ich habe das Gefühl, etwas zu verpassen«, gesteht sie. Dann lacht sie kurz freudlos auf, bevor sie fortfährt. »Das klingt jetzt bestimmt total bescheuert, ich weiß, aber … Ich bin fast dreißig und habe noch nie mit einem anderen Mann geschlafen. Noch nie! Es gab immer nur Alex. Und jetzt frage ich mich, ob es sich mit jemand anderem vielleicht anders … besser … anfühlt? Ich habe das Gefühl, dass ich das wissen muss. Verstehst du, was ich meine? Dieser kleine fiese Gedanke lässt mich einfach nicht mehr los.«

Die Scham steht ihr deutlich ins Gesicht geschrieben. Ich versuche, mich in sie hinzuversetzen und zu verstehen, aber es fällt mir verdammt schwer. Ich weiß, dass Alex vor ihr bereits Freundinnen hatte und keine Jungfrau mehr war, als er damals von Berlin nach Leipzig gezogen ist und neu in unsere Klasse kam.

Das hat Nadine als Teenager stark unter Druck gesetzt und jetzt, elf Jahre später, wird es anscheinend erneut zum Problem.

»Aber das ist doch Quatsch. Das ist doch alles nicht wichtig. Ich meine, du liebst Alex. Oder?« Mittlerweile bin ich mir selbst nicht mehr sicher, ob sie das tut. Solche Gedanken kommen doch nicht einfach aus dem Nichts. Glaube ich jedenfalls. Ihr schwaches Nicken beruhigt mich nicht wirklich.

»Ja, natürlich. Ich weiß ja auch, dass es totaler Mist von mir ist, so was zu denken, aber was ist …« Sie holt tief Luft. »Was ist, wenn ich es niemals ausprobiere und ihn in zwei oder fünf Jahren betrüge, weil ich nicht anders kann?«

»Ach, Süße …« Langsam beginne ich zu begreifen, dass dies keineswegs eine spontane Schnapsidee ist, sondern anscheinend schon lange im Verborgenen an meiner Freundin nagt.

»Willst du ihn jetzt etwa deshalb verlassen?«

Wieder laufen die Tränen über ihre Wangen. Ihre Augen sind mittlerweile so klein und geschwollen, dass Nadine gar nicht mehr wie sie selbst aussieht. »Nein, ich … ich weiß nicht. Ich will nicht hinter seinem Rücken fremdgehen, so ein Mensch will ich nicht sein.«

»Aber trotzdem hast du das Gefühl, etwas zu verpassen?«, vermute ich.

»Ja … Tief in mir drin weiß ich, dass diese Stimme nicht weggehen wird, bevor ich nicht weiß, wie es ist, mit einem anderen Mann …

»Zu schlafen«, beende ich ihren Satz. Bisher hätte ich meine Hand dafür ins Feuer gelegt, dass es für Nadine nur Alex gibt, aber so kann man sich täuschen. »Und jetzt? Was willst du tun?«

Mit einem rasselnden Atemzug holt Nadine Luft. Ihr Blick wirkt klarer und auch die Tränen versiegen langsam. »Ich habe mit Alex darüber geredet. Er weiß Bescheid.«

Das erklärt, warum er so durch den Wind war. Der arme Kerl. Ich möchte mir gar nicht ausmalen, wie es sich anfühlt, wenn die

Frau, die man über alles liebt, plötzlich mit einem anderen Mann ins Bett gehen will. »Und was hat er gesagt?«

»Begeistert war er nicht.« Beschämt senkt sie ihren Kopf und starrt auf das durchweichte Taschentuch in ihrem Schoß. »Aber irgendwie versteht er mich auch. Er hat vorgeschlagen, dass ich es machen soll.«

»Er hat was?« Jetzt falle ich endgültig vom Glauben ab. Ich muss mich verhört haben.

Doch Nadine nickt. »Ich glaube, er hat Angst, mich zu verlieren. Und ich fühle mich schrecklich, weil ich ihm so etwas antue. Gerade jetzt, nach der ganzen Babysache. Wir haben gerade erst beschlossen, das Thema bis nach der Hochzeit ruhen zu lassen, und dann komme ich mit so was. Ich habe versucht, diese Gedanken zu ignorieren, aber sie gehen einfach nicht weg. Mir geht es wirklich nicht gut dabei, aber ich glaube, es würde noch viel mehr an mir nagen, wenn ich die Chance nicht nutze.«

Das muss ich erstmal sacken lassen. Mein ganzes Weltbild ist gerade zusammengebrochen. Meine beste Freundin, die ich seit Kindertagen in- und auswendig zu kennen glaubte, will ihren Verlobten betrügen. Mit seiner Genehmigung!

Mein hartes Schlucken verrät mich. Plötzlich fühlt sich meine Kehle wie eine endlose Wüstenlandschaft an. Bevor ich wirklich darüber nachdenke, stürze ich das halbleere Weinglas auf dem Tisch herunter.

»Verurteilst du mich jetzt dafür?« Als ich das Glas wieder abgestellt habe, sieht Nadine mich reumütig an.

»Ich? Wieso sollte ich dich verurteilen?«

»Weil du meine beste Freundin bist. Und du bist auch Alex' Freundin. Ich fühle mich so schlecht deswegen, das musst du mir glauben. Und ich … ich kann das nicht alleine.«

»Du willst also meinen Segen?«, frage ich verblüfft.

Unschlüssig wiegt sie ihren Kopf hin und her. »Ja, vielleicht. Ich muss jedenfalls wissen, ob du hinter mir stehst. Ob du mir danach noch in die Augen sehen kannst.«

Mein Herz wird für einen Moment schwer. »Ich weiß nicht. Ich glaube schon. Aber bist du dir sicher, dass Alex das auch kann?«

»Er hat den Vorschlag selbst gemacht. Er hat mich quasi angefleht, das durchzuziehen. Für ihn wäre es viel schlimmer, zu wissen, dass ich vielleicht wirklich in ein paar Jahren fremdgehen könnte.«

Das klingt, als würde er sie nur mal kurz zum Einkaufen schicken und nicht geradewegs in das Bett irgendeines dahergelaufenen Typen befördern. Ich weiß nicht, ob ich Verständnis für Alex aufbringen oder ihn für verrückt erklären soll. Aber ich weiß, dass er Nadine über alles auf der Welt liebt und es nicht ertragen könnte, sie zu verlieren.

»Ich will nicht, dass das noch länger zwischen uns steht«, murmelt sie. »Eigentlich gibt es doch nur zwei Möglichkeiten: Entweder merke ich, dass mir etwas in meiner Beziehung gefehlt hat, von dem ich vorher noch nichts wusste, und wir können das Ganze gleich beenden. Oder ich erkenne, dass ich falschgelegen habe, kann Alex beruhigt heiraten und muss nie wieder einen Gedanken an einen anderen Mann verschwenden.«

Nadine scheint felsenfest davon überzeugt zu sein, dass kein anderer Weg aus dieser Zwickmühle herausführt.

»Es ist euch also wirklich ernst damit.« Irgendwie kann ich es immer noch nicht richtig glauben.

»Ja. Nächstes Wochenende. Kann ich auf dich zählen?«

Nadines flehentlicher Blick lässt keinen Zweifel daran, dass sie die Sache durchziehen wird – zur Not auch ohne mich. Und dann bin ich lieber an ihrer Seite, als dass ich sie blindlings irgendeinem Aufreißer in die Arme treibe.

»Okay«, flüstere ich schließlich und frage mich noch im selben Moment, ob ich gerade einen schrecklichen Fehler mache.

Kapitel 19

Die nächste Woche vergeht wie im Flug und viel zu schnell steht der Samstag vor der Tür. Weil Nadine sich noch immer nicht dazu aufraffen konnte, einen Schritt auf Pia zuzugehen, sind unsere Koch- und Cocktailtreffen wieder ausgefallen. Stattdessen habe ich mich in das neue Manuskript eingearbeitet, das meine Lektorin mir wie versprochen zugemailt hat. Ich gebe ja zu, dass ich die Arbeit gerne als Ausrede benutze, um mich von der Außenwelt abzuschirmen, aber nun kann ich mich wirklich nicht mehr länger hinter dem Schreibtisch verschanzen. In einer Stunde hole ich Nadine ab und dann werden wir ihren wahnwitzigen Plan in die Tat umsetzen. Obwohl mir bei dem Gedanken an ihr Vorhaben ganz flau im Bauch wird, habe ich mir geschworen, für sie da zu sein.

Um kurz vor acht bringe ich Cleo zu Pia. Sie hat angeboten, auf meine Hündin aufzupassen, zur Not auch über Nacht. Pia weiß nichts von Nadines Plan, sie denkt, wir wollen einfach feiern gehen. Es erschien mir falsch, sie in die ganze Geschichte einzuweihen, während zwischen den beiden Funkstille herrscht, also habe ich sie in dem Glauben gelassen. Ich verspreche Pia, mich zu melden, falls ich über Nacht wegbleibe, und wünsche ihr und Cleo einen gemütlichen Abend auf dem Sofa.

Vorsorglich habe ich meine Mutter gebeten, mir das Sofa herzurichten. Falls Nadine mich später brauchen sollte, möchte ich in ihrer Nähe und für sie da sein.

* * *

Wir treffen uns vor einem neu eröffneten Restaurant in der Gottschedstraße. Das Viertel ist nicht nur für seine zahlreichen Bars, Kneipen und Cafés bekannt, sondern wird dank seiner anliegenden Theater auch als Leipzigs Schauspielviertel bezeichnet.

Entlang der Straße herrscht bereits reger Betrieb. Die Restaurants und Bars sind gut besucht. Ich muss nicht lange auf Nadine warten. Als ich sie in ihrem ungewohnten Outfit auf mich zukommen sehe, stockt mir für einen kurzen Moment der Atem. Unter einem Trenchcoat trägt sie ein schwarzes, eng anliegendes Kleid, das knapp über dem Knie endet und einen Hauch ihres Dekolletés preisgibt. Dazu glänzende Pumps und für ihre Verhältnisse aufwendiges Make-up. Ihr Auftreten lässt keine Fragen offen. Es ruft geradezu: Ich möchte abgeschleppt werden. Ein wenig unsicher zupft sie sich eine Strähne aus ihrem halb hochgesteckten Haar, als sie die Blicke einer Gruppe Männer bemerkt. Ihr zaghaftes Lächeln lässt darauf schließen, dass sie sich trotz ihres phantastischen Aussehens nicht wirklich wohl in ihrer Haut fühlt.

»Hi«, begrüßt sie mich und zieht mich in eine lange Umarmung. Ich habe mich extra zurückgehalten, trage einen hohen Pferdeschwanz, ein einfaches weißes Langarmshirt und Jeans zu Turnschuhen. Immerhin bin ich heute als moralische Unterstützung gefragt und nicht als Femme fatale.

»Komm, bringen wir es hinter uns.« Mit diesen Worten zieht sie mich ins Innere und lässt uns den Tisch zuweisen, den sie vorher telefonisch reserviert hat.

»Wie geht's dir?«

Nadine zuckt die Schultern. »Ich brauche was zu trinken.«

Wir teilen uns eine Flasche Wein und einen Vorspeisenteller. Für eine richtige Mahlzeit sind wir beide zu nervös.

Nach einer guten Stunde ist das Restaurant bis auf den letzten Platz gefüllt. Uns gegenüber sitzt eine Gruppe Männer, die ungefähr in unserem Alter sind. Immer wieder wirft Nadine verstohlene Blicke hinüber, doch die Nervosität ist ihr deutlich anzumerken.

»Bist du sicher, dass du das heute durchziehen willst? Wir können auch einfach wieder heimgehen und einen Film schauen oder so. Das ist überhaupt kein Problem.«

»Nein«, widerspricht sie entschieden. »Ich werde heute Abend einen Mann kennenlernen und mit ihm schlafen.«

Mein Mund klappt wieder zu. So viel Entschlusskraft kann ich nichts mehr entgegensetzen. »Und Alex hat es sich nicht noch mal anders überlegt?«, frage ich hoffnungsvoll. Vielleicht hätte ich ihn an dieser Stelle nicht ins Spiel bringen dürfen, aber plötzlich tut er mir unendlich leid. Wie schrecklich muss es sich anfühlen, zu wissen, dass der Mensch, den du liebst, dich heute Nacht betrügen wird. Ob er es überhaupt als Betrug empfindet? Es fällt mir schwer, die Sache anders zu bezeichnen.

»Er steht hinter mir. Er hat mich sogar bei der Wahl meiner Klamotten beraten.« Das Schlucken, das auf Nadines Worte folgt, lässt mich ahnen, wie surreal selbst ihr das vorkommt. »Er ist heute bei einem Kumpel in Markkleeberg. Er wollte nicht alleine sein.«

»Verständlich.«

»So, können wir jetzt bitte aufhören, über ihn zu reden? Sonst wird das nie was.«

»Okay«, gebe ich leise zurück. »Wie willst du vorgehen?«

Nadine nimmt einen gewaltigen Schluck aus ihrem Glas. »Tja, wenn ich das nur wüsste. Ich habe ehrlich gesagt noch nie auf Teufel komm raus mit einem fremden Mann geflirtet. Wie macht man das?«

Fast hätte ich laut aufgelacht. »Das fragst du ausgerechnet mich?«

»Immerhin hattest du in diesem Jahr schon ein paar Dates. Und wenn ich mich recht erinnere, haben einige davon sogar mit Sex geendet.«

Das stimmt allerdings. »Trotzdem bin ich noch lange keine Expertin. Wir hätten Pia um Rat fragen sollen.«

Der flapsige Spruch ist schneller über meine Zunge gestolpert, als ich ihn wieder zurücknehmen kann. Für einen Moment sieht Nadine mich mit großen Augen dann, dann ringt sie sich zu einem schiefen Lächeln durch. »Das hätte sicher nicht geschadet.«

»Entschuldigung, darf ich kurz stören?« Einer der Männer vom Nebentisch ist zu uns herübergekommen. Er lächelt Nadine und mich freundlich an.

»Äh, klar«, gebe ich zurück und bin gespannt, was jetzt kommt.

Er beugt sich zu Nadine und sagt so leise, dass ich es kaum verstehe: »Mein Kumpel, der mit den schwarzen Haaren, findet dich echt süß, aber er traut sich nicht, dich anzusprechen.«

Wie auf Knopfdruck hellt sich Nadines Gesicht auf. Lächelnd dreht sie sich um. Offenbar gefällt ihr, was sie sieht. Besagter Kumpel hat langes Haar, dunkle Augen und ein strahlendes, wenn auch schüchternes Lächeln. In seinen Händen hält er eine Flasche Becks, die er unruhig hin und her schiebt.

»Er heißt übrigens Max.«

»Richte Max doch bitte aus, dass ich nicht beiße.«

Sein Kumpel lacht. »Das wird ihn freuen.« Er wirft ihm einen kurzen Blick zu. »Hört mal, wir wollen gleich noch in einen Club weiterziehen. Hättet ihr vielleicht Lust mitzukommen?«

Nadine sucht meinen Blick. Ich nicke und hebe gleichzeitig die Schultern. »Klar, gerne.«

* * *

Eine halbe Stunde später kenne ich die Lebensgeschichten und den Beziehungsstatus von Max' gesamtem Freundeskreis. Sein Kumpel Benedikt, der uns vorhin angesprochen hat, erzählt mir ausführlich von der langwierigen Trennung, die er gerade hinter sich hat. Wir stehen etwas abseits am Rande der Tanzfläche des

Night Fever, einem Club, in dem ausschließlich Musik aus den 70ern und 80ern läuft.

Während ich an meinem zweiten Longdrink nippe, beobachte ich Nadine und Max, der seine Schüchternheit mittlerweile abgelegt zu haben scheint. Die beiden unterhalten sich angeregt und wippen dabei zum Takt der Musik. Immer wieder sucht Max Nadines Nähe und berührt ihren Arm oder ihre Schulter. Benedikt und seiner traurigen Geschichte höre ich nur mit halbem Ohr zu.

»Was ist mit dir?«, will er plötzlich wissen und zieht meine Aufmerksamkeit wieder auf sich. »Sophia, richtig?«

»Sophie«, korrigiere ich ihn, bin ihm aber nicht böse. War ja fast richtig.

»Sophie, natürlich. Tut mir leid. Also?«, hakt er nach. »Hast du jemanden?«

»Oh. Nein.« In meinem Kopf suche ich fieberhaft nach einer Ausrede, um Benedikt abzuwimmeln. Immerhin bin ich heute nicht zu meinem eigenen Vergnügen hier und gedanklich viel zu sehr mit Nadine beschäftigt, als dass ich mich ernsthaft für ihn interessieren könnte.

Ein kleines Lächeln huscht über Benedikts Gesicht. Ich gestatte mir, ihn ein paar Sekunden lang näher zu mustern. Mit seinem hellen Jeanshemd, der geschmackvollen Hose und den leicht zurückgekämmten strohblonden Haaren ist er zugegebenermaßen attraktiv. Aber allein schon von seinem Trennungsgejammer bluten mir mittlerweile dermaßen die Ohren, dass ich ihm keine Hoffnungen machen möchte.

»Wo sind denn deine Kumpels?«, wage ich einen Versuch, vom Thema abzulenken.

Mit einer raumgreifenden Armbewegung sagt er: »Die tanzen.«

»Super.« Ich lächele zufrieden und greife nach seinem Arm. »Dann lass uns auch tanzen.«

Etwas perplex stolpert er hinter mir her, als ich ihn auf den

Floor ziehe. Gerade läuft *Holding Out for a Hero* von Bonnie Tyler, eines meiner Lieblingslieder. Ich lasse die Musik in mein Blut übergehen und blende Benedikt weitestgehend aus. Beim Tanzen muss man wenigstens nicht reden und von meinem Platz in der Mitte der Fläche habe ich Nadine gut im Blick. Nach meinem zweiten Cuba Libre steige ich auf Cola um und spüre, wie mein Kopf langsam wieder klarer wird. Dafür sind Nadine und Max mittlerweile an die Bar umgezogen und kippen Shots. Benedikt hat sich vor einer halben Stunde einen Tisch in der Nähe seiner Kumpels gesucht, als er gemerkt hat, dass ich nicht auf seine Annäherungsversuche eingehe. Er ist mit einer anderen Frau ins Gespräch gekommen. Die junge Studentin scheint wesentlich angetaner von ihm zu sein, als ich es bin, jedenfalls lässt mich das ihr Kichern, das immer wieder während ihres Gespräches aufbrandet, stark vermuten.

Ich tanze gedankenverloren vor mich hin und beobachte Nadine unauffällig. Sie und Max stehen eng beisammen und die Blicke, die er meiner Freundin schenkt, lassen keinen Zweifel an seinen Absichten. Falls er vorhin wirklich zu schüchtern war, um sie anzusprechen, geht er jetzt aufs Ganze. Seine Hand findet den Weg in ihr Haar und keine zwei Sekunden später knutschen die beiden so wild wie hormongesteuerte Teenager. Mein Magen dreht sich um und für einen Moment weiß ich nicht, ob der Anblick von Nadine und diesem Max schuld daran ist oder ob der Alkohol seinen Weg zurück ans Tageslicht sucht.

Als die beiden sich fünf Minuten später immer noch nicht voneinander gelöst haben und Max' Hand mittlerweile an Nadines Po herumknetet, gebe ich mir einen Ruck und gehe zu den beiden rüber. Vorsichtig tippe ich Nadine auf die Schulter. Mit geröteten Wangen und verklärtem Blick sieht sie mich an. Ihre Lippen sind leicht geschwollen von der Knutscherei.

»Hm?« Als sie mich erkennt, ist sie schlagartig wieder klar im Kopf.

»Kommst du mal kurz mit?«, raune ich ihr zu.

»Nicht weglaufen, ich komme gleich wieder«, schnurrt sie in Max' Ohr und drückt ihm einen Kuss auf die Wange.

»Keine Angst. Ich würde hier bis morgen Mittag auf dich warten, wenn es sein muss.«

Offenbar war das genau die richtige Antwort, denn Nadines seliges Lächeln spricht Bände. Ich ziehe sie die Treppen hinauf an die frische Luft.

Wir lehnen uns gegen die Hauswand und atmen tief durch. Beim Tanzen ist mir gar nicht aufgefallen, wie stickig es da unten ist.

»Hör zu, ich werde jetzt gehen. Ich bin bei meiner Mutter und lasse mein Handy an. Du kannst mich jederzeit anrufen und damit meine ich wirklich jederzeit. Egal, ob es drei Uhr nachts oder fünf Uhr früh ist. Wenn du mich brauchst, nehme ich mir ein Taxi und komme direkt zu dir, okay?«

»Musst du nicht, wirklich.« Sie lallt ein wenig, doch ich denke, dass sie noch immer in der Lage ist, ihre Entscheidungen aus freien Stücken zu treffen. Besser gesagt, ich hoffe es.

»Doch, muss ich.« Keine Widerworte duldend verschränke ich die Arme vor der Brust.

Schließlich nickt Nadine ergeben. »Okay, alles klar. Danke.« Das letzte Wort ist nur ein Flüstern.

»Du willst also wirklich mit Max nach Hause gehen?«, frage ich in der irrationalen Hoffnung, dass sie es sich durch die Frischluftzufuhr vielleicht doch noch einmal anders überlegt haben könnte.

»Auf jeden Fall. Er ist genau der Richtige für die Sache. Süß, aber nicht zu anhänglich, attraktiv, aber kein Macho. Er wohnt alleine und sucht nichts Festes.«

»Na schön. Wo wohnt er?«

»Am Bayerischen Platz.«

»Und wie heißt er mit Nachnamen?«

»Ähm … Leipold, glaube ich. Warum?« Irritiert sieht Nadine mich mit schiefgelegtem Kopf an.

»Damit ich weiß, nach wem ich suchen muss, falls du nicht wieder auftauchst.«

Ein helles Lachen bricht unvermittelt aus ihr hervor. »Komm schon, Sophie, übertreib nicht. Pia schleppt ständig irgendwelche Kerle ab, und die müssen vorher nicht durch dein Kreuzverhör. Vertrau mir, ich weiß, was ich tue.«

Ich wünschte, das könnte ich. Aber trotz des unguten Gefühls in meinem Magen bleibt mir am Ende nichts anderes übrig, als Nadine wieder zurück in den Club gehen zu lassen und den Weg zu meiner Mutter in Angriff zu nehmen.

* * *

Ich weiß nicht, wie lange ich mit offenen Augen auf dem Sofa liege und dem gleichmäßigen Ticken der großen Wanduhr lausche, aber als mein Handy klingelt, bin ich schlagartig hellwach.

»Nadine?«

Am anderen Ende ertönt nur ein Schluchzen. Mist, das ist gar nicht gut!

»Wo bist du?«, frage ich und habe Mühe, ihre Antwort zu verstehen.

»Zu-zu Hause.« Ein lautes Schnäuzen begleitet ihre Worte.

»Ich komme zu dir.« Ganz benommen taumele ich aus meinem provisorischen Bett und schlüpfe in meine Hose.

»Sophie?« Verschlafen taucht Mama im Türrahmen auf und beobachtet mich aus winzigen Augen bei dem Versuch, mein Shirt richtig herum über den Kopf zu ziehen. »War das Nadine?«

»Ja«, keuche ich atemlos. »Ich fahre jetzt zu ihr. Sie braucht meine Hilfe. Schlaf weiter.«

Es bedarf keiner weiteren Erklärungen. Wenn es um einen Beste-Freundinnen-Notfall geht, ist Mama immer auf meiner Seite.

»Ich rufe dir ein Taxi.« Damit verschwindet sie im Flur und nur wenige Momente später höre ich sie leise telefonieren.

Es dauert keine fünf Minuten, bis das Taxi vor Mamas Haus hält und mich in halsbrecherischer Geschwindigkeit von Connewitz in die Südvorstadt bringt. Ich drücke dem Mann ein saftiges Trinkgeld in die Hand und stolpere mehr, als dass ich gehe, aus seinem Wagen.

Die Haustür öffnet sich nur wenige Sekunden, nachdem ich geklingelt habe. Meine Beine tragen mich die Stufen nach oben, als wären sie ferngesteuert. Die Wohnungstür ist angelehnt, aus dem Inneren dringt ein schwacher Lichtschein. Nadine sitzt mit verheultem Gesicht und zerzaustem Haar auf ihrem Sofa. Sofort fühle ich mich an meinen unangekündigten Besuch vor drei Wochen erinnert, bei dem ich sie in einem ähnlichen Zustand vorgefunden habe. Als Nadine mich sieht, schluchzt sie laut auf. Wortlos drücke ich sie an mich.

»Willst du darüber reden?«, frage ich nach einer Weile vorsichtig, ernte jedoch nur ein weiteres herzzerreißendes Schluchzen.

Ich weiß nicht, wie lange ich Nadine so gehalten habe, doch irgendwann muss der Schlaf uns einfach übermannt haben. Als Alex keuchend im Türrahmen auftaucht, werde ich schließlich wach.

»Was zum … was ist passiert?« Auch er sieht total fertig aus. Alex' Haare sind ungekämmt und unter seinen Augen zeichnen sich graue Schatten ab. Zusätzlich riecht er nach einer Mischung aus Bier und Schweiß.

»Alex?« Mühsam stemmt Nadine sich vom Sofa hoch. Mit vom Mascara verklebten Wimpern blinzelt sie ihren Verlobten an. Als sie ihren Blick über seine derangierte Gestalt wandern lässt, schießen erneut Tränen in ihre Augen. »Alex …« Taumelnd läuft sie in seine Arme und wirft sich weinend hinein.

»Was ist denn passiert?«, fragt er noch einmal und sieht mich mit schreckgeweiteten Augen an. In seiner Stimme liegt nackte Panik.

»Ich weiß es nicht. Sie hat mich angerufen und ich bin sofort hergekommen. Nadine hat so sehr geweint und dann müssen wir einfach eingeschlafen sein …« Meine Worte sind ein einziges Stottern.

Plötzlich gibt Nadine einen tiefen, gequälten Laut von sich.

»Hey … hey, ganz ruhig«, flüstert Alex. Doch Nadine reagiert nicht. Erst als er sie auf Armeslänge von sich hält, um sie anzusehen, hebt sie ihren Blick und schafft es, ihm in die Augen zu schauen.

»Was ist los, Schatz?« Ich bin erstaunt, wie fest Alex' Stimme nun klingt.

»Ich gehe jetzt lieber«, sage ich leise und greife nach meiner Tasche.

»Nein!«, fleht Nadine plötzlich und streckt ihren Arm nach mir aus. »Bleib, bitte.«

»Ich weiß wirklich nicht, ob das so eine gute Idee ist.« Es kommt mir falsch vor, das alles mitanzusehen. Die beiden scheinen eine ganze Menge miteinander klären zu müssen und dabei brauchen sie mich ganz sicher nicht.

»Bitte!«, wiederholt sie noch einmal und krallt sich am Ärmel meines Oberteils fest. Schließlich gebe ich mich geschlagen und sinke zurück auf den Rand des Sofas.

Nadine zieht Alex ebenfalls mit sich auf die weichen Polster und holt tief Luft. In ihrer Stimme liegt ein Beben, als sie sich ihm zuwendet.

»Da war dieser Mann, Max. Er war mit Freunden im selben Restaurant wie wir. Sein Kumpel hat uns angesprochen und dann sind wir zusammen in einen Club weitergezogen. Max hat die ganze Zeit mit mir geflirtet und wir haben uns echt gut verstanden.«

»Bitte, ich will das nicht hören.« Alex' verzweifelter Blick bricht mir das Herz.

»Nein, bitte, hör mir zu«, fleht Nadine. Unruhig rutscht ihr Verlobter auf seinem Platz herum, nickt dann aber. »Er hat mich gefragt, ob ich noch mit zu ihm gehen will und ich habe zugestimmt.«

Eine Träne befreit sich aus Alex' Wimpern und rinnt stumm seine Wange hinab. Es muss eine Tortur sein, das zu hören.

»Aber … aber …« Jetzt ist es Nadine, die gegen ihre Tränen kämpfen muss. »Als wir dann bei ihm waren und er … sich ausgezogen hat, da war plötzlich alles ganz anders, als ich es mir vorgestellt habe. Er hat mich geküsst und gestreichelt und …«

»Bitte!«, stöhnt Alex gequält und hält sich die Ohren zu. Halb im Aufstehen begriffen, zieht Nadine die Hände von seinem Gesicht und versperrt ihm den Weg.

»Bitte, lass mich ausreden.« Erneut ringt Nadine nach Luft. »Plötzlich habe ich gemerkt, was für eine beschissene Idee das Ganze war.«

Endlich hebt Alex den Blick. Ein vager Hauch von Hoffnung schimmert darin. Seine Wangen sind mittlerweile tränennass. Ich könnte mich nicht mehr fehl am Platz fühlen als in diesem intimen Moment.

»Er … er hat nicht dieses kleine Muttermal neben seinem Bauchnabel, das ich an dir so süß finde. Das ist mir als Allererstes aufgefallen. Und seine Berührungen waren so … grob. Sie haben sich falsch angefühlt.« Langsam rutscht Nadine vom Sofa und geht vor Alex in die Knie. »Er war nicht du, Alex. Nichts an ihm. Und da habe ich begriffen, dass ich keinen anderen will. Ich brauche keinen anderen Mann. Ich will uns. Ich will dich. Nur dich, für immer.«

Ich kann nicht anders als zu lächeln. Als ich Nadine vorhin so verstört vorgefunden habe, habe ich schon das Schlimmste befürchtet.

Nadine bemerkt meine Erleichterung und verzieht ihren Mund zu einer gequälten Grimasse. »Ich hätte dich da nicht mit reinziehen dürfen, Sophie. Du wolltest mir die Sache von Anfang an ausreden und ich … ich hätte einfach auf dich hören sollen.«

Mir fällt nichts ein, was ich darauf erwidern könnte. Halb nickend, halb kopfschüttelnd lächele ich sie an. Nadine versteht mich auch ohne Worte. Sie weiß, dass es keine Rolle spielt, weil sie am Ende begriffen hat, was wirklich zählt.

Weinend nimmt sie Alex' Hände und führt sie an ihren Mund, um jeden Finger einzeln zu küssen. »Es tut mir so leid! Es tut mir alles so schrecklich leid! Ich hätte unsere Beziehung nie in Frage stellen sollen. Ich war so dumm! Ich war so dumm …«

Ein erleichtertes Schluchzen, das fast wie ein kleiner Schluckauf klingt, ist alles, was Alex von sich gibt. Doch ich kann in seinen Augen lesen, welch unglaublich großer Stein ihm in diesem Moment vom Herzen fällt.

»Es tut mir so leid«, wiederholt Nadine. »Bitte verzeih mir.«

Alex nickt weinend, dann zieht er sie in seine Arme. Die beiden halten sich so fest umschlungen, als könnten sie ohneeinander nicht existieren. Auch mir sind mittlerweile die Tränen in die Augen gestiegen. Als Alex den Kopf hebt und Nadines tränenfeuchtes Gesicht mit Küssen bedeckt, ist es Zeit für mich zu gehen.

Kapitel 20

Mai

Ich kann kaum glauben, dass Pia und Nadine seit nunmehr einem Monat nicht mehr miteinander gesprochen haben. Keine von beiden fühlt sich dazu in der Lage, einen Schritt auf die andere zuzugehen, dabei bin ich mir sicher, dass sie insgeheim auf ein Lebenszeichen der jeweils anderen hoffen.

Nachdem ich die letzten Tage durchgearbeitet und es nicht einmal geschafft habe, mir etwas Anständiges zu kochen, beschließe ich kurzerhand, unsere alte Dienstagstradition wiederaufleben zu lassen und lade Pia und Nadine zu mir nach Hause ein. Ich erzähle keiner von beiden, dass wir zu dritt sein werden und kaufe den nächstgelegenen Supermarkt in der Hoffnung leer, dass schon alles irgendwie gut gehen wird. Keine Ahnung, was ich tun werde, wenn zwischen den beiden wieder die Fetzen fliegen. Ich setze einfach auf den gesunden Menschenverstand meiner Freundinnen, immerhin sind wir alle erwachsen. Und meistens verhalten wir uns sogar so.

Unter Cleos strengem Blick blubbert der Kartoffel-Hackfleisch-Auflauf in meinem Ofen vor sich hin, als es gegen 18 Uhr zum ersten Mal klingelt. Ich wische meine feuchten Hände an meiner Hose ab und öffne mit klopfendem Herzen die Tür. Es ist Nadine. Sie hat eine Schüssel selbstgemachten Pudding unter dem Arm und ein unsicheres Lächeln auf den Lippen. Während Cleo ihren Platz in der Küche aufgibt, um meine Freundin jaulend zu begrüßen, nehme ich ihr das Dessert ab. Seit sie sich mit Alex ausgesprochen hat, habe ich sie nicht mehr gesehen. Nicht mal ein Telefonat haben wir geführt. Während Nadine es sich jetzt auf meinem Sofa bequem macht und ich eine Flasche Rotwein entkorke, frage ich behutsam, wie es ihr geht.

»Alex und ich haben noch lange geredet, nachdem du weggegangen bist und uns entschieden, das Ganze einfach zu vergessen.« Während sie das sagt, schaut sie auf die Hände in ihrem Schoß und blickt erst auf, als ich ihr ein Glas reiche.

»Das freut mich. Ich bin so froh, dass ihr das hingekriegt habt.«

»Ich auch.« Die Erleichterung ist ihr deutlich anzusehen. »Ich kann kaum glauben, wie ich auf die bescheuerte Idee kommen konnte, mit einem fremden Kerl in die Kiste springen zu wollen. Dass ich das Alex wirklich antun wollte …« Kopfschüttelnd wendet sie sich ab. Ich nehme ihre Hand in meine und warte, bis Nadine mich wieder ansieht.

»Du darfst nicht vergessen, wie sehr dich deine Zweifel gequält haben. Ich weiß, dass du Alex nicht verletzen wolltest und er weiß das auch. Immerhin hat er dir die Erlaubnis gegeben, diese Erfahrung zu sammeln.«

»Weil Alex einfach zu gut für diese Welt ist!«, seufzt Nadine. »Manchmal weiß ich gar nicht, womit ich ihn überhaupt verdient habe.«

Ich kann nicht anders, als zu lächeln. »Ihr zwei gehört zusammen. Das war schon immer so und das wird auch immer so bleiben.« Nach einer kurzen Pause füge ich hinzu: »Ich glaube, dass es Paaren in der heutigen Zeit schwerfällt, auf die Dauer zusammenzubleiben. Es gibt so vieles da draußen, das uns suggeriert, man würde etwas verpassen, wenn man sein Leben lang nur einen einzigen Partner an seiner Seite hat. Wie viele Paare trennen sich wegen Nichtigkeiten? Anstatt sich in Ruhe auszusprechen und gemeinsam nach der Lösung für ein Problem zu suchen, gehen sie lieber getrennte Wege und angeln sich den

Nächstbesten, der ein kleines Abenteuer verspricht. Wir müssen lernen, wieder umeinander zu kämpfen und die Liebe nicht als selbstverständlich hinzunehmen. Es gibt doch nichts Schöneres, als den einen Mann an deiner Seite gefunden zu haben, mit dem du alt werden willst.«

Ich wusste gar nicht, dass diese Überzeugung in mir schlummert, aber als ich die Worte ausspreche, spüre ich, dass ich sie genau so meine. Im Grunde beneide ich Nadine um ihre langjährige, bodenständige Beziehung. Nichts und niemand kann Alex und sie auseinanderbringen, das haben sie jetzt wieder bewiesen.

Einen Moment lang schweigt Nadine andächtig. »Das hast du schön gesagt.«

In dieser Sekunde klingelt es erneut und Cleo flitzt wild bellend an uns vorbei in den Flur.

»Erwartest du noch jemanden?«

Fast habe ich ein schlechtes Gewissen, Nadine jetzt ins kalte Wasser zu stoßen, doch es währt nur so lange, bis ich mich daran erinnere, dass es hier um eine Freundschaft geht, die gerettet werden muss. »Pia kommt auch.«

Nadine sagt nichts dazu. Stattdessen nimmt sie einen großen Schluck Wein.

Als ich die Tür öffne, funkelt Pia mich wütend an. »Warum hast du mir nicht gesagt, dass Nadine auch da sein wird?«

»Woher –«, will ich fragen, doch sie deutet nur anklagend auf Nadines Lieblingsturnschuhe, die vor meiner Wohnungstür stehen.

»Kommst du trotzdem rein?« Ich setze mein liebreizendstes Lächeln auf und versuche Cleos unwiderstehlichen Dackelblick zu imitieren.

Pia verdreht nur die Augen und schiebt sich an mir vorbei in die Wohnung. Sie trägt Hausschuhe und ein einfaches T-Shirt über einer Stoffhose. Ein seltener Anblick.

Einen Moment lang ist es so still im Wohnzimmer, dass das Klackern von Cleos Pfoten auf dem Laminat unnatürlich laut wirkt. Dann ringt sich Nadine endlich ein Lächeln ab und flüstert: »Hi.«

»Selber hi«, antwortet Pia und klingt dabei ziemlich unwirsch. Mit übertrieben großem Abstand setzt sie sich aufs Sofa und ich springe sofort dazwischen.

»Möchtest du auch was trinken?«, biete ich an.

»Bestimmt keinen Wein«, blafft Pia mich an, scheint aber im selben Moment von ihrem schlechten Gewissen heimgesucht zu werden und fügt etwas versöhnlicher hinzu: »Ein Glas Wasser würde ich nehmen.«

Ich beeile mich, es zu holen, aus lauter Angst, es könnte doch noch Mord und Totschlag auf meinem Sofa geben. Doch zu meiner Überraschung ist Pia neben Nadine gerückt, als ich aus der Küche zurückkehre, und spricht in ganz normalem Ton mit ihr.

»... bin jetzt in der elften Woche.«

»Dann hast du die kritischen ersten drei Monate ja fast hinter dir«, antwortet Nadine und Pia nickt. Noch ist kein Babybauch zu sehen, doch schon bald wird sie nicht mehr in ihre schicken, eng anliegenden Businesskostüme hineinpassen.

»Und was ... sagt der Vater dazu?« Bei dieser Frage klettert Nadines Stimme eine Oktave höher. Ich stelle das Wasser auf dem Tisch ab und nehme im Sessel gegenüber dem Sofa Platz.

Pia fährt sich mit einem leisen Seufzen durch die Haare. »Theo weiß Bescheid. Er hat gefasster reagiert, als ich gedacht hätte, und mir seine Unterstützung angeboten.«

»Das ist sehr anständig von ihm«, sagt Nadine zufrieden.

»Wir sind kein Paar. Ich erwarte nicht, dass er mit mir Babysachen einkaufen geht oder mir im Kreißsaal das Händchen hält.« Ein Schulterzucken begleitet Pias Worte. »Wir treffen uns einmal die Woche auf einen Kaffee und ich erzähle ihm, was es Neues gibt. Im Moment ist das ja nicht so wahnsinnig viel.« Nadine will gerade zu einer Antwort ansetzen, als Pia hinterherschiebt: »Wenn du mir jetzt eine Moralpredigt über Kaffeekonsum in der Schwangerschaft halten willst, dann lass dir gesagt sein, dass zwei Tassen am Tag völlig okay sind! Ohne meine morgendliche Koffeinzufuhr bin ich unausstehlich. Das ist weder für meine Umwelt noch für mein Baby gut.«

Ertappt klappt Nadine ihren Mund wieder zu.

»Okay, Mädels«, werfe ich ein, »das Essen ist gleich fertig. Meint ihr, wir schaffen es, diesen wunderbar duftenden Auflauf ohne Zwischenfälle zu genießen?«

Ich grinse die beiden extrabreit an. Schlagartig beginnt Nadine laut loszuprusten und Pia stimmt kurz darauf mit ein.

* * *

Dass Liebe durch den Magen geht, war mir bekannt, aber der heutige Abend zeigt, dass es sich mit Freundschaften anscheinend genauso verhält. Als wir satt und zufrieden von der Küche zurück ins Wohnzimmer umziehen, ist die Anspannung zwischen Nadine und Pia verschwunden und einem einvernehmlichen Schweigen gewichen.

»Was machen die Hochzeitsvorbereitungen?«, fragt Pia nach einer Weile.

»Die lagen in den letzten beiden Wochen auf Eis.«

Überrascht hebt Pia eine Augenbraue. »Warum das denn?«

Unbehaglich rutscht Nadine ein Stück zur Seite, wirft mir einen kurzen Blick zu und wartet auf meine Reaktion. Nachdem ich ihr aufmunternd zugenickt habe, fasst sie sich ein Herz und plötzlich sprudeln die Worte nur so aus ihr heraus. In den nächsten Minuten erzählt sie Pia alles, was in der Zeit ihres Kontaktabbruches passiert ist, angefangen von ihrer Angst, an Alex' Seite etwas Entscheidendes zu verpassen, bis hin zu dem katastrophalen Versuch, mit diesem Max zu schlafen.

Pia hat sich in meinen Kissen zurückgelehnt. Sie streichelt abwesend über Cleos Fell, die sich neben ihr zusammengerollt hat, und hört Nadine aufmerksam zu. Als sie fertig ist, muss Nadine erstmal mit einem Schluck Wein nachspülen. Ein paar Sekunden lang lässt Pias Reaktion auf sich warten, dann seufzt sie leise. »Ich finde es gut, dass du mit Alex über deine Ängste gesprochen hast und ihr gemeinsam an einer Lösung gearbeitet habt.«

Nadine nickt zaghaft. Das Unbehagen steht ihr dennoch ins Gesicht geschrieben. Wahrscheinlich wird sie immer mit Bauchschmerzen an diese Geschichte zurückdenken müssen.

»Aber jetzt ist doch alles wieder gut zwischen euch?«, will Pia wissen.

Nadine wiegt den Kopf hin und her, dann nickt sie schließlich. »Natürlich ist das alles nicht spurlos an uns vorübergegangen und bestimmt wird es noch einige Zeit dauern, bis wir wieder vollkommen unbefangen miteinander umgehen können. Aber wir haben uns geschworen, immer offen und ehrlich zueinander zu sein. Und in gewisser Weise hat uns … diese Sache sogar enger zusammengeschweißt.«

Ein kleines Lächeln zuckt um Nadines Mundwinkel, doch es kann sich nicht richtig durchsetzen. Ich greife über den kleinen Tisch hinweg nach ihrer Hand und drücke sie kurz. Es ist meine Art, ihr zu sagen, dass alles gut werden wird. Pia, die links von Nadine sitzt, legt ihre Hand ebenfalls darauf und gemeinsam verharren wir eine Weile so.

Als der Moment vorüber ist, ergreift Nadine als Erste wieder das Wort. »Jetzt hängen wir bei den Hochzeitsvorbereitungen ein bisschen hinterher.«

»Was muss denn noch erledigt werden?«, frage ich, ganz die vorbildliche Trauzeugin.

»Nun, ich brauche zuerst einmal ein Kleid«, zählt Nadine auf, »und dann müssen wir uns um die Tischordnung kümmern. Die einzelnen Programmpunkte im Anschluss an die Trauung stehen auch noch nicht fest. Buchen wir einen DJ oder lieber eine Band? Und für welchen Caterer sollen wir uns entscheiden?« Als sie mich mit großen Augen ansieht, weiß ich, was sie gerade denkt. Es sind nur noch knapp drei Monate bis zu ihrem großen Tag und langsam macht sich die Panik bemerkbar.

»Ganz ruhig, das kriegen wir alles rechtzeitig hin«, verspreche ich ihr. »Womit möchtest du anfangen?«

»Mit dem Kleid«, sagen Pia und Nadine unisono. Überrascht schauen sich die beiden an, dann brechen sie in Gelächter aus.

»Gut, dann kümmern wir uns zuerst um dein Kleid.« Ich mache mir eine entsprechende Notiz auf meiner gedanklichen To-do-Liste.

»Und … dann wäre da noch etwas«, fügt Nadine etwas leiser hinzu.

Ich beuge mich ein Stück nach vorne und sehe sie aufmerksam an.

»Dein Date«, piepst sie kleinlaut und gibt sich große Mühe, überall hinzuschauen, nur nicht zu mir.

Ach herrje, jetzt geht das wieder los. Hätte sie diesen albernen Vertrag nicht einfach vergessen können?

»Woran hast du gedacht?«, frage ich entnervt.

»Der Versuch mit dem Online-Dating steht noch aus«, erinnert sie mich. »Du warst sogar einverstanden!«

Ach ja, da war ja was. »Also gut, von mir aus. Wie viele Männer muss ich treffen, bis du mich in Ruhe lässt?«

Empört schnappt Nadine nach Luft. »Also hör mal, Sophie! Wenn du so an die Sache rangehst, müssen wir gar nicht erst damit anfangen.«

»Ist mir auch recht«, brumme ich, kassiere aber augenblicklich einen Fußtritt von Pia. »Aua!« Verleihen die Hormone schwangeren Frauen plötzlich Superkräfte oder wollte Pia mir absichtlich das Scheinbein zertrümmern?

Mit einem strengen Blick gibt sie mir zu verstehen, dass ich mich gefälligst zusammenreißen soll. Auch Nadine sieht mich mit großen Augen erwartungsvoll an. Schließlich gebe ich mich geschlagen und murmele etwas besänftigter: »Ist ja gut. Ich hole mein iPad.«

Die beiden grinsen höchst zufrieden. Als ich wieder sitze, reißt Nadine sich das Tablet sofort unter den Nagel, dann wendet sie sich an Fachfrau Pia. »Welches Portal ist am geeignetsten? Und wie machen wir Sophie den Männern schmackhaft?«

Na prima. Nun fühle ich mich wie ein verbeulter Gebrauchtwagen, der kurz vorm Verkauf noch mal auf Hochglanz poliert werden soll. *Meine sehr verehrten Herren, hier kommt ein Angebot, das Sie nicht ablehnen können! Klein, kompakt und zuverlässig, Baujahr 1989, nicht mehr taufrisch, aber immerhin ohne sichtbare Roststellen. Dieser Wagen wird Ihnen treue Dienste leisten, pflegliche Behandlung vorausgesetzt. Schlagen Sie jetzt zu und sichern Sie sich dieses unglaubliche Schnäppchen zum Vorzugspreis. Sie werden es nicht bereuen!*

»Was hast du gesagt?« Irritiert blinzelt Nadine mich an.

Oh, habe ich etwa laut gedacht? Schnell klappe ich meinen Mund wieder zu und gebe ihr mit einer Handbewegung zu verstehen, dass sie fortfahren soll.

Anscheinend hat Pia ein Online-Portal vorgeschlagen, denn als ich einen Blick auf das iPad werfe, leuchtet mir eine Graphik der Leipziger Skyline in rosa-schwarzer Farbe entgegen, inklusive Wintergartenhochhaus, Stadion, Völkerschlachtdenkmal und Messe-M. Daneben blinkt der Schriftzug *DateZig* auf.

»*DateZig*?«, lese ich laut vor. »Welches Marketinggenie hat sich denn diesen bekloppten Namen ausgedacht?« Nachdem die Stadt Leipzig in den letzten Jahren deutschlandweit unter dem Namen Hypezig bekannt wurde, wollte sich wohl jemand die kreative Namenssuche ersparen und ist einfach auf den fahrenden Zug aufgesprungen. In meinen Ohren klingt das alles furchtbar.

»Ist doch völlig egal«, winkt Pia ab, um uns dann mit leuchtenden Augen zu belehren. »*DateZig* ist gerade total angesagt. Ann hat mir davon erzählt und war ganz begeistert. Sie hat über das Portal schon ein paar vielversprechende Männer kennengelernt.«

»Deine Tante Ann ist Ü-60«, bemerke ich trocken.

»Egal!«, wiederholt Pia. »Darum geht's nicht. Du weißt doch, wie das bei den einschlägigen Portalen so abläuft.«

»Ähm, nein. Ehrlich gesagt weiß ich das nicht, weil ich noch nie auf einem unterwegs war«, erinnere ich sie.

Begleitet von einem entnervten Seufzen, so als müsste sie einem begriffsstutzigen Kind einen total simplen Sachverhalt erklären, sagt Pia: »Du lebst doch aber nicht hinterm Mond. Bestimmt hast du schon mal gehört, wie viele Spinner sich auf Dating-Seiten tummeln.«

»Allerdings.« Dass ich genau deshalb keine Freudensprünge mache, weil ich nun selbst dazu gezwungen werde, mitzumachen, füge ich lieber nicht hinzu.

Pia nickt zufrieden. »Na, siehst du. Hier soll das anders sein.« Mit einem energischen Tippen auf das Logo der Plattform fährt sie fort: »Die User müssen sich zuerst einmal über ihre Handynummern identifizieren. Und später werden sie von anderen Usern bewertet, nachdem sie sich miteinander getroffen haben. Dadurch wird das Gesindel schon mal von vornherein abgeschreckt.«

»Das Gesindel?«, wiederhole ich.

»Na, du weißt schon: Die Penisbilder-Verschicker oder Kleine-Mädchen-Aufreißer. So was eben.«

Verblüfft klappe ich den Mund wieder zu. An so was hatte ich noch gar nicht gedacht.

»Jedenfalls erfreut sich *DateZig* gerade äußerster Beliebtheit. Erstens werden die ganzen Dödel abgeschreckt und zweitens geht hier alles ein bisschen anders zu als bei den großen Konkurrenten.«

»Inwiefern?«, will ich wissen. Die Skepsis schwingt immer noch in meinen Worten mit.

»Pass auf.« Pia nimmt Nadine das Tablet aus der Hand und tippt ein bisschen darauf herum. Neugierig geworden setze ich mich an Nadines freie Seite aufs Sofa.

»Sportlicher Zweifachpapa sucht nervenstarke Weinliebhaberin«, lese ich vor. Neben dieser etwas merkwürdigen Überschrift sehe ich das Foto eines leicht gezwungenen lächelnden Enddreißigers. Pia scrollt weiter nach unten. »Liebenswerter Kuschelbär sucht kleines Schleckermäulchen. Trainierter Klettermaxe sucht leidenschaftliche Köchin?«

Irritiert hebe ich den Blick und werde direkt von Pias strahlendem Lächeln geblendet. »Das … klingt irgendwie gruselig.«

»Also, ich find's süß«, seufzt Nadine verzückt und bedenkt das Bild eines breit grinsenden jungen Mannes mit einem liebevollen Lächeln. »Und so ehrlich.«

»Hier geht es nicht nur darum, Nullachtfünfzehn-Steckbriefe auszufüllen und dann abzuwarten, wer sich bei dir meldet. Du musst auch ein bisschen Kreativität beweisen.« Pia klingt so stolz, als hätte sie das Portal mitentwickelt.

»Und was hat deine Tante angegeben? Dominante Immobilienmaklerin sucht jungen Spielgefährten?«, schlage ich vor. Nadine und ich prusten gleichzeitig los, Pia verdreht nur die Augen.

»Haha, sehr witzig. Hier geht's nicht um Ann, sondern um dich.« Nach einem Tippen auf den Registrieren-Button stellt Pia fest: »Du brauchst ein Profil.«

Hätte ich doch bloß meinen vorlauten Mund gehalten. Jetzt gibt es kein Zurück mehr. Sie ist bereits eifrig dabei, meine E-Mail-Adresse und Telefonnummer zu hinterlegen.

Die Aktivierungs-SMS lässt nicht lange auf sich warten und dann geht es auch schon direkt los.

Als Erstes soll ich mein Geburtsdatum angeben und kann dann optional Informationen über meine Größe und meine Figur offenbaren. Wahrheitsgemäß geben wir meine 1,72 Meter ein und einigen uns auf »schlank«. Dann wird es schon etwas kniffliger.

»Mein perfekter Tag«, liest Nadine vor und sieht mich erwartungsvoll an.

»Äh …« Darüber muss ich erstmal in Ruhe nachdenken. »Also gut: Starker Kaffee und herzhaftes Frühstück, danach ein langer Spaziergang mit Cleo, arbeiten, Mittagessen, arbeiten … Gassi gehen und abends im Bett lesen.« Mein zufriedenes Lächeln fällt mir in dem Moment aus dem Gesicht, als ich die Mienen meiner Freundinnen bemerke.

»Nee«, sagt Nadine.

»Auf keinen Fall«, pflichtet Pia ihr bei.

»Was denn? Das ist doch nur die Wahrheit!«

»Die Wahrheit ist stinklangweilig«, entscheidet Pia und tippt stattdessen: Ausschlafen, ausgiebig frühstücken, lange Spaziergänge. Weil ich finde, dass das auch nicht viel spannender klingt, fügt sie noch »Ein gutes Buch und ein guter Wein am Abend« hinzu.

»Beschreibe deinen Charakter in drei Adjektiven«, liest Nadine die nächste Aufgabe vor.

»Freundlich, hilfsbereit, tierlieb«, kommt es von Pia wie aus der Pistole geschossen.

»Von mir aus«, brumme ich.

»Wie soll dein Partner nicht aussehen?«, liest Nadine vor.

Oh, das ist jetzt aber wirklich mal was anderes. Doch vor Schreck fällt mir gar nichts dazu ein.

»Wie sieht denn dein Traummann aus?«, fragt Nadine stattdessen.

»Mal überlegen.« Gedankenverloren tippe ich mir ans Kinn. »Auf jeden Fall größer als ich, nicht zu dünn, aber auch nicht zu dick. Zu viele Muskeln mag ich auch nicht. Haare braucht er, zumindest auf dem Kopf, und zwar nicht gerade wenige.« Dann fällt mir auch schon nichts mehr ein. Nadine nickt zufrieden und tippt: kleiner als 1,72 m, Glatze, muskelbepackt oder sehr dünn.

»Welche Eigenschaften darf dein Partner auf keinen Fall mitbringen?«

Das ist einfach. Da sprudeln die Adjektive nur so aus mir heraus: »Faul, unbelesen, geizig, allergisch auf Hundehaare, cholerisch, sportfanatisch …«

»Schon gut, schon gut!«, unterbricht Pia mich, die mit dem Tippen kaum hinterherkommt. »Nicht so viel auf einmal. Das wirkt abschreckend.«

So geht es noch ein bisschen weiter. Ich muss zugeben, dass mir das Ausfüllen meines Profils sogar einen gewissen Spaß bereitet. Nach einer guten halben Stunde haben wir uns auf die wichtigsten Informationen geeinigt und ein schönes Bild von mir und Cleo ausgewählt. Meine kleine Dackeldame darf schließlich nicht unter den Tisch gekehrt werden, immerhin gibt's uns nur im Doppelpack. Zum Schluss geben wir noch an, dass ich auf der Suche nach einer festen Beziehung bin (und nicht etwa einer Affäre, einem One-Night-Stand, Freundschaft oder »Freundschaft-Plus«). Was Pias Tante Ann wohl ausgewählt hat? Bestimmt keine Beziehung.

Bevor wir mein frisch ausgefülltes Profil abspeichern können, verlangt das Portal allerdings noch nach einer »knackigen Headline in Form einer ehrlichen Kontaktanzeige«. Etwas ratlos sitzen wir eine Weile vor dem Tablet und überlegen, was wir schreiben könnten.

»Viellesende Übersetzerin sucht Traummann?«, lautet mein erster Vorschlag.

Pia schüttelt als Erste den Kopf. »Lieber keine Berufsbezeichnung im Titel.«

Na gut, dann eben nicht.

»Tierliebende Endzwanzigerin sucht humorvollen Partner?« Das kam von Nadine. Wir müssen ihr nur einen Blick zuwerfen, schon rudert sie zurück. »Okay, verstehe. Dann melden sich nur die Klassenclowns von damals. Ach Mann, das ist aber auch schwer.«

Pia mustert mich ein paar Sekunden durchdringend, dann sagt sie langsam: »Blondine … mit Hund sucht –«

»Blondine?«, fahre ich dazwischen und zwirbele skeptisch die Spitzen meines straßenköterblonden Haares zwischen meinen Fingern. Die letzten Strähnchen, die die Bezeichnung blond wirklich verdienen, wachsen schon seit geraumer Zeit heraus. Doch Pia lässt sich nicht von ihrem Vorschlag abbringen.

»Klar, warum denn nicht?«

»Na, wenn du meinst …« Was soll's. »Und was sucht die Blondine nun?«

»Blondine mit Hund sucht Mann … mit Herz«, ruft Nadine begeistert.

»Fast«, wägt Pia nachdenklich ab. »Das ist schon sehr nah dran, aber da fehlt noch das gewisse Etwas. Dass sie einen Mann und keine Frau sucht, hat sie ja schon in der entsprechenden Kategorie angegeben. Aber was für einen?«

»Na, einen mit Herz!«, beharrt Nadine.

»Kannst du es vielleicht genauer eingrenzen?«, fragt Pia mich. »Gibt es vielleicht irgendetwas, das dein zukünftiger Mr. Right auf jeden Fall mitbringen sollte?«

»Puh.« Da bin ich schon wieder überfragt.

»Vielleicht einen bestimmten Charakterzug, oder besser noch irgendein auffälliges optisches Detail?«, versucht es Pia weiter.

»Als ob das Aussehen das Wichtigste wäre«, bemerkt Nadine entrüstet.

»Die Optik macht nun mal einen Großteil des ersten Eindrucks aus, gerade im Internet. Überleg doch mal, welche Gemeinsamkeiten die letzten Männer hatten, mit denen du ausgegangen bist.« Pia gibt nicht auf. Wenn sie sich etwas in den Kopf gesetzt hat, dann hält sie auch daran fest. Das muss schließlich auch Nadine einsehen und ringt sich zu einem halb zustimmenden Grunzlaut durch.

Meine Freundinnen nehmen das Online-Profil so ernst, dass ich mich mittlerweile gar nicht mehr traue, ihnen zu widersprechen. Ich trinke einen Schluck Wein und lasse die letzten Männer, denen ich nähergekommen bin, vor meinem geistigen Auge noch einmal Revue passieren. Zuletzt war da Felix Herzsprung, der charmante Autor. Er war etwas älter, sehr schlank und hatte leicht ergraute Schläfen, die zugegebenermaßen ziemlich sexy aussahen. Aber ob ich deshalb gleich einen zehn Jahre älteren Mann will? Eher nicht. Davor gab es Torben, den ich beim Speed-Dating kennengelernt habe. Er war in meinem Alter und hatte schönes braunes Wuschelhaar. Torben war Lehrer, was zwar nichts mit der Optik zu tun hat, mir aber gut gefallen hat. Ein solider Beruf, in dem man auch noch etwas bewirken kann. Andererseits kennen Lehrer auch keine Freizeit, fast so wie ich. Und zwei Workaholics auf einem Haufen – ob das gut geht? Ich denke noch weiter zurück und lande bei Julius, alias Juli-Schatz. Er war deutlich muskulöser gebaut als Torben und Felix, hatte blondes, längeres Haar und ein charmantes Lächeln – nur leider das falsche Alter und keinen Arsch in der Hose, jedenfalls in Bezug auf seine Übermutter. Auf den ersten Blick scheinen die drei wenig miteinander gemeinsam zu haben, bis ich mir ihre Gesichter noch einmal einzeln ins Gedächtnis rufe.

»Blondine mit Hund …«, murmele ich. Plötzlich fällt der Groschen. Ich richte mich blitzartig auf und verschütte prompt einen Schluck Wein auf meiner Hose. »… sucht Brillenträger mit Herz!«

Pia und Nadine wechseln einen Blick. »Brillenträger mit Herz?«, wiederholt Nadine und als ich energisch nicke, zuckt Pia die Schultern.

»Warum nicht?« Dann fasst sie noch einmal zusammen: »Blondine mit Hund sucht Brillenträger mit Herz. Das klingt gar nicht mal schlecht.«

Nadine reißt das iPad an sich, tippt die Worte ein und klickt auf Absenden. Und einfach so ist Sophie_L_1989 in der angesagtesten Leipziger Singledatenbank gelandet und wartet nun darauf, von ihrem passenden Gegenstück erobert zu werden.

Kapitel 21

Schon am nächsten Morgen sind die ersten Nachrichten auf meinem Profil eingetrudelt. Ein 45-jähriger Buchhändler würde sich freuen, mich näher kennenzulernen. Zwar sieht er auf seinem Foto sehr sympathisch aus, aber 17 Jahre Altersunterschied sind mir dann doch zu viel.

Die nächste Kontaktaufnahme stammt von einem 30-jährigen KFZ-Mechatroniker mit einer ausgeprägten Liebe zu Techno. Er hält sich gar nicht erst lange mit überflüssigen Begrüßungsfloskeln auf, sondern fragt geradeheraus, ob ich Lust habe, ihn am kommenden Wochenende auf ein Festival zu begleiten. Ein wenig irritiert über seinen Enthusiasmus teile ich ihm mit, dass Techno leider nicht in meinem breit gefächerten Musikgeschmack vorkommt.

Die dritte und letzte Nachricht wurde um 03:15 Uhr abgeschickt. Ein gewisser VetSan, der ohne Profilbild angemeldet ist (ich wusste gar nicht, dass das überhaupt geht), schreibt mir, dass er ebenfalls einen Hund besitzt und sich gerne mit Cleo und mir auf einen Spaziergang treffen würde. Sein Profil ist so gut wie leer. Außer den Angaben zu Alter, Größe und Gewicht (34, 1,82 m, 85 kg) erfährt man nichts über ihn.

Weil ich nicht weiß, was ich davon halten soll, antworte ich ihm schließlich, dass sich meine Cleo leider überhaupt nicht mit anderen Hunden versteht und der Spaziergang deshalb eine ganz schlechte Idee ist. Das ist zumindest nicht gelogen und erspart es mir, ihm mitteilen zu müssen, dass verwaiste Profile nicht gerade einen vertrauenerweckenden Eindruck hinterlassen. Mal ganz abgesehen davon – VetSan? Was soll das überhaupt heißen? Klingt irgendwie nach einer japanischen Mangafigur. Werden die nicht auch manchmal mit Chan oder San angesprochen? Gegen meinen Willen fühle ich mich in Julius' Kinderzimmer zurückversetzt, in dem sich die großbusigen Schulmädchen in kurzen Röckchen und mit viel zu großen Glubschaugen geradezu gestapelt haben. Mit einem resignierten Seufzen melde ich mich wieder ab und gehe stattdessen meiner Arbeit nach.

* * *

Bis zum Wochenende schaue ich nur noch sporadisch bei *DateZig* vorbei. VetSan hat noch mal versucht, mich zu einem Spaziergang zu überreden (»Die zwei Hunde werden sich schon verstehen.« Ich habe ihm gesagt, dass das sehr unrealistisch ist). Ein paar weitere Männer haben mich angeschrieben, aber keiner von ihnen konnte mich dazu motivieren, mich mit ihm treffen zu wollen. Meine Angaben zum Anti-Traummann werden gekonnt ignoriert und so werde ich munter von glatzköpfigen, dürren oder kleinen Männern angeschrieben. Ein äußerst selbstbewusstes Exemplar mit dem aussagekräftigen Nickname MisterLoverLoverXHot hält sich für ganz besonders witzig und schreibt mir:

> Warum suchst du ausgerechnet einen Brillenträger? Denkst du etwa, der IQ wird mit dem passenden Fielmann-Gestell mitgeliefert? Da muss ich dich leider enttäuschen, Schätzchen. Zwei meiner Ex-Freundinnen trugen Brillen, waren aber leider dumm wie Brot. Na ja, falls du mir trotzdem eine Chance gibst, dich von meinen Qualitäten

zu überzeugen, würde ich mich freuen. Ich setze auch extra meine Sonnenbrille auf, wenn's sein muss ;)

Äußerst charmant. Seine Ex-Partner zu beleidigen geht genauso wenig wie dieser dumme Spruch über den Zusammenhang von Brille und IQ. Zwar war meine Überschrift hauptsächlich witzig gemeint und natürlich würde ich auch einen Mann ohne »passendes Fielmann-Gestell« daten, aber bestimmt nicht so einen! Von wegen, hier werden die Spinner von vorneherein aussortiert. Gegen die Dreistigkeit paarungswilliger Großstädter im Internet ist wohl doch kein Kraut gewachsen. Wenn ich ehrlich bin, habe ich auch nicht erwartet, auf *DateZig* wirklich jemanden kennenzulernen, der zu mir passt. Trotzdem finde ich es ganz unterhaltsam zu schauen, wer mir dort schreibt.

* * *

An einem Freitagnachmittag Anfang Mai bin ich mal wieder in meiner Funktion als Trauzeugin unterwegs. Nadine, ihre zwei Jahre jüngere Schwester Beatrice, die Mama der beiden und ich sind vor einem Brautmodengeschäft in Leipzig verabredet. Pia muss leider noch arbeiten.

Eine sehr nervöse Nadine wartet bereits fünfzehn Minuten vor der ausgemachten Uhrzeit vor dem Geschäft am Martin-Luther-Ring und zerquetscht mich beinahe bei der Begrüßungsumarmung. »Gott, Sophie! Ich bin so aufgeregt! Ich habe die ganze Nacht kein Auge zugemacht.«

Dass man ihr das leider auch ansieht, verschweige ich lieber und setze stattdessen ein strahlendes Lächeln auf. »Das wird bestimmt toll. Ich bin mir sicher, dass wir hier das Richtige für dich finden werden.«

Immerhin ist dies das größte Brautmodengeschäft der Region. Im Internet habe ich mir in den letzten Tagen einen Teil der aktuellen Kollektion angeschaut und war schwer angetan von den verschiedenen Modellen. Was es da nicht alles gibt! Schlichte A-Linie, Meerjungfrauenschnitt, Tattoo-Spitze und Guipure-Applikationen sind nur einige der Vokabeln, die meinen Wortschatz nun bereichern. Natürlich hat Nadine ganz konkrete Vorstellungen, die sie mir telefonisch auch in allen Details erläutert hat. Ob das die Suche nun erleichtert oder verkompliziert, wird sich noch zeigen.

Nach ein paar Minuten treffen auch Bea und Sonja, die Mama der beiden, vor dem Geschäft ein und begrüßen uns mit Küsschen und innigen Umarmungen. Ich kenne die zwei schon so lange wie Nadine und gehöre fast selbst zur Familie.

Wenn man die Schwestern zum ersten Mal zusammen sieht, käme man nicht auf die Idee, dass sie miteinander verwandt sind. Seit der Pubertät färbt sich Bea ihr braunes Haar feuerrot und trägt es am liebsten in ausgefallenen Frisuren. Außerdem hegt sie eine Vorliebe für großflächige Tattoos und auffällige Piercings. Heute trägt sie eine Art Matrosenkleid, dessen breiter Rock locker um ihre Knie schwingt. Nadines Schwester arbeitet als Sozialarbeiterin und hat einen zweijährigen Sohn namens Noah, den Nadine über alles liebt. Leider erinnert ihr Neffe sie aber auch schmerzlich an ihren eigenen unerfüllten Kinderwunsch.

Ihre Mama Sonja ist die entspannteste Frau, die ich kenne. Neben ihrer ruhigen, verständnisvollen Art kann sogar meine eigene Mama einpacken. Nichts könnte diese Frau je aus der Fassung bringen, dafür ruht sie viel zu sehr in sich selbst. Sonja sieht aus wie eine dreißig Jahre ältere Version von Nadine. Sie haben dieselben katzenhaften grünen Augen und die gleiche schlanke Figur.

»Können wir?« Als Nadine ihre Hand auf die Türklinke legt, zittert sie merklich.

»Los geht's!« Gut gelaunt hakt Bea sich bei ihrer Mutter unter und gemeinsam betreten wir die Boutique. Eine freundliche junge Frau, die sich als Mia vorstellt, begrüßt uns herzlich und geleitet uns in den hinteren Bereich, wo zwei beige Sofas und eine gekühlte Flasche Sekt auf uns warten. Im Geschäft riecht es nach sauberer Wäsche und ein wenig nach dem Holz der ganz in weiß gehaltenen Möbel.

Als wir sitzen, fragt Mia Nadine zuerst nach ihren Vorstellungen und nickt hier und da fachmännisch. Dann entführt sie die Braut zwischen die prall gefüllten Kleiderstangen. In der Zwischenzeit schenkt uns eine andere Mitarbeiterin Sekt ein und Sonja erzählt hingebungsvoll von ihrer eigenen Hochzeit, die mittlerweile fast 30 Jahre zurückliegt.

Nachdem ich so gut wie alles über Sonjas damaliges Brautkleid weiß, kehren Nadine und Mia mit einer Auswahl an Kleidern im Schlepptau zurück. Die Wangen meiner Freundin glühen in aufgeregter Vorfreude. Nervös knetet sie die Hände, während Mia die vier ausgesuchten Kleider an eine leere Stange neben der Umkleidekabine hängt. Weil ich mir vorstellen kann, dass sich Nadines Magen im Moment wie ein nervöser Knoten anfühlen muss, reiche ich ihr das verbleibende Sektglas.

Sie nimmt einen großen Schluck daraus. »Danke.«

»Bist du so weit?« Mia schlägt den Vorhang zur Seite und gibt Nadine mit einer einladenden Handbewegung zu verstehen, dass sie eintreten soll. Die beiden verschwinden mit dem ersten Kleid dahinter. Bea, Sonja und ich lauschen dem Rascheln des Stoffes.

Als Mia wieder heraustritt und den Vorhang zur Seite schiebt, schwebt eine hinreißende Nadine heraus. Ihr Gang ist selbstsicher, das Kinn hat sie in die Höhe gereckt und den Rücken durchgedrückt. Die Ausstrahlung einer stolzen Braut hat sie auf jeden Fall schon mal drauf. Das erste Modell ist ein schlichtes, trägerloses Kleid mit herzförmigem Ausschnitt und einem schmalen, paillettenbesetzten Gürtel. Der fließende Stoff schmeichelt Nadines schlanker Figur, kann aber mit keinerlei Stickerei oder Spitze aufwarten. Während ich mich mit meinem bereits gefällten Urteil noch zurückhalte, beäugen Bea und Sonja die zukünftige Braut kritisch, bitten sie, sich einmal zu drehen und werfen sich dann einen langen Blick zu.

»Nicht?«, fragt Nadine unsicher.

»Zu schlicht«, findet Sonja. Bea nickt bekräftigend.

»Was sagst du?« Gespannt wartet Nadine auf meine Antwort.

»Ich finde es sehr schön. Aber du könntest tatsächlich etwas mehr Glamour vertragen.«

Noch ein letztes Mal wirft Nadine ihrem Spiegelblick einen langen skeptischen Blick zu, dann verschwindet sie wieder mit Mia hinter dem Vorhang.

Das nächste Kleid ist im sanduhrförmigen Meerjungfrauenstil geschnitten. Es hat breite, bestickte Träger und einen tiefen Ausschnitt, den Nadines Oberweite nicht ganz ausfüllen kann. Um ihre Taille schmiegt sich ein breites silbernes Band mit einer mittig platzierten Schleife.

»Das sieht sehr schön aus«, eröffnet Mia die Runde. »Der Bereich an der Brust müsste etwas enger genäht werden und den Saum müssten wir auch kürzen.«

Während Nadines Fingerspitzen über die filigranen Stickmuster fahren, die sich bis zur Schleppe hin erstrecken, nickt sie abwesend. Sie dreht sich einmal vor dem großen Spiegel, dann wendet sie sich wieder uns zu.

»Gefällt mir«, lautet Sonjas Urteil.

»Mir auch«, sagt Bea schlicht.

Ich wiege den Kopf unsicher nach links und rechts. Nadine hebt eine Augenbraue. Sie weiß genau, wie sie mein Schweigen deuten muss.

»Wie gefällt es dir denn?«, möchte ich zuerst wissen.

»Es fühlt sich toll an«, sagt sie mit einem kleinen Lächeln auf den Lippen. »Und die Spitze gefällt mir ausgesprochen gut.«

»Es sieht auch wirklich schön aus«, antworte ich langsam, »aber diese Schleife … Nee. Und irgendetwas fehlt.«

»Wir haben ja noch mehr zur Auswahl«, erinnert uns Mia lächelnd und geleitet Nadine abermals zurück in die Umkleidekabine.

Kleid Nummer drei wartet mit einem ausladenden Tüllrock

auf. Unter all dem Stoff geht meine Freundin fast verloren. Auch die schimmernde Korsage, die über und über mit Swarovski-Steinen besetzt ist, passt nicht richtig zu ihr. Alle fünf sind wir uns einig, dass dieses Modell für Nadine einfach too much ist.

Es dauert eine gefühlte Ewigkeit, bis Mia sie aus dem Tüllberg wieder herausbekommt. Von unseren Plätzen auf dem Sofa aus können wir die beiden ächzen hören, als würden sie in der Kabine Extremsport betreiben. Doch das lange Warten lohnt sich. Bereits bevor der Vorhang wieder zur Seite gleitet, erfüllt ehrfurchtsvolles Schweigen den Raum. Als die überglücklich lächelnde Nadine heraustritt, schnappen Bea, Sonja und ich gleichzeitig nach Luft. Wir müssen nichts sagen, denn alle Worte sind bei diesem Anblick überflüssig. Das eng anliegende Kleid im Meerjungfrauenstil ist aus weichem Satin und Tüll gefertigt. Schmale Träger in transparenter Tattoo-Spitze spannen sich über dem herzförmigen Dekolleté über Nadines Schultern und verlaufen zu einem wunderschönen, tiefen Rückenausschnitt. Von der Brust bis zur Taille ist das Kleid mit aufwendigem Garn und edlen Schmucksteinen bestickt.

Als Mia einen langen Schleier in Nadines Haar befestigt, leuchten die Augen meiner besten Freundin auf. Immer wieder dreht sie sich vor dem großen Spiegel hin und her, bis sie sich uns mit einem breiten Lächeln zuwendet. Bea schluckt ergriffen, in Sonjas Augen schimmern Tränen.

»Ach Mama, nicht weinen«, bittet Nadine. Doch auch ihre eigene Stimme klingt brüchig.

»Du siehst wunderschön aus«, flüstert ihre Mutter. Sonja kann ihren Blick gar nicht mehr von ihrer Tochter abwenden.

»Sophie? Was sagst du?«

Mehr als ein kräftiges Nicken bekomme ich nicht zustande. Der dicke Kloß in meinem Hals hindert mich am Sprechen. Auf meinen Armen hat sich Gänsehaut ausgebreitet. Wer hätte gedacht, dass der Anblick eines Brautkleides solche Emotionen in mir auslösen würde?

Mia steht mit verschränkten Händen schräg hinter Nadine und sieht sehr zufrieden aus. »Ich würde sagen, das ist dein Kleid.«

»Ja«, haucht Nadine ehrfurchtsvoll. »Das ist es.«

Geistesgegenwärtig zücke ich mein Smartphone und schieße ein paar Bilder.

»Schick sie Pia«, bittet mich Nadine, bevor sie sich von Mia wieder aus dem Kleid heraushelfen lässt.

Pia schreibt nur ein einziges Wort: »Kaufen!«

Und genau das tut Nadine auch, beziehungsweise ihre Mama, die es sich nicht nehmen lassen will, ihrer ältesten Tochter diesen Traum in Weiß zu schenken.

Zum Schluss werden noch einige winzig kleine Änderungen vereinbart, die die hauseigene Schneiderin vornehmen wird, bevor Nadine überglücklich aus dem Geschäft schwebt.

Kapitel 22

»So wird das nie was!« Mit einem entnervten Seufzen reißt Pia mir das Smartphone aus der Hand.

»Hey!«, protestiere ich, doch Nadine schlägt sich ebenfalls auf Pias Seite.

»Sie hat recht. Du kannst nicht einfach abwarten und hoffen, dass der Richtige dich anschreibt. So funktioniert das nicht. Du musst selbst aktiv werden.«

Meine zwei frisch wiederbefreundeten Freundinnen haben sich am späten Nachmittag spontan dazu entschlossen, Nadines Brautkleidkauf am Abend in unserer Lieblingsbar zu feiern. Und hier sitzen wir nun, Nadine und ich mit einem Glas Sekt vor uns, für Pia gibt es die alkoholfreie Variante. Pias Exaffäre Tim, der heute Abend wieder bedient, hat unsere Bestellung mit einer hochgezogenen Augenbraue quittiert und Pia eingehend gemustert. Sie hat ihm nur ein zuckersüßes Lächeln geschenkt und ihre Wahl nicht weiter kommentiert. Auch zu Beginn der zwölften Schwangerschaftswoche ist noch keine Spur von einem Babybauch zu erkennen. Man könnte höchstens einen ganz winzigen Blähbauch unter ihrem Shirt vermuten.

Eingeschnappt nippe ich an meinem Getränk und beobachte, was Pia mit meinem Handy tut. Nach zwei Minuten verkündet sie fröhlich: »So, ich habe dir erstmal die *DateZig*-App installiert, die ist viel komfortabler als die mobile Website.«

»Davon gibt es eine App?«, frage ich verblüfft. Aber warum wundere ich mich überhaupt? Für nahezu alles gibt es inzwischen eine App.

»Schau mal, was hältst du von dem hier?« Mit einem verheißungsvollen Lächeln hält Pia mir das Foto eines skifahrenden Kerls unter die Nase, von dem ich unter seiner Mütze und der verspiegelten Sonnenbrille so gut wie nichts erkennen kann.

»Ich sehe nix«, antworte ich mürrisch, scrolle mich dann aber durch sein Profil. Und das klingt gar nicht mal schlecht: ThomaHawk85 ist leidenschaftlicher Kinogänger, kocht gerne und liebt es, Zeit mit seiner 5-jährigen Nichte zu verbringen.

»Und er ist sportlich«, fügt Pia hinzu, nachdem ich seine Daten laut vorgelesen habe.

»Perfekt«, findet Nadine und fordert Pia auf, ihn anzuschreiben.

»Das kann ich auch alleine!« Bevor meine Freundin irgendwelchen Käse schreibt, schnappe ich mir mein Handy und öffne das Nachrichtenfenster der App. Doch trotz meiner großspurigen Ansage fällt mir plötzlich partout nichts ein.

»Hallo ThomaHawk«, diktiert Nadine. Brav tippe ich ihre Worte ein. »Dein Profil gefällt mir ausgesprochen gut. Ich würde mich freuen, dich näher kennenzulernen. Liebe Grüße, Sophie.«

»Ob sein Name Thomas ist?«, frage ich mich, nachdem ich meine Nachricht abgeschickt habe.

»Bestimmt«, meint Pia. »Oh, schau mal, er ist online!«

Und tatsächlich, neben dem Profilbild von ThomaHawk85 leuchtet plötzlich ein grüner Punkt auf. Prompt trudelt auch schon seine Antwort ein:

»Hallo Sophie, vielen Dank für deine Nachricht. Leider entsprichst du nicht meinem Beuteschema. Beste Grüße, Thomsen.«

»*Beste Grüße, Thomsen?*« Empört lege ich mein Smartphone auf den Tisch. »Der hält sich wohl für besonders cool. Na, danke auch, du Idiot.«

»Beuteschema? Sehr charmant. Der weiß doch gar nicht, was er verpasst.« Mit dieser Feststellung greift Nadine nach meinem Handy und sucht unbeirrt weiter nach meinem Mr. Right. »Nanu, wer ist das denn?«, fragt sie plötzlich und hält mir eine neue Nachricht von diesem VetSan unter die Nase:

> »Ich könnte meinen Hund auch zu Hause lassen und mir erstmal ein Bild davon machen, wie angriffslustig deiner ist :)«

»Wer ist das?«, will auch Pia wissen, die über meine Schulter hinweg mitgelesen hat.

»Ach, nur so ein Typ, der unbedingt mit Cleo und mir spazieren gehen will und nicht kapiert, dass ich mich nicht mit jemandem treffen möchte, der nicht mal dazu in der Lage ist, ein Foto hochzuladen und sein Profil richtig auszufüllen.«

»Vielleicht ist er ja ein Promi.« Typisch Nadine. Während jeder normale Mensch vermuten würde, dass die Person hinter dem Account unattraktiv, faul oder ein psychopathischer Serienkiller ist, denkt sie, dahinter könnte sich ein guter Fang verbergen.

»Nee«, stimmt Pia mir zu, »mit dem triffst du dich nicht.« Sie nimmt das Handy an sich, schließt mit einem entschiedenen Wisch das Nachrichtenfenster und scrollt sich weiter durch die Liste der bindungswilligen Leipziger Junggesellen.

Eine Stunde und zwei Getränke später glauben Nadine und Pia tatsächlich, das große Los gezogen zu haben. Mit stolz geschwellter Brust präsentiert Nadine mir ihren neuesten und von Pia höchstpersönlich abgesegneten Vorschlag: Green_Timo. Es handelt sich um einen bebrillten (gefällt mir schon mal) Doktoranden, der am Helmholtz-Zentrum für Umweltforschung promoviert, ein bekennender Sportmuffel ist (gefällt mir auch) und scharfe Gerichte liebt, sofern kein Fleisch darin enthalten ist (damit kann ich leben). Auf seinem Profilbild stützt er sich lässig mit den Ellenbogen auf ein Brückengeländer und lächelt freundlich in die Kamera. Er hat dunkles, etwas längeres Haar und ein attraktives Gesicht. Timo ist 27 Jahre alt, beschreibt sich als offen und spontan und sucht eine Frau »für all die schönen Dinge des Lebens«.

»Das klingt genau nach dir«, findet Nadine und fordert mich umgehend auf, ihm eine Nachricht zu schicken. Inhaltlich weicht sie nicht groß von der ersten ab, erweist sich aber schon nach wenigen Minuten als deutlich erfolgreicher.

»Hi Sophie, danke für deine nette Mail. Dein Profil macht einen sehr sympathischen Eindruck. Was hältst du davon, wenn wir uns am Sonntag mal auf einen Kaffee treffen? Ich würde mich freuen, dich näher kennenzulernen. LG, Timo«

Nadine liest seine Nachricht begeistert vor.

»Am Sonntag? Also ... übermorgen?« Bis zu dieser Sekunde habe ich die ganze *DateZig*-Sache als unterhaltsamen Spaß angesehen, doch plötzlich dämmert mir, dass da echte Männer vor dem Bildschirm sitzen, mit denen man sich im realen Leben treffen muss, wenn man sie wirklich kennenlernen will. Echte, fremde Männer.

»Sag bloß, du hast Schiss?« Bei dieser Vorstellung muss Pia breit grinsen.

»Natürlich nicht!« Doch mein klopfendes Herz und meine krebsroten Wangen verraten mich.

»Dann sag zu.« Pias Grinsen nimmt einen hämischen Zug an. Offenbar glaubt sie nicht, dass ich es ernst meine.

»Es ist nur so ... Ich hatte noch nie ein Blind Date.« Die paar Männer, mit denen ich im letzten halben Jahr etwas hatte, habe ich im realen Leben kennengelernt. Ich konnte ihnen in die Augen sehen, mich mit ihnen unterhalten und dann erst entscheiden, ob sie mir sympathisch sind. Die Vorstellung, mich mit jemandem auf gut Glück zu treffen, den ich überhaupt nicht einschätzen kann, finde ich plötzlich befremdlich. Und auch ein wenig angsteinflößend. Hilfesuchend schaue ich zu Nadine, doch die spielt voll und ganz im Team Pia.

»Er will doch nur einen Kaffee mit dir trinken gehen. In der Öffentlichkeit. Was soll schon passieren?«

Also, mir würden da ein paar Dinge einfallen. Dinge, die ich in den letzten Jahren aus zahlreichen Kriminalromanen und Thrillern gelernt habe.

Als hätte Pia meine Gedanken gelesen, sagt sie: »Du gehst hin, ihr trinkt einen Kaffee, quatscht ein bisschen über Gott und die Welt – Hobbys, Lieblingsfilme, Musik und so was. Und wenn du merkst, dass der Funke nicht überspringt, sagst du ihm das höflich, verabschiedest dich und musst ihn nie wiedersehen.«

Bei ihr klingt das so einfach. Aber im Gegensatz zu mir hat Pia so was auch schon hundertmal gemacht. Ich hingegen fühle mich jetzt schon, als hätte ich ein besonders heikles Bewerbungsgespräch vor mir, dabei habe ich noch nicht mal auf Timos Nachricht geantwortet. Das ändert Nadine umgehend für mich und tippt:

»Sehr gerne. Sonntag 15 Uhr im Café Sonnenschein?«

Wenigstens wartet sie mein Einverständnis ab, bevor sie den Text abschickt.

Das Café Sonnenschein befindet sich in direkter Nähe zum Leipziger Hauptbahnhof und bietet mir damit genügend Fluchtmöglichkeiten. Mindestens drei Straßenbahnhaltestellen sind in unmittelbarer Nähe.

Keine zwei Minuten später sagt Timo zu und betont noch einmal, dass er sich darauf freut, mich kennenzulernen. Ich weiß nicht, ob er so was öfter macht, aber als er vorschlägt, ein Erkennungszeichen mitzunehmen, weil man auf Fotos ja doch meistens ein wenig anders aussieht als in der Realität, glaube ich, an einen routinierten Blind-Dater geraten zu sein.

»Du könntest dein schwarzes Kleid anziehen«, schlägt Nadine vor.

Fast hätte ich den letzten Rest meines Cocktails auf den Tisch geprustet. »Das ist ein Abendkleid und hat einen viel zu tiefen Ausschnitt. Außerdem haben wir Mai und es sind gerade mal zwölf Grad da draußen. Ich würde mir nicht nur die Gliedmaßen abfrieren, sondern wäre auch gnadenlos overdressed.«

»Aber du siehst so schön darin aus«, schwärmt Nadine.

»Beim ersten Date sollte man sich nicht verkleiden«, pflichtet Pia mir bei und mustert mein heutiges Outfit von oben bis unten. »Das wäre völlig okay. Bluse, gute Hose, hohe Schuhe, wenn du magst. Fertig.«

»Okay, ich habe noch eine schwarze Bluse im Schrank.« Damit komme ich sowohl Nadine als auch Pia entgegen und beide nicken zufrieden. Ich nehme mein Handy wieder an mich, schreibe Green_Timo, dass ich eine schwarze Bluse anhaben werde und bekomme zur Antwort, dass er einen Hut tragen wird.

»Einen Hut?« Mit skeptisch erhobener Braue blickt Nadine auf das Display meines Handys. »Welcher Mann trägt denn heutzutage noch einen Hut? Und außerdem, was für einen? Ein Basecap oder einen Strohhut? Oder vielleicht einen bayerischen Filzhut?« Während sie bei der Vorstellung in ihr Glas kichert, gibt Pia ihr über meinen Rücken hinweg einen leichten Klaps auf den Oberarm.

»Jetzt verschreck Sophie doch nicht gleich! Er wird schon wissen, wie man sich anständig anzieht, immerhin macht der Knabe seinen Doktor.«

Nadine beruhigt sich wieder und Pia lehnt sich zufrieden zurück. Wir lassen das Thema *DateZig* für heute fallen und widmen uns den nächsten Punkten auf Nadines Hochzeits-To-do-Liste.

Niemand erwähnt meine Verabredung mehr, doch aus irgendeinem Grund lässt mich der Gedanke an diesen ominösen Hut für den Rest des Abends nicht los.

Kapitel 23

Zwei Tage später finde ich mich einem breit grinsenden Timo gegenüber, der einen schwarzen Hut in abgenutzter Lederoptik trägt. An einem abgerockten Gitarristen würde diese Art der Kopfbedeckung vermutlich heiß aussehen, aber zu Timos schlaksiger Gestalt will sie nicht so richtig passen. Ich hätte mir im Vorfeld jedenfalls keine Sorgen machen müssen, ihn nicht wiederzuerkennen, denn seine schmalen Gesichtszüge und die kinnlange, herausgewachsene Stufenfrisur ist unverkennbar.

Timo trägt ein weißes Baumwollhemd mit Schnürung am Kragen zu einer verwaschenen braunen Cordhose und klobigen Boots. Im ersten Moment weiß ich nicht, ob ich seinen Stil als lässig, öko oder lotterig beschreiben soll. Mit meinem fast schon businessmäßigen Outfit und dem knallroten Lippenstift fühle ich mich total überstylt. Ich bin mir sicher, dass wir beide gemeinsam gleich ein ziemlich ulkiges Bild abgeben werden.

Timo lässt sich davon allerdings nicht stören. Gut gelaunt reicht er mir seine Hand, an dessen Handgelenk mehrere Festivalbändchen und Armbänder baumeln, und lächelt freundlich auf mich herab. Ich verrenke mir fast den Nacken, beim Versuch, ihm in die Augen zu sehen, so groß ist er. In diesem Moment dämmert mir, dass ich in der Rubrik »Wie sollte dein Traummann nicht aussehen?« vielleicht nicht nur eine Mindestgröße, sondern auch eine Maximalgröße hätte angeben sollen. Timo ist locker zwei Meter groß, vielleicht sogar noch größer (von hier unten kann ich das schwer einschätzen). Sofort fühle ich mich klein und unbedeutend neben ihm, auch wenn sein warmes Lächeln mir etwas anderes vermitteln will.

»Du siehst toll aus.« Seine Stimme ist honigweich.

Ich entspanne mich ein bisschen und setze mich ihm gegenüber an den kleinen runden Tisch. Als wir uns auf Augenhöhe befinden, werde ich sofort ruhiger.

»Danke.« Weil ich das Gefühl habe, noch irgendetwas sagen zu müssen, plappere ich einfach drauflos. »Das ist mein erstes Blind Date.« Sofort spüre ich meine Wangen aufleuchten. Wahrscheinlich passen sie sich gerade meinem Lippenstift an.

»Echt? Aber so blind ist es doch gar nicht. Du weißt ja schon einiges über mich.« Timo faltet die Hände unter seinem Kinn und sieht mich mit warmem Blick an.

»Äh … ja.« Krampfhaft versuche ich mich an die Informationen aus seinem Profil zu erinnern. »Du machst gerade deinen Doktor. Woran forschst du denn?«

Es folgt eine langwierige, detailgetreue Beschreibung einer neuartigen Methode zur Abwasserklärung. Ich verstehe kein Wort, nicke aber trotzdem brav. Während der fünf Minuten, die Timo redet, kann ich nicht anders, als ihn mir bei der Arbeit in einem stinkenden Klärwerk vorzustellen. Ich sehe ihn vor mir, wie er mit Gummistiefeln und Ganzkörperoverall Proben aus einem Abwasserbecken nimmt und später im Labor untersucht. Plötzlich habe ich den beißenden Gestank von Kloake in der Nase.

»Alles in Ordnung? Du schaust so komisch.«

»Oh, nein, nein. Alles gut. Der Kaffee schmeckt ein bisschen merkwürdig«, lüge ich und schiebe die Tasse, die die Kellnerin vor wenigen Minuten vor mir abgestellt hat, ein Stück beiseite.

»Möchtest du etwas anderes bestellen?«

Ein Raumspray vielleicht? Ich schüttele den Kopf.

»Und was ist mit dir? Erzähl doch mal. Wie sieht deine Arbeit aus? Du hast angegeben, dass du Romane aus dem Englischen übersetzt. Das finde ich megaspannend.«

»Ach, na ja, so spannend ist das gar nicht.« Normalerweise schäume ich vor Begeisterung fast über, wenn ich über Bücher im Allgemeinen und meine Arbeit im Besonderen sprechen kann, doch plötzlich habe das Gefühl, das Thema ganz schnell abhandeln zu müssen. »Ich verbringe jeden Tag etliche Stunden hinter meinem Schreibtisch, bis ich mein Tagessoll erfüllt habe. Vom Romaneübersetzen alleine kann ich aber nicht leben, deshalb nehme ich auch andere Aufträge an, zum Beispiel von Wirtschaftsunternehmen. Für die übersetze ich Werbebroschüren, Website-Texte, Presseerklärungen und so was.« Oh Mann, selbst in meinen eigenen Ohren klingt das wie der langweiligste Job der Welt, dabei liebe ich ihn.

Timo sieht mich immer noch interessiert an. »Und was machst du, wenn du mal eine Pause vom Schreibtisch brauchst?«

»Dann gehe ich mit Cleo spazieren.«

»Ach ja.« Sein Gesicht hellt sich auf. »Stimmt, du hast ja einen Hund. Das finde ich toll. Was macht ihr denn so? Agility oder Mobility? Ach nee, warte, du hast ja geschrieben, dass da ein Dackel mit drinsteckt.« Der Mann hat seine Hausaufgaben deutlich besser gemacht als ich. Verblüfft über so viel Detailwissen nicke ich.

»Dann macht ihr bestimmt etwas, um ihren Jagdtrieb zu befriedigen.«

»Ähm … eigentlich gehen wir nur spazieren.« Als ich sein enttäuschtes Blinzeln bemerke, füge ich noch schnell hinzu: »Und Stöckchenwerfen. Manchmal bringt sie es sogar zurück.« Ich lache viel zu laut über meinen lahmen Witz, Timo hingegen bleibt stumm. Auf seiner Stirn erscheint eine tiefe Falte.

»Aber förderst du deinen Hund denn gar nicht? So eine wilde Mischung braucht doch schließlich Training für Körper und Geist.«

Irritiert denke ich über seine Frage nach. »Eigentlich wirkt

Cleo ganz zufrieden. Ein langer Spaziergang am Tag und ein kleinerer morgens und abends reichen ihr.« Ich habe nicht das Gefühl, dass es ihr an irgendetwas fehlt. So faul, wie sie den halben Tag in ihrem Körbchen verschläft, würde sie mich bestimmt für verrückt halten, wenn ich plötzlich mit Hundesport ankäme. Das ist einfach nichts für uns.

Timo bedenkt mich mit einem weiteren langen Blick. Langsam beginne ich mich unwohl in meiner Haut zu fühlen. Da nützt es auch nichts, dass er mir ungefragt einen neuen Kaffee bestellt und der Kellnerin lang und breit erklärt, dass der erste nicht geschmeckt hätte. Mein schlechtes Gewissen wächst fast bis zur Decke, als die arme Frau sich wortreich bei mir entschuldigt und umgehend mit einer neuen, dampfenden Tasse wiederkommt.

»Was hast du denn so für Hobbys?«, frage ich nach einem unbehaglichen Moment der Stille. Über mein Interesse scheint sich Timo ehrlich zu freuen. Entspannt lehnt er sich in seinem Stuhl zurück und berichtet mir von den zahlreichen Demonstrationen, die er regelmäßig mit seinen Freunden besucht. Von Tier- über Menschenrechte bis hin zum Einsatz erneuerbarer Energien und Naturschutz ist alles dabei. Spätestens jetzt merke ich, dass ich einem echten Weltverbesserer gegenübersitze.

»Warst du schon mal auf einer Demo?«, will er wissen. Bei so viel Engagement schäme ich mich schon fast, als ich den Kopf schüttele. Doch Timo scheint mit dieser Antwort gerechnet zu haben. »Ich kann dich gerne mal mitnehmen, wenn du magst. Nächsten Mittwoch findet zum Beispiel in Berlin eine Demonstration für die Vereinfachung von Adoptionsverfahren statt. Halb eins geht der Zug.« Erwartungsvoll lächelt er mich an.

Ich weiß, was er jetzt gerne von mir hören würde. Aber die Wahrheit ist, dass ich gar kein Bedürfnis verspüre, extra nach Berlin zu fahren, auch wenn ich es wichtig finde, dass Paaren, die ein Kind adoptieren wollen, nicht so viele Steine in den Weg gelegt werden.

»Ich glaube nicht, dass ich dafür Zeit habe.«

Das sanfte Lächeln um seine Mundwinkel verblasst. »Wofür setzt du dich denn ein?«, wagt er einen neuen Versuch, meine besten Seiten zum Vorschein zu bringen.

Krampfhaft überlege ich, was ich sagen könnte. »Für meine Freundinnen?« Meine Stimme klingt piepsig, so als wäre es kein großes Ding, aber etwas anderes ist mir auf die Schnelle nicht eingefallen. Als Timo mich weiterhin interessiert ansieht, fasse ich mir ein Herz und erzähle: »Meine beste Freundin Nadine heiratet Anfang August und ich bin ihre Trauzeugin. Vor kurzem hatte sie eine kleine Krise und brauchte meinen Beistand.« Unruhig rutsche ich auf meinem Stuhl herum. Ich will ihm nicht zu viel Privates erzählen und entscheide mich schließlich für eine unverfängliche Variante. »Sie wollte etwas … ausprobieren und obwohl ich von dem Vorschlag nicht begeistert war, habe ich sie unterstützt. Dafür sind beste Freundinnen schließlich da, oder?«

Mit leichter Verzögerung nickt Timo.

»Wir müssen noch viel für die Hochzeit vorbereiten und damit bin ich neben der Arbeit momentan hauptsächlich beschäftigt. Du weißt schon: Programmplanung, Sitzordnung, Musikauswahl, Deko und so was. Und dann ist da noch diese Sache, die ich ihr versprochen habe.«

Jetzt habe ich sein Interesse geweckt. »Welche Sache?«

Ich nehme einen Schluck von meinem Kaffee und verfluche mich selbst dafür, es überhaupt angesprochen zu haben. Warum ist meine vorwitzige Zunge auch schneller als mein Gehirn? Jetzt muss ich ihm von unserem Vertrag erzählen und den wahren Grund offenbaren, aus dem ich hier bin. Ich versuche, es beiläufig klingen zu lassen.

»Als Nadine und ich noch Kinder waren, haben wir einen Pakt geschlossen. Wenn eine von uns heiratet, muss die andere ebenfalls ihre große Liebe gefunden haben. Vor kurzem hat Nadine den Vertrag wiedergefunden und mich dazu verdonnert, nach einem passenden Date für ihre Hochzeit zu suchen.« Ich setze ein unverbindliches Lächeln auf, das jedoch leicht ins Wanken gerät, als ich das Zucken um Timos Mundwinkel bemerke.

»Das klingt ja wie eine romantische Hollywoodkomödie. Hast du dich deshalb auf *DateZig* angemeldet?«

»Um ehrlich zu sein, haben Nadine und meine andere Freundin Pia mich dort angemeldet. Ich halte gar nicht so viel von Online-Dating.«

»Aber es ist eine gute Sache, um sich schnell ein Bild von jemandem zu machen.«

Ein oberflächliches Bild, will ich antworten, doch Timo redet schon weiter.

»Die Zeit, die man darauf verwendet, jemanden in einer Bar oder einem Club, bei einem Konzert oder wo auch immer anzuquatschen, kann man sich sparen. Im Internet sehe ich gleich, was ich wissen muss, und kann entscheiden, ob die Person vielleicht zu mir passen könnte oder nicht. Viele wichtige Dinge, zum Beispiel Infos über den Job und die Hobbys des anderen, sind von vorneherein klar. Die Zeit und Energie, die ich durch wenige Klicks einspare, kann ich in wichtigere Dinge stecken.«

Zum Beispiel, um für bessere Adoptionsgesetze zu kämpfen, führe ich seinen Satz im Kopf weiter.

»Und das ist heute dein erstes Date?«

»Ja.«

»Ich fühle mich geehrt.« Timo zieht seinen Hut und entblößt ein ungekämmtes Nest dunkler Haare. Als er ihn wieder aufsetzt, kann ich nicht anders, als mich zu fragen, ob der Used-Look gewollt ist oder nicht doch von mangelnder Hygiene herrührt. Plötzlich fallen mir die dunklen Flecken auf, die sich auf dem Hut verteilen, und ich sehe gar nichts anderes mehr. Auf einmal verspüre ich den dringenden Wunsch, ihm das Teil vom Kopf zu reißen und daheim in die Waschmaschine zu stecken.

Als Timo seine Hand auf meine legt, zucke ich leicht erschrocken zurück. In seinen Augen liegt ein bedauernder Ausdruck. »Leider muss ich dir mitteilen, dass ich nicht an das Konzept der Ehe glaube. Was bringt es mir, jemandem die ewige Liebe zu versprechen, wenn ich nicht weiß, was in zehn, zwanzig oder dreißig Jahren passieren wird? Einen so langen Zeitraum kann ich gar nicht überblicken, wie könnte ich da so ein Versprechen geben? Das ist doch das Gleiche wie bei einer privaten Altersvorsorge. Woher weiß ich, ob ich das Rentenalter überhaupt erreiche?«

Perplex sehe ich ihn an. Es war doch gar keine Rede davon, dass ich mein Hochzeitsdate sofort heiraten will. Und was ist bitte so schlimm an einer finanziellen Absicherung für das Alter? »Ich habe eine Riesterrente«, ist alles, was mir dazu einfällt.

»Das glaube ich dir sofort.« Ein Lächeln blitzt auf seinen Lippen auf. »Du scheinst mir generell mehr der vorausschauende, bodenständige Typ zu sein.«

So wie er es sagt, klingt es, als wäre das etwas Schlechtes.

»Ich halte mich von Hochzeiten fern. Ich würde mich wie ein Heuchler fühlen, wenn ich mit einem Brautpaar feiere, obwohl ich der festen Überzeugung bin, dass der Mensch nicht dafür gemacht ist, sich für immer an ein und dieselbe Person zu binden. Monogamie ist ein veraltetes Konzept. Das ist hart, ich weiß, aber so empfinde ich es.«

Was soll ich denn bitte darauf antworten?

»Ich denke, dass es mehr Sinn macht, die gemeinsame Zeit mit jemandem zu genießen, solange die Gefühle noch frisch sind. Eines Tages verblassen sie sowieso. Dann sollte man abschließen und weiterziehen, anstatt sich unnötig zu quälen. Liebe ist doch im Grunde nichts weiter als ein komplizierter chemischer Prozess im Gehirn. Irgendwann vergeht das, was wir Gefühle nennen, automatisch.« Als er mein fragendes Gesicht sieht, fügt er hinzu: »Treue ist kein Fremdwort für mich, aber in meinem Leben bin ich bisher ganz gut damit gefahren, mich nicht an eine idealisierte Vorstellung von der *einen großen Liebe* zu klammern. Verstehst du, was ich meine? Man hat vielleicht drei, vier intensive Jahre miteinander und dann? Es macht doch viel mehr Sinn, zu akzeptieren, dass die rosarote Zeit irgendwann vorbei ist. Dann sagt man sich Adieu und zieht weiter.«

Ich versuche mir vorzustellen, wie es wäre, mit so einem Mann zusammen zu sein. In dem Wissen zu leben, dass ich ihm eines Tages nicht mehr genug sein werde und er sich dann auf den Weg zu neuen Ufern machen wird. Ein gruseliger Gedanke. Ich für meinen Teil glaube nämlich an die Liebe. Chemische Prozesse im Gehirn, also bitte … So was Blödes. Außerdem war ich noch nie eine Leuchte in Chemie.

»… deshalb kann ich dich leider nicht zur Hochzeit deiner Freundin begleiten«, beendet Timo seinen Monolog und wartet auf meine Reaktion.

Oje, dachte er wirklich …? Fast schon erleichtert stoße ich einen Schwall angehaltener Luft aus. Es würde mich nicht wundern, wenn Timo den Stein, der mir gerade vom Herzen fällt, hören könnte. Für einen kurzen Moment schließe ich die Augen, dann ringe ich mir ein Lächeln ab. »Kein Problem. Ich glaube, wir hätten sowieso nicht zusammengepasst.«

»Nicht für immer, nein.« Ein Hauch Wehmut klingt in seiner Stimme mit, doch als die Kellnerin an uns vorbeihuscht, hat er sich bereits wieder gefangen und ordert prompt die Rechnung. Mir soll's recht sein.

Was für ein schräges Date, denke ich, während Timo unsere Getränke auf den Cent genau bezahlt. Von Trinkgeld scheint er auch nichts zu halten. Vermutlich, weil er noch nicht gegen die Ausbeutung von unterbezahltem Servicepersonal demonstriert hat.

Vor dem Café zieht er mich unvermittelt in seine Arme. Weil er so groß ist, finde ich mich an seine Brust gedrückt wieder. Hoffentlich hinterlasse ich keinen unschönen Make-up-Fleck auf seinem weißen Shirt, denke ich. Ich bin mir nicht sicher, ob er den jemals wieder herausbekäme.

»Ich fand es trotzdem schön, dich kennenzulernen, Sophie.

Und wenn du mal zu einer Demo mitkommen möchtest, sag einfach Bescheid.«

»Klar«, antworte ich locker, weiß aber genauso gut wie er, dass das nie geschehen wird.

Kapitel 24

Juli

Die nächsten Wochen rauschen wie im Zeitraffer an mir vorbei. Ohne dass ich es richtig mitbekomme, hält der Sommer Einzug und mein neunundzwanzigster Geburtstag steht an. Ich lade Pia, Nadine und meine Mama zum Essen ein und fühle mich nicht wirklich anders als mit achtundzwanzig.

Immer öfter verlagere ich meinen Arbeitsplatz auf den Balkon, mit Cleo zu meinen Füßen und dem Gesang der Vögel in meinen Ohren. Durch den wunderbaren Ausblick auf den Markkleeberger See fühlt sich die Arbeit sogar fast wie Urlaub an.

Die letzten zwei Monate standen ganz im Zeichen der Hochzeitsvorbereitungen. Mittlerweile haben wir einen DJ gebucht, einen tollen Caterer gefunden und ich habe mit dem Trauzeugen des Bräutigams gesprochen. Besagter Trauzeuge ist ein Arbeitskollege von Alex, selbst schon verheiratet, und hat den Großteil der Planungen vertrauensvoll in meine Hände gelegt. Gemeinsam mit Nadines Schwester Bea habe ich mir ein paar Punkte überlegt, die unserer Meinung nach auf keiner Hochzeit fehlen sollten.

Das Brautpaar hat währenddessen die Ringe gekauft, Kleid und Anzug erstanden, eine dreistöckige Hochzeitstorte geordert und die Sitzordnung erstellt. Somit sind die wichtigsten Dinge erledigt. Langsam rückt der große Tag immer näher. Das spüre ich vor allem an Nadines Aufregung, die mit jeder Woche steigt.

* * *

Mittlerweile ist es Mitte Juli geworden und es sind nur noch drei Wochen bis zur Hochzeit. Ein ganz wichtiger Programmpunkt steht noch aus und den werden wir heute abhaken: Nadines Junggesellinnenabschied.

Alex war letztes Wochenende an der Reihe. Sein Trauzeuge hat eine Handvoll Freunde zusammengetrommelt und eine Bootstour durch die Leipziger Flusslandschaft mit anschließendem Abendessen und Barbesuch organisiert. Es gab keine Stripperin und keine Totalausfälle, wofür Nadine ein dankbares Stoßgebet gen Himmel geschickt hat. Zu ihrem großen Glück gehört ihr zukünftiger Mann zur bodenständigen und skandalfreien Sorte. Ich habe es in all den Jahren nicht einmal erlebt, dass er mal so richtig betrunken gewesen wäre.

Gemeinsam mit Bea und Pia mache ich mich an einem warmen Samstagmorgen auf den Weg, um Nadine zu Hause abzuholen. Zwei Arbeitskolleginnen, Sandra und Melanie, die ebenfalls dabei sein werden, warten bereits auf uns. Cleo verbringt den Tag bei meiner Mutter, bei der ich später auch übernachten werde.

Wir überraschen die zukünftige Braut, die noch keine Ahnung vom Tagesablauf hat, mit einer Flasche Champagner und einem Blumenkranz, den sie den Tag über im Haar tragen wird. Bea, Pia, Sandra, Melanie und ich tragen jeweils eine kleine weiße Rosenblüte.

Als Erstes steht ein ausgiebiges Picknick im Clara-Zetkin-Park bei strahlendem Sonnenschein auf dem Plan. Es fließt viel Alkohol (für Pia natürlich nicht) und nach einer Weile gibt Nadine bereitwillig Anekdoten aus ihrer langjährigen Beziehung mit Alex zum Besten. So erfahren wir zum Beispiel, dass er sich einmal nur im Bademantel bekleidet ausgesperrt hat, als Nadine gerade einkaufen war. Er musste sich bei seiner 70-jährigen Nachbarin einquartieren und dort auf Nadine warten, die in ihrem Shoppingrausch mehrere Stunden lang unterwegs war. Während Alex vor Scham fast vergangen wäre, wollte die liebe alte Nachbarin ihn am liebsten gar nicht mehr gehen lassen und betrachtet ihn noch heute mit lüsternen Blicken, wenn die beiden sich im Treppenhaus begegnen.

Nach dem Picknick folgt ein ausgiebiges Wellnessprogramm. Wir ziehen weiter in einen Spa und lassen uns dort richtig verwöhnen, bevor wir einen kurzen Zwischenstopp bei Nadine einlegen, um uns für den Abend umzuziehen und gegenseitig zu stylen. Pia übernimmt unser Make-up und zaubert fünf atemberaubend heiße Ladys aus uns.

Danach geht es weiter in ein italienisches Restaurant, bevor wir den Abend in der Moritzbastei ausklingen lassen. Für Pia ist hier Schluss, sie verabschiedet sich nach dem Essen. Früher hätte sie sich keine Party entgehen lassen, aber bei dem Geschubse und Gedränge der Menschenmassen macht sie sich berechtigte Sorgen um ihr Baby. Mittlerweile ist sie in der 22. Schwangerschaftswoche angekommen. Etwas mehr als die Hälfte liegt also schon hinter ihr. Unfassbar, dass das Kleine in wenigen Monaten schon bei uns sein wird. Noch immer weiß sie nicht, welches Geschlecht ihr Baby hat und hofft ungeduldig auf den nächsten Ultraschalltermin. Dafür stellt sie nun stolz ihr kleines Bäuchlein zur Schau, das sich mittlerweile vor ihrer schlanken Figur abzeichnet.

Nadine, Sandra, Melanie, Bea und ich lassen den Abend so feuchtfröhlich enden, wie er begonnen hat, bevor wir die zukünftige Braut wohlbehalten wieder zu Hause absetzen. Mit einem ordentlichen Schwips fällt sie daheim in Alex' Arme. Er kann sich ein Schmunzeln nicht verkneifen, während er seiner Braut aus ihren hochhackigen Schuhen hilft. Trotz der dämmrigen Beleuchtung in ihrer Wohnung ist das Glück in Nadines Augen nicht zu übersehen und auch Alex lächelt seine Verlobte liebevoll an, obwohl sie wie eine wandelnde Kneipe riecht.

* * *

Nachdem ich mich von Bea und den beiden anderen Mädels verabschiedet habe, rufe ich ein Taxi und fahre zu meiner Mama nach Connewitz. Cleo liegt bereits wartend im Flur, das Schwänzchen zu einem verhaltenen Wedeln aufgerichtet. Sie ist gerne bei meiner Mutter, aber dennoch freut sie sich darauf, die letzte Runde des Tages (oder in diesem Fall die erste) gemeinsam mit mir zu gehen. Obwohl es mittlerweile drei Uhr morgens ist, trottet sie brav neben mir her, ignoriert meine alkoholbedingten Schlenker und geleitet mich sicher einmal um den Block.

Wieder in der Wohnung angekommen, schleppe ich mich unter Mobilisation meiner letzten Kräfte unter die Dusche, bevor ich wie ein nasser Sack auf das umgebaute Sofabett im Wohnzimmer meiner Mutter falle. Cleo liegt zu einer kleinen, flauschigen Kugel zusammengerollt in der Mitte meiner Schlafstätte und hat nur einen vorwurfsvollen Blick für mich übrig, als ich es wage, mich neben sie zu quetschen. Unglaublich, wie viel Platz so ein kleiner Hund einnehmen kann. Po an Po haben wir uns zusammengerollt und warten auf den Schlaf – blöd nur, dass er in meinem Fall nicht kommen will. Vor zwei Stunden noch hätte ich schwören können, dass ich heute Nacht problemlos ins Traumland hinübergleiten würde, aber Pustekuchen!

Während meine Hündin schon nach fünf Minuten anfängt leise vor sich hinzuschnarchen, drehe ich mich mit hinter dem Kopf verschränkten Armen auf den Rücken und starre an die Decke, an der sich die Lichter der vorbeifahrenden Autos in hellen Schlieren abzeichnen. Mein Herzschlag beruhigt sich und ich lasse den Tag vor meinem geistigen Auge noch einmal Revue passieren. Mit trägen Fingern streiche ich durch Cleos weiches Fell und gehe alle Stationen des Junggesellinnenabschiedes durch, doch mein Verstand will einfach nicht zur Ruhe kommen. Als auch meine Geheimwaffen, das Schäfchen- und später das Dackelwelpenzählen (die Fortgeschrittenenversion), nicht helfen, drehe ich mich seufzend auf die Seite und angele mein Smartphone vom Couchtisch. Auf Facebook ist um diese Zeit nichts mehr los und auch Twitter war schon mal spannender. Ich scrolle mich trotzdem durch die mehr oder weniger interessanten Statusmeldungen, doch an Schlaf ist immer noch nicht zu denken.

Als ich nach einer weiteren halben Stunde erneut mit offenen Augen an die Decke starre, öffne ich die *DateZig*-App. In den letzten Wochen habe ich die Seite schändlich vernachlässigt. Selbst aktiv geworden bin ich schon gar nicht. Durch die ganze Aufregung um die Hochzeitsvorbereitungen hat sogar Kuppelkönigin Nadine vergessen, mich darauf hinzuweisen, dass mir noch immer das perfekte Date für die Hochzeit fehlt. Wenn ich ehrlich bin, bezweifle ich, dass sich dieser Mangel in den kommenden drei Wochen beheben lässt. Dennoch scrolle ich mich halbherzig durch die angezeigte Liste der Junggesellen.

Zu alt, zu jung, zu sportlich, zu kräftig … An allen habe ich etwas auszusetzen, dabei ist außer den Überschriften und Fotos auf den ersten Blick nicht viel von den Männern zu erkennen. »Herzlicher Kuschelbär sucht liebevolle Kurvenqueen.« Hm, damit bin sicher nicht ich gemeint. »Selbstbewusster Italiener sucht rassige Schönheit.« Damit wohl auch nicht. Ich überfliege die nächste Anzeige, als plötzlich das Nachrichtenfenster der App aufploppt und mir einen gerade eingegangenen Text anzeigt:

VetSan schrieb am 15.07. um 04:10 Uhr:
Auch noch wach? Oder schon wieder?

Eine Sekunde lang muss ich überlegen, wer mich da anquatscht, dann erinnere ich mich daran, dass es sich um den ominösen Hundehalter handelt, der vor zwei Monaten unbedingt mit mir spazieren gehen wollte. Kurzerhand tippe ich auf seinen Nickname und lasse mich zu seinem Profil weiterleiten – noch immer leer. Kein Foto, keine aussagekräftigen Informationen und seine Kontaktanzeigenüberschrift, »VetSan sucht … dich?«, reißt mich auch nicht wirklich vom Hocker. Unter normalen Umständen würde ich die Nachricht einfach wegwischen, die App schließen und den Kerl ignorieren, aber da ich im Moment nichts Besseres zu tun habe (außer vielleicht Cleo beim Schnarchen zuzuhören), antworte ich ihm:

Sophie_L_1989 schrieb am 15.07. um 04:12 Uhr:
Kann nicht schlafen. Und selbst?

Die Antwort lässt keine dreißig Sekunden auf sich warten.

VetSan schrieb am 15.07. um 04:12 Uhr:
Ich auch nicht. Schon blöd, wenn man in 4 Stunden wieder arbeiten muss.

Sophie_L_1989 schrieb am 15.07. um 04:13 Uhr:
Am Sonntag früh um 8? Allerdings. Augen auf bei der Berufswahl.

VetSan schrieb am 15.07. um 04:14 Uhr:
Normalerweise würde ich dir zustimmen, aber ich mag meinen Job. Habe am WE Bereitschaftsdienst, das kommt zum Glück nicht so oft vor, da geht das schon mal.

Sophie_L_1989 schrieb am 15.07. um 04:15 Uhr:
Hast du es schon mit Schäfchenzählen versucht?

VetSan schrieb am 15.07. um 04:15 Uhr:
Ich zähle lieber Hunde :-) Hilft trotzdem nix.

Kurz muss ich schmunzelnd innehalten. Da scheinen wir ja etwas gemeinsam zu haben.

Sophie_L_1989 schrieb am 15.07. um 04:17 Uhr:
Woher wusstest du, dass ich gerade online bin?

VetSan schrieb am 15. 07. um 04:18 Uhr:
Habe dich zu meiner Favoritenliste hinzugefügt. Da bekomme ich eine Mitteilung, wenn jemand gerade zeitgleich online ist.

Ich fühle mich geschmeichelt. Anscheinend hat der Herr sich auch nach wochenlangem Nichtmelden meinerseits nicht davon abhalten lassen, mich in dieser Liste zu behalten. Er scheint diese *DateZig*-Geschichte also doch irgendwie ernst zu nehmen. Aber warum macht er es den Frauen dann so schwer und gibt nichts über sich Preis?

Sophie_L_1989 schrieb am 15. 07. um 04:19 Uhr:
Soso, hier gibt es also Favoritenlisten … Wieder was gelernt. Wie viele Damen umfasst denn diese Liste bei dir?

VetSan schrieb am 15. 07. um 04:20 Uhr:
5

Das ist nicht übermäßig viel, aber auch nicht zu wenig. Fünf ist eine bodenständige Zahl, finde ich.

Sophie_L_1989 schrieb am 15. 07. um 04:20 Uhr:
Und mit wie vielen Damen stehst du regelmäßig in Kontakt?

VetSan schrieb am 15. 07. um 04:21 Uhr:
Mit keiner. Die Liste habe ich nicht selbst angelegt.

Sophie_L_1989 schrieb am 15. 07. um 04:22 Uhr:
Wer dann?

VetSan schrieb am 15. 07. um 04:23 Uhr:
Ein guter Freund von mir. Er hat auch meinen Account eingerichtet. »Du musst mal wieder unter Leute«, hat er

gesagt. Aber gemeint hat er wohl eher: »Du brauchst mal wieder ein Date.« Er war vor ein paar Stunden hier und die App war noch geöffnet … Deshalb habe ich gesehen, dass du gerade online bist.

Aha, VetSan soll also auch verkuppelt werden. Wieder eine Gemeinsamkeit. Wenn ich nicht aufpasse, wird Mister Inkognito mir noch sympathisch. Ich muss zugeben, dass ich zu gern wüsste, wie er aussieht.

Sophie_L_1989 schrieb am 15. 07. um 04:23 Uhr:
Und, warst du schon erfolgreich? Mit dem Dating?

VetSan schrieb am 15. 07. um 04:24 Uhr:
Eher nicht. Wenn mein Kumpel mich besucht, nötigt er mich gerne dazu, eine Frau anzuschreiben, aber meine Nachrichten werden meistens ignoriert. Ist mir eigentlich auch egal, aber er lässt trotzdem nicht locker.

Sophie_L_1989 schrieb am 15. 07. um 04:25 Uhr:
Kommt mir irgendwie bekannt vor … Vielleicht würdest du mehr Resonanz erhalten, wenn du dein Profil ordentlich ausfüllst.

Jetzt ist es raus. Wenn er nicht ganz blöd ist, weiß er das natürlich selbst, aber ich bin dennoch gespannt, wie er reagiert.

VetSan schrieb am 15. 07. um 04:26 Uhr:
Da könntest du recht haben. Aber eigentlich will ich das gar nicht. Diese ganze Online-Dating-Sache empfinde ich einfach nur als anstrengend.

Sophie_L_1989 schrieb am 15. 07. um 04:27 Uhr:
Da sind wir schon zwei.

VetSan schrieb am 15. 07. um 04:28 Uhr:
:-)

Plötzlich bemerke ich, wie schwer meine Augen geworden sind. Mit einem Mal ist es unfassbar anstrengend, mich auf die kleinen Buchstaben auf dem Display zu konzentrieren. Endlich bin ich müde geworden. Wenigstens dafür hat sich der kurze Chat mit diesem mysteriösen VetSan gelohnt. Weil ich nicht unfreundlich sein will, verabschiede ich mich wenigstens:

Sophie_L_1989 schrieb am 15. 07. um 04:30 Uhr:
Ich werde jetzt schlafen. Danke fürs Müdemachen. Gute Nacht und weiterhin viel Erfolg beim Nicht-Daten.

Seine Antwort lese ich nur noch mit einem halb geöffneten Auge. Die Buchstaben beginnen bereits zu einem grauen Brei zu verschmelzen.

VetSan schrieb am 15. 07. um 04:31 Uhr:
Immer wieder gerne. War mir ein Vergnügen und hat gar nicht weh getan. Vielleicht sollte ich diesem Online-Dating doch mal eine echte Chance geben. Gute Nacht, schlaf gut.

Kapitel 25

Zwei Tage später stelle ich erschrocken fest, dass ich noch kein passendes Kleid für die Hochzeit habe. Und das als Trauzeugin! Panisch schnappe ich mir mein Tablet und gehe, mit Cleo auf den Fersen, nach unten zu Pia. Zwei Mal klingele ich, doch es ist kein Ton zu hören. Ob ihre Klingel kaputt ist? Es ist kurz vor 19 Uhr, Pia müsste schon von der Arbeit zu Hause sein.

Schnell laufe ich wieder nach oben, hole mein Handy und die Ersatzschlüssel zu ihrer Wohnung und flitze wieder hinunter. Ich rufe sie an und lasse es lange klingeln, doch sie geht nicht ran. Langsam breitet sich ein mulmiges Gefühl in meinem Magen aus. Hoffentlich ist ihr nichts passiert. Als schwangere Frau mitten im Sommer ganz allein in ihrer Wohnung … Die schlimmsten Horrorszenarien wechseln sich vor meinem inneren Auge ab und bevor ich es mir anders überlege, schließe ich ihre Tür auf und spähe vorsichtig in den Flur.

»Pia?«

Keine Antwort. Langsam trete ich ein. Cleo trottet vorsichtig hinter mir her. Das Klackern ihrer Krallen hallt übernatürlich laut auf dem Laminat wider. Als ich sehe, dass die Tür zum Wohnzimmer geschlossen ist, wächst meine Sorge weiter an. Wie ein Geschwür legt sie sich um meine Eingeweide, nur um diese im nächsten Moment ruckartig zusammenzuziehen.

Meine linke Hand legt sich zittrig auf die Türklinke, mit der rechten umklammere ich Handy und iPad so fest, dass meine Knöchel weiß hervortreten. Ich sehe Pia in meiner Phantasie bewusstlos am Boden liegen und bin schon fast im Begriff, den Notruf zu wählen – als ich die Klinke herunterdrücke und sich mir ein Bild präsentiert, mit dem ich niemals gerechnet hätte.

Seelenruhig liegt meine Freundin auf ihrem Sofa und döst leise schnarchend vor sich hin. Hinter ihr kann ich die Konturen eines Mannes ausmachen, der seinen Arm beschützend um ihren Bauch geschlungen hat. Von der offenen Balkontür weht ein laues Lüftchen ins Wohnzimmer und trägt den Duft einer frisch gemähten Wiese hinein. Sprachlos und mit noch immer wild klopfendem Herzen bleibe ich einige Sekunden lang wie angewurzelt stehen und weiß nicht recht, was ich jetzt tun soll. Wieder gehen und sie einfach schlafen lassen? Oder Pia wecken, um zu sehen, ob wirklich alles in Ordnung ist?

Cleo ist schließlich diejenige, die mir die Entscheidung abnimmt. Als sie Pia sieht, rast sie aufgeregt an mir vorbei und bellt freudig drauflos. Mein Hund beendet die friedliche Stille mit der Zurückhaltung einer Alarmlage. Augenblicklich schreckt meine Freundin hoch und wirkt, als wäre sie aus der Welt gefallen.

»Was … was?« Ihre Augen zucken wild umher, bis sie Cleo am Fußende des Sofas entdeckt und leise stöhnt. Die rechte Hand auf ihre Brust gepresst, versucht sie wieder zu Atem zu kommen. »Ach, du bist das. Na, komm mal her!«

Das lässt sich meine Hündin nicht zweimal sagen und hüpft schwanzwedelnd zu Pia aufs Sofa, um ihr ausgiebig über das Gesicht zu schlecken.

»Wasisdennlos?« Mit schweren Gliedern erhebt sich auch der Kerl hinter meiner Freundin und da erst erkenne ich ihn. Es ist Theo, der Sportstudent und Vater von Pias Kind. Cleo knurrt den Eindringling feindselig an, doch als er seine Hand nach ihr ausstreckt und über ihr Fell rubbelt, beruhigt sie sich wieder. Was für eine verrückte Situation! Jetzt komme ich mir dumm vor und außerdem ist es mir furchtbar unangenehm, einfach in Pias Wohnung eingedrungen zu sein.

»Cleo!«, zische ich hastig, »komm wieder her!«

Doch sie denkt gar nicht daran, zu ihrem peinlich berührten Frauchen zurückzukehren, während es auf dem Sofa ausgiebige Streicheleinheiten einzuheimsen gibt.

»Wie bist du denn reingekommen?« Mittlerweile hat Pia mich im Türrahmen entdeckt und rappelt sich mühsam hoch in eine sitzende Position. Ihre Augen sind kleine, verschlafene Schlitze und ihre langen Haare bilden ein unordentliches Nest auf ihrem Kopf.

»Ich … du … die Schlüssel«, stottere ich und wedele ungeschickt mit ihrem Ersatzschlüssel herum. »Deine Klingel ging nicht und du bist nicht an dein Handy gegangen. Ich habe mir Sorgen gemacht.«

Pia sieht mich nur träge an, dann gähnt sie einmal ausgiebig und streckt sich, dass ihre Gelenke lautstark knacken.

»Wie spät ist es denn?« Mit fahrigen Fingern tastet Theo nach dem Smartphone, das neben dem Sofa auf einem kleinen Tisch liegt, und tippt einmal auf das Display. »Fuck, schon so spät! Ich muss los.«

Er drückt Pia einen flüchtigen Kuss auf die Wange, bei dem mir fast die Augen übergehen, und springt in einer anmutigen Bewegung vom Sofa. »Tschau, Sophie.« Ohne dass wir einander jemals offiziell vorgestellt wurden, drückt er mich einmal kurz an sich, bevor er die Tür hinter sich ins Schloss fallen lässt.

Mit offenstehendem Mund starre ich ihm hinterher, dann drehe ich mich zu Pia um. »Was war das denn?«

»Das war Theo«, gibt sie trocken zurück, schiebt aber gleich ein Grinsen hinterher.

»Ja, das weiß ich. Aber was macht er hier? Ich meine … Seid ihr jetzt …?« Meine Hände beschreiben zwei hektische Kreise in der Luft, weil ich nicht dazu in der Lage bin, meinen Verdacht in Worte zu fassen.

»Zusammen?«, beendet Pia meinen Satz mit einem herzhaften Lachen. »Oh, nein. Da hast du was falsch verstanden.«

Ich frage mich, was es an einem eng umschlungenen Pärchen falsch zu verstehen gibt, als Pia mich aufklärt. »Er kam nur kurz vorbei, um mir seine Umzugskartons zu leihen.«

Sie deutet auf die Wand hinter dem Fernsehregal, wo sich mindestens zwanzig zusammengeschnürte Kartons vom Baumarkt aneinanderdrängen.

»Wir haben ein bisschen gequatscht, aber ich war schon den ganzen Tag so müde, dass ich mich mal kurz hinlegen musste. Ich weiß nur noch, dass ich mein Handy auf lautlos gestellt habe. Anscheinend hat Theo die Klingel ausgemacht und sich zu mir gelegt. Tut mir leid, dass du dir Sorgen gemacht hast.«

»Schon okay … Du ziehst also um?« Traurig starre ich die vielen Kartons an.

»Ende August muss ich hier raus sein«, bestätigt Pia.

»So bald schon?« Ein dicker Kloß bildet sich in meinem Hals. Ich weiß nicht, was ich dazu sagen soll. Zwar war mir klar, dass sie mit dem Baby nicht auf Dauer in ihrer Zweiraumwohnung würde bleiben können, aber dass es jetzt so schnell geht, erwischt mich kalt.

»Jetzt komm doch erstmal her.« Pia klopft auf den freien Platz neben sich. Wie ferngesteuert schlurfe ich zu ihrem Sofa und lasse mich fallen. »Das Allerbeste weißt du ja noch gar nicht. Ich ziehe nämlich gar nicht weit weg.« Da ist es wieder, das geheimnisvolle Schmunzeln, das meine Freundin so gut draufhat wie sonst niemand.

»Nein?«, frage ich gepresst. Ein Funke Hoffnung glimmt in mir auf. »Bleibst du in Markkleeberg?«

Ich weiß, dass sie das kleine Städtchen genauso sehr liebt wie ich und es genießt, nach einem langen Arbeitstag aus Leipzig hierher zurückzukehren und sich mit Blick auf den See in ihre schöne Wohnung zurückzuziehen.

»Viel besser«, grinst sie. »Familie Schmidt aus dem Erdgeschoss zieht aus. Du weißt schon, die mit den zwei Kleinkindern und dem verrückten Jack-Russell-Terrier.«

Ein ungläubiges Staunen breitet sich auf meinem Gesicht aus. »D-du bleibst hier? Im Haus?«

Pia nickt voller Stolz. »In der neuen Wohnung habe mehr als genug Platz für mich und das Baby und außerdem übernehme ich auch den Garten hinterm Haus.«

»Das ist ja phantastisch!« Erleichtert falle ich meiner Freundin um den Hals und muss aufpassen, dass ich sie vor lauter Freude nicht erwürge. Lachend löst sich Pia aus meinen Armen.

»Stell dir das mal vor: Du, ich, Cleo und das Baby zusammen unter dem großen Kirschbaum auf der Wiese.« Ein verträumtes Lächeln legt sich auf ihre Züge, als sie liebevoll über ihren Babybauch streichelt.

»Und Theo«, füge ich grinsend hinzu. Prompt machen meine Rippen Bekanntschaft mit Pias spitzem Ellenbogen. Doch dann verblasst ihr Lächeln und sie seufzt ergeben.

»Ja, stimmt schon: und Theo. Er ist immerhin der Vater.«

»Was ist das denn jetzt mit euch beiden?«, hake ich nach. »Ihr saht gerade sehr … vertraut aus.«

Pia weicht meinem Blick aus und eine Sekunde lang glaube ich einen Hauch von Rosa auf ihren Wangen zu erkennen. »Wir verstehen uns gut. Er besteht darauf, mir bei allem zu helfen, sei es mit den Einkäufen oder auch sonst. Wir treffen uns regelmäßig und ich halte ihn über die Schwangerschaft und die Entwicklung unseres Kindes auf dem Laufenden. Er hat sogar eine Baby-App auf seinem Handy installiert. Mit Geburtscountdown, Entwicklungsstadien, wöchentlichem Newsletter und allem Drum und Dran.«

Ein leises Lachen begleitet ihre Worte.

»Das ist wirklich süß, aber das habe ich nicht gemeint.«

»Ich weiß.« Sie seufzt. »Manchmal glaube ich, dass er vielleicht mehr für mich empfindet und gern eine größere Rolle in meinem Leben spielen würde. Aber er ist doch erst fünfundzwanzig, Sophie! Er studiert noch, wohnt in einer partywütigen WG und lebt von BAföG.«

»Deswegen muss er ja kein schlechter Vater sein. Oder Partner.«

»Ich weiß.« Resigniert wendet sie den Blick ab und schaut eine Weile zur geöffneten Balkontür hinaus. »Ich mag ihn ja auch, aber ich muss erstmal selbst mit der Situation klarkommen. Theo kann sein Kind sehen, wann immer er will. Übermorgen will er sogar mit zum Ultraschall kommen. Das ist alles kein Problem für mich, aber ob ich zu mehr bereit bin, weiß ich einfach nicht.«

Darauf folgt ein langes Schweigen. Es gibt nichts, was ich Pia in dieser Situation raten könnte. Das muss sie ganz alleine wissen.

»Warum bist du denn eigentlich heruntergekommen?«, wechselt sie das Thema.

Als sie mich an den Grund meines Besuchs erinnert, leuchten meine Augen auf. »Ich brauche noch ein Kleid für Nadines Hochzeit.«

Ihre rechte Augenbraue wandert anklagend in die Höhe. »Du bist ihre Trauzeugin und hast noch kein Kleid?«

»Hast du schon eins?«

»Natürlich. Willst du es sehen?«

Ich nicke und sehe Pia hinterher, wie sie in ihrem Schlafzimmer verschwindet und kurz darauf mit einem Traum aus grüner Seide zurückkehrt. »Es ist ein Umstandskleid«, erklärt sie und hält es sich vor den Körper. Das Kleid wird über dem Bauch mit einem breiten Gürtel zusammengebunden. Die kurzen Ärmel sind mit Spitzendetails verziert und ich zweifle keine Sekunde daran, dass Pia darin phantastisch aussehen wird.

»Und was hast du dir vorgestellt?«

Ich zucke die Schultern. »Noch nichts Konkretes, ehrlich gesagt.« Alles, was ich weiß, ist, dass ich als Nadines beste Freundin und Trauzeugin gut aussehen muss. Richtig gut.

»Gib mal her«, fordert Pia mich auf und zeigt auf mein Tablet, das ich die ganze Zeit über in der Hand gehalten habe. Sie klappt die Schutzhülle auf und wartet darauf, dass das Gerät sich automatisch mit ihrem WLAN verbindet. Dann öffnet sie den Browser. »So, dann wollen wir mal.«

Die nächste Stunde verbringen wir damit, die Onlineshops nach der passenden Komplettausstattung für mich zu durchforsten: Schuhe, Tasche, Kleid und Strickjäckchen. Dabei stellt sich heraus, dass es gar nicht so einfach ist, das perfekte Kleid zu finden. Dank meiner hellen (man könnte auch sagen, käsigen) Haut und meines nicht gerade üppigen Busens fallen bestimmte Farben und Schnitte von vorneherein aus. Auch meine knubbeligen Knie dürfen gerne bedeckt sein. Am Ende haben wir eine Auswahl von fünf Kleidern zusammengestellt, die wir via Expressversand bestellen.

Zufrieden klappt Pia das Tablet zu. Sie setzt ein mattes Lächeln auf, doch es täuscht nicht über die leichten Schatten unter ihren Augen hinweg. Noch immer wirkt sie müde und geschafft.

»Das heiße Wetter macht mich fertig«, erklärt sie, als sie meinen besorgten Blick bemerkt. »Und für morgen sind fünfunddreißig Grad angesagt. Tante Ann hat mich heute früher nach Hause geschickt, aber wenn es nicht besser wird, muss ich mir ein paar Tage freinehmen. Dieser blöde Kreislauf …«

Ich nicke verständnisvoll. Das Wetter ist momentan wirklich extrem und auch als Nicht-Schwangere fühle ich mich, als würde ich in der Hitze zerlaufen wie eine Waffel voll Eiscreme. Als Pia zweimal hintereinander herzhaft gähnt, merke auch ich, dass sich meine Glieder mittlerweile ganz steif anfühlen und es langsam Zeit wird, ins Bett zu gehen.

Kaum bin ich vom Sofa aufgestanden, ist Cleo an meiner Seite. Sie weiß genau, dass wir jetzt noch einmal eine ausgiebige Gassirunde gehen werden, was dank der Sommerhitze tagsüber nicht drin war. Pia streichelt sie zum Abschied, dann bringt sie uns zur Tür.

»Am Mittwoch gehst du zum Ultraschall?«, frage ich noch einmal nach und Pia nickt. »Berichte mir unbedingt, wie es war. Und lass dir ein Foto mitgeben!«

Lächelnd nimmt sie mich zum Abschied in die Arme. »Mach ich. Hoffentlich kann mein Arzt diesmal erkennen, was es wird.«

»Ich drücke dir ganz fest die Daumen!« Immerhin muss ich wissen, ob Tante Sophie bald rosa oder blaue Strampler einkaufen darf.

* * *

Nachdem Cleo ihre Lebensgeister wiederentdeckt und mich um den halben See gescheucht hat, fallen mir auf dem Weg in meine Wohnung fast die Augen zu. Der Schweiß klebt an meinem Rücken und die Flipflops scheinen mit meinen Füßen verschmolzen zu sein. Träge schleppe ich mich unter die Dusche, bevor ich mich wie ein nasser Sack aufs Bett fallen lasse.

Es ist noch immer unerträglich warm und ausgerechnet in meinem Schlafzimmer staut sich die Hitze bis unter die Decke. Eine finnische Sauna ist nichts gegen meine Wohnung. Kurzerhand krieche ich wieder aus dem Bett, reiße die Fenster auf und stelle den Ventilator auf die höchste Stufe. Cleo wandert von ihrem Körbchen direkt vor das surrende Gerät und schmeißt sich der Länge nach davor. Sie rollt sich auf den Rücken und lässt ihr Fell mit einem zufriedenen Schmatzen durchpusten. Auf einen Schlafanzug habe ich verzichtet und liege nur mit einem Höschen bekleidet auf der Bettdecke.

Doch egal, wie gemütlich ich es mir mache oder auf welche Seite ich mich drehe, die Wärme raubt mir den Schlaf. Bereits nach kurzer Zeit kleben meine Haare in meinem Nacken und der Schweiß sammelt sich auf meiner Haut. Als ich nach einer Stunde noch immer hellwach auf meiner Decke liege, strampele ich sie aus dem Bett und ernte ein erschrockenes Fiepen von Cleo, die sie abbekommen hat.

»Tut mir leid«, murmele ich und sammele sie wieder ein, um sie ordentlich zusammengefaltet ans Fußende des Bettes zu legen. Das bloße Laken fühlt sich angenehm kühl auf meiner Haut an, doch der erlösende Schlaf will sich immer noch nicht einstellen.

Wenig später beschließe ich, dass ich genauso gut arbeiten kann und hole meinen Laptop aus dem Wohnzimmer ins Bett. Doch schon nach kurzer Zeit merke ich, dass ich mich nicht wirklich konzentrieren kann. Stattdessen statte ich den üblichen Websites einen Besuch ab und schaue nach, was es in den sozialen Netzwerken Neues gibt. Als ich über alle Wichtig- und Unwichtigkeiten bestens informiert bin, öffne ich die *DateZig*-Website und logge mich ein.

120 Personen sind gerade online, ist am oberen Bildschirmrand zu lesen. Unwillkürlich frage ich mich, ob dieser VetSan auch darunter ist. Kurz ringe ich mit mir selbst, doch dann siegt meine Neugier und ich tippe seinen Namen in die Suchleiste ein. Und siehe da – neben seinem Nickname leuchtet ein grüner Punkt auf. Im ersten Moment freue ich mich darüber, doch dann frage ich mich, ob ich ihn tatsächlich anschreiben soll. Es ist mittlerweile nach 23 Uhr, ich müsste wirklich langsam schlafen, wenn ich mein Tagespensum morgen erfüllen will, und außerdem habe ich gar keine Ahnung, worüber ich mit ihm reden soll. Die Entscheidung wird mir abgenommen, als er mir eine Nachricht schickt:

VetSan schrieb am 17. Juli um 23:12 Uhr:
Auch wieder schlaflos?

Sophie_L_1989 schrieb am 17. Juli um 23:13 Uhr:
Das Wetter … Ich glaube, wenn das so weitergeht, ist morgen nur noch eine Pfütze von mir übrig.

VetSan schrieb am 17. Juli um 23:14 Uhr:
Das wäre aber sehr schade.

Sophie_L_1989 schrieb am 17. Juli um 23:14 Uhr:
Finde ich auch. Irgendwelche Tipps gegen stickige Schlafzimmer?

VetSan schrieb am 17. Juli um 23:15 Uhr:
Leider nicht. Meines liegt direkt unter dem Dach. Ich überlege gerade, ob ich in die Badewanne umziehen soll.

Sophie_L_1989 schrieb am 17. Juli um 23:16 Uhr:
Mein Beileid! Aber die Badewanne ist keine Lösung. Extrem unbequem.

VetSan schrieb am 17. Juli um 23:16 Uhr:
Das klingt, als würdest du aus Erfahrung sprechen.

Sophie_L_1989 schrieb am 17. Juli um 23:17 Uhr:
Ich erinnere mich dunkel an eine Party zu Beginn meines Studiums. Ich hatte den Wunsch, bei den gekühlten Bierflaschen zu schlafen. Am Ende hatte ich akute Rückenschmerzen.

VetSan schrieb am 17. Juli um 23:18 Uhr:
:D Danke für die Warnung! Dann lasse ich das besser bleiben.

Sophie_L_1989 schrieb am 17. Juli um 23:18 Uhr:
Immer gerne. Hast du deinen Bereitschaftsdienst am Sonntag gut überstanden? 4 Stunden Schlaf sind ja nicht wirklich viel.

VetSan schrieb am 17. Juli um 23:19 Uhr:
Mit genügend Kaffee war das gar kein Problem. Viel mehr Schlaf bekomme ich meistens sowieso nicht.

Ich bin kurz davor, ihn zu fragen, warum das so ist, aber dann entscheide ich mich doch dafür, beim unverfänglichen Thema Kaffee zu bleiben.

Sophie_L_1989 schrieb am 17. Juli um 23:20 Uhr:
Lebenselixier Kaffee! Immer eine gute Wahl.

VetSan schrieb am 17. Juli um 23:20 Uhr:
Allerdings. Ab 4 Tassen täglich wird es aber kritisch. Da sollte man sich dann etwas anderes einfallen lassen, um seine Lebensgeister zu wecken.

Sophie_L_1989 schrieb am 17. Juli um 23:20 Uhr:
Ich höre.

VetSan schrieb am 17. Juli um 23:21 Uhr:
Ich verordne 3× täglich einen Spaziergang, am besten mit Hund, sofern man einen hat. Hält fit, man bleibt wach und es macht außerdem noch Spaß.

Lächelnd lausche ich Cleos gleichmäßigen Atemzügen. Da hat er recht.

Sophie_L_1989 schrieb am 17. Juli um 23:21 Uhr:
Dem stimme ich absolut zu! Was für einen Hund hast du denn?

VetSan schrieb am 17. Juli um 23:22 Uhr:
Einen alten :-)

Augenrollend nehme ich seine Antwort zur Kenntnis. Als ich eine Weile nichts mehr schreibe, poppt eine weitere Nachricht auf.

VetSan schrieb am 17. Juli um 23:25 Uhr:
Du wolltest ja nicht mit uns spazieren gehen. Aus Angst davor, dass dein böser kleiner Kampfhund meinen alten Kumpel auffressen könnte. Sonst hättest du uns kennenlernen können.

Sophie_L_1989 schrieb am 17. Juli um 23:25 Uhr:
Und diese Angst ist absolut berechtigt!
Meine Hündin hasst andere Hunde. Das würde niemals gutgehen.

VetSan schrieb am 17. Juli um 23:25 Uhr:
Alles eine Frage der Erziehung.

Sophie_L_1989 schrieb am 17. Juli um 23:26 Uhr:
Die lag nicht in meinen Händen. Ich habe sie aus dem Tierheim geholt. Da war sie schon durch ihre Vorbesitzer verdorben.

VetSan schrieb am 17. Juli um 23:27 Uhr:
Ausreden! Nichts als Ausreden :-) Es ist nie zu spät für ein bisschen Training.

Sophie_L_1989 schrieb am 17. Juli um 23:27 Uhr:
Hm … vielleicht hast du ja recht.

VetSan schrieb am 17. Juli um 23:27 Uhr:
Wenn du möchtest, kann ich dir gerne ein paar Ratgeber empfehlen.

Sophie_L_1989 schrieb am 17. Juli um 23:28 Uhr:
Was bist du? Ein Hundetrainier?

VetSan schrieb am 17. Juli um 23:28 Uhr:
:D Oh nein, weit davon entfernt. Obwohl … so weit vielleicht doch nicht.

Sophie_L_1989 schrieb am 17. Juli um 23:29 Uhr:
Du kannst mir gerne ein Buch empfehlen. Aber ob ich das mit der Erziehung hinkriege, wage ich zu bezweifeln.

VetSan schrieb am 17. Juli um 23:30 Uhr:
Klar kriegst du das hin, da bin ich mir sicher. Ich muss mich jetzt leider verabschieden. Der alte Opi klappert schon mit der Leine. Die Außentemperatur ist gerade auf angenehme 25 Grad heruntergekühlt, das müssen wir ausnutzen.

Sophie_L_1989 schrieb am 17. Juli um 23:30 Uhr:
Na, dann wünsche ich dir eine angenehme Abendrunde mit dem alten Opi :p

VetSan schrieb am 17. Juli um 23:31 Uhr:
Besten Dank und bis bald.

Nachdem ich mich ausgeloggt habe, öffne ich die Wetter-Website und tatsächlich, da steht es: Leipzig, 25 Grad. Im selben Moment spüre ich auch endlich einen kühlen Windhauch auf meinen Armen und Beinen. Zufrieden schleiche ich zum Ventilator und stelle ihn eine Stufe niedriger. Dann krabbele ich zurück ins Bett und merke bereits, wie meine Augen zufallen, bevor mein Kopf aufs Kissen gesunken ist.

Kapitel 26

Auch am nächsten Tag lässt die erhoffte Abkühlung auf sich warten. Pia wurde von ihrer Tante Ann dazu verdonnert, zu Hause zu bleiben, die Beine hochzulegen und ihre Wohnung ordentlich durchzulüften. Für ein Arbeitstier wie sie ist es schwer, ihrem Körper eine Pause zu gönnen. Doch es ist das Einzige, was sie bei dem Wetter tun kann, um sich zu schonen. Pias Kreislauf verkraftet die Temperaturen überhaupt nicht gut und jede Anstrengung ist ihr im Moment zu viel. Wir beschließen, unser geplantes Kochdate heute ausfallen zu lassen. Bei den Temperaturen hat sowieso niemand Lust, sich an den Herd zu stellen.

Am Vormittag mache ich es mir unter dem Sonnenschirm auf meinem Balkon gemütlich und arbeite an meinem aktuellen Auftrag, der Übersetzung der Firmenphilosophie für ein ortsansässiges Export-Unternehmen. Doch bereits gegen Mittag hat die Sonne mich so sehr im Griff, dass der Schweiß nur so in Strömen über meinen Rücken rinnt und ich meinen Arbeitsplatz zurück in die Wohnung und vor den Ventilator verlagere. Als Mittagessen gönne ich mir ein Eis und etwas später eine halbe Melone. Mehr Nahrung ist mein Magen nicht gewillt aufzunehmen. Irgendwie schaffe ich es trotz der Affenhitze, die erste Hälfte des Auftrages bis zum Abend fertigzustellen, bevor ich einsehe, dass ich heute zu mehr nicht in der Lage bin. Kraftlos klappe ich den Laptop zu und hoffe, dass die Temperatur an meinem Thermometer bald nach unten klettert. Doch darauf kann ich lange warten.

Die folgende Nacht übertrifft alles bisher Dagewesene und erweist sich als heißeste des Jahres. Nach einem halbherzigen Spaziergang mit Cleo, der auch zu später Stunde schweißtreibend und anstrengend ausfällt, liege ich noch lange wach. Der Ventilator rackert sich auf Höchststufe ab, alle Fenster in der Wohnung sind sperrangelweit geöffnet, doch nichts davon will helfen. Wieder fällt es mir schwer, in den Schlaf zu finden, doch heute ist niemand online, der mich durch einen kleinen Chat ablenken könnte. Ein wenig enttäuscht schließe ich die *DateZig*-App nach zwei Stunden vergeblichen Wartens und hoffe stattdessen auf einen wohltuenden Windhauch. Doch auch dieser Wunsch wird mir verwehrt.

* * *

Entsprechend gerädert kämpfe ich mich nur wenige Stunden später wieder aus dem Bett und direkt unter die Dusche. Der Mittwoch beginnt genauso unbarmherzig heiß, wie der Dienstag geendet hat. Bis zum Mittag habe ich zwei Liter Wasser getrunken, die ich fast genauso schnell wieder ausgeschwitzt habe. Es kostet mich unendlich viel Überredungskunst und einige Leckerlis, Cleo dazu zu bewegen, sich von mir hinuntertragen zu lassen und vor dem Haus kurz Pipi zu machen. Nur äußerst widerwillig und unter vorwurfsvollen Blicken erfüllt sie mir schließlich meinen Wunsch.

Als wir auf dem Weg zurück ins kühle Treppenhaus sind, kommt Pia uns vom Parkplatz entgegen. Theo ist bei ihr und strahlt über das ganze Gesicht.

»Hey, Sophie«, begrüßt er mich freundlich und geht sofort in die Knie, um Cleo zu streicheln. Sicher liegt es an der drückenden Hitze, dass sie zu faul zum Knurren ist und seine Berührung anstandslos über sich ergehen lässt.

»Hi«, gebe ich mit einem langen Blick zu Pia zurück. Sie trägt ein luftiges Sommerkleid, das sanft über ihren kleinen, runden Bauch fällt, und lächelt genauso selig wie Theo. Da fällt mir wieder ein, dass heute ja der Ultraschall auf dem Programm stand. »Wie ist es gelaufen?«, frage ich aufgeregt. »Konnte man das Geschlecht erkennen?«

Pias strahlendes Lächeln ist Antwort genug. Meine Füße machen sich selbstständig und hüpfen nervös von links nach rechts.

»Junge? Oder Mädchen? Jetzt sag schon!« Ich halte es kaum noch aus vor Neugier.

Doch Pia lacht nur. »Ganz ruhig, Tante Sophie. Ich habe Nadine schon geschrieben. Wir treffen uns heute Abend bei mir und bestellen Pizza und Eis. Dann ich erzähle euch alles. So gegen 18 Uhr? Was hältst du davon?«

Ein klitzekleiner Stich durchzuckt mein Herz, denn ich möchte so gern jetzt und auf der Stelle erfahren, welches Geschlecht Pias Baby hat. Doch dann entsinne ich mich meiner guten Erziehung, seufze ergeben und nicke brav. »Okay, abgemacht. Auch wenn ich gar nicht weiß, wie ich es bis heute Abend aushalten soll.«

»Das schaffst du schon.« Sie grinst und streicht sanft über meinen Arm, der von der minikurzen Gassirunde ekelhaft klebt.

»Wie geht's dir denn?«, wechsele ich das Thema. Pia sieht noch etwas blass aus.

»Besser, wenn es fünfzehn Grad kühler wäre«, antwortet sie mit einem matten Lächeln. »Ich bin froh, dass Theo mich nach Leipzig zum Arzt gefahren hat. Allein hätte ich mich heute nicht hinters Steuer getraut.«

Mein Blick wandert zu Theo, der lässig im Türrahmen lehnt. »Kein Ding«, sagt er, »dafür bin ich doch da.«

»Ich hätte dich auch gefahren«, beeile ich mich zu sagen.

»Weiß ich doch.« Mit einem liebevollen Blick zu Theo fügt Pia hinzu: »Aber er wollte sowieso mitkommen, also hat es gut gepasst.«

»Okay.« Ein kleiner Hauch Enttäuschung schwingt in meiner

Stimme mit. Dennoch ringe ich mir ein »Danke« in seine Richtung ab.

Theo nickt mir freundlich zu. Zwar sagt er nichts, doch an seinem Blick kann ich erkennen, dass er im Moment lieber mit Pia alleine wäre. Bestimmt haben die beiden noch einiges zu besprechen. Zum Abschied hauche ich meiner Freundin links und rechts ein Küsschen auf die Wange, dann geht es mit Cleo zurück in meine Wohnung, wo die Überarbeitung der übersetzten Firmenbroschüre schon lautstark nach mir ruft.

In den folgenden Stunden bin ich so sehr in meine Arbeit vertieft, dass ich den Kopf erst wieder vom Bildschirm löse, als es um mich herum plötzlich düster wird. Ein kühler Windhauch lässt die geöffnete Balkontür lautstark ins Schloss fallen und da erst bemerke ich, dass sich der strahlend blaue Himmel in eine schwarz-graue Wolkenfront verwandelt hat. In der Ferne zucken die ersten Blitze durch die Dunkelheit. Das darauffolgende Donnergrollen lässt nicht lange auf sich warten. Endlich steht das lang ersehnte Sommergewitter in den Startlöchern. Das wurde aber wirklich Zeit.

Ich klappe den Laptop zu, strecke mich einmal ausgiebig und beschließe, dass dies der perfekte Zeitpunkt für eine Pause ist. Gewitter haben mich schon als Kind fasziniert. Ich schließe die Fenster in der Wohnung, schiebe den Vorhang an der Balkontür zur Seite und lasse mich mit Cleo auf einem großen weichen Kissen davor nieder. Gemeinsam lauschen wir dem immer lauter werdenden Dröhnen des Donners und beobachten die grellen Blitze, die den Himmel über uns durchzucken. Cleo genießt meine abwesenden Streicheleinheiten, während ich gebannt zuschaue, bis das Schauspiel vorüber ist.

Pünktlich um 18 Uhr klingele ich bei Pia. Als sie mir öffnet, huscht ein hochroter Theo an mir vorbei und zur Tür hinaus in den Wolkenbruch.

»Nadine hat abgesagt. Bei dem Unwetter kommt sie nicht weg«, erklärt Pia und lässt mich rein.

»War Theo die ganze Zeit hier?« Meine Überraschung lässt sich kaum verbergen.

Ein tiefes Seufzen entschlüpft Pias Kehle. Wortlos drückt sie mir den Flyer eines örtlichen Pizzalieferdienstes in die Hand.

»Ich nehme die 46, wie immer«, sage ich geistesabwesend. Pia nickt, greift nach dem Telefon und gibt unsere Bestellungen durch.

»Wir müssen mit einer Stunde Wartezeit rechnen«, erklärt sie, nachdem sie wieder aufgelegt hat. »Durch das Unwetter kommt es zu Verzögerungen.«

»Okay. Kein Problem.«

»Wir hatten Sex«, sagt sie plötzlich.

Der Themenwechsel kommt so abrupt, dass ich mich an meiner eigenen Spucke verschlucke. »Was?«

»Theo und ich. Wir hatten Sex.« In ihren Augen liegt ein verzweifelter Ausdruck, so als könnte sie sich selbst nicht erklären, wie es dazu kommen konnte.

»Das … äh …« Kopfschüttelnd lasse ich die Worte in der Luft hängen. Ich habe keine Ahnung, was ich darauf antworten soll. Soll ich mich für Pia freuen? Das ist doch immerhin keine schlechte Nachricht. Andererseits sieht sie nicht gerade glücklich aus.

Erschöpft wischt sie sich mit der flachen Hand über die Stirn und lässt sich ächzend in die Kissen sinken. Dann brechen die Worte wie ein Schwall kaltes Wasser aus ihr hervor: »Wir haben uns so sehr über den Ultraschall gefreut. Dem Kleinen geht es gut, er ist putzmunter und macht kuriose Turnübungen in meinem Bauch. Es war so niedlich mitanzusehen, wie er sich hin und her gedreht hat. Sogar seine Füßchen hat er in den Mund genommen. Verrückt, oder? Wie beweglich so ein Fötus doch ist.«

»Du-du bekommst einen Jungen?« Tränen glitzern in meinen Augen, dabei hätte ich mich über ein Mädchen sicherlich genauso sehr gefreut.

Pia nickt lächelnd. »Theo war außer sich vor Glück. Er hat einen Freudenschrei ausgestoßen, der bestimmt bis ins Wartezimmer zu hören war. Mein Arzt hat nur gelacht.« Nun muss auch sie heftig blinzeln, um nicht in Tränen auszubrechen. »Danach hat er mich wieder heimgefahren, das weißt du ja schon. Theo hat die ganze Zeit davon geschwärmt, wie toll der Kleine werden wird. Er war gar nicht mehr zu bremsen. Er hofft, dass er meine dunklen Haare und seine Nase erbt. Theo hat erzählt, was er alles mit seinem Sohn machen will, wenn er größer ist: Fußballtraining, Klettern und Schwimmen. Es war wirklich goldig, ihn von der Zukunft reden zu hören.« Sie macht eine kurze Pause, um zu Atem zu kommen und ihre Gedanken zu ordnen.

»Das ist toll.«

»Ja, das ist es. So einen Vater habe ich mir als Kind immer gewünscht.« Ihre Stimme klingt belegt. Pias Kindheit war weder einfach noch glücklich, bis sie zu ihrer Tante Ann gezogen ist und so etwas wie Beständigkeit in ihr Leben einkehrte. Dass sie sich für ihren Sohn etwas anderes wünscht, liegt auf der Hand.

»Theo will ein paar Seminare vorziehen, damit er sein Studium schon nächstes Frühjahr beenden kann. Er möchte nach Markkleeberg ziehen, um in der Nähe seines Sohnes zu sein.« Nun rinnt eine Träne über ihre Wange. »Er gibt sich wirklich Mühe«, flüstert sie.

Besser kann es doch gar nicht laufen. Und dennoch wirkt Pia traurig und voller Zweifel.

»Er ist zum Supermarkt gefahren und hat eine Flasche alkoholfreien Sekt gekauft. Dann haben wir auf unseren kleinen Jungen angestoßen und … und …« Sie holt zittrig Luft. »Irgendwie sind wohl die Hormone mit mir durchgegangen, denn plötzlich habe ich Theo geküsst. Er war nicht mal überrascht, sondern schien fast darauf gewartet zu haben. Ich weiß gar nicht, wie das passieren konnte, es ist einfach über mich gekommen. Ich war randvoll mit Glückshormonen und so dankbar dafür, dass ich diese überwältigenden Gefühle mit ihm teilen kann. In dem

Moment hat es sich richtig und logisch angefühlt und irgendwie führte dann eins zum anderen.«

Behutsam lege ich meine Hand auf ihren Arm und streiche sanft darüber. »Aber das ist doch nichts Schlechtes. Oder?«

Pia hebt die Schultern und lässt sie kraftlos wieder sinken. »Ich weiß es nicht. Ich weiß gerade gar nichts. Theo wirkte so glücklich, er hat richtig von innen heraus gestrahlt.«

»Aber du willst nicht, dass er sich falsche Hoffnungen macht«, stelle ich fest.

Sie nickt schwach. »Ich kann ihm nichts versprechen. Aber er soll auch nicht denken, dass ich ihn nur ausgenutzt habe, denn so war es nicht. Aber was das genau zwischen uns war – was das ist –, weiß ich im Moment auch nicht. Es hat sich einfach richtig angefühlt. Und nach so langer Zeit ohne Sex habe ich einfach ein bisschen Nähe gebraucht.«

Überrascht blicke ich in ihre traurigen braunen Augen. »Sag bloß, du hattest seit der Zeugung keinen Sex mehr?« Ausgerechnet Pia, die früher keine Gelegenheit ausgelassen hat, um die Männer scharenweise um den Finger zu wickeln.

»Nicht, seitdem ich von der Schwangerschaft weiß. Und seit dem Krankenhausaufenthalt im April bin ich sehr vorsichtig geworden mit allem, was das Baby betrifft. Kaum zu glauben, was?« Ein abgehacktes Lachen begleitet ihre Worte.

»Du tust, was das Richtige für dich und dein Baby ist, und du wirst eine ganz tolle Mama werden. Davon bin ich fest überzeugt.«

Sie schenkt mir ein dankbares Lächeln und ich ziehe sie kurz in meine Arme. Während ich sie halte, fällt die Anspannung langsam von ihr ab. Als Pia sich jedoch von mir löst, kehrt die Unsicherheit auf ihre Züge zurück.

»Was mache ich denn jetzt mit Theo?«

»Rede mit ihm. Sage ihm offen und ehrlich, was du fühlst und warum das heute zwischen euch passiert ist. Ich bin mir sicher, dass er dich versteht.«

»Meinst du?«

Ich nicke, obwohl ich das natürlich nicht mit Gewissheit sagen kann. Immerhin kenne ich Theo nicht und habe keine Ahnung, wie er reagieren wird. Trotzdem habe ich so ein Gefühl, dass er viel erwachsener und reifer ist, als Pia glaubt.

Kapitel 27

Es regnet die ganze folgende Nacht hindurch. Als ich am nächsten Morgen aufstehe, riecht es nach Niederschlag und die Welt um mich herum wirkt wie frisch gereinigt. Bis zum Nachmittag kümmere ich mich um die Buchhaltung, doch schon gegen Mittag ist es wieder so warm, dass ich mir für den Rest des Tages eine Pause gönne. Was nützt schließlich der schönste See direkt vor der eigenen Haustür, wenn man ihn nur vom Balkon aus betrachtet? Kurzerhand packe ich ein paar Sachen für mich und Cleo zusammen und mache mich auf den Weg zu meiner Lieblingsstelle am Ufer des Markkleeberger Sees, die zwischen hohem Schilf verborgen liegt und genügend Abgeschiedenheit bietet, um sorglos ein paar Runden mit Cleo zu schwimmen. Radfahrer und Spaziergänger kann man schon von weitem sehen, so dass ich keine Angst haben muss, dass Cleo ausbüxt und Unsinn anstellt. Der beliebte Strandabschnitt, der um diese Jahreszeit vor Badegästen nur so überquillt, befindet sich weit weg von meinem ungestörten Plätzchen. Dieses Fleckchen Erde ist mein ganz persönliches Paradies. Viel zu selten gönne ich mir eine verdiente Auszeit, um sie wie heute zu genießen.

Jedes Mal, wenn ich ein paar Meter hinausschwimme, folgt mir Cleo umgehend. Ich entferne mich nur so weit, dass ich gerade noch stehen kann, dann kehren wir um und ich beobachte meine Hündin dabei, wie sie ihr flauschiges Fell im Gras trockenrubbelt. Nachdem wir dieses Spiel einige Male wiederholt haben, lässt sie sich erschöpft neben mir ins Gras sinken und fällt in einen tiefen Schlaf. Ich schnappe mir mein mitgebrachtes Buch und lese einige Kapitel, bis die Sonne langsam am Horizont hinabsinkt.

Gegen Abend powere ich Cleo noch ein wenig aus, indem ich sie Stöckchen aus dem Wasser holen lasse. Gewissenhaft schwimmt sie dem Ast hinterher und bringt es brav zu mir ans Ufer. Nur loslassen will sie ihn nicht und so habe ich meine liebe Mühe, hinter meinem tropfnassen Hund herzurennen, um den Stock wieder einzusammeln. Meinen von der Schreibtischarbeit steifen Knochen tut die Bewegung gut und bereits nach einer guten halben Stunde machen sich die ersten Anzeichen eines Muskelkaters bemerkbar. Obwohl ich ein ausgesprochener Sportmuffel bin, genieße ich es, das Ziehen in meinen Armen und Beinen zu spüren.

Als die orange-rote Sonne langsam über der Wasseroberfläche verschwindet, packe ich meine Sachen zusammen und trotte gemeinsam mit der kaputten Cleo zurück nach Hause. Dort fällt sie wie ein ausgehungerter Löwe über ihren Fressnapf her, bevor sie sich in ihrem Körbchen zu einer zufriedenen Kugel zusammenrollt.

Ich beschließe gerade, es mir mit einem Glas Weißwein auf dem Balkon gemütlich zu machen und ein wenig Musik zu hören, als es an der Tür klingelt. Sofort ist Cleo wieder hellwach und saust an mir vorbei in den Flur, wobei ihre Pfoten eine feuchte Spur auf dem Laminat hinterlassen. Schnell bugsiere ich sie zurück ins Wohnzimmer, bevor ich die Tür öffne. Überrascht blicke in das Gesicht von Frau Schmidt, der Nachbarin aus dem Erdgeschoss, in deren Wohnung Pia in wenigen Wochen einziehen wird. In der Hand hält sie ein großes Paket.

»Hallo Frau Ludwig, bitte entschuldigen Sie die späte Störung, aber ich musste die Kinder erst ins Bett bringen.«

»Kein Problem.« Neugierig lasse ich den Blick über das Paket wandern, das sie mir in die Arme drückt. Es wiegt fast nichts, ist aber halb so groß wie ich.

»Das wurde schon gestern bei mir abgegeben, aber ich habe es bisher nicht geschafft, es Ihnen zu bringen.«

»Da hat der Paketbote wohl vergessen, mir eine Benachrichtigung in den Briefkasten zu werfen.« Mit beiden Händen umklammere ich den braunen Karton und lege den Kopf schief, um den Absender erkennen zu können: Fashion24.de. Als ich begreife, dass es sich um meine bestellten Kleider handelt, stoße ich einen schrillen Freudenschrei aus.

Sichtlich irritiert tritt Frau Schmidt einen Schritt zurück. So eine Reaktion kennt sie wahrscheinlich nur aus der Zalando-Werbung.

»Gut, dann werde ich mal wieder … Viel Spaß damit.« Sie hebt die Hand zu einem Abschiedsgruß und bedenkt mich noch einmal mit einem skeptischen Blick.

»Danke!«, flöte ich ihr fröhlich hinterher und trage das Paket ins Wohnzimmer, wo ich Cleo erstmal ausgiebig daran schnüffeln lasse. »Na, Cleo, weißt du, was das ist?«

Schwanzwedelnd sieht sich mich an.

»Das sind meine Abendkleider!« Ich drücke ihr einen Kuss auf die Nase und stelle die Lieferung vor der Balkontür ab. Dort schenke ich mir ein Glas Wein ein und starte eine zufällige Wiedergabeliste auf meinem Laptop. Anschließend tänzele ich singend in die Küche, schnappe mir eine Schere und mache mich über das Paket her.

Eine halbe Flasche Wein und eine ausgiebige Anprobe später stehe ich unentschlossen vor dem Spiegel in meinem Schlafzimmer und kann mich für keines der Kleider entscheiden. Am liebsten würde ich umgehend zu Pia stürmen und sie um Rat fragen, aber mittlerweile ist es nach 22 Uhr. Da will ich sie nicht mehr stören.

Noch immer in Kleid Nummer fünf steckend lasse ich mich seufzend auf mein Bett sinken und öffne die *DateZig*-App auf meinem Handy. Bevor ich selbst richtig begreife, warum ich das getan habe, blinkt mir auch schon eine Nachricht entgegen:

VetSan schrieb am 20. Juli um 22:41 Uhr:
Da bist du ja wieder :-)

In meiner Brust breitet sich ein warmes Gefühl aus, das ich kurzerhand auf den Wein schiebe. Dennoch grinse ich das Display wie ein Honigkuchenpferd an, als ich VetSan antworte.

Sophie_L_1989 schrieb am 20. Juli um 22:41 Uhr:
Hast du etwa auf mich gewartet?

VetSan schrieb am 20. Juli um 22:41 Uhr:
Vielleicht …

Sophie_L_1989 schrieb am 20. Juli um 22:42 Uhr:
Das höre ich gerne.

VetSan schrieb am 20. Juli um 22:42 Uhr:
Dachte ich mir. Gestern warst du nicht online. Ich war fast ein bisschen enttäuscht.

Mein Herz macht einen aufgeregten Hüpfer. Anscheinend verkraftet es den Alkohol bei der Wärme nicht so gut. Anders kann ich mir seine plötzlich beschleunigten Schläge jedenfalls nicht erklären.

Sophie_L_1989 schrieb am 20. Juli um 22:43 Uhr:
Ich wusste nicht, dass wir verabredet waren? Gestern war Freundinnen-Abend angesagt.

VetSan schrieb am 20. Juli um 22:43 Uhr:
Waren wir nicht – leider. Und Freunde gehen natürlich immer vor. Ich hoffe, du hattest einen schönen Abend :)

Sophie_L_1989 schrieb am 20. Juli um 22:43 Uhr:
Es gab Pizza und tiefgreifende Gespräche über Männer – also: ja! :D

VetSan schrieb am 20. Juli um 22:44 Uhr:
Da wäre ich ja zu gerne dabei gewesen. Habt ihr irgendwelche neuen Erkenntnisse über meine Artgenossen gewonnen?

Sophie_L_1989 schrieb am 20. Juli um 22:44 Uhr:
Außer der Tatsache, dass Männer undurchschaubar sind? Leider nicht.

VetSan schrieb am 20. Juli um 22:45 Uhr:
Behauptet man das nicht eher von den Frauen?
Ich finde meine Spezies jedenfalls recht einfach zu durchschauen.

Sophie_L_1989 schrieb am 20. Juli um 22:45 Uhr:
Schrieb der Mann mit dem verwaisten Profil und ohne Foto …

VetSan schrieb am 20. Juli um 22:46 Uhr:
Okay, Punkt für dich. Ich konnte mich immer noch nicht dazu aufraffen, mir »witzige« Details zu meinem langweiligen Privatleben auszudenken.

Sophie_L_1989 schrieb am 20. Juli um 22:46 Uhr:
Ich glaube keine Sekunde, dass dein Leben langweilig sein soll. Du machst nur einen auf geheimnisvoll. Meine Freundin hat sogar vermutet, dass du ein Promi bist, der nicht erkannt werden will.

VetSan schrieb am 20. Juli um 22:47 Uhr:
Nette Theorie :D Aber leider nein. Ich bin nur ein durchschnittlicher Typ mit einem ganz normalen Job.

Sophie_L_1989 schrieb am 20. Juli um 22:47 Uhr:
Ein durchschnittlicher Typ mit einem ganz normalen Job, einem ausgeprägten Schlafdefizit und einem alten Hundeopa.

VetSan schrieb am 20. Juli um 22:48 Uhr:
Genau. Vielleicht könnte man noch meinen Hang zu übermäßigem Weinkonsum bei trüben Gedanken erwähnen.

Sophie_L_1989 schrieb am 20. Juli um 22:48 Uhr:
Wein trinke ich auch gerade. Obwohl heute keine negativen Gedanken meine Laune trüben.

VetSan schrieb am 20. Juli um 22:48 Uhr:
Prost, Sophie! Sondern? Gibt es etwas zu feiern?

Sophie_L_1989 schrieb am 20. Juli um 22:49 Uhr:
Hm, das gute Wetter vielleicht? Nein, eigentlich habe ich gerade Kleider anprobiert. Dabei hat sich auf ganz mysteriöse Weise meine Flasche geleert.

VetSan schrieb am 20. Juli um 22:49 Uhr:
:D Sind die Kleider so scheußlich, dass du sie dir schön trinken musst? Oder so schön, dass du ihren umwerfenden Anblick nur mit Alkohol aushältst?

Sophie_L_1989 schrieb am 20. Juli um 22:50 Uhr:
Schlimmer! Ich kann mich nicht entscheiden, welches ich nehmen soll!

VetSan schrieb am 20. Juli um 22:50 Uhr:
Dann nimm sie doch einfach alle. Problem gelöst.

Sophie_L_1989 schrieb am 20. Juli um 22:51 Uhr:
Ich höre schon meinen Dispo ächzen. So gern ich auch würde, das ist leider keine Option.

VetSan schrieb am 20. Juli um 22:51 Uhr:
Ich würde dir ja gern meinen fachkundigen Rat als Y-Chromosomenträger anbieten …

Sophie_L_1989 schrieb am 20. Juli um 22:51 Uhr:
… aber?

VetSan schrieb am 20. Juli um 22:51 Uhr:
Ich bin mir nicht sicher, ob du ihn hören willst.

Sophie_L_1989 schrieb am 20. Juli um 22:52 Uhr:
Es wäre auf jeden Fall besser als nichts. Und vielleicht könnte ich danach endlich beruhigt schlafen gehen. Genauso ruhig wie mein Konto, wenn es weiß, dass es nur ein Kleid bezahlen muss.

VetSan schrieb am 20. Juli um 22:52 Uhr:
Na dann. Worauf wartest du?

Einen Herzschlag lang frage ich mich, ob ich noch alle Tassen im Schrank habe, auf seinen Vorschlag einzugehen. Wie soll das überhaupt funktionieren? Meine Webcam werde ich dafür bestimmt nicht benutzen und einfach so Fotos ins Internet hochladen? Für einen Kerl, über den ich fast gar nichts weiß? In meinen thrillererprobten Ohren klingt das nach einer ganz schlechten Idee.

VetSan schrieb am 20. Juli um 22:54 Uhr:
Sophie?

Sophie_L_1989 schrieb am 20. Juli um 22:54 Uhr:
Ähm. Vielleicht war ich ein bisschen voreilig. Ich glaube nicht, dass das eine gute Idee ist.

VetSan schrieb am 20. Juli um 22:54 Uhr:
Okay, wie du meinst. War nur ein Angebot.

Fast schon kann ich seine Enttäuschung aus diesen beiden Sätzen herauslesen und fühle mich prompt schlecht. Immerhin habe ich ihn ja erst dazu angestachelt. In meinem weinumnebelten Kopf suche ich fieberhaft nach einer Lösung, als mein Chatpartner sie mir vorwegnimmt:

VetSan schrieb am 20. Juli um 22:55 Uhr:
Ich will dich zu nichts überreden, aber falls du es dir doch noch anders überlegst, könntest du einfach Fotos machen und deinen Kopf wegschneiden. Ich nehme an, darum machst du dir Sorgen? Dass hier am anderen Ende ein 70-jähriger, bierbäuchiger Perverser sitzt, der nur darauf wartet … na, du weißt schon :D

Sophie_L_1989 schrieb am 20. Juli um 22:55 Uhr:
… sich einen runterzuholen? Von der Palme zu wedeln? Mütze-Glatze zu spielen?

VetSan schrieb am 20. Juli um 22:56 Uhr:
Ähm. Das hast du gesagt. Ich habe jedenfalls nichts dergleichen vor. Mein Anstandswauwau sitzt neben mir und passt auf, dass ich keinen Unsinn mit den Bildern anstelle.

Einen Moment lang bin ich tatsächlich geneigt, über seinen Vorschlag nachzudenken. Fotos ohne Gesicht klingen ungefährlich. Alles, was man darauf erkennen könnte, wären mein Körper und die Kleider. Keines davon ist besonders aufreizend oder sexy. Immerhin will ich auf eine Hochzeit gehen und mich nicht in einem Bordell bewerben.

Sophie_L_1989 schrieb am 20. Juli um 22:58 Uhr:
Okay, gib mir zehn Minuten.

VetSan schrieb am 20. Juli um 22:58 Uhr:
Ich laufe nicht weg. Das Schlafproblem – du weißt ja …

Die nächsten Minuten verbringe ich damit, die Kleider noch einmal der Reihe nach anzuprobieren und mich vor dem Spiegel mit dem Handy zu fotografieren. Dabei wähle ich den Bildausschnitt so, dass mein Körper nur halsabwärts erkennbar ist. Im Hintergrund sieht man einen Teil meines Bettes, aber das stört mich nicht. Nur Cleo muss ich ab und an dazu auffordern, aus dem Bild zu gehen. Zur Abwechslung geht es hier nämlich mal um mich. Wir wollen ja nicht, dass der Anstandswauwau sabbernd vorm Bildschirm sitzt und sein Herrchen die Bilder am Ende doch noch missbraucht. Für feuchte Hundeträume oder so. (Was für komische Gedanken gehen mir nur nach dem Wein durch den Kopf?)

Nachdem ich die vorteilhaftesten Bilder ausgewählt habe, lade ich sie in das Nachrichtenfenster der *DateZig*-App. Verblüfft stelle ich fest, dass seit VetSans letztem Post eine gute halbe Stunde vergangen ist. Wo ist denn die Zeit geblieben? Hat der Wein mich so träge gemacht oder habe ich die spontane Fotosession so ernst genommen, dass ich mich, auch ohne Kopf, unbedingt ins beste Licht rücken wollte? Während die Bilder hochgeladen werden, stelle ich erleichtert fest, dass noch immer der grüne Punkt neben VetSans Profilnamen leuchtet.

VetSan schrieb am 20. Juli um 23:32 Uhr:
…

Sophie_L_1989 schrieb am 20. Juli um 23:32 Uhr:
??? Was soll »…« denn bedeuten? Sind sie alle so scheußlich?

VetSan schrieb am 20. Juli um 23:33 Uhr:
Im Gegenteil. Sie sind alle ausgesprochen hübsch. Es fällt mir schwer, mich für eines zu entscheiden, wenn ich dein Gesicht dazu nicht sehen kann.

Sophie_L_1989 schrieb am 20. Juli um 23:33 Uhr:
Du siehst mein Gesicht doch auf meinem Profilbild.

VetSan schrieb am 20. Juli um 23:34 Uhr:
Auf dem du eine Sonnenbrille trägst und ein Hundepopo deinen halben Kopf verdeckt :D

Huch, stimmt ja. Ich habe das Bild vor ein paar Wochen geändert, in der Hoffnung, dass mich dann niemand mehr anschreibt, dem ich absagen muss. Nach meinem ersten und letzten *Date-Zig*-Treffen mit Green_Timo hatte ich nämlich keine Lust mehr auf Kaffee- und Small-Talk-Sessions, nur um Nadine zufriedenzustellen. Glücklicherweise ist sie in den letzten Tagen vor der Hochzeit viel zu beschäftigt, um mich an mein fehlendes »Plus eins« zu erinnern.

Sophie_L_1989 schrieb am 20. Juli um 23:34 Uhr:
Also war die ganze Aktion jetzt umsonst?

VetSan schrieb am 20. Juli um 23:34 Uhr:
Mir gefällt das rote Kleid. Es sieht toll aus und lässt deine Haut nicht so blass wirken wie die anderen.

Skeptisch beäuge ich die Auswahl der Kleider auf meinem Bett, auf dem ich noch immer sitze. Dann scrolle ich mich noch einmal durch die Fotos und stelle fest, dass er gar nicht so unrecht hat.

Sophie_L_1989 schrieb am 20. Juli um 23:35 Uhr:
Meinst du nicht, es ist etwas zu gewagt? Ich will es auf einer Hochzeit tragen.

Denn dank meines nicht gerade üppigen Busens sitzt der Ausschnitt doch ein wenig tiefer als bei der Frau auf dem Website-Foto. Da denkt man immer, Models seien dürre, aber nein – bei Fashion24.de werden richtige Frauen mit richtigen Kurven abgelichtet. Toll für das Selbstwertgefühl der Damenwelt, blöd für mich.

VetSan schrieb am 20. Juli um 23:35 Uhr:
Für eine Hochzeit? Dann ist es auf jeden Fall zu gewagt! Mit diesem Kleid würdest du der Braut glatt die Show stehlen.

Sophie_L_1989 schrieb am 20. Juli um 23:36 Uhr:
Spinner :p

VetSan schrieb am 20. Juli um 23:36 Uhr:
Ich sage nur die Wahrheit. Und zu deiner Beruhigung werde ich die Fotos jetzt löschen und vergessen, dass ich sie jemals erhalten habe.

Ein bisschen geschmeichelt fühle ich mich schon von seiner Begeisterung, beschließe aber, morgen unbedingt noch Pia nach ihrer Meinung zu fragen. Schließlich kann ich mich nicht einfach auf das Urteil dieses Typen verlassen, dafür ist die Sache zu wichtig. Trotzdem habe ich das Gefühl, etwas beruhigter schlafen gehen zu können, denn das rote Kleid ist auch mein geheimer Favorit gewesen – Ausschnitt hin oder her.

VetSan schrieb am 20. Juli um 23:37 Uhr:
Sophie? Ich wünsche dir eine gute Nacht.

Ein winziger Hauch von Enttäuschung breitet sich in mir aus. Insgeheim hatte ich gehofft, dass wir noch ein wenig weiterchatten könnten. Aber wie heißt es noch? Man soll aufhören, wenn es am schönsten ist.

Sophie_L_1989 schrieb am 20. Juli um 23:38 Uhr:
Schlaf gut, Fremder. Schenk deinem Anstandswauwau eine Streicheleinheit von mir.

VetSan schrieb am 20. Juli um 23:38 Uhr:
Da freut sich der alte Opi. Schlaf auch gut, Blondine im roten Kleid. (Das klingt stark nach einer wahr gewordenen Männerphantasie. Nicht nach meiner, aber ich wollte es nur mal erwähnt haben.)

Sophie_L_1989 schrieb am 20. Juli um 23:39 Uhr:
:D Gut zu wissen. Gute Nacht.

VetSan schrieb am 20. Juli um 23:40 Uhr:
Bist du morgen Abend wieder online?

Sophie_L_1989 schrieb am 20. Juli um 23:41 Uhr:
Wenn ich nicht schlafen kann, bestimmt.

VetSan schrieb am 20. Juli um 23:41 Uhr:
Dann bin ich jetzt einfach egoistisch und hoffe, dass du morgen nicht schlafen kannst.

Kapitel 28

»Du musst es kaufen!«, findet Pia, als ich ihr die Fotos am nächsten Tag per WhatsApp schicke. Auch sie ist der Meinung, dass das rote Kleid die richtige Wahl ist, und so beuge ich mich meinem Schicksal und sende die anderen vier Modelle umgehend zurück.

Am Abend mache ich es mir mit meinem Laptop im Bett gemütlich und während ich den aktuellen Krimi meines Lieblingsschweden verschlinge, schaue ich immer wieder mit halbem Auge in die *DateZig*-App, bis der erlösende Ton einer eingehenden Nachricht zu hören ist. In meinen Gliedern breitet sich ein leichtes Kribbeln aus, als ich VetSan mitteile, dass es das rote Kleid geworden ist. Zufrieden beglückwünscht er mich zu dieser Entscheidung.

Wir chatten noch bis weit nach Mitternacht, reden über Gott und die Welt und ich merke gar nicht, wie dabei die Zeit verfliegt. Mein mysteriöses Gegenüber versteht es, meine Neugier auf die Person hinter dem leeren Profil anzustacheln, ohne allzu viel über sich zu verraten. Noch immer weiß ich so gut wie nichts über ihn und doch habe ich manchmal das Gefühl, ihn schon ewig zu kennen. Mittlerweile erwische ich mich sogar dabei, wie ich mich auf unsere abendlichen Chats freue.

* * *

Und so vergeht eine weitere Woche. Ich versinke in Arbeit, schnappe mir Cleo für ausgiebige Spaziergänge in den kühleren Morgen- und Abendstunden und verbringe die Zeit vor dem Schlafengehen mit VetSan. Jeden Abend bleibe ich so lange wach, bis er online ist. Täglich bringt er mich mit seiner witzigen und charmanten Art zum Lächeln. Es ist total verrückt, schließlich kenne ich nicht mal seinen Vornamen, und dennoch hat sich in den letzten Wochen eine Vertrautheit zwischen uns entwickelt, wie es sie unter diesen Umständen wohl nur in den geschützten Räumen eines Online-Chats geben kann. Als Nadine und Pia mich dazu verdonnert haben, mich auf dieser Internetseite anzumelden, hätte ich es nie für möglich gehalten, dort jemanden kennenzulernen, der mich so sehr fasziniert und mir gleichzeitig so fremd ist.

Zwischen VetSan und mir hat sich eine Art Spiel entwickelt: Wir berichten einander von unserem Tag, lassen dabei aber die wirklich wichtigen Dinge aus und bringen uns stattdessen mit unspektakulären Nichtigkeiten zum Lachen. Sei es ein lauwarmer Eiskaffee in der Mittagspause oder ein dicker Mückenstich auf der Wange – kein Detail ist zu unwichtig, um nicht ausgiebig darüber zu philosophieren. Und doch erfahre ich dabei zwischen den Zeilen genug über den großen Unbekannten, um ihn langsam in mein Herz zu schließen. Jeden Abend sitze ich mit kribbelnden Fingerspitzen vor meinem Laptop und frage mich, was VetSan wohl heute wieder erlebt hat. So geht das hin und her, bis meine Neugier auf die Person hinter diesen kleinen Alltagsgeschichten mich nicht mehr loslässt.

Fünf Tage vor der Hochzeit nehme ich schließlich all meinen Mut zusammen und tippe sofort drauflos, als VetSan online geht, bevor ich es mir noch einmal anders überlege:

Sophie_L_1989 schrieb am 31. Juli um 23:16 Uhr:
Wir sollten uns treffen.

VetSan schrieb am 31. Juli um 23:16 Uhr:
Dir auch einen guten Abend :D

Sophie_L_1989 schrieb am 31. Juli um 23:16 Uhr:
Ich meine es ernst. Jeden Abend sitze ich vor meinem Laptop oder meinem Handy und warte darauf, dass du online bist. Ich weiß nichts wirklich Relevantes über dich, habe keine Ahnung, wie du aussiehst oder ob du nicht doch ein perverser Spinner bist. Und trotzdem habe ich letzte Nacht sogar von dir geträumt!

Vielleicht sprudeln die Worte ein wenig zu ehrlich aus meinen Fingerspitzen, aber all diese Punkte entsprechen der Wahrheit. Mittlerweile halte ich die beißende Ungewissheit kaum noch aus. Ich muss endlich wissen, wer sich hinter dem Account verbirgt, oder ich sterbe. Gut, ich gebe zu, das ist vielleicht ein klitzekleines bisschen übertrieben, aber ich muss diesen Mann wenigstens einmal gesehen haben.

VetSan schrieb am 31. Juli um 23:17 Uhr:
Okay.

Sophie_L_1989 schrieb am 31. Juli um 23:18 Uhr:
Okay? So einfach ist das?

Nach all den Nachrichten, die wir in den letzten Wochen ausgetauscht haben, ohne dass einer von uns beiden ein Treffen jemals erwähnt hat, habe ich damit gerechnet, dass VetSan vielleicht ein kleines Spielchen mit mir treiben würde. Ich habe gedacht, er würde sich zieren oder mich zumindest damit aufziehen, dass ich mich einem Treffen anfangs quergestellt habe.

VetSan schrieb am 31. Juli um 23:18 Uhr:
Klar, warum nicht? Ich warte schon seit Tagen darauf, dass du fragst.

Sophie_L_1989 schrieb am 31. Juli um 23:18 Uhr:
Wirklich?

VetSan schrieb am 31. Juli um 23:19 Uhr:
Nachdem du erst so abgeneigt warst, habe ich mir geschworen, dich nicht mehr nach einem Treffen zu fragen, sondern zu warten, bis du von dir aus auf mich zukommst. Plan aufgegangen, würde ich sagen :-)

VetSan schrieb am 31. Juli um 23:20 Uhr:
Außerdem sollte ich an dieser Stelle vielleicht erwähnen, dass ich tagsüber etwas mehr an dich denke, als ich sollte. Das macht es mir manchmal schwer, mich auf die Arbeit zu konzentrieren.
Deshalb wäre es gut, dich endlich mal live und in Farbe kennenzulernen.

Ich kann nicht verhindern, dass mein Herz einen kleinen Freudensprung macht, als ich die Worte lese.

Sophie_L_1989 schrieb am 31. Juli um 23:21 Uhr:
Damit du erkennst, dass ich auch bloß eine langweilige Durchschnittsfrau bin? :p

VetSan schrieb am 31. Juli um 23:21 Uhr:
Ganz genau. Und dann kann ich dich endlich vergessen, meinen Account hier löschen und wieder mein langweiliges Leben als Nicht-Promi leben.

Sophie_L_1989 schrieb am 31. Juli um 23:22 Uhr:
Sehr gut. Wann und wo wollen wir uns gegenseitig langweilen?

VetSan schrieb am 31. Juli um 23:23 Uhr:
Hm, vermutlich sollte ich dich jetzt auf einen Kaffee oder ein Essen einladen. Aber da unser Leben ja bereits langweilig genug ist und das dem gängigen Klischee für erste Dates entsprechen würde, schlage ich etwas Abgefahrenes vor …

Sophie_L_1989 schrieb am 31. Juli um 23:23 Uhr:
… ich höre.

VetSan schrieb am 31. Juli um 23:24 Uhr:
Lass uns Boot fahren!

Sophie_L_1989 schrieb am 31. Juli um 23:24 Uhr:
…

VetSan schrieb am 31. Juli um 23:24 Uhr:
Nicht gut?

Sophie_L_1989 schrieb am 31. Juli um 23:25 Uhr:
Lass mich überlegen …

Vorteile: Wir haben etwas zu tun (Rudern bzw. Treten), um eine eventuell auftretende peinliche Stille zwischen uns mit dem Ächzen und Stöhnen unserer beanspruchten Muskeln zu füllen. Die Landschaft ist schön und bietet Ablenkung, falls ich dich Langweiler überhaupt nicht ertrage. Sport ist gesund (ich hasse ihn trotzdem).

Sophie_L_1989 schrieb am 31. Juli um 23:26 Uhr:
Nachteile: Wir sind auf gutes Wetter angewiesen. Bootfahren

im Regen klingt vielleicht romantisch, ist es aber nicht. Wir sind auf engem Raum aneinandergefesselt. Es gibt kein Entkommen :-O (An dieser Stelle bitte die Musik aus einem Horrorfilm deiner Wahl einfügen. Weißer Hai oder so. DOM DOM DOMMM!)

VetSan schrieb am 31. Juli um 23:27 Uhr:
Kann es sein, dass du zurzeit vermehrt Krimis liest?

Sophie_L_1989 schrieb am 31. Juli um 23:27 Uhr:
Erwischt!

VetSan schrieb am 31. Juli um 23:28 Uhr:
Okay, zu den Nachteilen: Für die kommenden Tage ist im Leipziger Raum schönstes Sommerwetter angesagt und ich glaube nicht, dass meine Gesellschaft so schrecklich ist, dass du unbedingt flüchten wollen würdest.

Sophie_L_1989 schrieb am 31. Juli um 23:29 Uhr:
Das hätte ich jetzt auch behauptet :D Beweise es!

VetSan schrieb am 31. Juli um 23:29 Uhr:
Was schwebt dir vor?

Sophie_L_1989 schrieb am 31. Juli um 23:30 Uhr:
Schick mir ein Foto von dir.

VetSan schrieb am 31. Juli um 23:30 Uhr:
Wirklich? Nach all den Nachrichten, die wir uns quasi anonym geschrieben haben (ich sage nur Sonnenbrille und Hundepo vorm Gesicht), willst du die Spannung kurz vor dem großen Finale zerstören, indem ich dir ein simples Foto von mir schicke?

Sophie_L_1989 schrieb am 31. Juli um 23:31 Uhr:
Hm, da ist allerdings was dran. Außerdem muss ich zugeben, dass ich Überraschungen gegenüber nicht abgeneigt bin …

VetSan schrieb am 31. Juli um 23:31 Uhr:
Na, siehst du :-)

Sophie_L_1989 schrieb am 31. Juli um 23:32 Uhr:
Okay, überzeugt, kein Foto. Falls du doch ein dicker, alter, faltiger Mann bist, kann ich ja immer noch weglaufen, bevor wir das Boot betreten.

VetSan schrieb am 31. Juli um 23:32 Uhr:
Genau. Vielleicht essen wir vorher noch ganz langweilig ein Eis, damit du es dir genau überlegen kannst.

Sophie_L_1989 schrieb am 31. Juli um 23:33 Uhr:
Gut. Ich bin dabei. Und wann wollen wir unseren wasserdichten (haha!) Plan in die Tat umsetzen?

VetSan schrieb am 31. Juli um 23:34 Uhr:
Diese Woche wird es bei mir leider nichts mehr. Arbeit, Bereitschaftsdienst und ein langweiliges Event im Freundeskreis am Samstag … schnarch … Wie wäre es nächste Woche?

Das kommt mir ganz recht, denn mich beschleicht das Gefühl, dass Nadine so kurz vor ihrem großen Tag noch tausend Dinge einfallen werden, die wir erledigen müssen. Am Samstag findet die Hochzeit statt und am Sonntag muss ich meinen Rausch ausschlafen – keine guten Voraussetzungen für ein Date. Sonst bin ich es am Ende, die mein Gegenüber mit Augenringen bis in die Kniekehlen und einer Schnapsfahne vom Feinsten verschreckt.

Sophie_L_1989 schrieb am 31. Juli um 23:35 Uhr:
Diese Woche ist es bei mir auch schlecht. Also halten wir nächste Woche fest. Unter der Woche oder lieber am Wochenende? Dienstag und Freitag gehen bei mir nicht, da finden meine Freundinnen-Abende statt.

VetSan schrieb am 31. Juli um 23:36 Uhr:
Dann würde ich Mittwoch vorschlagen. 18:30 Uhr vor dem Bootsverleih am Cospudener See in Markkleeberg? Vorher muss ich leider arbeiten.

Sophie_L_1989 schrieb am 31. Juli um 23:37 Uhr:
Kein Problem. Eis schmeckt auch abends und um die Zeit sollte der Ansturm auf die Boote nicht mehr so groß sein. Da haben wir den See quasi für uns – falls wir vor lauter Faszination voneinander das Rudern vergessen und planlos über den See schippern (oder vor lauter Ekel) :D

VetSan schrieb am 31. Juli um 23:38 Uhr:
Faszinierender Ekel, das wird es sein! Dann freue ich mich auf nächste Woche. Jetzt muss der alte Opi erstmal vor die Tür. Sein Blick wird immer vorwurfsvoller.

Sophie_L_1989 schrieb am 31. Juli um 23:39 Uhr:
Na, dann los, bevor noch ein Unglück passiert. Gute Nacht, Fremder!

VetSan schrieb am 31. Juli um 23:40 Uhr:
Gute Nacht, Blondine im roten Kleid. (Nur weil das Foto gelöscht ist, heißt das nicht, dass ich es aus dem Kopf kriege.)

Kapitel 29

August

Und als hätte ich es nicht geahnt, ruft Nadine mich am nächsten Tag in aller Herrgottsfrühe an, um mir völlig aufgelöst mitzuteilen, dass die Hochzeit in einer Katastrophe enden wird, weil noch nichts vorbereitet ist. Ich versuche sie zu beruhigen (immerhin kommt der Mammutteil der restlichen Vorbereitungen erst kurz vorher auf uns zu), doch sie hört mir gar nicht richtig zu.

»Meinst du, die Frisur ist wirklich die richtige? Ich bin mir nicht mehr sicher.«

»Du wirst super aussehen«, versichere ich ihr. Zum Probefriseurtermin vorletzte Woche habe ich sie begleitet und tausend Fotos geschossen. Ich weiß also, wovon ich spreche.

»Ich weiß nicht. In Kombination mit dem Kleid könnte das irgendwie … altbacken wirken, findest du nicht?«

»Nein«, gähne ich.

Ein verzweifeltes Seufzen ertönt am anderen Ende der Leitung. »Habe ich dich geweckt?«

»Hmm.«

Es ist gerade 6:30 Uhr und ich frage mich, wie sie es schafft, sich so früh am Dienstagmorgen schon so fertig zu machen. Nadine hat diese Woche frei und ich befürchte, dass sie spätestens am Samstag ein nervliches Wrack sein wird, wenn sie so weitermacht. Ein weiteres tiefes Gähnen bricht aus meiner Kehle hervor.

»Sorry, schlecht geschlafen«, murmele ich entschuldigend.

Dass ich bis in die Puppen mit einem Unbekannten gechattet und danach vor lauter Aufregung über unser baldiges Treffen stundenlang wachgelegen habe, verschweige ich ihr. Überhaupt ist VetSan mein kleines Geheimnis, von dem weder Nadine und Pia noch meine Mutter wissen.

»Hilfst du mir beim Dekorieren?« Auf Nadines Frage folgt das unverkennbare Gluckern einer Kaffeemaschine. Gute Idee, den brauche ich jetzt auch, sonst laufe ich den Rest des Tages wie ein Zombie herum.

»Natürlich, das hatten wir doch schon besprochen. Am Freitag bin ich ganz für dich da. Wir werden den Festsaal im Gohliser Schlösschen bis zum Gehtnichtmehr aufhübschen, damit am Samstag alles perfekt vorbereitet ist.«

»Nein, ich meine heute.«

»Heute?« Vor lauter Schreck habe ich meine Bettdecke auf die am Boden liegende Cleo gestrampelt. Sie bedenkt mich mit einem vorwurfsvollen Quieken.

»Ich hätte so gern die Windlichter als Namenskarten, statt der einfachen Kärtchen. Und die rosa Tischdeko … Hm, ich weiß nicht. Zu dem barocken Festsaal passt Gold doch viel besser.«

Ich wusste, dass ich ihr Pinterest niemals hätte zeigen dürfen. Wahrscheinlich hat sie in den letzten Tagen nichts anderes getan, als sich kreative Deko-Ideen anzusehen, die sie jetzt in allerletzter Minute noch umsetzen will. So wie diese Windlichter, an deren Glas ein bedrucktes Transparentpapier befestigt ist, auf dem der Name des Gastes steht. Die sehen hübsch aus, zugegeben, aber Nadines Entschluss kommt jetzt doch sehr spontan.

»Ist es dafür nicht ein bisschen spät?« Immerhin ist heute Dienstag und die Teile hätten wir online bestellen müssen.

»Ich habe sie gestern per Expresslieferung bestellt«, gesteht Nadine.

Ich kann ihr entschuldigendes Lächeln bildlich vor mir sehen. Ein tiefes, ergebenes Seufzen dringt aus meiner Kehle. »Gut, gib mir bis Mittag Zeit, dann bin ich bei dir.«

Sie stößt ein freudiges Quietschen aus und ich klopfe mir selbst lobend auf die Schulter, was für eine vorbildliche Freundin ich doch bin.

* * *

Rund sechzig Namenskerzen und vier wund gebastelte Hände später fahren Nadine und ich von ihrer Wohnung aus in die Innenstadt, um die goldene Deko im Bastelgeschäft unseres Vertrauens zu erstehen. Die Verkäuferin ist entzückt von dem plötzlichen Sinneswandel meiner Freundin, immerhin bringt er ihr 300 € Umsatz ein (zusätzlich zu dem ganzen rosafarbenen Zeug, das wir bereits gekauft haben). Schwer bepackt mit goldenen Kerzen, Servietten, Tischläufern, Glitzersteinen und allerhand anderem Firlefanz verlassen wir den Laden. Nadines erleichtertes Lächeln ist alle Strapazen wert.

Wieder in ihrer Wohnung angekommen, lassen wir uns erschöpft auf ihr Sofa fallen. »Eistee?«, bietet Nadine an und schiebt grinsend hinterher: »Mit Schuss?«

»Bloß nicht«, stöhne ich. Ich habe mir fest vorgenommen, bis Samstag keinen Tropfen Alkohol anzurühren. »Wann kommt denn Pia?«

Pia hat sich diese Woche ebenfalls freigenommen und hütet gerade Cleo. Unser dienstägliches Kochtreffen soll heute bei Nadine stattfinden.

»In einer Stunde.« Mit zwei Gläsern Eistee setzt sich Nadine neben mich und bedenkt mich mit einem intensiven Blick.

»Hab … ich was im Gesicht?« Unsicher schiebe ich mein Haar hinter die Ohren.

Nadine schüttelt den Kopf. »Sophie«, beginnt sie und ihr entschlossener Tonfall geht mir durch Mark und Bein. »Es sind nur noch vier Tage bis zu meiner Hochzeit.«

»Ja«, sage ich. Es klingt ein wenig nach einer Frage.

»Hast du schon ein Date gefunden?«

Augenblicklich rutscht mir das Herz in den Schoß. Jetzt geht das wieder los. Wie hatte ich auch glauben können, sie könnte ihr Lieblingsthema im Hochzeitsvorbereitungsstress einfach so vergessen? Ihre beste Freundin ohne Mann an der Seite ist für Nadine aus mir unerfindlichen Gründen unvorstellbar. Ihr Blick macht deutlich, wie sehr ihr mein stummes Eingeständnis missfällt. Anscheinend geht die große Wir-verkuppeln-Sophie-Show doch noch in eine allerletzte Runde. Allerdings frage ich mich, wie sie so kurzfristig noch einen adäquaten Mann für mich aus dem Hut zaubern will.

»Ich hatte mich mit diesem Timo getroffen«, erinnere ich sie und klinge dabei wie ein Schulmädchen, das sich für ihre vergessenen Hausaufgaben rechtfertigt.

»Das war im Mai!«, erinnert sie mich. »Und danach?«

Danach habe ich gehofft, dass sie aufgeben und mir endlich meine wohlverdiente Ruhe gönnen würde. Zur Antwort zucke ich halbherzig die Schultern.

»Du bist die einzige meiner Freundinnen, die ohne ihr Plus eins auf der Hochzeit erscheint.« Nadines enttäuschter Tonfall verfehlt seine Wirkung nicht. Moment mal.

»Was ist mit Pia?«

»Die bringt Theo mit«, erklärt sie mit einer wegwischenden Handbewegung.

Mir bleibt vor Überraschung der Mund offenstehen. »Theo? Im Ernst? Wieso weiß ich nichts davon?«

»Du kannst sie nachher selbst fragen. Ich glaube, er wollte sie in ihrem Zustand nicht alleine lassen oder so. Ich habe jedenfalls nichts dagegen, ganz und gar nicht.«

Ich kann das kaum glauben. Ausgerechnet Dauersingle-Pia hat am Ende einen Mann an ihrer Seite und ich nicht?

»Kommst du denn jetzt besser mit ihrer Schwangerschaft klar?«, unternehme ich einen lahmen Versuch, das Thema zu wechseln.

»Ich habe kein Problem mit schwangeren Frauen. Schließlich bin ich in der Praxis jeden Tag von ihnen umgeben.« Ein gequältes Lächeln breitet sich auf Nadines Zügen aus. »Ich war nur wegen der Abtreibung vor den Kopf gestoßen. Ich habe mich persönlich angegriffen gefühlt, weil Pia einfach etwas bekam, das ich mir so sehr wünsche. Und dann wollte sie das Baby nicht mal bekommen. Das konnte ich nicht verstehen. Oder besser gesagt: Ich wollte nicht.« Sie senkt den Blick und spricht leise weiter. »Aber wir haben das geklärt. Es ist alles in Ordnung zwischen uns und mittlerweile freue ich mich sehr für sie. Vielleicht hätten wir es anfangs nicht für möglich gehalten, aber sie wird eine tolle Mama werden, da bin ich mir sicher. Außerdem bekommt der kleine Mann die weltbesten Tanten!« Ein stolzes Lächeln wischt ihre Traurigkeit hinfort. »Und mit Theo wird ihr Sohn das bekommen, was Pia selbst nie hatte – einen verantwortungsvollen Vater. Es wird schon alles gut werden.«

Ich nicke, denn genau davon bin ich auch selbst felsenfest überzeugt.

»Und außerdem … sieh dir an, was die Hochzeit kostet. Die Feier, das Essen, der DJ. In diesem Tag stecken meine ganzen Ersparnisse. Wenn ich schwanger wäre und jetzt auch noch Umstandskleidung, Babyklamotten, Wickelkommode und Co. kaufen müsste, wäre ich wahrscheinlich blank und pleite.«

Nadine gibt sich alle Mühe, ihre Worte glaubhaft klingen zu lassen, doch ich kenne sie zu gut. Ihr künstliches Lachen kann mich nicht darüber hinwegtäuschen, dass ein eigenes Baby genau das ist, was sie sich noch immer am sehnlichsten wünscht.

»Netter Versuch«, meint sie plötzlich und grinst mich schelmisch an.

Mit erhobenen Handflächen rücke ich ein Stück von ihr ab. »Ich weiß nicht, was du meinst.«

»Natürlich weißt du das! Du wolltest mich von deinem fehlenden Hochzeitsdate ablenken.«

»Hat ja super geklappt.« Ich verdrehe die Augen. »Na, sag schon, was hast du vor?«

»Woher weißt du, dass ich etwas vorhabe?«, fragt sie mit unschuldigem Augenaufschlag.

»Ich kenne dich seit über zwanzig Jahren, Nadine. Also?«

Um es extra spannend zu machen, lässt sie sich Zeit, zwirbelt eine braune Haarsträhne zwischen ihren Fingern und denkt angestrengt nach. »Vielleicht habe ich da jemanden für dich.«

Das entnervte Seufzen ist mir schneller entschlüpft, als ich mich zusammenreißen kann.

»Jetzt sieh ihn dir doch wenigstens mal an! Er ist ein alter Kumpel von Alex und wirklich nett. Wir haben ihn zur Hochzeit eingeladen.«

»Ist ja phantastisch«, maule ich.

»Was hältst du davon, wenn ihr euch vorher kurz kennenlernt? Und wenn er dir gefällt, siehst du ihn am Samstag gleich wieder. Stell dir das doch mal vor: das zweite Date auf einer Hochzeit! Romantischer geht's doch gar nicht!«

Ich stoße ein widerwilliges Knurren aus. »Es sind nur noch vier Tage bis zur Hochzeit. Wir müssen die Blumen holen, den Saal dekorieren und ich habe auch noch eine Menge Arbeit, die auf mich wartet. Mir fehlt die Zeit für so was.«

»Aber er wird dir gefallen, glaub mir. Alex' Kumpel ist gebildet, witzig und charmant. Du wirst es nicht bereuen.«

»Keine Zeit«, erwidere ich knapp.

»Bitte«, fleht sie mit ihrem liebreizendsten Dackelblick. »Nur ein klitzekleiner Kaffee? Mir zuliebe?« Klimper, Klimper. Was haben Nadines Augen nur an sich, dass ich jedes Mal sofort ein schlechtes Gewissen bekomme, wenn ich ihr einen Wunsch abschlagen will? Aber nicht heute. Nein, ich beschließe stark zu bleiben und schüttele entschieden den Kopf.

»Du weißt, dass ich alles für dich tun würde, aber das ist einfach zu kurzfristig. Wenn der Kerl wirklich so ein Knallertyp ist, dann kann er mich genauso gut auf der Hochzeit von sich überzeugen.«

Niedergeschlagen lässt Nadine die Schultern hängen. »Aber –«

»Nichts aber. Ich bin deine Trauzeugin und habe am Samstag genug zu tun. Kleid richten, Strauß halten, Fotos machen, Haare drapieren«, zähle ich auf. »Hast du mal daran gedacht, dass ich gar keinen Kerl an meiner Seite gebrauchen kann? Vor allem keinen, den ich kaum kenne?«

Nadines Mund klappt wieder zu. Sie scheint darüber nachzudenken.

»Ich weiß, dass du es nur gut meinst und die Sache mit dem Freundschaftsvertrag war auch wirklich süß. Nur sind wir eben keine neun Jahre mehr alt und die tollen Single-Männer wachsen auch nicht auf Bäumen. In den letzten Monaten habe ich dir zuliebe einiges über mich ergehen lassen. Vom Speed-Dating über die Nummer mit diesem Max und dann die Anmeldung auf dem *DateZig*-Portal …«

»Schon gut, schon gut.« Leise fügt sie hinzu: »Du hast ja recht. Ich hab dich ganz schön genervt, oder?«

»Ein bisschen«, gebe ich grinsend zu.

»Es wäre einfach so schön gewesen, wenn es geklappt hätte. So, wie wir es uns als Kinder ausgemalt haben.«

Es tut mir fast schon körperlich weh, Nadine so enttäuscht zu sehen. Kurzerhand ziehe ich sie an mich und murmele in ihr Haar: »Du bist eine unverbesserliche Romantikerin, weißt du das? Und dafür habe ich dich sehr lieb. Aber das Leben ist nun mal keine Hollywoodkomödie und die große Liebe lässt sich nur in den seltensten Fällen im Internet oder beim Speed-Dating finden.«

»Es wäre aber so schön gewesen«, wiederholt Nadine an meiner Brust. Ihr rosaroter Traum von meiner perfekten Verabredung ist soeben geplatzt.

In diesem Moment klingelt es an der Tür. Eine kugelbäuchige Pia hievt sich zu uns aufs Sofa, wo es uns aber nicht lange hält. Weil Nadine vor lauter Deko-Eifer vergessen hat, Zutaten zum Kochen einzukaufen, beschließen Pia und ich kurzerhand, sie zum Essen einzuladen. Nadine ist so begeistert von der Idee, dass sie über alle Ohren strahlt. Da verzeihe ich es ihr auch fast, dass sie keine Gelegenheit auslässt, um mich an den Mann zu bringen.

Kapitel 30

Natürlich muss die Temperatur ausgerechnet an dem Tag wieder auf über 30 Grad klettern, als wir knietief in den letzten Hochzeitsvorbereitungen stecken. Schon als ich am Freitagmorgen die Augen aufschlage, spüre ich, dass es heute ekelhaft heiß werden wird. Bei der drückenden Wärme, die bereits um kurz nach 9 Uhr herrscht, ist Cleo zu mehr als einer kurzen Runde um den Block nicht zu bewegen. Nach dem Minispaziergang bringe ich sie zu Pia runter und mache mich auf den Weg nach Leipzig.

Gemeinsam mit Nadine und ihrer Schwester Bea habe ich den ganzen Tag über alle Hände voll damit zu tun, den Festsaal im Gohliser Schlösschen für die Feierlichkeiten morgen herzurichten. Gar kein so leichtes Unterfangen, da der Raum bereits ohne unsere Deko wunderschön aussieht und wir das barocke Ambiente ja nicht verschandeln wollen. Fleißig werden Tische arrangiert, Stühle mit Hussen bezogen, dekorative Tücher aufgehängt und allerhand Kleinigkeiten organisiert. All das dauert viel länger, als wir vermutet haben, doch ich muss zugeben, dass sich der Aufwand lohnt.

Nachdem wir zu guter Letzt noch den Geschenketisch hergerichtet, die Gästebücher ausgelegt und unsere neu gekaufte goldene Deko verteilt haben, wirkt der Raum noch prunkvoller und feierlicher. Als letzte Amtshandlung des Tages holen wir die bestellten Sträuße in der Innenstadt ab und bestücken die kleinen und großen Vasen auf den Tischen mit dem hübschen Blumenschmuck. Die Arbeit macht sich am Abend in meinen schlaffen, untrainierten Muskeln bemerkbar und der Schweiß hinterlässt eine eklig-feuchte Spur unter meinem luftigen Shirt. Bea, Nadine und ich beschließen, den Tag mit einem alkoholfreien Cocktail in einer nahegelegen Bar ausklingen zu lassen, bevor wir uns auf den wohlverdienten Heimweg machen.

»Bestimmt kriege ich heute Nacht vor lauter Aufregung kein Auge zu.« Mit einem nervösen Lächeln scrollt Nadine noch einmal durch die Fotos des fertig dekorierten Saales auf ihrem Handy. Hundertprozentig zufrieden sieht sie nicht aus, dabei haben wir ihr mindestens zehnmal versichert, wie toll alles geworden ist.

»Wird doch eh 'ne kurze Nacht«, antwortet Bea trocken. Der größte Teil ihres aufwendigen Augen-Make-ups ist unseren Anstrengungen und der Hitze zum Opfer gefallen. Ihre feuerroten Haare kleben feucht an ihrer Stirn und die Tattoos auf ihren Armen schimmern unter einem leichten Schweißfilm.

Missmutig verzieht Nadine den Mund. Morgen früh um sechs klingelt der Wecker und schon um sieben werden wir beim Friseur erwartet. Mein eigener Wecker wird mich noch eine Stunde früher aus dem Schlaf reißen. Beim bloßen Gedanken daran fallen mir schon die Augen zu.

»Schlafen Alex und du heute Nacht getrennt?«, frage ich.

»Ja, er hat sich bei einem Freund einquartiert. Der, den ich dir vorstellen wollte«, antwortet sie mit einem schiefen Grinsen.

Um nicht auf ihren Kommentar eingehen zu müssen, nicke ich bloß und nehme einen kräftigen Schluck von meinem Cocktail.

»Sophie? Gehen wir den Plan noch mal fix durch?«

Nervosität schwingt in Nadines Worten mit. Obwohl wir den Tagesablauf schon x-mal durchgesprochen haben, weiß ich, dass sie das zur Beruhigung braucht. Dankbar über den Themenwechsel spule ich das morgige Programm noch einmal im

Schnelldurchlauf herunter: »Halb sieben hole ich dich ab, dann fahren wir gemeinsam zum Friseur. Dort werden wir zurechtgemacht. Danach geht es weiter zum Schminken, eingeplant ist ungefähr eine Stunde. Anschließend fahren wir zu dir nach Hause, essen eine winzige Kleinigkeit, damit du vor lauter Aufregung nicht umkippst, und stecken dich in dein Brautkleid. Um zwölf holt dein Papa dich mit dem Oldtimer ab. Deine Mama, Bea, ihr Sohn und ich folgen euch in Beas Wagen. Die Gäste sind ab halb eins am Schlösschen, wo wir dich gebührend empfangen werden. Alex wird dich zum ersten Mal in deinem Brautkleid sehen und sprachlos sein. Um eins findet die Trauung im großen Trausaal statt. Der Sektempfang –«

»Okay, okay«, unterbricht sie mich, als ich gerade Luft holen will. »Ich glaube, wenn ich es ohne Kollaps bis zum Ja-Wort geschafft habe, ist mir der Rest fast egal.«

Bea und ich tauschen ein verschwörerisches Grinsen aus. Für uns geht das Programm danach nämlich erst richtig los. Holzsägen, Bettlaken ausschneiden, Ehequiz – das gesamte Best-of der Hochzeitsspiele erwartet Nadine und Alex, ohne dass sie es ahnen.

»Mädels, ich muss den Kleinen noch bei Mama abholen. Wir sehen uns morgen. Genieß deinen letzten Abend in Freiheit und versuch, ein wenig zu schlafen. Wenn es nicht klappt …« Mit einer Geste deutet Bea das Herunterkippen eines Shots an.

»Ich hoffe, das ist nicht nötig. Ich will ja morgen keinen Kater haben.«

Nadine umarmt ihre Schwester zum Abschied und sieht ihr lange hinterher. Obwohl Bea rein optisch das genaue Gegenteil von ihr ist, verbindet die beiden eine innige Liebe.

»Bea kommt auch ohne Mann zur Hochzeit«, bemerkt sie nach einer Weile.

»Sie bringt doch deinen Neffen mit«, erinnere ich sie mit einem Lächeln, das Nadine umgehend erwidert.

»Stimmt. Und wenn man es so sieht, bringt Pia sogar zwei

Männer mit – Theo und ihren kleinen, halbfertig gebackenen Sohn.«

Ich lege meine Hand auf ihre und drücke sie fest. »Ich hoffe, du bist mir nicht mehr allzu böse, weil ich es nicht geschafft habe, ein Date zu organisieren.«

Nadine erwidert meinen Händedruck und schüttelt den Kopf. »Nö, gar nicht. Du hattest ja nur sieben Monate Zeit.« Ihr funkelnder Blick verrät, dass sie nur einen Witz gemacht hat. Als ich schuldbewusst zusammenzucke, wird sie wieder ernst. »Ich hätte dich mit meinem Wunsch nicht so sehr unter Druck setzen dürfen. Wer braucht schon einen Kerl an seiner Seite, wenn die beste Freundin heiratet? Am Ende geht es doch darum, dass wir einen tollen Tag miteinander verbringen. Das ist das Wichtigste.«

»Und dass wir Alex und dich feiern«, ergänze ich.

»Ich bin dir unendlich dankbar für deine Hilfe und Ratschläge in den letzten Monaten. Ohne dich wäre ich bestimmt wahnsinnig geworden.« Sie sieht mich mit tränenfeuchten Augen an. »Aber am meisten danke ich dir für deine Freundschaft und dafür, dass ich mich immer auf dich verlassen kann.«

»Das ist doch selbstverständlich«, flüstere ich erstickt. »Na, komm her, du Heulsuse!«

Bevor Nadine bemerkt, dass ich ebenfalls kurz davor bin, vor Rührung zu weinen, drücke ich sie fest an mich.

* * *

Selbst als die Sonne am Abend untergeht, ist es noch unerträglich heiß. Ich bekomme Cleo kaum dazu, die Wohnung zu verlassen. Den halben Tag lang hat sie faul vor Pias Ventilator verbracht und sich das flauschige Bauchfell durchpusten lassen. Jetzt würde sie die abendliche Gassirunde am liebsten ausfallen lassen. Selten habe ich meinen Hund so faul und störrisch erlebt wie in diesem Sommer.

Es kostet mich geschlagene zehn Minuten, die kleine sture Fellnase mit Hilfe etlicher Leberwurstleckerlis durch den kühlen Hausflur in die schwüle Abendluft hinauszubekommen. Mittlerweile ist es kurz vor zehn und ich möchte eigentlich am liebsten sofort schlafen. Doch Cleo schiebt lieber ihren Bock und weigert sich, auch nur einen Schritt von unserem Haus wegzugehen.

»Bitte!«, flehe ich sie an und ruckele unsanft an ihrer Leine. »Nur bis zur Ecke.«

Doch sie stemmt sich mit ihren dicken Pfoten in den Boden und wirft mir einen vorwurfsvollen Blick zu. Fast so, als wollte sie mich dafür rügen, weil ich es wage, sie bei der Hitze vor die Tür zu setzen, obwohl es zu Hause unter dem geöffneten Fenster doch viel gemütlicher ist.

Als es mir zu bunt wird, Cleo abwechselnd Befehle zuzurufen und um Kooperation anzuflehen, hebe ich sie kurzerhand hoch und trage sie bis zur nächsten Straßenlaterne. Zum Glück ist es mittlerweile dunkel geworden, so dass ich mich nicht schämen muss, wenn ich dabei gesehen werde, wie ich meinen Hund Gassi trage. An der Ecke setze ich sie vor einem ihrer Lieblingsgrünstreifen ab und warte darauf, dass sie sich erleichtert. Aber Pustekuchen – Cleo schaut mich an, als hätte ich sie dazu aufgefordert, durch einen brennenden Reifen zu springen. Wieder rede ich mit Engelszungen auf sie ein und bitte sie, ihr Geschäft zu verrichten, damit wir schnell umdrehen können und ich endlich in mein Bett komme. Nichts passiert.

Da zerreißt plötzlich eine Mischung aus Weinen und Schreien die friedliche Stille. Eine männliche und eine weibliche Stimme kommen näher. Offenbar entbrennt nicht weit entfernt ein Beziehungsstreit, der mit jeder Sekunde lauter wird. Worte wie Trennung, Fremdgehen und Abhauen fallen. Es ist unmöglich, das Gezeter zu ignorieren.

Auch Cleo spitzt die Ohren. Keine Minute später biegen zwei Jugendliche in den spärlich beleuchteten Weg ein, mittlerweile schreiend und heftig gestikulierend. Den Schimpfworten nach zu urteilen, die die zwei sich an die Köpfe werfen, spitzt sich das Beziehungsdrama gerade so richtig zu. Das Mädchen, das kaum älter als sechzehn wirkt, ruft immer wieder »Hau ab!«, »Ich will dich nicht mehr sehen!« und »Lass mich in Ruhe!«, während der Kerl sie abwechselnd als Schlampe und Flittchen tituliert. Das bedrohliche Schwanken seiner Schritte lässt darauf schließen, dass er stark alkoholisiert ist. Die Flasche in seiner Hand bestätigt meine Vermutung.

Hin- und hergerissen zwischen dem Wunsch, mich unsichtbar zu machen, und dem Drang, dazwischenzugehen, um eventuelle Handgreiflichkeiten zu verhindern, beobachte ich die beiden halb hinter einer Hecke versteckt, bis der Junge mich schließlich bemerkt. Augenblicklich beginnt Cleo die Zähne zu fletschen und laut zu knurren.

»Ach, hau doch ab, du blöde Schlampe!«, ruft er dem Mädchen nach, das sich jetzt eilig von ihm entfernt. Seine Stimme klingt heiser von dem ganzen Rumgeschreie. Er unternimmt noch einen halbherzigen Versuch, ihr hinterherzurennen, läuft dabei aber fast in einen Zaun hinein.

Gerade als ich denke, dass sich der Streit damit erledigt hat, beschließt der Betrunkene, die Flasche auf das Mädchen zu werfen. Zum Glück ist er weit davon entfernt, sie zu treffen, doch das ohrenbetäubende Scheppern des zerberstenden Glases lässt mich erschrocken zusammenzucken. Das Mädchen erschrickt ebenfalls und beschimpft den Jungen heftig. Mittlerweile ist sie aber weit genug entfernt und muss nicht befürchten, dass er sie doch noch einholt.

»Was ist denn hier los?« Der Umriss eines erwachsenen Mannes schält sich aus der Dunkelheit. Zielgerichtet geht er auf den betrunkenen Jugendlichen zu, in der Hand hält er die Leine eines Hundes.

»Halt dich da raus, du Opfer!«, blafft der Kerl den Hinzugekommenen an und schwankt bedrohlich auf ihn zu.

Der Hund beginnt den Angreifer laut anzubellen. Obwohl er

nicht größer als Cleo zu sein scheint, weicht der Junge augenblicklich aus und schlägt laut fluchend eine andere Richtung ein.

Ich stehe noch immer wie festgefroren an meinem Platz an der Hecke. Mein Herzschlag beruhigt sich gerade langsam, als ich ein ruckartiges Reißen an Cleos Leine verspüre. Die Schlaufe entgleitet meinem Griff und fällt in den Dreck. Mit einem Satz hat sie sich losgemacht und stürmt laut bellend auf den anderen Hund zu, der am Ende des Weges steht. Ich versuche noch, auf die Leine zu treten, erwische sie aber nicht richtig und gerate ins Straucheln.

»Cleo!«, kreische ich, außer mir vor Wut und Angst. »Bleib hier! Komm zurück!«

Doch es ist zu spät, sie ist schon viel zu weit weg. Gleich wird sie sich auf den anderen Hund stürzen. An die auf der Straße verteilten Glasscherben denke ich gar nicht mehr – bis das Geräusch von zertretenen Splittern an mein Ohr dringt.

Eine Sekunde lang geschieht gar nichts und ich hoffe, dass nichts passiert ist. Außer dem Rauschen des Blutes in meinem Kopf ist nichts zu hören, bevor das Winseln meines Hundes mich mit voller Wucht trifft.

»Cleo!« Panisch renne ich zu ihr und trete mit meinen Ballerinas selbst in die Scherben, doch das ist mir egal. Cleo hat den Schwanz zwischen die Hinterläufe geklemmt und humpelt, halb kläffend, halb winselnd, in Richtung des anderen Hundes. »Cleo! Was hast du gemacht?«

Meine Stimme bricht weg, als ich mich neben sie hocke und versuche, im schwachen Schein der Straßenlaterne zu erkennen, wie schlimm sie verletzt ist. Meine Finger tasten blind nach ihren Pfoten, doch sie entwindet sich meinem Griff. Als ich ihr rechtes Hinterbein berühre, fiept sie schmerzerfüllt auf und zieht das Bein unter meiner Hand weg. Ich fühle etwas Warmes, Feuchtes an meiner Handfläche und zucke erschrocken zusammen.

»Ist Ihrem Hund etwas passiert?« Plötzlich ist der Mann neben mir, kniet sich in den Dreck und versucht, Cleo festzuhalten.

»I-ich … Sie b-blutet«, stottere ich hilflos. Cleo gibt ununterbrochen schmerzerfüllte Laute von sich. Mein Herz fühlt sich an, als wollte es jemand mit aller Kraft aus meiner Brust reißen. Dass mittlerweile Tränen über meine Wangen laufen, bemerke ich kaum.

»Kommen Sie mit.«

Der Mann steht auf und reicht mir seine Hand, doch ich starre ihn nur verständnislos an. Sein Gesicht verschwimmt vor meinen Augen.

»Können Sie sie tragen?« Seine Stimme hat einen sanften, beruhigenden Tonfall angenommen.

»I-ich denke schon.« Zitternd presse ich Cleo an mich. Als ich sie hochhebe, kreischt sie auf. Fast hätte ich sie wieder fallengelassen.

»Gut so«, lobt mich der Mann. »Halten Sie sie gut fest. Ich kann Ihnen helfen, folgen Sie mir. Es ist nicht weit.«

Er geht den Weg zurück, den er gekommen ist, und befreit seinen eigenen Hund, den er an einem Laternenmast festgemacht hat. Ich laufe ihm blindlings nach. Tränen laufen unkontrolliert über meine Wangen und ich sehe kaum, wohin ich trete. Das Zittern meiner Beine verstärkt sich mit jedem Schritt und ein leichter Schmerz flammt an meinem linken Knie auf. All das bekomme ich nur am Rande mit. Ich spüre bloß Cleos heißen, ruckartigen Atem an meiner Brust und das Blut an meinen Händen.

Wir biegen um die Ecke, folgen einer weiteren Straße und biegen erneut ab. Schon nach wenigen Metern habe ich die Orientierung verloren. Gerade als ich mich frage, wohin der Mann mich führt, bleibt er vor einem dunklen Flachbau stehen und nestelt einen Schlüsselbund aus seiner Hosentasche hervor. Über ihm geht eine Lampe an und beleuchtet das Schild an der Glastür, die er gerade aufschließt: Kleintierpraxis Dr. Sand. Kurz darauf finde ich mich in einem kühlen Untersuchungsraum wieder.

»Setzen Sie Cleo dort ab«, bittet er mich und zeigt auf die

Untersuchungsliege, die in der Mitte des Raumes steht. Wieder entfährt ihr ein Schmerzenslaut, als ihre Pfoten das kühle Metall berühren. Sofort zieht sie ihren rechten Hinterlauf an und krümmt sich zusammen.

»Halten Sie bitte Ihren Kopf fest.« Er zieht Handschuhe über, während ich seiner Anordnung nachkomme und beruhigend auf Cleo einrede. Ihre angstgeweiteten Augen starren geradeaus, doch sie hält still und lässt es zu, dass der Mann ihr verletztes Hinterbein untersucht.

»Da steckt noch eine kleine Scherbe drin«, murmelt er und greift nach einer Pinzette. »Gut festhalten.«

Ich drehe Cleos Kopf zu mir und zwinge mich nicht hinzusehen, als er das Glas entfernt.

»Gut gemacht.« Als ich das besorgte Lächeln in seinem Gesicht bemerke, fühle ich mich etwas besser. Und auch Cleo scheint sich ein klein wenig unter meinen Händen zu entspannen.

Es vergehen weitere Minuten, die ich wie in Trance erlebe. Um uns herum ist es ganz ruhig, nur das dröhnende Klopfen meines Herzens und das Geklapper der Instrumente durchdringt die Stille. Dann ist es geschafft.

»Brave Cleo«, lobt er meine Hündin. Ich streichele ihr beruhigend über den Kopf. »Ich werde ihr jetzt einen Druckverband anlegen und dann hat sie es geschafft.«

Ich nicke, zu etwas anderem bin ich nicht in der Lage. Meine Worte stecken irgendwo in meinem Hals fest. Erst als ich das Knuspern von Leckerlis vernehme, die Cleo genüsslich verspeist, fallen die letzten Reste der Anspannung von mir ab und ich atme tief und befreit durch.

»Sie können sie jetzt wieder runtersetzen. Der Verband muss ein paar Tage dranbleiben. Kommen Sie am besten am Montag zur Kontrolle vorbei, dann sehen wir uns die Wunde noch mal an. Cleo wird vielleicht anfangs etwas humpeln, aber das ist nicht schlimm. Gehen Sie erstmal keine weiten Strecken und passen Sie bitte auf, dass sie den Verband nicht abreißt.«

Während ich die sachlich vorgetragenen Worte aufnehme, nicke ich gewissenhaft. Zum ersten Mal gestatte ich mir dabei, mein Gegenüber genauer anzusehen. Freundliche grüne Augen blicken mir hinter einer randlosen Brille entgegen. Schwarzes, lockiges Haar, das an den Schläfen von erstem Grau durchzogen wird, steht etwas wirr vom Kopf meines Retters ab. Er hat ein schmales Gesicht und wirkt etwas abgespannt. Ein leichter Dreitagebart verstärkt diesen Eindruck. Um seinen Mund verlaufen zarte Fältchen und sein aufmunterndes Lächeln wirkt beinahe traurig. Mein Blick wandert von seinem Gesicht zu seiner Kleidung. Er trägt ein weißes, leicht verknittertes Leinenhemd, dazu eine beigefarbene kurze Hose. Seine Füße stecken in einfachen Flipflops.

Erst als mir auffällt, dass er mich seit mehreren Sekunden erwartungsvoll ansieht, erinnere ich mich daran, dass ich etwas sagen sollte. »Sie haben uns gerettet. Ich weiß gar nicht, wie ich Ihnen dafür danken soll.«

Das feine Lächeln um seine Lippen wird intensiver, doch der traurige Ausdruck in seinen Augen bleibt. »Kein Problem. Das ist mein Job.«

»Gehört Ihnen die Praxis?«

»Ja, ich bin der Inhaber. Manuel.« Seinen Nachnamen nennt er nicht. Ich erinnere mich daran, dass auf dem Schild an der Tür Dr. Sand steht. Nachdem er die Handschuhe ausgezogen und entsorgt hat, schütteln wir die Hände.

»Sophie«, stelle ich mich vor. Meinen Nachnamen lasse ich ebenfalls weg. In der Intimität dieser nächtlichen Notfallsprechstunde scheint er mir viel zu förmlich.

»Freut mich, Sophie«, erwidert er leise, ohne meine Hand loszulassen. Sie ist angenehm warm. Als er sie nach ein paar Sekunden doch freigibt, bemerke ich die Reste von Cleos Blut, die daran kleben. Erschrocken ziehe ich meine Hand zurück. Erst jetzt fällt mir auf, dass auch mein Arm und mein weißes Shirt voll davon sind.

»Sie können sich da drüben die Hände waschen.« Er deutet zu einem Waschbecken an der Wand.

Als ich einen Blick in den Spiegel über dem Becken werfe, erkenne ich mich selbst nicht wieder. Mein Gesicht ist aschfahl und die letzten Reste der Mascara, die ich heute Morgen aufgelegt habe, sind von meinen Tränen verschmiert. Dünne schwarze Rinnsale verlaufen über meine Wangen. Schnell wasche ich mir Hände, Arme und das Gesicht. Dabei wandert mein Blick zu einem kleinen Radiowecker neben der Spüle. Es ist kurz nach Mitternacht. In wenigen Stunden muss ich wieder aufstehen und meine Pflichten als Trauzeugin erfüllen. Ich hoffe nur, dass Cleo die Straßenbahnfahrt zu meiner Mutter, bei der sie den Tag verbringen soll, gut übersteht. Hoffentlich kommt Mama mit einem verletzten Hund klar. Ein tiefes Seufzen dringt aus meiner Kehle.

»Geht es Ihnen gut?«, erkundigt sich Manuel.

»Ja, ich glaube, es geht wieder.«

»Sie sehen ganz blass aus.«

»Der Schreck«, murmele ich.

Er nickt mitfühlend, dann wandert sein Blick von meinem Gesicht zu meiner dünnen Stoffhose hinab und bleibt an meinem linken Knie hängen. »Sie bluten.«

Als ich das Bein anhebe, spüre ich einen brennenden Schmerz aufflammen. Schnell lasse ich es wieder sinken. »Das ist halb so wild«, wiegele ich ab, doch mein gepresster Tonfall straft mich Lügen.

»Vor mir müssen Sie nicht die Heldin spielen.« Er deutet auf den Drehstuhl vor seinem Schreibtisch. »Lassen Sie mich die Wunde mal ansehen.«

»Das ist wirklich nicht nötig. Es ist schon spät. Ich will Sie nicht länger aufhalten und Cleo …«

Wo steckt sie eigentlich? Es ist erstaunlich ruhig.

»Der geht's gut.« Grinsend deutet er in die Ecke hinter mir. Als ich mich umdrehe, traue ich meinen Augen kaum. Cleo hat sich zu einer kleinen Kugel zusammengerollt und sieht erschöpft zu mir auf. Neben ihr liegt der andere Hund, genauso ungerührt. Es ist ein grau-schwarzer Rauhaardackel, der es sich auf einer zusammengefalteten Decke neben einem angekauten Kuscheltier bequem gemacht hat. Cleos verletzter Hinterlauf liegt ebenfalls auf seiner Decke.

»Was? Wie?« Völlig verdattert deute ich auf die beiden. Ist das wirklich mein Hund? »Das habe ich ja noch nie erlebt«, murmele ich kopfschüttelnd. »Normalerweise würde sie sich niemals so nah an einen anderen Hund heranwagen, ohne ihn zerfleischen zu wollen. Haben Sie Ihr Beruhigungsmittel gegeben?«

Der Tierarzt schüttelt amüsiert den Kopf.

»Dann muss es wohl der Schock sein …«, versuche ich ihr ungewöhnlich friedliches Verhalten zu rechtfertigen.

»Mein Gustav versteht sich eigentlich mit allen Tieren gut. Er ist so was wie mein Praxismaskottchen. Während der Sprechstunde schläft er in seinem Körbchen und kümmert sich gar nicht darum, wer gerade in Behandlung ist. Hunde, Katzen, Kaninchen – das interessiert ihn alles nicht.«

Mir bleibt vor Erstaunen der Mund offen stehen. Ich wünschte, mein Hund wäre so gut erzogen. Dann fällt mir plötzlich etwas auf.

»Moment mal, sagten Sie Gustav?« Irgendetwas klingelt bei diesem Namen.

Manuel nickt. Die Hände hat er in den Hosentaschen vergraben, seine grünen Augen funkeln mich neugierig an.

»Sind wir uns schon mal begegnet?«, frage ich.

Er runzelt kurz die Stirn und denkt darüber nach. »Sie meinen außerhalb der Praxis? Ich glaube nicht.«

»Cleos Tierarzt ist in Leipzig. Bis gerade eben wusste ich nicht mal, dass es eine neue Praxis in meinem Viertel gibt.«

»Wir haben erst vor drei Monaten neu eröffnet«, erklärt er. »Vorher habe ich in einer Tierklinik in Hannover gearbeitet.«

Ich höre ihm nur mit halbem Ohr zu. Gedanklich versuche

ich herauszufinden, woher sein Hund Gustav mir so bekannt vorkommt. Dann macht es plötzlich klick. »Wir haben uns im Winter am See getroffen! Cleo ist ausgerissen und hat Ihren Hund begrüßt.«

Endlich hellt sich auch Manuels Miene auf. »Ach ja, stimmt. Im Januar war ich für ein paar Tage hier und habe nach geeigneten Immobilien für die Praxis gesucht. Da sind wir uns begegnet. Sie waren schon damals überrascht davon, wie gut die beiden sich verstanden haben.«

Mit einem zufriedenen Lächeln beobachtet er die dösenden Hunde zu meinen Füßen. Gustav ist noch näher an Cleo herangerückt. Fast wirkt es, als wollte er sie trösten. Seine Nase berührt jetzt ihren Rücken, doch das stört sie kein bisschen. Ich erkenne mein kleines Monster gar nicht wieder.

»Na, kommen Sie. Jetzt sehen wir uns aber erstmal Ihr Knie an.«

Ich habe keine Ahnung, wann ich mich auf den Stuhl gesetzt habe, aber plötzlich kniet Manuel vor mir und schiebt das linke Hosenbein meiner dünnen Stoffhose nach oben. Er geht ganz behutsam vor, seine Finger berühren kaum meine Haut. Und doch hinterlassen sie eine zarte Wärme, als sie mein Bein leicht streifen. Als er die verletzte Stelle erreicht, ziehe ich scharf die Luft ein. Mit einem Mal ist der brennende Schmerz wieder da und nimmt mir den Atem. Vorsichtig löst Manuel den halb zerrissenen, blutdurchtränkten Stoff von meinem Knie. Die Haut darunter ist stark gerötet und voller Blut und Dreck.

»Bin gleich wieder da.«

Er holt ein neues Paar Handschuhe und zieht sie mit geübten Handgriffen über. Mit einem Tupfer und einem Desinfektionsspray reinigt er die Wunde. Als das kühle Spray auf meine Haut trifft, stöhne ich erstickt auf, reiße mich aber sofort wieder zusammen. Mehrmals tupft er über das Fleisch, bis er sich sicher ist, alle Unreinheiten entfernt zu haben. Zum Glück kann ich keine Glassplitter erkennen, die entfernt werden müssten. Dennoch pocht mein Knie schmerzhaft im Rhythmus meines hastig schlagenden Herzens.

»So, fertig.« Ein großes Pflaster bedeckt nun den Großteil meines Knies und als ich die kleinen Hunde darauf sehe, muss ich lauthals lachen. »Dackelpflaster?« Kopfschüttelnd mustere ich den grinsenden Tierarzt.

Er reicht mir die Hand und hilft mir auf. »Eigentlich sind die für die Kinder gedacht. Wenn sie ihre verletzten Tiere zu mir bringen, schenke ich ihnen so ein kleines Tapferkeitspflaster. Ich habe auch noch Katzen- und Kaninchenmotive. Wollen Sie mal sehen?« Ein stolzes Lächeln legt sich auf seine Lippen und in meiner Brust wächst ein warmes Gefühl heran.

»Nein danke.« Ich lache. »Ich glaube es auch so.«

Einige Sekunden lang lächeln wir uns einfach bloß an. Erst als Manuel seine Brille absetzt und sich mit der Hand über die Stirn fährt, erinnere ich mich daran, wie spät es ist. Höchste Zeit, nach Hause zurückzukehren, wenn ich morgen auf der Hochzeit meiner besten Freundin nicht als Zombie auftreten will. Schnell nestele ich meine Geldbörse aus meiner Handtasche hervor.

»Was schulde ich Ihnen?«

Überrascht legt Manuel den Kopf schief. »Schulden? Sie schulden mir nichts.«

»Aber Sie haben Cleo behandelt. Und mich«, füge ich etwas leiser hinzu, den Blick auf das Pflaster an meinem Knie gerichtet.

»Das war keine Arbeit, sondern eine Selbstverständlichkeit. Außerdem wäre Ihre Cleo niemals ausgebüxt, wenn mein Gustav nicht so einen Lärm veranstaltet hätte.«

»Aber –«

»Nichts aber. Ich bestehe darauf.«

Sein entwaffnendes Lächeln nimmt mir den Wind aus den Segeln. Wie von selbst schließt sich mein Mund wieder und ich schlucke meine halbfertig formulierte Erwiderung hinunter. Trotzdem bleibt der Wunsch, mich zu revanchieren. Vielleicht könnte ich ihn auf einen Kaffee einladen? Oder besser noch zum

Essen? Das wäre doch wohl das Mindeste. Doch gerade als ich den Mut aufbringe, ihn einzuladen, vibriert das Handy in seiner Hosentasche. Mit unergründlicher Miene überfliegt der Tierarzt den eingegangenen Text, dann steckt er das Telefon wieder zurück.

»Ich muss nach Hause.«

Der Satz trifft mich mit einer überraschenden Härte. Irgendwo in meiner Herzgegend breitet sich ein Stich aus, der sich rasend schnell durch meine Eingeweide zieht. Was hatte ich denn auch erwartet? Natürlich gibt es da jemanden, der zu Hause auf ihn wartet. Wie konnte ich nur annehmen, dass der charmante Tierarzt Single sein könnte? Und nichts Besseres zu tun hat, als meine Hündin und mich mitten in der Nacht zu verarzten, nur um danach freudestrahlend meine Essenseinladung anzunehmen, sich unsterblich in mich zu verlieben und gemeinsam mit Cleo, Gustav und mir in den Sonnenuntergang zu spazieren …

Moment, wo kommen denn diese Gedanken her? Der Abend muss mich wohl doch mehr mitgenommen haben, als ich dachte.

»Okay«, antworte ich gepresst. Fast wäre mir noch ein »Schade« herausgerutscht, dabei sollte ich selbst langsam den Heimweg antreten.

»Würden Sie …?« Mit einem entschuldigenden Lächeln deutet er zur Tür. Ich komme mir unendlich blöd vor, erst dazu aufgefordert werden zu müssen, die Praxis zu verlassen. Wortlos hebe ich die dösende Cleo von Gustavs Decke und trage sie nach draußen. Zwei Minuten später schließt Manuel die Eingangstür hinter uns ab.

»Also dann.«

»Vielen Dank noch mal für Ihre Hilfe.« Ich sehe ihm nicht in die Augen. Stattdessen setze ich Cleo behutsam auf dem Weg ab, auf dem sie zwei kleine Schritt macht. Dabei zieht sie ihr verletztes Hinterbein leicht an, gibt aber keinen Mucks von sich.

»Kein Problem. Es hat mich sehr gefreut, Sie und Cleo wiederzusehen, auch wenn die Umstände gerne anders hätten sein können.«

Augenblicklich poltert mein Herz unruhig in meiner Brust. Wie meint er das? Bevor ich ihn fragen kann, hält er mir seine rechte Hand entgegen. Eine eindeutige Geste des Abschieds. Ich lege meine hinein und erwidere Manuels intensiven Blick, in dem nun eine deutliche Müdigkeit liegt.

»Auf Wiedersehen.«

»Auf Wiedersehen.« Das heftige Klopfen meines Herzens verrät mir, dass es sich nichts sehnlicher wünscht als genau das, nämlich ein Wiedersehen, doch natürlich weiß ich, dass es sich nur um eine belanglose Abschiedsfloskel handelt. Ohne mich noch einmal umzudrehen, gehe ich mit Cleo ganz langsam zurück nach Hause.

Kapitel 31

Eine sanfte Brise weht vom Wasser herüber und verfängt sich in meinem offenen Haar. Lächelnd streiche ich die blonden Strähnen hinter mein Ohr, während ich Cleo und Gustav dabei zusehe, wie sie ausgelassen am Ufer umhertollen. Cleos Verletzung ist gut verheilt, sie jagt den grau-schwarzen Rüden in einem irren Tempo durch das Gras. Dabei stößt sie japsende Fieplaute aus, die klingen, als würde sie gleich abheben. Gedankenverloren sitze ich im Gras und beobachte die beiden bei ihrer Verfolgungsjagd. Aus dem Augenwinkel nehme ich den hochgewachsenen Mann wahr, der langsam vom Kiosk zurückkommt. Wortlos drückt Manuel mir eine Eiswaffel in die Hand und lässt sich neben mir auf die Wiese sinken. Ein zufriedenes Lächeln liegt auf seinen Lippen und seine tiefgrünen Augen strahlen mich warm an. Schweigend betrachten wir unsere spielenden Vierbeiner, bis plötzlich ein penetrantes Vibrieren die friedliche Stille zerreißt.

»Dein Handy klingelt«, sage ich und deute auf Manuels Hosentasche. Doch als er es herausnimmt und einen Blick darauf wirft, schüttelt er nur den Kopf. Verwirrung liegt in seinem Blick. Das Geräusch wird immer lauter und nervtötender, bis es schließlich von einem Scheppern abgelöst wird.

Erschrocken setze ich mich auf und blicke mich hektisch um. Es dauert ein paar Sekunden, bis ich die Orientierung in meinem Schlafzimmer wiedergefunden habe. Mein Handy ist vom

Nachttisch gefallen und zieht auf dem Fußboden summende Kreise. Als ich versuche, es aufzuheben, falle ich fast aus dem Bett.

»Sophie! Wo bleibst du denn!« Beim Klang von Nadines aufgelöster Stimme bin ich schlagartig hellwach.

»Ich … zu Hause. Was ist denn los?«

»Was los ist? Hast du mal auf die Uhr geschaut?«, schreit sie panisch.

»Was? Nein.« Ich halte das Handy ein Stück von mir weg und kneife die Augen zusammen, bis ich die Uhrzeit erkennen kann. Scheiße. 6:42 Uhr. Ich habe verschlafen. Am Tag ihrer Hochzeit. »Nadine, bleib ganz ruhig. Du rufst dir jetzt ein Taxi und fährst zum Friseur. Wir treffen uns dort.«

Ich klinge wesentlich gefasster, als ich mich fühle. Am anderen Ende der Leitung vernehme ich hektisches Atmen, gefolgt von einem Poltern.

»Alles wird gut«, versichere ich ihr, während ich aus dem Bett springe.

»Das will ich auch hoffen.« Dann legt sie auf.

In sagenhaften fünfzehn Minuten schaffe ich es, unter die Dusche zu springen, meine Zähne zu putzen, mir Kleid, Schuhe und Schmuck zu schnappen und Cleos Tasche zu packen. Das Taxi, das ich zwischen Gesichtwaschen und Zähneputzen gerufen habe, steht pünktlich um sieben vor meiner Tür. Als ich dem Fahrer mein Dilemma erkläre, braust er in einem Affenzahn nach Connewitz, wo ich kurz rausspringe, meiner Mama Cleo und ihre kleine Reisetasche in die Hand drücke und ihr schnell erzähle, warum mein Hund verletzt ist und was sie zu beachten hat.

Zehn Minuten später spuckt der Wagen mich vor dem Friseursalon im Zentrum aus und ich drücke dem Taxifahrer ein horrendes Trinkgeld in die Hand.

Mit dem Kleidersack, in dem mein Hochzeitsoutfit steckt, und einer kleinen Reisetasche über dem Arm stolpere ich in den Salon, wo eine völlig aufgelöste Nadine auf mich wartet. Ein Schluchzen, halb erleichtert, halb wütend, entfährt ihr, als ich hereinkomme. Auf ihrem Kopf türmen sich Lockenwickler, ihre Augen sind stark gerötet. Sofort lasse ich alles fallen und eile zu ihrem Platz.

»Süße, nicht weinen.«

»A-aber der Tag geht schon t-total beschissen los«, schnieft sie und fährt mit ihrem Handrücken über die Nase. Schnell krame ich ein Taschentuch aus meiner Handtasche hervor und drücke es ihr in die Hand.

»Nein, Quatsch! Ich habe bloß verschlafen, das ist doch nicht so schlimm. Wir liegen immer noch super in der Zeit, das ist doch alles kein Problem. Oder?«, füge ich mich weit aufgerissenen Augen an die Friseurin hinzu, die gerade einen Platz für mich herrichtet.

»Natürlich nicht«, lächelt sie schmallippig und deutet mit einer Handbewegung an, dass ich Platz nehmen soll.

»Aber das ist ja noch nicht alles!«, jammert Nadine unbeirrt weiter und vergießt dabei dicke Tränen. »Heute Morgen hatte ich schrecklichen Durchfall und der Wetterbericht hat für den Abend Starkregen und Gewitter angekündigt.« Die Hälfte des letzten Satzes geht in ihrem herzzerreißenden Weinen unter.

»Dein Magen beruhigt sich gleich wieder. Das ist nur die Aufregung! Und das Unwetter … das zieht an uns vorbei«, versichere ich ihr.

»Meinst du?«

»Na klar. Du wirst sehen, dein Tag wird absolut perfekt. Nichts und niemand kann daran etwas ändern.« Irgendwie schaffen es meine Worte sogar, ihr ein klitzekleines hoffnungsvolles Lächeln zu entlocken.

Die Visagistin versteckt Nadines Tränenspuren später unter einer dicken Schicht Make-up. Leider konnten wir den gut getimten Programmplan nicht ganz einhalten und sind mit einer halben Stunde Verspätung bei ihr aufgeschlagen. Zu einer aufwendigen Hochsteckfrisur hat es dank meines Zuspätkommens beim Friseur auch nicht mehr gereicht, stattdessen trage ich meine Haare nun offen in großen Wellen.

Dafür sieht Nadine umso toller aus: Ihr halb aufgestecktes Haar wird von einer glitzernden Brosche am Hinterkopf gehalten. Einige eingedrehte Strähnen umrahmen ihr Gesicht locker, der Rest ihrer langen Haare liegt dank einer halben Flasche Haarspray bombenfest an ihrem Rücken an. Zusammen mit dem professionellen Make-up, das Nadines strahlende Katzenaugen hervorhebt, sieht sie einfach umwerfend aus. Ich selbst lasse mir ein dezentes Tages-Make-up zaubern, bevor wir mit einem Taxi und insgesamt fünfundvierzig Minuten Verspätung zurück in die Südvorstadt brausen, wo Nadines Papa uns abholen wird. Für den eingeplanten Mini-Snack reicht die Zeit leider nicht mehr aus. Müssen wir eben hungern bis zum Sektempfang, was soll's.

In Nadines Wohnung haben wir alle Hände voll damit zu tun, sie in ihr Kleid hineinzubekommen und den Schleier ordnungsgemäß an ihrer aufwendigen Frisur zu befestigen. Als ich gerade dabei bin, den Reißverschluss am Rücken meines eigenen Kleides zu schließen, klingelt es bereits zum dritten Mal durchdringend an der Tür. Atemlos öffnet Nadine und lässt ihre Mama, Bea und den kleinen Noah herein. Der Junge trägt einen putzigen Anzug und hochgegeltes Haar. Seine Tante überhäuft ihn mit Küssen, die er Grimassen schneidend wieder wegwischt, als Nadine gerade nicht hinsieht.

»Du siehst umwerfend aus, Schatz«, sagt Nadines Mutter und tupft sich dabei einige Tränen aus dem Augenwinkel. Sie trägt ein geschmackvolles grünes Kostüm mit auffälligem buntem Schmuck.

»Was hat denn da so lange gedauert?«, zischt Bea mir leise zu. Sie steckt in einem gepunkteten Petticoatkleid und sieht mit ihrer Stirntolle und dem knallroten Lippenstift aus wie eine waschechte Rockabillybraut.

»Hab verschlafen«, murmele ich und ziehe sie ein Stück zur Seite. »Der Tag fing katastrophal an. Nadine war heute früh völlig fertig. Bitte tu mir einen Gefallen und beruhige sie, denn noch mehr Stress kann sie nicht gebrauchen.«

»Dann wird ihr die Sache mit dem Auto gar nicht gefallen.«

Ich will Bea gerade fragen, was sie damit meint, als sie sich mit einem strahlenden Lächeln ihrer Schwester zuwendet. »Du siehst toll aus! Stimmt's, Liebling?«

Noah nickt brav.

»Ist Papa schon da?« Nervös betrachtet Nadine sich im Spiegel und fährt noch einmal mit den Fingerspitzen über den Stoff ihres ausladenden Rockes.

Bea und ihre Mutter wechseln einen Blick, der nichts Gutes verheißt. Als Nadines Frage einige Sekunden lang unbeantwortet bleibt, dreht sie sich zu den beiden um. »Was ist los?«

»Der Oldtimer-Verleih hat heute Morgen abgesagt.« Nadines Mama flüstert fast.

»Was?«

Ich sehe die Braut schon vor meinem inneren Auge kollabieren und schiebe geistesgegenwärtig einen Stuhl unter sie, auf den sich Nadine augenblicklich fallen lässt.

»Warum das denn?«

»Marderschaden«, erklärt Bea.

»Marderschaden? Ja, haben die denn keine Garagen für ihre Autos? Und jetzt? Soll ich etwa zu Fuß zum Schloss laufen?« In Nadines Augenwinkeln schimmert es verdächtig. Schnell reiche ich ihr ein Taschentuch, um Schlimmeres zu verhindern.

»Nein, nein, wir nehmen mein Auto«, beruhigt Bea sie. »Den Blumenschmuck haben wir vorhin noch schnell anpassen lassen. Sauber ist es auch.« Sie lächelt zaghaft und hebt die Schultern, als wäre das alles keine große Sache, doch Nadines ungläubiger Blick spricht Bände.

»Deinen Golf? Ich soll mit Papa in einem 4er-Golf zu meiner Hochzeit vorfahren?« Ihre Stimme wird mit jedem Wort lauter, bis sie fast schreit. Erschrocken tritt Noah einen Schritt zurück und versteckt sich hinter Bea.

»Tut mir leid, dass ich mir als alleinerziehende Mutter keinen Maserati leisten kann«, zischt Bea und will gerade zu einer weiteren spitzen Bemerkung ansetzen, als ihre Mutter dazwischen geht.

»Ganz ruhig, Mädchen. Dafür können wir doch nichts. Wir haben versucht, dem Verleih einen anderen Wagen aus den Rippen zu leiern, aber sie waren komplett ausgebucht.«

Es kostet Nadine einige Überwindung, die Augen zu schließen, tief durchzuatmen und nicht augenblicklich zu explodieren. »Na schön«, seufzt sie schließlich, als sie die Augen langsam wieder öffnet. »Habt ihr meinen Brautstrauß?«

Schnell eilt ihre Mama zurück in den Flur und drückt Nadine das Arrangement aus weißen und rosa Rosen in die Hand. Schon hellt sich der Gesichtsausdruck der Braut um eine winzige Nuance auf.

»Jetzt sollten wir aber wirklich langsam los.« Ich schiele unauffällig auf die Uhr. Mittlerweile ist es 12:20 Uhr und es wird allerhöchste Zeit, zur Trauung zu fahren.

Mit dem ersten Schritt aus der Haustür zerplatzt ein dicker Regentropfen auf meiner Stirn. Die Braut und ihre Mutter haben alle Hände voll damit zu tun, das Hochzeitskleid hochzuraffen, damit der Saum nicht im Dreck schleift, doch als sie den Regen bemerkt, entfährt Nadine ein unschöner Fluch. Bea hält ihrem Sohn die Ohren zu, aber ich fürchte, das kommt zu spät. Wortlos breite ich den großen Regenschirm über Nadine auf, den ich in weiser Voraussicht eingepackt habe, und geleite sie zu Beas mausgrauem Golf, in dem ihr Papa bei laufendem Motor wartet. Er schenkt seiner Tochter ein schiefes, aber unverkennbar stolzes Lächeln, als er die Beifahrertür für sie öffnet. Es dauert eine Weile, um das Kleid so im Fußraum zu arrangieren, dass nichts aus der Tür herausquillt, aber schließlich haben wir auch diese Hürde gemeistert. Der Regen prasselt mittlerweile unaufhörlich vom Himmel. Mit quietschenden Scheibenwischern brausen die beiden davon. Ich hoffe nur, dass Nadine nicht mitbekommt, dass sich einige Rosenblüten aus dem Gesteck auf der Motorhaube verabschiedet haben und lautlos über die Karli segeln.

In Ermangelung eines fahrbaren Untersatzes sind Bea, Sonja, Noah und ich gezwungen, ein Taxi zu rufen, doch anscheinend herrscht in Leipzig gerade Rushhour, denn der angeforderte Wagen lässt verdammt lange auf sich warten.

Um kurz vor eins haben auch wir endlich das Schloss erreicht. Auf dem weitläufigen, mit bunten Blumen bepflanzten Platz hinter der Auffahrt warten die versammelten Gäste. Es sind so viele, dass ich meinen Blick nur kurz über das Meer aus Anzügen und Kleidern schweifen lassen kann. Das Aufeinandertreffen von Alex und Nadine haben wir verpasst, aber der selige Gesichtsausdruck des Bräutigams, der seine zukünftige Frau im Arm hält, lässt keine Fragen offen. Als ich Pia und Theo unter den Wartenden entdecke, winke ich ihnen zu. Uns bleibt leider keine Zeit mehr, um uns ausgiebig zu begrüßen, denn in diesem Moment taucht die Standesbeamtin auf und bittet uns, ihr in den Trausaal zu folgen.

Wenigstens bleiben wir während der Zeremonie von weiteren Katastrophen verschont. Es wird die richtige Musik zur richtigen Zeit eingespielt, weder Nadine noch ihr Papa stolpern auf dem Weg zu Alex und die Standesbeamtin hält eine gleichermaßen ergreifende wie unterhaltsame Rede. Mit jeder Minute, die vergeht, entspanne ich mich mehr. Das Brautpaar verspricht sich die ewige Liebe und trägt ihre selbst geschriebenen Ehegelübde vor, die die Gäste zu Tränen rühren. Pünktlich zum Kuss weine ich wie ein Schlosshund und bin auch die Erste, die wie eine Besessene jubelt und klatscht, als die beiden offiziell zu Mann und Frau ernannt werden. Diesen Moment werde ich nie vergessen.

Auf dem Weg zum Schlosshof streut Noah stolz Blumen und sieht dabei zuckersüß aus. Nadines Lächeln überstrahlt alles, selbst die dunkle Wolkenfront, die sich am Himmel zusammenbraut. Beim anschließenden Sektempfang brauche ich gleich zwei Gläser, bevor ich endlich richtig durchatmen kann.

Als der Fotograf die Frischvermählten zum Shooting mitnimmt, trommeln Alex' Trauzeuge und ich die Gäste zusammen und geleiten sie nach draußen. Als kleine Überraschung hat das Brautpaar eine Stadtrundfahrt in einer eigens angemieteten Straßenbahn organisiert. Obwohl ich das Gefühl habe, dass die Mehrheit lieber hierbleiben und schon mal für den Abend vortanken würde, schaffen wir es, die rund sechzig Gäste sicher durch den Regen zur Haltestelle zu bewegen. Eine surrende Masse aus bunten Satinkleidern und dunklen Anzügen zieht an mir vorbei, während ich angestrengt lächelnd erkläre, was jetzt passiert.

Die ruckelige Fahrt dauert fast anderthalb Stunden. Dank des heftigen Regens sehen wir Leipzigs Sehenswürdigkeiten nur durch einen grauen Schleier hindurch. Immerhin werden kleine Snacks und Schnäpse verteilt, so dass zumindest die Stimmung nicht absackt. Kurz vorm Völkerschlachtdenkmal werden schließlich die ersten Schlager angestimmt. So schlimm kann es also nicht sein.

Als wir zum Schloss zurückkehren, haben die dunkelsten Wolken sich glücklicherweise verzogen und der Nachmittag liegt frisch und klar vor uns. Das Brautpaar ist gerade mit den Fotos fertig geworden und bittet nun die Trauzeugen und Familienangehörigen zu sich. Vor der wunderschönen Kulisse des Gohliser Schlösschens werden die letzten Fotos gemacht, dann sind wir entlassen.

Wie eine Horde ausgehungerter Tiere fallen die Gäste wenig später über die Hochzeitstorte her, die Nadine und Alex zuvor feierlich angeschnitten haben (ihre Hand lag oben!). Der barocke Saal, unsere goldene Deko, die Musik und das Ambiente werden ausgiebig gelobt. Nach zwei Stück Torte (und ein paar weiteren Gläsern Sekt) schaffe ich es sogar, die Feier zu genießen.

Unsere vorbereiteten Hochzeitsspiele lässt das frisch gebackene Ehepaar tapfer über sich ergehen und ehe wir uns versehen, ist der Abend angebrochen und das reichhaltige Büffet wird eröffnet. Zwischen Vor- und Hauptspeise vergewissere ich mich, dass das Gästebuch mit Leben gefüllt wird und Nadine genug zu trinken hat. Als Treuzeugin schlage ich mich ganz gut, stelle ich zufrieden fest. Nachdem Herr und Frau Lau ihren Hochzeitstanz zum Besten gegeben haben, stürmt die jüngere Generation die Tanzfläche und der DJ verwandelt das edle Parkett in einen schillernden Dancefloor. Ich lasse mich zu zwei, drei Tänzchen mit Nadine, Pia und Bea hinreißen, dann bitte ich die Mädels um eine Verschnaufpause. Die kurze Nacht macht sich doch in meinen müden Knochen bemerkbar.

Etwas später sind Pia, Theo und ich gerade in ein Gespräch über die Vor- und Nachteile von Babybeistellbetten im Vergleich zu herkömmlichen Kinderbetten vertieft, als mich jemand vorsichtig am Arm berührt. Ich rechne damit, dass Nadine meine Hilfe braucht, als ich plötzlich in Manuels grüne Augen blicke, die mich verschmitzt anlächeln. Vor Schreck vergesse ich, was ich gerade sagen wollte.

»Hallo Sophie.« Seine tiefe Stimme geht mir durch Mark und Bein.

»Was machst du denn hier? Äh, ich meine natürlich, Sie.« Verdattert lasse ich meinen Blick über seinen dunkelblauen, schmal geschnittenen Anzug gleiten, der ihm phantastisch steht.

Manuel lacht nur. »Du ist völlig okay. Ich hätte nicht damit gerechnet, dich so schnell wiederzusehen, aber ich freue mich umso mehr.« Sein Blick gleitet an meinem Kleid hinab und für eine Sekunde weiten sich seine Augen. »Dieses Kleid …«

Mehr sagt er nicht.

»Bist du mit Nadine oder Alex verwandt?«, frage ich.

»Nein, aber ich kenne Alex schon viele Jahre. Wir haben uns als Jugendliche im Urlaub kennengelernt. Zwischenzeitlich hatten wir den Kontakt verloren, aber seitdem ich wieder hier wohne, hat sich das zum Glück geändert.« Manuels Blick gleitet über die Tanzfläche. In dieser Sekunde dreht der DJ die Musik richtig auf. Es würde mich nicht wundern, wenn gleich die Wände wackeln. »Wollen wir vielleicht rausgehen?«, ruft er über den dröhnenden Beat hinweg.

Ich nicke und lasse es zu, dass er meine Hand ergreift und mich nach unten führt. Wir setzen uns auf die Stufen der kleinen Treppe vor dem Haupteingang und beobachten den sich langsam verdunkelnden Himmel. In der Ferne ziehen schwarze Wolken auf, die nichts Gutes verheißen. Warum kann es Petrus nicht wenigstens heute Abend gut mit uns meinen?

»Wie geht es Cleo?«

»Ganz gut. Sie hat heute Nacht geschlafen wie ein Stein, was ich von mir leider nicht behaupten kann.« Vor lauter Aufregung bin ich gefühlt jede halbe Stunde aufgewacht und dann war da ja noch dieser Traum, den ich an dieser Stelle besser verschweige. »Sie verbringt den Tag bei meiner Mutter in Connewitz. Bei ihr übernachte ich auch.«

Manuel blickt an mir vorbei zu den lodernden Fackeln, die die Auffahrt zum Schloss säumen. »Das freut mich. So ein kleiner Hund ist robuster, als man denkt. Und du bist mit Nadine befreundet?«

»Wir sind seit dem Kindergarten beste Freundinnen«, antworte ich stolz. »Ich bin ihre Trauzeugin.«

»Habe ich mitbekommen«, grinst er. »Du hast vorhin mit Abstand am lautesten gejubelt. Und dein Kleid ist wirklich schwer zu übersehen.«

Ich fühle Hitze in mir aufsteigen und wechsele lieber schnell das Thema. »Wo hast du Gustav gelassen?«

»Er ist in einer Tierpension. Morgen hole ich ihn wieder ab.« Endlich wendet Manuel mir sein Gesicht zu. In seinen Augen liegt ein fragender Ausdruck. »Jetzt, wo wir wissen, dass die beiden sich gut verstehen, könnten wir doch mal gemeinsam mit den Hunden spazieren gehen. Was meinst du?«

Mein Herz schlägt augenblicklich schneller. Fragt er mich

etwa gerade nach einem Date? Ich erwische mich bei einem dämlichen Grinsen, als sich mir ein unschöner Gedanke aufdrängt. »Meinst du, deine Freundin fände das gut?«

»Meine Freundin?« Er klingt ehrlich verwirrt.

»Na, weil sie dich doch gestern Nacht gebeten hat, nach Hause zu kommen.«

Kurz überlegt er, was ich meine, dann stößt er ein tiefes Lachen aus. »Du dachtest, dass mir meine Freundin geschrieben hat, um mich zu fragen, wo ich bleibe?« Amüsiert legt er den Kopf schief. »Soll ich dir sagen, wer mir geschrieben hat?«

Ich nicke leicht verwirrt. Jetzt kommt der Moment der Wahrheit.

»Alex«, sagt er mit einem breiten Grinsen. »Er hat in der Nacht vor der Hochzeit bei mir geschlafen. Gegen Mitternacht hat er Hunger bekommen und wollte wissen, ob ich noch was Essbares im Haus habe.« Ungläubig schüttelt er den Kopf. »Der verfressene Kerl.«

»Alex«, wiederhole ich tonlos. In diesem Moment fällt mir eine halbe Gebirgskette vom Herzen. »Das heißt, du hast gar keine Freundin?«

»Nicht, dass ich wüsste.«

Obwohl ich mich über diese Information freue, schwingt etwas Wehmütiges in Manuels Antwort mit, das mir nicht entgeht. Gleichzeitig scheint sich sein Blick nach innen zu kehren. Da ist etwas, das er verschweigt, und ich kenne ihn nicht gut genug, um danach zu fragen. Aber ich spüre ganz deutlich, dass ihn etwas bedrückt. Wahrscheinlich sollte ich das einfach akzeptieren, wieder hineingehen, mich für das nette Gespräch bedanken und ihm noch einen schönen Abend wünschen, doch ich kann nicht. Etwas hindert mich daran. Es ist, als wäre ich hier auf der Stufe neben ihm festgewachsen. Ich genieße Manuels Nähe viel zu sehr.

»Wollen wir ein Stück spazieren gehen? Meine Knochen sind ganz eingerostet. Und ich glaube, wenn ich mich nicht gleich ein bisschen bewege, schlafe ich ein.«

»War wohl eine kurze Nacht?«, necke ich ihn.

»Kann man so sagen. Ich bewundere dich dafür, wie fit du aussiehst. Dabei hast du doch sicher auch nicht mehr als sechs Stunden Schlaf bekommen.«

»Eher vier. Und zu allem Übel habe ich heute Morgen auch noch verschlafen. Die arme Nadine war völlig aufgelöst. Ihr großer Tag ist so richtig schön scheiße gestartet.«

»Im Ernst? Erzähl.«

Wieder bietet er mir seine Hand an und hilft mir aufzustehen. Wir gehen ein paar Schritte und ich muss mir eingestehen, wie gut es sich anfühlt, neben Manuel zu laufen und einfach nur zu reden. Ich genieße die Wärme seines Körpers dicht an meinem. Ohne auf den Weg zu achten, lasse ich mich von ihm führen, während ich in allen Details von unserem völlig vermurksten Start in den Tag berichte. Je nach Anekdote grinst er breit oder schüttelt ungläubig den Kopf. Vor allem Nadines Blick, als sie in das Auto ihrer Schwester einsteigt, scheine ich so gut zu imitieren, dass er herzhaft lachen muss.

Zufrieden bemerke ich, dass die Traurigkeit aus seinem Blick verschwunden ist. An ihre Stelle ist ein Ausdruck tiefster Zufriedenheit getreten. Er wirkt fast glücklich. Als ich am Ende meiner Schilderungen angekommen bin, haben wir uns so weit von der Party entfernt, dass die Musik nur noch als dumpfes Dröhnen wahrnehmbar ist. Der Schlossgarten liegt ruhig und verlassen vor uns. Der Anblick ist fast schon magisch. Ein paar Grillen zirpen in der lauen Sommernacht. In der Ferne hört man Autos vorbeifahren, doch hier und jetzt ist alles friedlich. Die Fackeln erhellen den Weg gerade so weit, dass ich das Glitzern in Manuels Augen sehen kann. Wir stehen uns ganz dicht gegenüber. Mein Herzschlag beschleunigt sich, als ich bemerke, wie intensiv er mich ansieht. In seinen Augen liegen so viel Gefühl und Zärtlichkeit, dass ich schlucken muss.

»Ich habe selten so eine schöne Hochzeit erlebt«, sagt er leise.

Ich will ihm zustimmen, als er seinen Daumen plötzlich an

mein Kinn legt und ganz leicht zu meiner Wange hinaufstreicht. Meine Worte bleiben in meinem Hals zurück und mein Körper ist schwer damit beschäftigt, nicht unter Manuels Berührung wegzuschmelzen. Ein leichtes Kribbeln breitet sich auf meiner Haut aus, verlangt nach mehr.

»Wie geht es deinem Knie?«

Ich ziehe den Saum meines Kleides ein Stück nach oben, bis das Hundepflaster sichtbar ist. Manuel lächelt. »Du hast es also draufgelassen.«

»Natürlich, Herr Doktor.« Ich wollte witzig sein, stattdessen klingen meine Worte atemlos.

Vorsichtig legt er seinen linken Arm um meine Taille. Ich lasse mich in die Umarmung fallen und schmiege mich an ihn. Es ist wie ein Zwang, ich kann meine Bewegung nicht steuern. Mein Körper möchte bei ihm sein und ich spüre, dass Manuel dasselbe möchte.

»Humanmedizin ist zwar nicht mein Spezialgebiet, aber ich kann fühlen, wie dein Puls rast«, grinst er verschmitzt.

Dann küss mich doch, schreien meine Gedanken und ich strecke ihm mein Gesicht ein Stück entgegen. Manuels Griff an meinem Rücken wird fester. Da liegt ein Verlangen in seinem Blick, das mich ganz kribbelig macht. Ich stelle mich auf die Zehenspitzen und unsere Münder sind nur noch Millimeter voneinander entfernt. Es wäre ein Leichtes, ihn jetzt zu küssen, aber etwas hält mich noch zurück. Ich will, dass er derjenige ist, der diesen Schritt macht.

Manuels Blick gleitet von meinen Augen zu meinen Lippen, die ich ganz leicht öffne. Sein Atem trifft heiß auf meinen Mund. Er zieht mich noch dichter an sich. Sein eigener trommelnder Herzschlag steht meinem in nichts nach. Mit der linken Hand greift er behutsam in meinen Nacken und sofort stellen sich die feinen Härchen an meinem Haaransatz auf. Jeder Millimeter meiner Haut glüht. Es fühlt sich an wie ein Sog, so nah bei ihm zu sein. Sogar die Luft um uns herum scheint zu flimmern.

In dieser Sekunde zerplatzt wie aus dem Nichts ein Regentropfen auf meiner Nase. Erschrocken mache ich einen Schritt zurück. Manuel starrt mich verwirrt an, dann trifft auch ihn ein schwerer Tropfen. Innerhalb von Sekunden verstärkt sich der Regen, bis der Weg unter unseren Füßen zu schwimmen beginnt. Manuel greift nach meiner Hand und gemeinsam rennen wir zurück zum Schloss. Obwohl es total unpassend ist, kann ich nicht anders, als laut zu lachen. Was für ein verrückter Tag!

Das Kleid klebt an meinem Körper und meine Haare hängen nass und schwer an mir herunter. Was aus meinem teuren Make-up geworden ist, will ich lieber gar nicht wissen. Manuel sieht nicht viel besser aus. Von seinem sorgsam gestylten dunklen Haar fallen dicke Tropfen in seine Stirn. Dennoch lächelt er glücklich. Seine Augen strahlen regelrecht.

Vor dem überdachten Eingang kauern wir uns zusammen. Mit einem Mal ist es kalt geworden. Ich schlinge die Arme um meinen Körper und kann die Gänsehaut auf meiner Haut tanzen fühlen. Manuel zieht mich an sich und drückt mir einen Kuss auf den tropfnassen Scheitel. Seine Lippen schicken ein wildes Beben durch meinen Magen, dabei haben sie bloß meine Stirn berührt.

»Du musst aus den nassen Klamotten raus.«

»Netter Versuch«, witzele ich, doch das Klappern meiner Zähne gibt ihm recht.

»Ärztliche Anordnung.« Er grinst schief und sieht mich wieder auf eine Art an, die mein Herz schneller schlagen lässt. Scheiß auf die Kälte, denke ich mir und rutsche näher an ihn heran. Jetzt oder nie. Er spürt, was ich vorhabe, und schließt langsam die Augen. Seine Hände umschließen mein Gesicht, das seinem ganz nah ist. Kurz bevor unsere Lippen sich berühren, ertönt plötzlich ein schriller Schrei. Erschrocken lasse ich von ihm ab und öffne die Augen.

»Was war das?«

Auf einmal ist es finster um uns herum geworden. Außer den

Fackeln am Weg ist jegliche Lichtquelle erloschen. Auch die Musik ist nicht mehr zu hören. Nur der prasselnde Regen wird mit jeder Sekunde lauter.

Ein wackelnder Lichtschein dringt von der Treppe im Inneren zu uns herunter. Er scheint auf uns zuzukommen. Manuel und ich erheben uns gleichzeitig und blinzeln in das grelle Licht. Pia und Theo kommen uns entgegen, in den Händen halten sie ihre Handys mit angeschalteter Taschenlampenfunktion.

»Was macht ihr denn hier? Und wie seht ihr überhaupt aus?« Pias Blick wandert von mir zu Manuel und weiter hinaus in das Unwetter. Ihre Worte sind kaum zu hören. Der Regen ist mittlerweile in Hagel übergegangen.

»Was ist da oben los?«, rufe ich und deute in die völlige Finsternis hinauf.

»Stromausfall.« Missmutig verzieht Pia das Gesicht.

»Oje, ich hoffe, es ist nichts passiert?« Plötzlich habe ich ein ganz ungutes Gefühl.

»Wie man's nimmt. Nadine ist über einen Stuhl gestolpert. Ihr Knöchel ist ganz blau.«

»Scheiße!«, fluche ich und raffe den Saum meines tropfnassen Kleides zusammen.

»Wo willst du hin?«, ruft Manuel mir hinterher.

»Ich muss nach ihr sehen!« Da bin ich schon halb um die Ecke gestolpert. Leider sehe ich nicht, wo ich hintrete.

»Warte, du brichst dir noch alle Knochen!« Kaum hat er die Worte ausgesprochen, ist Manuel auch schon bei mir. Sein rechter Arm liegt beschützend um meine Taille. Gemeinsam tasten wir uns am Geländer nach oben. Am Ende der Treppe erhellen Kerzen das Dunkel um uns herum. Einige Angestellte des Schlosses eilen herbei und schaffen noch mehr Kerzen heran. Ich kann Nadines Jammern schon von weitem hören.

»Oh, diese verfluchte Hochzeit!«, zische ich und reiße mich von Manuels Arm los, um der Braut zu helfen. Sie sitzt weinend auf dem Boden, die Hände um ihren Fuß geschlungen.

»Darf ich mal sehen?« Manuel schiebt sich an mir vorbei, wischt die Regentropfen aus seinem Gesicht und kniet sich zu Nadine. Vorsichtig betastet er ihren Knöchel. Als er ihn umfasst, jault sie laut auf.

»Das muss geröntgt werden«, stellt er sachlich fest und sieht sie entschuldigend an.

»Nein.« Kopfschüttelnd versucht Nadine, auf die Beine zu kommen, doch als sie ihren Fuß belastet, stöhnt sie schmerzhaft auf.

»Du musst ins Krankenhaus«, stimme ich Manuel zu und greife schnell unter ihre Arme, um sie zu stützen. Alex steht wie versteinert neben ihr.

»A-aber meine Hochzeit!«, stammelt Nadine.

Hilflos sehe ich zu ihrem Ehemann, der in dieser Sekunde aus seiner Starre erwacht. »Sophie hat recht. Das muss untersucht werden.«

»Nein«, wiederholt Nadine zittrig. Das Wort geht beinahe in ihrem Schluchzen unter.

»Schatz, bitte!« Alex stützt sie von der anderen Seite. Behutsam lasse ich Nadine los.

»Warum bist du denn so nass?«, fragt sie und kneift die Augen im schummerigen Kerzenlicht zusammen, um mich besser sehen zu können.

»Es hat geregnet«, antworte ich trocken. »Und jetzt hagelt es.«

Ihr Kopf fliegt nach links zur Fensterfront, vor der sich zu allem Übel auch noch ein beeindruckendes Gewitter abzeichnet.

»Oh, diese verfluchte Hochzeit!«, wiederholt sie meine Worte von eben.

Kapitel 32

Zum Glück hat sich Nadine nichts gebrochen, der Knöchel ist lediglich verstaucht. Sie bekommt einen Stützverband und soll sich schonen. Als wir die Notaufnahme um kurz nach drei Uhr morgens verlassen, ist sie völlig aufgelöst. Immer wieder stammelt sie: »Meine Hochzeit … meine Hochzeit.« Alex redet mit Engelszungen auf sie ein, doch Nadine ist taub für seine Worte. Dicke Tränen rinnen unaufhaltsam über ihre Wangen. Für sie ist der Tag vollends ruiniert.

Die Feier ist unterdessen frühzeitig beendet worden. Nachdem wir Nadine ins Krankenhaus gebracht haben, sind die Gäste langsam nach Hause gefahren. Zwar war es zu diesem Zeitpunkt schon kurz vor Mitternacht, trotzdem hätte das Brautpaar noch gerne bis in die Morgenstunden weitergefeiert.

Egal, wie geduldig wir auf Nadine einreden und ihr zu versichern versuchen, dass alles nur halb so schlimm ist – sie hat komplett auf Durchzug geschaltet und weint nur leise vor sich hin, als Manuel, Alex und ich sie mit einem Taxi nach Hause bringen. Die Enttäuschung steht ihr riesengroß ins Gesicht geschrieben. Noch nicht einmal verabschieden möchte sie sich von mir. Mit hängenden Schultern humpelt sie auf ihren Ehemann gestützt zu ihrem Haus.

Alex wirft mir noch einen letzten Blick zu, den ich mit einem trüben Lächeln beantworte. Die Wagentür schlägt zu und lässt

Manuel und mich alleine auf der Rückbank zurück. Mit fahrigen Fingern streiche ich mir die mittlerweile angetrockneten Haare aus dem Gesicht und atme tief durch.

»Das hatten wir uns irgendwie anders vorgestellt.«

Wortlos nimmt Manuel mich in die Arme und hält mich fest. Erst als der Taxifahrer ungeduldig mit den Fingerkuppen aufs Lenkrad trommelt, merke ich, dass es Zeit wird, weiterzufahren. Schnell nenne ich ihm die Adresse meiner Mutter, die er brummig zur Kenntnis nimmt.

Auf dem kurzen Weg nach Connewitz hält Manuel meine Hand fest umschlungen. Es regnet noch immer, doch von dem heftigen Schauer von vorhin ist zum Glück nicht mehr viel übrig. Als das Taxi wieder stehen bleibt, halte ich kurz inne und ringe mit mir. Jetzt wäre es an der Zeit, mich von Manuel zu verabschieden, doch ich will noch nicht. Viel lieber würde ich mit ihm noch ein paar Stunden in der friedlichen Abgeschiedenheit des Taxis verbringen, die Welt aussperren und mich einfach nur von ihm halten lassen. Doch das geht leider nicht.

»Tja, dann …« Ich bringe es nicht mal über mich, ihn anzusehen.

»Sophie«, setzt er an, hält jedoch inne.

»Ja?«, frage ich hoffnungsvoll und hebe meinen Blick.

»Kann ich dich noch zur Tür bringen?«

Grinsend deute ich auf die Eingangstür, vor der wir halten. »Die zwei Meter, meinst du? Ich habe eine bessere Idee.«

Er blinzelt erwartungsvoll.

»Cleo und ich gehen noch eine Runde spazieren. Hast du vielleicht Lust, uns zu begleiten?«

Lächelnd beugt Manuel sich über mich und öffnet die Tür. »Sehr gerne.«

Er lässt sich nicht davon abbringen, den Fahrer zu bezahlen. Dann wartet er geduldig vor dem Haus, bis ich mit meiner Hündin wieder herauskomme. Cleo beäugt Manuel misstrauisch, doch als er in die Hocke geht und die Hand nach ihr ausstreckt, humpelt sie schwanzwedelnd auf ihn zu und leckt seine Finger ab.

Der Spaziergang, der eigentlich nur eine kleine Runde um den Block ist, dauert durch Cleos Beeinträchtigung wesentlich länger als sonst. Ich habe nichts dagegen – ganz und gar nicht. Jede Sekunde mit Manuel fühlt sich an wie pures Glück, das durch meine Adern rauscht. Er hat meinen Regenschirm über uns ausgebreitet und seinen Arm um meine Taille geschlungen. Eng an ihn geschmiegt lasse ich mich von Cleo durch den anbrechenden Leipziger Morgen führen. Obwohl ich mir wünsche, dass diese Nacht niemals endet, fühle ich die Müdigkeit tiefer und tiefer in meine Glieder kriechen. Bald schon kann ich meine schmerzenden Augen nicht mehr ignorieren. Die kurze letzte Nacht und der turbulente Tag fordern ihren Tribut.

»Du siehst müde aus«, flüstert Manuel. Fast wäre ich an seine Schulter gelehnt eingeschlafen, während Cleo einen Strauch ausgiebig beschnüffelt.

»Gar nich'«, murmele ich, gefolgt von einem herzhaften Gähnen.

»Na komm, gehen wir zurück.« Sanft geleitet er mich in demselben Schneckentempo, in dem wir losgelaufen sind, zurück zu Mamas Haus. Viel zu schnell erreichen wir erneut den Punkt des Abschiedes, nur dass er diesmal unvermeidlich ist.

»Wann sehe ich dich wieder?«, flüstere ich unter halbgeschlossenen Lidern.

»Wann immer du willst.«

»Warte.« Ich nestele an meiner Tasche herum und ziehe einen alten Einkaufszettel und einen Kuli daraus hervor. Nachdem ich meine Handynummer darauf gekritzelt habe, lege ich das Papier in Manuels Hand. »Ruf mich einfach an, okay?«

Er umschließt den zusammengefalteten Zettel, als würde er ihn nie wieder loslassen wollen. »Schlaf gut, schöne Frau im roten Kleid.«

Für den Bruchteil einer Sekunde löst dieser Satz etwas in mir aus, doch noch bevor ich meine Gedanken richtig sortieren kann, habe ich seine Bemerkung auch schon wieder vergessen. Ich schenke Manuel noch ein müdes Lächeln, bevor ich die Haustür aufschließe. Als ich meine trägen Beine ins Innere des Hauses zwingen will, berührt er mich noch einmal an der Schulter und dreht mich halb zu sich um.

»Eins noch …«

Ehe ich die Bewegung kommen sehe, liegen seine Lippen auf meinen. Ich lasse mich in Manuels Arme sinken und schmiege mich dicht an seine Brust. Er hat die weichsten Lippen, die ich je gekostet habe. Ein leises Stöhnen dringt aus seiner Kehle, als er den Kuss vertieft und mir damit den Boden unter den Füßen wegreißt. Liegt es an der Müdigkeit oder an diesem unglaublichen Kuss, dass ich mich plötzlich wie benommen fühle? Als er mich wieder loslässt, liegt ein kleines Lächeln auf seinen Lippen. »Das wollte ich schon den ganzen Abend tun.«

Noch einmal ziehe ich ihn an mich und küsse ihn atemlos. Dann wird es wirklich Zeit zu gehen.

»Ich rufe dich an!«, verspricht er, bevor er in der regennassen Nacht verschwindet.

Kapitel 33

Als ich mich wieder wie ein Mensch fühle und richtig ausgeschlafen bin, nutze ich den Nachmittag nach der Hochzeit, um mich endlich ausgiebig um meinen Haushalt zu kümmern. Cleo flitzt vor dem röhrenden Staubsauger davon und wirft mir böse Blicke zu, als ich danach mit dem Wischmopp hinter ihr hergehe, doch am Ende sinken wir beide müde und zufrieden auf mein Sofa. Ich kraule durch ihr weiches Fell und lasse meinen Blick zum Fenster hinauswandern. Der Himmel wird von einer dichten Wolkenfront verhangen, die sich trist und grau auf der Oberfläche des Sees spiegelt. Perfektes Timing, um die Beine hochzulegen, Musik anzumachen und Nadine anzurufen.

»Jaaa.«

»Ich bin's. Wie geht es dir?«

Ein Schniefen beantwortet meine Frage.

»So schlimm?«, frage ich mitfühlend.

»Schlimmer. Mein Fuß ist dick und tut weh und meine Hochzeit war eine einzige Katastrophe.«

»Aber das stimmt doch nicht. Die Feier war sehr schön, jedenfalls bis zu dem blöden Stromausfall.«

»Warum habe ich nur so ein Pech?«

»Sieh es doch mal so: Jetzt kann die Ehe doch nur besser werden.«

Verhaltenes Kichern dringt zwischen ihr Schluchzen an mein Ohr. »Da hast du recht.«

»Na, siehst du. Ärgere dich nicht. Freu dich lieber auf die tollen Fotos und die vielen Geschenke.«

»Ach ja, die Geschenke. Die wurden vorhin geliefert. Wir konnten uns aber noch nicht dazu aufraffen, sie anzusehen. Und du? Hast du den Regenguss gut überstanden?«

Ein kleines Grinsen schleicht sich auf meine Lippen. Beim Gedanken an Manuel gerät meine gesamte Körpermitte in Aufruhr und schickt dutzende loopingfliegende Schmetterlinge durch meinen Magen.

»Kann man so sagen.«

»Ich habe genau mitbekommen, dass du dich gut mit Manu verstanden hast. Aber du wolltest mir ja nicht glauben, dass er ein toller Mann ist.«

Jetzt werde ich stutzig. »Moment mal, das war der Kerl, den du mir vorstellen wolltest? Du wolltest mich mit Manuel Sand verkuppeln?«

»Jepp. Aber das hast du ja auch ganz gut ohne mich hingekriegt.«

»Das gibt's ja nicht!«, lache ich ungläubig. »Was für ein Riesenzufall. Er hat Cleo und mich vorgestern nach einem kleinen Unfall gerettet.«

»Ach, ihr kanntet euch also schon vorher?« Jetzt ist auch Nadine überrascht.

»Cleo ist in eine Scherbe getreten. Er hat sie verarztet. Und mich gleich mit.« Ich bin mir sicher, dass Nadine mein Schmunzeln durch die Leitung hören kann.

»Soso, und warum weiß ich nichts davon?«

»Ich hatte noch keine Gelegenheit, dir von ihm zu erzählen. Außerdem dachte ich, er hätte eine Freundin, die zu Hause auf ihn wartet. Als der Unfall am Freitag passierte, war es schon fast Mitternacht. Er hat Cleo in seiner Praxis behandelt. Gerade als ich mir ein Herz fassen und ihn nach einem Treffen fragen wollte, hat er eine SMS bekommen und meinte, er müsste langsam mal nach Hause.«

»Lass mich raten. Sie kam von Alex, der seine nächtliche Heißhungerattacke in der fremden Wohnung stillen wollte.«

»Ganz genau.«

Nadine prustet so laut, dass ich das Handy auf Armeslänge von mir weghalten muss. »Also, Sachen gibt's. Verrückt! Wann seht ihr euch wieder?«

Mein Lächeln fällt in sich zusammen. Mir wird schmerzlich bewusst, dass Manuel sich den ganzen Tag noch nicht bei mir gemeldet hat.

»Er wollte mich anrufen«, sage ich leise.

»Hat er aber noch nicht?«

»Nein.« Ich kann die Enttäuschung in meiner Stimme nicht verbergen.

Nadine atmet tief durch. »Hör zu, gib ihm etwas Zeit, okay? Er treibt bestimmt keine Spielchen mit dir. So einer ist er nämlich nicht. Ich freue mich, dass er überhaupt gesagt hat, dass er dich anruft. Dann wird er das auch tun, du wirst sehen.«

»Moment mal. Was soll das denn heißen? ›Dass er überhaupt gesagt hat, dass er dich anruft‹? Wieso sollte er nicht anrufen? Immerhin hat er mich geküsst.« Ups, jetzt ist es raus. Mein süßes kleines Geheimnis, das ich eigentlich für mich behalten wollte, jedenfalls so lange, bis es mehr zu berichten gibt.

»Das ist ja toll«, freut sich Nadine. »Wirklich!«

»Du lenkst ab«, bemerke ich und verdrehe die Augen. Was weiß sie, was ich nicht weiß?

»Okay, hör zu: Manu hat schon ein paar Sachen durchgemacht. Er kann nicht ganz so offen und locker auf Frauen zugehen, wenn du verstehst, was ich meine.«

»Nee, verstehe ich nicht.«

»Egal. Aber er wird sich melden, das weiß ich, und dann soll er es dir selbst erzählen. Ich möchte da nicht vorgreifen, in Ordnung? Sei nicht sauer auf mich.«

»Hmpf.« Ich hasse es, wenn andere Menschen mehr wissen als ich. Aber natürlich kann ich Nadine nicht böse sein. Sie möchte loyal sein und das ist ja nichts Schlechtes. Also gebe ich mich geschlagen, seufze und nicke brav, auch wenn sie das durchs Telefon natürlich nicht sehen kann.

»Du, ich muss jetzt Schluss machen. Alex kommt gerade wieder heim, wir wollen kochen.«

»Sehen wir uns am Dienstag?«, frage ich hoffnungsvoll.

»Oh, hat Pia dir das etwa nicht gesagt? Theo hat sie und ihre Tante am Dienstag zum Essen eingeladen, unser Kochdate fällt also aus. Aber unser Cocktail-Freitag steht. Du bist doch dabei, oder?«

»Na klar.« Wie könnte ich mir unser letztes Mädelstreffen vor Nadines Flitterwochen entgehen lassen?

»Gut, bis dann, Sophie. Und halt mich auf dem Laufenden, wenn Manu sich meldet.«

»Mach ich«, verspreche ich. Wenn er sich denn meldet.

* * *

Im Laufe des Abends muss ich über meinem Laptop eingeschlafen sein. Erst das durchdringende Geräusch einer eingegangenen Nachricht auf *DateZig* lässt mich verdutzt hochschrecken. Die Seite habe ich mittlerweile aus Gewohnheit immer im Hintergrund geöffnet.

Der ultimative Ratgeber: So erziehe ich meinen störrischen Dackel lese ich noch halb benommen und klicke den dazugehörigen Link an, der mich zu Amazon weiterleitet. Noch eine Nachricht geht ein, wieder mit einem Buchtipp: *Hundeerziehung leicht gemacht: Wie Sie aus Ihrem Vierbeiner einen verlässlichen Partner machen.* Schmunzelnd überfliege ich die Inhaltsbeschreibungen, dann gehe ich zurück auf *DateZig.*

Sophie_L_1989 schrieb am 06. August um 20:39 Uhr:
Hallo Fremder. Danke für die Bücher. Ich werde sie mir mal zu Gemüte führen.

VetSan schrieb am 06. August um 20:39 Uhr:
Immer gerne. Wie war die Hochzeit?

Sophie_L_1989 schrieb am 06. August um 20:40 Uhr:
Chaotisch gestartet, solider Mittelteil, furchtbares Ende.

VetSan schrieb am 06. August um 20:40 Uhr:
Furchtbares Ende?

Sophie_L_1989 schrieb am 06. August um 20:40 Uhr:
Stromausfall und eine verletzte Braut.

VetSan schrieb am 06. August um 20:41 Uhr:
Autsch. Und sonst ist nix Interessantes passiert?

Meine Gedanken fliegen zu Manuel, seinen grünen Augen und dem umwerfenden Abschiedskuss. Augenblicklich schlägt mein Herz Purzelbäume. Ein Blick auf mein Smartphone verrät mir jedoch, dass er sich noch immer nicht gemeldet hat. Enttäuscht werfe ich das Handy zwischen die Kissen.

VetSan schrieb am 06. August um 20:43 Uhr:
Sophie?

Sophie_L_1989 schrieb am 06. August um 20:43 Uhr:
Was? Nein. Nichts Aufregendes passiert. Nichts, was der Rede wert wäre.

Ich kann ihm ja schlecht erzählen, dass ich einen anderen Mann kennengelernt habe und jetzt wie ein verzweifelter Teenager vor meinem Telefon sitze und darauf warte, dass er mich anruft. Außerdem bin ich gerade verdammt wütend. Warum meldet Manuel sich nicht? Obwohl er es mir versprochen hat. Zu meiner Überraschung erfüllt es mich mit einer gewissen Genugtuung, vor VetSan so zu tun, als hätte mir der Abend nichts bedeutet. Bescheuert, ich weiß.

VetSan schrieb am 06. August um 20:44 Uhr:
Okay … Bleibt es bei unserem Treffen am Mittwoch?

Ich lese die Zeile ungefähr zehn Mal, bevor ich reagiere.

Sophie_L_1989 schrieb am 06. August um 20:46 Uhr:
Ja, denke schon. Bootfahren am Mittwoch um 18:30 Uhr. Ich werde da sein.

Auch wenn mir in der Zwischenzeit die Lust darauf vergangen ist. Es ist vor allem mein schlechtes Gewissen, das mich davon abhält, die Verabredung abzusagen. Wenn ich ehrlich bin, habe ich in den letzten achtundvierzig Stunden keinen einzigen Gedanken an meinen unbekannten Chatpartner verschwendet. Und spätestens seit ich Manuel auf der Hochzeit wiedergetroffen habe, ist in meinem Kopf sowieso kein Platz mehr für einen anderen Mann. Ich hatte das Date mit VetSan fast schon verdrängt, muss ich mir in diesem Moment eingestehen. Mein Interesse an ihm ist ziemlich schnell abgeklungen, auch wenn ich ihm das so natürlich nicht sagen kann. Wie unsensibel wäre das denn? Trotzdem habe ich das Gefühl, dass ich nicht einfach einen Rückzieher machen kann. Nicht nach unseren unzähligen durchgechatteten Abenden. Wir hatten ja trotzdem eine gute Zeit. Wenigstens dieses eine kurze Treffen muss ich ihm zugestehen. Das gebietet mir mein Pflichtgefühl.

VetSan schrieb am 06. August um 20:47 Uhr:
Okay, ich freue mich drauf. In den letzten Tagen konnte ich an nichts anderes denken. So was ist mir zuletzt … ich weiß nicht … vor sehr langer Zeit passiert.

Vor drei Tagen hätte ich mich sicher geschmeichelt gefühlt, aber jetzt entlockt mir sein Geständnis nur ein müdes Zucken der Mundwinkel. Apropos müde – meine schweren Lider lassen mich deutlich spüren, dass mein Körper die Anstrengungen der Hochzeit noch nicht ganz weggesteckt hat und die nächste Dosis Schlaf einfordert.

Sophie_L_1989 schrieb am 06. August um 20:48 Uhr:
Ich muss Schluss machen. Bin völlig fertig vom Wochenende. Der Hund will auch noch mal vor die Tür.

VetSan schrieb am 06. August um 20:48 Uhr:
Schade. Lesen wir uns morgen wieder?

Sophie_L_1989 schrieb am 06. August um 20:49 Uhr:
Weiß noch nicht. Habe noch eine Menge Arbeit, die am WE liegengeblieben ist. Ich kann nichts versprechen.

VetSan schrieb am 06. August um 20:50 Uhr:
Verstehe. Na gut, dann auf jeden Fall bis Mittwoch. Mach's gut, schöne Frau im roten Kleid.

Kapitel 34

Aus Minuten werden Stunden und schließlich Tage. Meine Wut und Enttäuschung fressen mich fast auf. Am Mittwochvormittag stehe ich kurz davor, in Manuels Praxis einzufallen und ihn mit einer Salve bitterböser Flüche zu bombardieren. Einzig mein Stolz hält mich davon ab. Einem Mann hinterherrennen, und sei es nur, um ihm die Meinung zu geigen? Nicht mit mir! Wenn der feine Herr Doktor es nicht für nötig hält, sich bei mir zu melden, obwohl er wenige Tage zuvor eine Horde gut dosierter Schmetterlinge in meinen Eingeweiden platziert hat, dann kann ihm der Abend ja nicht viel bedeutet haben. Und ich habe wirklich geglaubt, dass er mich mag – tja, falsch gedacht, Sophie. Dennoch weigert sich etwas tief in mir zu glauben, dass ich mich dermaßen in Manuel getäuscht haben soll. Ich meine, ich bin doch nicht blöd! Dieses Funkeln in seinen Augen, das achterbahnfahrtähnliche Herzklopfen während unserer Küsse und das Prickeln, das den ganzen Samstagabend über zwischen uns in der Luft lag, kann ich mir doch nicht bloß eingebildet haben.

Oder?

Vielleicht hat er den Zettel mit meiner Handynummer verlegt oder er ist im Regen nass und unleserlich geworden. Am Ende grämt Manuel sich in diesem Moment vielleicht fast genauso sehr wie ich und wartet nur darauf, dass ich mir ein Herz fasse und noch einmal auf ihn zugehe. Das ist es, was mein dummes Herz mich nach dem Konsum unzähliger kitschiger Liebesromane und -filme gerne glauben lassen möchte, aber mein Verstand weiß es besser. Markkleeberg ist schließlich keine Weltmetropole und ich bin kein top abgeschirmter Superpromi. Meine Mailadresse im Internet zu finden ist kein Hexenwerk. Mal ganz abgesehen davon ist da ja auch noch Alex, der Manuel meine Handynummer jederzeit geben könnte – wenn er denn danach gefragt würde.

Es nützt nichts. Wie ich es auch drehe und wende, es scheint, als wäre Manuels Interesse an mir so plötzlich verpufft wie die rosarote Seifenblase, in der ich mich in der Nacht der Hochzeit befunden habe. Aber am meisten ärgert es mich, dass ich so blöd war zu glauben, das zwischen uns wäre etwas Besonderes gewesen. Hoffnung ist so ein Arschloch.

Als ich um kurz vor halb sieben zum Bootsverleih stapfe, könnte ich nicht aufgeladener sein. Meine Verärgerung auf Manuel hat sich in den letzten Stunden ins Unermessliche hochgeschraubt. Keine guten Voraussetzungen für das Treffen mit VetSan. Insgeheim hoffe ich, dass ich wenigstens ein paar Punkte auf meinem Karma-Konto gutgeschrieben bekomme, wenn ich mich jetzt zusammenreiße, das Kennenlernen schnell hinter mich bringe und dann wieder nach Hause eilen kann, um … Ja, was eigentlich? Weiterhin auf meinem Sofa zu hocken und darauf zu warten, dass doch noch ein Wunder geschieht und Manuel mich plötzlich anruft? Obwohl ich weiß, wie erbärmlich das ist, werde ich wohl genau das tun.

Um Punkt halb sieben finde ich mich am Eisstand neben dem Bootsverleih ein, schließe die Augen und atme tief durch. Ich muss dringend wieder runterkommen, wenn ich den armen VetSan nicht mit meiner schlechten Laune verschrecken will. Das hat er wirklich nicht verdient. Immerhin scheint er sich aufrichtig auf unser Treffen zu freuen, was ich von mir leider nicht mehr behaupten kann. Mit meinem angeknacksten Ego bin ich heute gar keine gute Gesellschaft.

Zehn Minuten nach halb sieben stehe ich noch immer alleine auf weiter Flur. Wenigstens trägt der Anblick der ruhigen Wasseroberfläche des Cospudener Sees dazu bei, mein erhitztes Gemüt ein wenig abzukühlen. Da kommt mir ein Gedanke: Vielleicht hat VetSan ja abgesagt? Seit Sonntagabend war ich nicht mehr auf *DateZig* online, stattdessen habe ich mich ausgiebig in meinem Enttäuschungsschmerz gesuhlt. Kurzerhand nestele ich das Smartphone aus meiner Handtasche und öffne die App. Und tatsächlich, vor einigen Minuten hat mich eine Nachricht von ihm erreicht:

VetSan schrieb am 09. August um 18:32 Uhr:
Ich wollte nur noch mal nachfragen, ob es bei unserem Treffen bleibt? Ich verspäte mich leider ein wenig. Kleiner Notfall auf der Arbeit.

Sophie_L_1989 schrieb am 09. August um 18:42 Uhr:
Alles gut. Ich bin da und warte.

VetSan schrieb am 09. August um 18:43 Uhr:
Okay, super. Bis gleich. Ich kann es kaum erwarten, dein Gesicht zu sehen, wenn du mich erkennst.

Irritiert starre ich auf den Bildschirm. *Ich kann es kaum erwarten, dein Gesicht zu sehen, wenn du mich erkennst?* Was soll das denn bedeuten? Ich weiß doch gar nicht, wie der Kerl aussieht. Oder kenne ich ihn etwa? Plötzlich beschleicht mich eine unheimliche Vorahnung. Steckt vielleicht mein Ex Christoph hinter dem Pseudonym VetSan? Nach unserer Trennung hat er wochenlang alles versucht, um mich zurückzugewinnen. Anrufe, Blumensendungen, Briefe – er hat wirklich alle Register gezogen, um mich weichzukochen. Aber nicht mit mir. Nicht nach allem, was ich mit ihm durchgemacht hatte. Erst als ich ihm mit einer Anzeige wegen Stalking gedroht und meine Handynummer gewechselt habe, hat Christoph endlich Ruhe gegeben. Was ist, wenn er mein Profil durch irgendeinen blöden Zufall gefunden und sich entschlossen hat, es doch noch mal zu versuchen?

Augenblicklich wird mir schlecht. Ich spüre bittere Galle in meiner Kehle aufsteigen und sehe mich hektisch nach allen Seiten um. Doch außer einem herrenlosen dunklen Fellknäuel, das übermütig über den künstlichen Strandabschnitt am Ufer tollt, ist noch immer niemand zu sehen. Beruhige dich, Sophie. Ihr seid jetzt seit fast anderthalb Jahren getrennt. In der Zwischenzeit hat er sich nicht wieder gemeldet. Es kann nicht Christoph sein.

Weitere Minuten vergehen, in denen ich unruhig mit den Füßen im Sand scharre und mich frage, was VetSans Bemerkung bedeuten soll, als der freilaufende Hund plötzlich direkt vor meinen Füßen Halt macht. Überrascht mustere ich den grauschwarzen Rauhaardackel, der eine weiße Fliege um den Hals trägt und eine einzelne rote Rose im Maul balanciert.

»Gustav? Was machst du denn hier?« Ich kann spüren, wie mir der Schweiß ausbricht. Ist er Manuel etwa abgehauen?

Gustav setzt sich vor mich in den Sand, wedelt aufgeregt mit dem Schwanz und lässt die Rose fallen.

»Sophie!«, ertönt die unverkennbar tiefe Stimme seines Besitzers.

Wie in Zeitlupe drehe ich mich in die Richtung, aus der Manuel im Laufschritt angejoggt kommt. Er trägt ein kariertes Hemd und eine dunkle Jeans, das lockige Haar hängt zerwühlt in seine Stirn. Sein umwerfendes Aussehen jagt einen Stich durch meine Brust.

»Hey, entschuldige, ich bin zu spät.«

»Ich wüsste nicht, dass wir verabredet gewesen wären«, gebe ich kühl zurück.

Moment.

Da erst macht es plötzlich klick.

Was zur Hölle …?

»Sag nicht, du bist VetSan!«

Ein verschmitztes Lächeln breitet sich auf Manuels Gesicht aus. »Vet steht für Veterinärmedizin und San für Sand«, erklärt er stolz.

Mein Mund klappt auf.

Manuel ist VetSan.

Der Mann, auf dessen Anruf ich seit Tagen sehnsüchtig warte, steht in diesem Moment vor mir und grinst mich dreist an. Nachdem er es nicht für nötig gehalten hat, mir seine wahre Identität zu offenbaren. Ich habe keine Ahnung, wie ich reagieren soll. In mir ringen Wut, Ärger und der dringende Wunsch, ihm eine schallende Ohrfeige zu verpassen.

»Sag mal, hast du sie noch alle? Was fällt dir ein, mich dermaßen zu verarschen?«

Die Wut hat gewonnen. Eindeutig. Meine Worte treffen ihn wie ein Schlag ins Gesicht.

»Verarschen? Was? Nein! Wie kommst du denn darauf?« Er macht einen unbeholfenen Schritt auf mich zu, doch ich hebe abwehrend die Arme und gebe ihm zu verstehen, dass er mir fernbleiben soll.

»Wie würdest du es denn nennen, wenn sich jemand wochenlang im Internet an dich heranmacht, dich dann aus einer brenzligen Situation rettet, nur um dir am nächsten Tag gehörig den Kopf zu verdrehen, und sich am Ende nicht mehr meldet?« Ich stapfe entschlossen auf ihn zu. Mit jedem Wort werde ich lauter und wütender. »Und jetzt? Überraschung, ich bin's! War ein toller kleiner Scherz, ätsch! War das Alex' Idee? Oder steckt Nadine dahinter? Habt ihr euch schön über die blöde Sophie amüsiert, die es seit der Trennung von ihrem Ex nicht mal geschafft hat, ein Date für die Hochzeit ihrer besten Freundin zu organisieren?«

Manuel versucht meine Hand zu ergreifen, doch ich schlage sie weg. Gustav geht einen Schritt zur Seite, er hat den Schwanz zwischen den Hinterläufen eingeklemmt.

»Warte mal, Sophie. Du hast da etwas völlig falsch verstanden. So war das nicht.«

»Verarsch mich nicht!« Es kostet mich unglaubliche Kraft, das Zittern in meiner Stimme zu überspielen. Mittlerweile hat die Enttäuschung die Oberhand gewonnen und sendet eindeutige Signale an meine Tränendrüsen. Mit fahrigen Fingern wische ich mir über die Augen und drehe mich weg. »Ganz toll habt ihr euch das ausgedacht. Mit mir kann man's ja machen.«

»Sophie«, versucht er es noch einmal, doch ich lasse mich nicht von seinem sanften Tonfall täuschen. »Hör mir bitte zu, du hast da etwas völlig missverstanden.«

»Lass mich!«

Noch nie habe ich mich dermaßen blöd gefühlt. Mein Herz klopft so heftig, dass ich das Gefühl habe, es will aus meiner Brust springen und sich im See ertränken.

»Ich habe genug gehört. Du bist echt das Allerletzte! Spiel deine Spielchen mit jemand anderem. Dafür bin ich die Falsche.«

Wütend zertrete ich die Rose vor meinen Füßen, dann drehe ich mich um und renne davon.

Kapitel 35

Wie sich herausstellt, hat Manuel meine Nummer keineswegs verlegt. In einer Regelmäßigkeit, die ich ihm gar nicht zugetraut hätte, trudeln plötzlich dutzende Mailbox- und Textnachrichten auf meinem Handy ein, die alle denselben Inhalt haben: Er will noch mal mit mir reden. Doch ich weigere mich, ihm zu antworten. Zu tief sitzt der Schmerz der Enttäuschung in meiner Brust. Ich finde nicht mal die Kraft dazu, ihn wegzudrücken, wenn er anruft, sondern lasse es einfach klingeln. Soll er doch schmoren, so wie er mich hat schmoren lassen. Stattdessen stürze ich mich wie eine Besessene in die Arbeit, schalte mein Handy auf stumm und klicke alle E-Mail-Programme und Websites auf dem Laptop weg, die mich ablenken könnten. Wenigstens komme ich so mit meinen Aufträgen gut voran und kann bald stolz auf die kleine Sammlung abgearbeiteter Übersetzungen für ansässige Firmen zurückblicken. Erst als es am Freitagabend um kurz nach neun an meiner Tür klingelt, erwache ich aus meinem Arbeitseifer. Müde, orientierungslos und ausgelaugt trotte ich zur Tür. Welchen Tag haben wir heute? Wie spät ist es? Plötzlich bekomme ich keinen klaren Gedanken mehr zusammen. Nicht mal die aufgeregt kläffende Cleo entlockt mir den obligatorischen Rüffler, den sie sonst immer für ihr Bellen kassiert. Dafür spüre ich plötzlich einen dumpfen Kopfschmerz aufbranden, der mir deutlich signalisiert, dass ich eine Pause brauche.

»Wie siehst du denn aus?«, begrüßt mich Pia äußerst charmant.

»Was macht ihr hier?«, frage ich im selben Moment und mustere die aufgedonnerte Nadine und die etwas legerer gekleidete Pia in meinem Türrahmen.

»Freitagabend, zwanzig Uhr. Klingelt da vielleicht irgendwas bei dir?« Unwirsch schiebt Nadine sich an mir vorbei in die Wohnung und zieht augenblicklich eine Schnute. »Sag mal, bist du zum Messie mutiert? Und wie riecht es denn hier?«

Mein Sofa ist unter Bergen von unerledigtem Papierkram kaum mehr zu erkennen und auf dem kleinen Tisch davor stapeln sich die Ordner. Nadine geht zielstrebig zum Fenster und reißt es auf. Keine Ahnung, wann der Raum zum letzten Mal Frischluft abbekommen hat. Mit einem Mal sehe ich meine Wohnung durch die Augen meiner Freundinnen und schäme mich furchtbar. Als mein Blick an mir herunterwandert und an der tomatenfleckigen Jogginghose haften bleibt, muss ich schwer schlucken.

»Tut mir leid, ich hab unser Cocktaildate vergessen«, gestehe ich kleinlaut und fahre mir mit den Fingern durch die strähnigen Haare.

»Was du nicht sagst.« Pia verdreht die Augen. »Und dein Telefon hast du wohl auch verlegt oder wie? Ich habe gestern und heute bestimmt zehnmal versucht, dich anzurufen.«

»Sorry«, murmele ich betreten.

»Okay, Feierabend! Die Arbeit kann bis morgen warten. Du brauchst dringend eine Verschnaufpause. Wir machen Folgendes: Du springst jetzt unter die Dusche, legst ein bisschen Make-up auf und ziehst dir etwas Nettes an. Ich gehe in der Zwischenzeit mit Cleo vor die Tür und dann fahren wir alle gemeinsam nach Leipzig und machen uns einen schönen Abend.«

Nadine klingt nicht so, als ob sie Widerworte akzeptieren würde, dabei kann ich mir gerade wirklich Besseres vorstellen, als einen Mojito nach dem anderen in mich reinzukippen. Schlafen zum Beispiel. Schlafen klingt fabelhaft. Aber daraus wird wohl nichts, denn Nadine sucht bereits Cleos Geschirr im Flur zusammen, während Pia sich hinterrücks auf mich stürzt.

»Los, los, los.« Ich werde regelrecht ins Badezimmer gestoßen, dann fällt die Tür hinter mir ins Schloss und ich bin allein. Zum ersten Mal seit zwei Tagen erhasche ich einen längeren Blick auf mein Spiegelbild. Das bleiche Wesen, das mir dort entgegenblickt, hat mehr Ähnlichkeit mit einer Untoten als mit der Person auf meinem Personalausweis. Meine Haare schreien nach einer Ladung Shampoo, meine Haut ist fahl und fleckig und unter meinen Augen liegen dunkle Schatten. Seufzend steige ich aus meinen Schlabberklamotten, drehe die Dusche auf und versuche in der nächsten halben Stunde, einen einigermaßen vorzeigbaren Menschen aus mir zu machen.

* * *

»Und jetzt erzählst du uns endlich, was mit dir los ist.«

Nachdem wir Nadines suboptimal verlaufene Hochzeitsfeier und die anstehenden Flitterwochen ausgiebig bequatscht haben, liegt der Fokus des Interesses nun auf mir. Nadine und Pia funkeln mich erwartungsvoll an, während ich noch schnell einen großen Schluck von meinem Getränk nehme und dabei nach den richtigen Worten suche.

»Hat Manuel sich gemeldet?«, will Nadine wissen.

»Wer ist Manuel?«, fragt Pia sofort.

»Manuel ist ein alter Kumpel von Alex. Er hat lange Zeit in Hannover gewohnt. Vor ein paar Monaten ist er nach Markkleeberg gezogen, um dort seine eigene Praxis zu eröffnen«, spult Nadine die Kurzfassung herunter.

»Er ist Arzt?«, fragt Pia interessiert.

»Tierarzt«, brumme ich. »Ich habe ihn letzte Woche bei meinem Abendspaziergang mit Cleo kennengelernt. Da war so ein junges Teenagerpärchen, das sich auf der Straße gestritten hat. Der Kerl hat eine Glasflasche auf dem Weg zerschmissen und Cleo ist in eine Scherbe gelaufen. Manuel war zufällig dort unterwegs und hat seine Hilfe angeboten. Er hat Cleo in seiner Praxis verarztet.«

»Warum hast du das denn nicht erzählt? Sieht er gut aus? Habt ihr miteinander geflirtet? Wann seht ihr euch wieder?« Typisch Pia.

Ich weiche ihrem Blick aus und spiele stattdessen am Saum meines Shirts herum. »Na ja, ich fand ihn schon sehr … nett. Wir haben aber keine Nummern ausgetauscht und hinterher habe ich mich ein bisschen darüber geärgert.«

»Aber zum Glück hast du ihn ja auf der Hochzeit wiedergesehen«, platzt Nadine freudestrahlend in meine Erzählung hinein.

Pia bekommt kugelrunde Augen. »Ach, sag bloß. Das war Manuel? Der Typ, mit dem du im Regen versackt bist? Wusstest du, dass er auch da sein würde?«

Ich schüttele träge den Kopf. »Nein, wusste ich nicht.«

»Aber du hast dich gefreut«, stellt Nadine fest und stößt mich grinsend mit der Schulter an. »Gib's zu.«

Ich hebe nur kurz die Achseln und spiele die Unverfrorene.

»Ach, komm schon! Lass dir nicht jede Kleinigkeit aus der Nase ziehen. Ihr habt euch geküsst, nachdem ihr mich aus dem Krankenhaus heimgebracht habt. Das heißt, dass er dich mag.« Enttäuscht über meine mangelnde Redseligkeit zieht Nadine eine kleine Schnute.

»Ach, das sind ja mal Neuigkeiten.« Pia beugt sich ein Stück nach vorn, dabei stößt ihr Bäuchlein gegen die Tischkante. Sensationslüstern wartet sie auf weitere pikante Details – nur, dass da keine kommen werden.

Ich stoße genervt die Luft zwischen den Zähnen aus, verschränke die Arme vor der Brust und starre trotzig auf mein Getränk. Da die zwei ja doch keine Ruhe geben werden, sollen sie eben das gesamte Ausmaß meiner Erniedrigung erfahren.

»Er wollte mich anrufen. Ich habe ihm meine Nummer

gegeben und darauf gewartet, dass er sich meldet. Hat er aber nicht. Und da wurde ich sauer – so richtig sauer. Manuel schien mir nicht der Typ zu sein, der hemmungslos mit jeder dahergelaufenen Trulla herumknutscht und sie dann mir nichts, dir nichts einfach wieder aus seinem Leben streicht. Aber so kann man sich täuschen. Der feine Herr hatte nämlich einen noch viel gerisseneren Plan.« Ich mache eine kleine Kunstpause. »Ihr erinnert euch an *DateZig*?«

Die beiden nicken.

»Dort hat mir seit geraumer Zeit einer gewisser VetSan Nachrichten geschrieben. Der mit dem leeren Profil«, ergänze ich und sehe Pia an.

Sie blinzelt kurz, dann macht es klick. »Ah, ja, ich erinnere mich. Und der hat dir geschrieben?«

»Ja, immer wieder. Irgendwann habe ich ihm aus lauter Langeweile geantwortet und dann ging das über mehrere Wochen hin und her. Wir haben über nichts Weltbewegendes gesprochen, aber irgendwie war da … so eine Verbindung zwischen uns. Jedenfalls wollte ich ihn nach einer Weile unbedingt treffen. Ich musste wissen, wer der Mann hinter dem Profil ist, der mich zum Lachen bringt und bis spät in die Nacht wachhält. So, und jetzt ratet mal, wer zu unserem Date am Mittwochabend erschienen ist.« Ich angele nach meinem Drink und nehme einen tiefen Schluck, dann knalle ich das leere Glas wütend auf den Tisch. Zum Glück läuft in diesem Moment unser Stammkellner Tim vorbei.

»Ich nehme noch einen!«, rufe ich harsch. Dabei bin ich wohl so laut, dass sich sämtlich Köpfe an den Nebentischen zu mir umwenden. Tim zuckt kurz zusammen, dann schenkt er mir ein professionelles Lächeln und sammelt mein leeres Glas ein. Beim Weggehen wirft er einen ungenierten Blick auf Pias Bauch. Seitdem sie offensichtlich schwanger ist, hat er keinen Versuch mehr unternommen, sie anzuflirten. Stattdessen beäugt er sie so misstrauisch, als hätte er Angst, das Kind wäre von ihm.

»Wer ist aufgetaucht?«, fragt Nadine.

»Doch nicht etwa Manuel?« ruft Pia im selben Moment.

»Doch!« Ich nicke. »Nachdem er mich Samstagnacht geküsst und sich dann nicht mehr gemeldet hat, kam er ganz lässig angejoggt und fand sich unheimlich toll dabei, mich unwissende Kuh dermaßen vorzuführen. Er war sogar stolz darauf, dass ich bis dahin nicht geahnt habe, dass er hinter VetSan steckt.« Als die Worte raus sind, muss ich tief durchatmen, um mich nicht weiter in meine Wut hineinzusteigern.

Die beiden schweigen eine Weile, bis Nadine vorsichtig einwirft: »Und du bist dir ganz sicher, dass er wusste, dass du dich hinter deinem Profil verbirgst? Ich meine, du wusstest ja auch nicht, dass er es ist.«

»Weil sein Profil komplett leer war«, erinnere ich sie. »Kein Foto, keine Informationen – nada. Ich habe zwar auch nicht gerade das aussagekräftigste Profilfoto gewählt, aber spätestens auf der Hochzeit wusste er, mit wem er es zu tun hat.«

»Warum bist du dir da so sicher?«, hakt Pia nach.

»Weil ich ihm vorher Fotos von den Kleidern geschickt hatte und er mich dazu ermutigt hat, das rote zu nehmen. Er hat mich am Samstag also hundertprozentig wiedererkannt. Und dann fand er es wohl witzig, mit mir zu flirten, ohne dass ich weiß, wer er ist.« Die Beweisführung ist damit abgeschlossen und der Täter überführt, aber ich fühle mich kein Stück besser. Stattdessen zerrt es an meinen Nerven, die ganze Geschichte noch einmal Revue passieren zu lassen.

»Hm«, macht Pia.

Nadine sagt lange Zeit gar nichts, sie sieht mich nicht mal an. Doch ich spüre, dass es da etwas gibt, das ihr auf der Zunge liegt.

»Spuck's aus«, fordere ich.

Sie windet sich kurz auf ihrem Platz, dann dreht sie sich endlich zu mir. »Ich kann mir vorstellen, wie du dich gefühlt hast, als Manu plötzlich vor dir stand. Besonders, nachdem er auf der Hochzeit nicht klargestellt hat, dass er hinter dem Profil steckt, und sich nach dem Kuss nicht mehr gemeldet hat. Es ist absolut nachvollziehbar, dass du dir verarscht vorkamst.«

»Allerdings. Für eine geschlagene Stunde dachte ich sogar, Alex und du würdet da mit drinhängen.«

»Was?«, ruft sie entsetzt. »Das würden wir nie tun! Ich würde dich niemals derart hinters Licht führen, das schwöre ich.«

»Weiß ich doch«, sage ich sanft. »Das ist mir dann auch klargeworden.«

»Hör zu, Sophie, ich weiß, ich wollte mich eigentlich raushalten. Aber jetzt habe ich das Gefühl, Manuels … zugegeben merkwürdiges Verhalten entschuldigen oder zumindest erklären zu müssen.«

»Na, da bin ich ja mal gespannt«, sage ich kalt.

Nadine schlägt die Augen nieder und scheint nach den richtigen Worten zu suchen, bevor sie mich wieder ansieht. In ihrem Blick liegt plötzlich ein dunkles Flackern. »Manu war schon mal verheiratet. Er ist von Hannover hierher gezogen, nachdem seine Frau gestorben ist, um ein neues Leben zu beginnen.«

Damit hatte ich nicht gerechnet. Mein Herz schlägt kräftig gegen meine Rippen. Ich hatte mir fest vorgenommen, weiterhin wütend auf ihn zu sein, ganz egal, was sie mir jetzt erzählt, aber diese Neuigkeit erwischt mich eiskalt. »Das … das wusste ich nicht.«

»Woher auch? Er redet ja nicht darüber. Seit ihrem Tod hat Manu sich auf keine andere Frau mehr eingelassen. Es grenzt an ein Wunder, dass er dich überhaupt so nah an sich herangelassen hat.«

Ich muss schwer schlucken, um diese Information zu verdauen. Manuel hat seine Frau verloren. Er ist erst Mitte dreißig und schon Witwer. Ich möchte weiterhin wütend sein, aber auf einmal ist da bloß noch Leere in mir.

»Das ist wirklich tragisch«, mischt Pia sich ein, »erklärt aber immer noch nicht, warum er sich erst tagelang nicht meldet und dann meint, er müsste Sophie derart vorführen. Warum hat er ihr nicht einfach die Wahrheit gesagt, als er sie in ihrem roten Kleid auf der Hochzeit erkannt hat? Da ist doch nichts dabei: Hey, ich bin's, dein Kumpel aus dem Chat. So ein Zufall! Du hier, ich hier. Komm, lass uns was trinken.«

Fast muss ich grinsen. So was hätte er nie gesagt, das ist selbst mir klar, obwohl ich ihn kaum kenne.

»Vielleicht hat er einfach nur eine Ablenkung gesucht?«, spreche ich meine nächste Vermutung aus.

»Ich glaube, er hat kalte Füße gekriegt, als er Sophie erkannt hat«, vermutet Nadine. »Eben weil sie sich im Chat so gut verstanden haben und sie plötzlich völlig unvorbereitet vor ihm stand. Vielleicht hat er gemerkt, dass er einfach nicht so weit ist. Ein lockerer Chat und ein reales Treffen sind immer noch zwei Paar Schuhe. Manuel würde nicht mit den Gefühlen einer Frau spielen, so einer ist er nicht.« Sie wirkt völlig überzeugt von seiner Aufrichtigkeit, aber meine Zweifel kann sie damit nicht aus der Welt reden.

»Stattdessen küsst er mich lieber fast besinnungslos und meldet sich dann nicht mehr? Ihm muss doch klar gewesen sein, wie ich mich dabei fühle.« In meinem Kopf passt das alles nicht zusammen.

»Ich weiß es nicht. Aber er ist zu eurem Treffen am Mittwoch gekommen, das ist doch ein gutes Zeichen, oder? Er wollte dich wiedersehen. Vielleicht hat er sich nicht getraut, dir auf der Hochzeit die Wahrheit zu sagen, und musste erst den Mut dafür aufbringen. Und dann wollte er die Sache am Mittwoch klarstellen?«

Ich denke eine Weile über ihre Worte nach. »So habe ich das zwar noch nicht gesehen, aber vielleicht ist da ja was dran«, gebe ich zu. Ich merke, wie ich versuche, eine plausible Erklärung für Manuels Verhalten zu finden. Nichts wünsche ich mir mehr, als dass er mich nicht belügen oder vorführen wollte, sondern einfach nur nicht bedacht hat, wie ich mich dabei fühlen würde, wenn ich auf diese Weise herausfinde, dass er hinter VetSan steckt.

»Hat er sich nach dem geplatzten Date noch mal gemeldet?«, fragt Pia.

»Er hat versucht, mich anzurufen und mir Nachrichten geschickt.«

»Was stand drin?«

»Dass er mit mir reden will. Aber ich habe nicht geantwortet.«

»Darf ich mal sehen?«

Etwas widerwillig gebe ich Pia mein Smartphone. Sie öffnet zielgerichtet die Nachrichten-App und liest laut vor:

»Mittwoch, 18:53: Sophie, es tut mir leid! Ich wollte dich nicht vergraulen. Ich wollte dich überraschen. Bitte lass uns noch mal reden.«

»Mittwoch, 19:30: Bitte rede mit mir. Ruf mich an, ich kann dir alles erklären.«

»Mittwoch, 20:21: Es war eine Scheißidee, dich so zu überrumpeln. Ich hätte dir gleich am Samstag reinen Wein einschenken sollen. Bitte melde dich.«

»Donnerstag, 08:14: Ich bin ein Idiot. Es tut mir so leid. Du denkst bestimmt, ich hab nicht mehr alle Tassen im Schrank, aber ich kann dir das erklären.«

»Donnerstag, 12:58: Bitte geh an dein Telefon. Ich will nur mit dir reden und versuchen, dir alles zu erklären.«

»Donnerstag, 22:32: Gustav vermisst Cleo. Und ich vermisse dich.«

Als sie die letzte Nachricht vorliest, hinterlässt diese einen kleinen Stich in meinem Herzen. Schuldbewusst sehe ich zu Pia, die mir mein Smartphone zurückgibt.

»Also, Durchhaltevermögen hat er ja.«

»Ruf ihn an«, rät Nadine sanft. »Hör dir an, was er zu sagen hat und dann kannst du immer noch entscheiden, ob er ein Idiot ist oder nicht.«

»Genau«, pflichtet Pia ihr bei. »Wir können nur Mutmaßungen anstellen, warum er sich so … komisch benommen hat, aber nach allem, was du erzählt hast, scheinst du ihm wichtig zu sein. Gib ihm noch eine Chance.«

Ich kann spüren, wie meine Entschlossenheit unter den eindringlichen Blicken meiner Freundinnen ins Wanken gerät. »Meint ihr wirklich?«

Die beiden nicken mir aufmunternd zu. Ich atme tief durch, exe den nächsten Mojito, der inzwischen vor mir steht, und stehe entschlossen auf. »Gut, dann fahre ich jetzt nach Hause und kläre das ein für alle Mal.«

»Was denn, jetzt?«, fragt Nadine entsetzt. »Du bist betrunken!«

»Wenn ich jetzt nicht den Mut aufbringe, auf Manuel zuzugehen, dann finde ich ihn vielleicht nie.«

»Wenn du meinst.« Begeistert klingt Nadine nicht gerade, aber sie hält mich auch nicht davon ab.

»Ich fahre dich heim«, bietet Pia unvermittelt an. »Ich muss eh ins Bett. Der kleine Mann in meinem Bauch hat letzte Nacht so intensiv gestrampelt, dass mir locker vier Stunden Schlaf fehlen.« Pia erhebt sich, streicht einmal liebevoll über ihren Bauch und trinkt ihren Saft aus.

Nadine steht ebenfalls auf und nimmt uns nacheinander in die Arme. »Fahrt vorsichtig.«

»Machen wir«, verspricht Pia. »Und dir wünschen wir schöne Flitterwochen. Meld dich mal aus dem Paradies.«

»Und genießt den Urlaub«, füge ich hinzu.

Nadine wischt sich eine Träne aus dem Augenwinkel und zieht uns noch einmal gleichzeitig in eine lange Umarmung. Abschiede in Verbindung mit Alkohol machen sie immer schrecklich sentimental. Ich spüre ebenfalls, wie mich eine leichte Wehmut ergreift, und halte sie ganz fest.

* * *

Als ich den Laptop hochfahre, ist es kurz vor zwölf. Mein Herz klopft mir bis zum Hals. Mit eiskalten Fingern logge ich mich bei *DateZig* ein und klicke mich zu VetSans Profil durch. Als der grüne Punkt aufleuchtet, schließe ich kurz die Augen. Okay, Sophie, jetzt oder nie.

Sophie_L_1989 schrieb am 11. August um 23:56 Uhr:
Hallo Fremder. Oder sollte ich sagen: Hallo Manuel.

VetSan schrieb am 11. August um 23:56 Uhr:
Sophie! Ich habe versucht, dich zu erreichen.

Sophie_L_1989 schrieb am 11. August um 23:56 Uhr:
Ist mir nicht entgangen.

VetSan schrieb am 11. August um 23:57 Uhr:
Du hast nicht auf meine Nachrichten geantwortet.

Sophie_L_1989 schrieb am 11. August um 23:57 Uhr:
Ich wollte nicht mit dir reden.

VetSan schrieb am 11. August um 23:58 Uhr:
Schätze, das habe ich verdient … Willst du jetzt mit mir reden?

Sophie_L_1989 schrieb am 11. August um 23:58 Uhr:
Kommt drauf an, was du zu sagen hast. Vielleicht bin ich unter gewissen Umständen gewillt, dir zuzuhören.

VetSan schrieb am 11. August um 23:58 Uhr:
Hier? Also, ich meine, im Chat?

Sophie_L_1989 schrieb am 11. August um 23:59 Uhr:
Was passt dir daran nicht? In den letzten Wochen hattest du auch nichts gegen den Chat einzuwenden.

VetSan schrieb am 11. August um 23:59 Uhr:
Ja, aber … das ist etwas anderes. Ich würde dir gerne in die Augen sehen.
Bitte.

Sophie_L_1989 schrieb am 11. August um 23:59 Uhr:
Es ist Mitternacht. Ich schlafe quasi schon.

VetSan schrieb am 11. August um 23:59 Uhr:
Dann vielleicht morgen? Oder wann immer du Zeit hast?

Sophie_L_1989 schrieb am 12. August um 0:00 Uhr:
Schon gut. Cleo muss sowieso noch mal raus. Außerdem war das eben gelogen. Ich bin hellwach.

VetSan schrieb am 12. August um 0:00 Uhr:
Ich auch … Treffen wir uns in zehn Minuten an der Weggabelung, wo wir uns letzten Freitag begegnet sind?

Sophie_L_1989 schrieb am 12. August um 0:00 Uhr:
Damit wir uns wieder an herumliegenden Glasscherben verletzen und du den heldenhaften Retter spielen kannst?

VetSan schrieb am 12. August um 0:01 Uhr:
Die Scherben sind mittlerweile weg. Wir können uns auch woanders treffen. Was schlägst du vor?

Sophie_L_1989 schrieb am 12. August um 0:01 Uhr:
Schon gut. Ich komme dort hin. Bis gleich.

VetSan schrieb am 12. August um 0:02 Uhr:
Danke.

Ich hatte nicht bedacht, wie schwierig es sein würde, Cleos Geschirr mit einem erhitzten Gemüt und drei Mojitos im Magen anzulegen. Der Weg die Treppe hinunter gleicht einem gefährlichen Höllenschlund und dem Treffpunkt wanke ich mehr entgegen, als dass ich laufe. Elegant sieht definitiv anders aus. Cleo humpelt noch immer leicht, läuft aber brav mit. Es scheint fast, als wüsste sie, dass gleich etwas Wichtiges passieren wird, und dass sie sich deshalb gut benimmt.

Als wir die Hecke erreichen, hinter der ich mich letzten Freitag halb vor dem streitenden Pärchen versteckt habe, kommen uns Manuel und Gustav aus der anderen Richtung entgegen. Gustav ist nicht angeleint und als er Cleo bemerkt, läuft er schwanzwedelnd auf sie zu. Meine Hündin legt sich flach auf den Boden und wedelt ebenfalls aufgeregt mit ihrer Rute. Als er bei ihr ist, rollt sie sich einmal auf den Rücken und lässt es zu, dass er ihre intimsten Stellen ausgiebig beschnüffelt. Mir ist ihr Verhalten so peinlich, dass ich meinen Blick abwenden muss. Mit mehreren heftigen Rucklern an ihrer Leine versuche ich, sie wieder zum Aufstehen zu bewegen, doch anscheinend gefällt es ihr im Dreck. Irgendwann steht sie doch auf und beginnt, so gut es mit dem Verband eben geht, Kreise um den aufgeregten Gustav zu drehen. Dabei wird sie immer schneller und ich habe meine liebe Mühe, hinter ihr herzukommen, bevor ich mich in der Leine verheddere. Es kostet mich nur einen unbedachten Ausfallschritt und schon stolpere ich unelegant nach vorn.

»Vorsicht!« Augenblicklich sind Manuels warme Hände da und stützen mich. Für eine Sekunde genieße ich die Berührung seiner Finger auf meinem Oberarm, bevor ich schnell Abstand zwischen uns bringe.

»Schön, dass du da bist.« Er lächelt matt. »Wollen wir ein Stück gehen?«

Ich zucke die Schultern. »Zum See vielleicht?«

»Okay.«

Außer uns ist um diese Zeit kein Mensch mehr unterwegs. Als ich mir sicher bin, dass Cleo sich benimmt, mache ich ihre Leine ab und lasse die beiden Hunde einträchtig nebeneinander hergehen. Während sie vorauslaufen, beschnüffeln sie sich gegenseitig an Kopf und Hals. Die beiden sehen schon sehr süß zusammen aus. Mir entschlüpft ein leises Seufzen.

»Wie geht es Cleos Pfote?«, fragt Manuel nach zwei Minuten unbehaglicher Stille.

»Besser. Wir waren am Montag bei ihrem Tierarzt in Leipzig. Er hat den Verband gewechselt. Die Wunde verheilt gut. Am Freitag kann der Verband wahrscheinlich schon ab.«

»Das freut mich. Obwohl du auch zu mir in die Praxis hättest gehen können.«

»Ich war sauer auf dich«, erinnere ich ihn kühl. »Und ich bin es immer noch.«

»Ich weiß.« Schuldbewusst sieht er zu mir herüber. In diesem Moment stoßen unsere Hände kurz im Laufen aneinander und berühren sich. Ich ziehe meine schnell zurück, bevor der Wunsch, seine Hand zu nehmen und festzuhalten, übermächtig wird.

Das Ufer des Markkleeberger Sees liegt ruhig und schwarz vor uns. Der Sand unter unseren Füßen ist noch warm vom Tag. Ich setze mich nah ans Wasser, lasse meine Ballerinas stehen und vergrabe meine Zehen in dem weichen Untergrund. Manuel nimmt neben mir Platz. Er hält so viel Abstand, dass wir uns nicht berühren, ist aber trotzdem so nahe, dass ich seine Körperwärme erahnen kann. Die Hunde haben sich ein paar Meter entfernt und tollen in Sichtweite ausgelassen im Sand herum.

»Ich weiß das mit deiner Frau«, eröffne ich das Gespräch. »Nadine hat es mir heute erzählt. Es tut mir leid.«

Schmerz flackert auf seinen Gesichtszügen auf, doch er hat sich gleich wieder im Griff. Dass Manuel das Thema am liebsten verdrängen würde, kann ich spüren, doch er geht trotzdem darauf ein.

»Es ist jetzt fast anderthalb Jahre her, dass Lena den Kampf gegen den Krebs verloren hat. Wir waren seit dem Studium zusammen, wollten miteinander alt werden, eine gemeinsame Praxis eröffnen und Kinder bekommen. Das ganze Programm.« Er lächelt kurz, doch sein Blick, den er auf den See gerichtet hält, wirkt in sich gekehrt. »Die Krankheit kam völlig überraschend. Lungenkrebs – zu spät diagnostiziert. Sie musste etliche OPs über sich ergehen lassen, aber es war zu spät. Der Krebs hatte schon gestreut.«

Ich schweige betroffen.

»Als wir geheiratet haben, war sie schon sehr krank. Es hat mir das Herz gebrochen, dabei zusehen zu müssen, wie die Krankheit die Frau, die ich liebe, von innen heraus zerstört. Die letzten gemeinsamen Monate waren eine Qual für uns beide. Am Ende war ich sogar froh, als es vorbei war.«

Meine Hand legt sich behutsam auf seinen Handrücken. Manuel lässt es zu.

»Schlimm, oder? Ich war froh, als meine eigene Frau gestorben ist.«

»Du wolltest, dass sie ihren Frieden findet«, sage ich.

Er nickt langsam. »Wir waren beide des Kämpfens müde. Irgendwann sind auch die Reserven des stärksten Menschen aufgebraucht. Ich habe lange geglaubt, dass wir nur ausreichend Hoffnung haben müssen, aber alles Hoffen und Beten hat nicht ausgereicht, um sie zu retten.«

Mein Kopf sackt auf seine Schulter und ehe ich sie zurückhalten kann, laufen stumme Tränen über meine Wangen. Ich habe keine Ahnung, wie viel Leid und Schmerz Manuel ertragen musste, aber ich weiß, dass ihn diese Erfahrung für sein ganzes Leben gezeichnet hat. Er lehnt seinen Kopf an meinen und schweigt lange. Erst als Cleo und Gustav zu uns kommen und sich neben uns in den Sand fallen lassen, sieht er wieder hoch.

»Du warst die erste Frau, die es geschafft hat, wieder etwas in mir zu berühren.«

Ich schlucke das zaghafte Lächeln herunter, das seine Worte in mir auslösen, und warte darauf, dass er weiterspricht.

»Als ich hierher gezogen bin, hatte Alex diese Schnapsidee mit dem *DateZig*-Profil. Lena war seit über einem Jahr tot und ich wollte neu anfangen, beruflich und privat. Alex hat mir erzählt, dass Nadine ihre beste Freundin unbedingt bis zur Hochzeit verkuppeln will, und sich mit mir das Gleiche in den Kopf gesetzt. Jedes Mal, wenn er mich besucht hat, haben wir uns durch die Profile gescrollt und überlegt, wer mir gefallen könnte. Aber eigentlich war ich noch nicht so weit. Deshalb habe ich auch keine Angaben zu meiner Person gemacht, keine Fotos hochgeladen und mir keine Mühe gegeben. Ich war nicht mit dem Herzen dabei. Eigentlich halte ich gar nichts von Online-Dating.«

»Ich auch nicht«, gestehe ich.

»Trotzdem habe ich geglaubt, dass Alex recht hat und ich mich vielleicht einfach mal mit jemandem treffen muss, um weitermachen zu können. Bis vor ein paar Monaten habe ich meinen Ehering noch getragen und jeden Abend mit Lena gesprochen. Selbst mir war klar, dass das irgendwann ein Ende haben muss.« Er drückt mir einen Kuss auf den Scheitel. Ich schließe die Augen, genieße diese zärtliche Geste und höre ihm weiter zu. »Zuerst habe ich wahllos Frauen angeschrieben, auch dich. Dann kam Alex mit dieser blöden Favoritenliste. Er hat die Liste nie gesehen, das musst du mir glauben. Er wusste nicht, dass du auch darauf stehst.«

»Ich weiß.« Ich seufze. »Es tut mir leid, dass ich Alex und Nadine dahinter vermutet habe. Das würden sie nie tun.«

Manuel nickt leicht. »Jedes Mal, wenn er bei mir war, hat er mir als Hausaufgabe aufgegeben, eine Frau anzuschreiben. Na ja, dank meines leeren Profils blieb der erhoffte Erfolg meistens aus, aber das war mir ganz recht. Für mich war diese ganze *DateZig*-Sache im Grunde nicht mehr als ein netter Zeitvertreib.« Sein Blick verklärt sich kurz. »Seit Lenas Tod habe ich massive Schlafprobleme. Mehr als vier oder fünf Stunden pro Nacht werden es meistens nicht. Irgendwann habe ich mir angewöhnt, nachts durch die Profile zu scrollen, wenn mir langweilig war.« Er lacht kurz auf. »Andere Männer schauen sich Pornos an, ich betrachtete Fotos von Single-Frauen, die mich im Grunde gar nicht interessierten.«

»Nicht der schlechteste Zeitvertreib«, erwidere ich schmunzelnd.

»Und dann hast du mir irgendwann geantwortet und wir sind ins Gespräch gekommen. Ich hatte keine Hintergedanken dabei, wollte dich nicht mal wirklich kennenlernen. Ich dachte einfach, dass es nicht schaden könnte, mal wieder Kontakt zu einer weiblichen Person außerhalb der Praxis zu haben, und außerdem haben mir unsere Chats beim Einschlafen geholfen.«

»Na danke!« Halbherzig boxe ich ihn in die Seite.

»So war das nicht gemeint …«

»Ich weiß«, sage ich sanft. »Sprich weiter.«

»Als du mich um ein Treffen gebeten hast, habe ich mich zum ersten Mal seit Lenas Tod wirklich bereit dazu gefühlt. Ich wollte dich auch kennenlernen, aber gleichzeitig hatte ich Angst.«

»Wovor?«

»Davor, dass ich dich nicht mögen könnte? Oder davor, dass ich dich zu sehr mögen könnte? Ich wusste nicht, was schlimmer gewesen wäre.« Sein Geständnis trifft mich mitten ins Herz. »Dann haben wir uns am Freitag zufällig getroffen. Ich habe sofort gespürt, dass da etwas ist. Da war von Anfang eine Verbindung zwischen uns, wie ich sie noch nie erlebt habe. Jedenfalls nicht mehr, seit Lena … Und das hat mich gleichermaßen verwirrt und fasziniert. Du hast mich fasziniert.«

»Ich hatte Blutflecken auf der Kleidung und sah aus wie ein bleiches Schlossgespenst«, sage ich ungläubig.

Manuel schmunzelt bloß. »Ob du es glaubst oder nicht, aber es soll durchaus Männer geben, die über das Äußere einer Frau hinausschauen können.«

»Und das hast du gemacht?«

»Ja, und was ich gesehen habe, hat mir gefallen. Da war so ein Knistern in der Luft, hast du das nicht auch gespürt?«

Ich nicke an seiner Schulter. Natürlich habe ich das.

»Ich war kurz davor, dich nach deiner Nummer zu fragen, aber dann hat Alex sich gemeldet und der Moment war vorüber. Hinterher habe mich über mich selbst geärgert. Ich dachte, ich sehe dich vielleicht nie wieder. Aber als ich dich dann am Samstag auf der Hochzeit entdeckt habe, in diesem Kleid … Ich dachte, ich sehe nicht richtig. Es war wie ein Zeichen. Ich war völlig sprachlos. Du warst die Frau, mit der ich wochenlang Nachrichten ausgetauscht hatte. Die Frau, die ich unbedingt kennenlernen wollte. Und plötzlich standest du dort vorne bei Alex und Nadine, hast ihnen die Ringe überreicht und wie eine Irre gejubelt, als die beiden sich küssten. Da wurde mir klar, dass das so etwas wie meine zweite Chance ist.« Er hält kurz inne. »Es hat trotzdem noch ein paar Stunden gedauert, bis ich den Mut fand, dich anzusprechen. Und das war die beste Entscheidung seit langem. Dieser Abend mit dir … die Nacht, das war einfach … verrückt.« Er lacht kopfschüttelnd. »Als wir uns geküsst haben, das war wow. Es hat sich angefühlt, als wäre ich nach einem tiefen, unruhigen Schlaf wieder aufgewacht und mit voller Wucht in der Wirklichkeit gelandet. Ich war total geflasht, wie man so schön sagt.«

Ich weiche ein Stück zurück und suche seinen Blick. Bis hierher kann ich Manuels Verhalten absolut nachvollziehen. Aber eine Frage brennt mir auf der Seele. »Warum hast du mich dann nicht angerufen? Und warum hast du mir nicht gleich gesagt, dass du hinter dem Pseudonym VetSan steckst?«

Manuels Lächeln verblasst, er lässt meine Hand los und weicht meinem Blick aus. »Als ich später nach Hause kam, wurde mir plötzlich klar, welcher Tag am Samstag war.«

»Was war denn für ein Tag?«, frage ich irritiert.

»Lenas und mein Jahrestag.«

Ich schlucke schwer. So etwas Ähnliches habe ich befürchtet.

»Und dann kamen die Schuldgefühle in mir hoch und ich bekam ein schlechtes Gewissen, weil ich meine erste, meine bisher einzige große Liebe einfach vergessen und eine andere Frau geküsst hatte. An unserem Tag. Das war einfach zu viel für mich.«

»Manuel …«

Ich weiß nicht, was ich darauf antworten soll. Ich versuche mir vorzustellen, wie sich das für ihn angefühlt haben muss, aber ich kann es nicht. Doch meine Wut ist verflogen und hat einem tiefen Verständnis Platz gemacht. Eine Weile sagt keiner von uns ein Wort, dann spricht er endlich weiter.

»Ich habe am Sonntag lange mit Alex darüber gesprochen. Er wusste ja mittlerweile, dass ich mich auf der Hochzeit gut mit dir verstanden hatte, aber er wusste nicht, dass wir uns vorher im Chat kennengelernt hatten. Alex war derjenige, der geduldig auf mich eingeredet und mir klargemacht hat, dass das Leben weitergeht. Dass es nicht schlimm ist, wenn ich … mich neu verliebe. Und dabei meine Vergangenheit Stück für Stück loslasse. Denn das gehört nun mal zum Leben dazu.«

Abrupt setze ich mich auf. Hat Manuel gerade gesagt, dass er sich in mich verliebt hat? Oder haben mir meine Ohren einen Streich gespielt?

»Es tut mir leid, ich hätte es dir gleich sagen sollen. Aber ich habe etwas Zeit gebraucht, bis ich akzeptieren konnte, dass Alex recht hat. Und dann habe ich dich am Sonntagabend wieder angeschrieben. Als ich dich gefragt habe, wie die Hochzeit war, hast du geantwortet, dass nichts Aufregendes passiert sei. Nichts, was der Rede wert gewesen sei.«

Als Manuel meine Worte benutzt, begreife ich, wie das bei

ihm angekommen ist. Sofort bekomme ich ein schlechtes Gewissen. »Ich wusste nicht, dass du hinter VetSan steckst. Ich war einfach so sauer auf dich, weil du dich nicht gemeldet hast … und so enttäuscht. Da ist mir das einfach rausgerutscht. Ich … ich habe das nicht so gemeint.«

Manuel lächelt traurig. »Eigentlich wollte ich dir am Sonntagabend endlich sagen, wer ich bin. Aber nach dieser Aussage war ich wie vor den Kopf gestoßen. Ich habe mich gefragt, ob ich mir den schönen Abend und das Herzklopfen nur eingebildet habe. Die Zweifel wurden immer lauter. Und dann habe ich beschlossen, nichts zu sagen. Stattdessen kam ich irgendwie auf diese saublöde Idee, dich am Mittwoch einfach zu überraschen.« Er stöhnt auf und schlägt sich mit der flachen Hand gegen die Stirn. »Ich habe keine Ahnung, wie ich darauf gekommen bin, aber aus irgendeinem Grund dachte ich, du würdest dich freuen, wenn du merkst, dass ich hinter VetSan stecke. Dass du vielleicht einfach noch ein bisschen Zeit brauchen würdest, um zu merken, dass der Abend am Samstag doch etwas Besonderes war.«

Er lächelt gleichermaßen gequält und entschuldigend. Im schummrigen Licht der Straßenlaterne kann ich die feinen Fältchen um seinen Mund erkennen. Sie zeugen von Leid und Kummer und zu wenig Lachen. »Es tut mir leid. Dass du dir verarscht vorkommen könntest, ist mir keine Sekunde lang in den Sinn gekommen. Das ist mir erst hinterher klargeworden. Ich war ein Idiot.«

»Allerdings«, stimme ich ihm zu. »Aber ich bin ja auch ein bisschen schuld. Hätte ich nicht so einen Mist geschrieben, wären dir keine Zweifel gekommen.«

»Du konntest ja nicht wissen, dass ich VetSan bin, auch wenn ich es vielleicht insgeheim gehofft hatte, nachdem ich die Bemerkung mit dem roten Kleid gemacht hatte.« Er stöhnt leise auf. »Das ist alles saublöd gelaufen. Es tut mir so leid. Kannst du mir verzeihen?«

Ein zaghaftes Lächeln breitet sich auf meinen Lippen aus. Mein Herz schlägt kräftig gegen meinen Brustkorb.

Manuels Blick wird weich, als ich mich zu ihm beuge. Meine Haarsträhnen kitzeln seine Wange. Langsam schließt er die Augen und neigt mir sein Gesicht entgegen. Ich kann seine Bartstoppeln auf meiner Haut fühlen.

»Das habe ich schon längst«, flüstere ich. Dann endlich heiße ich seine weichen Lippen willkommen, die mir so sehr gefehlt haben.

Kapitel 36

»Und du findest, ich sehe gut darin aus?«, frage ich mittlerweile zum dritten Mal.

»Ich finde nicht nur, dass du gut aussiehst, sondern umwerfend.« Pia unterstreicht ihre Worte mit einem kräftigen Nicken. Sie hat es sich im Schneidersitz auf ihrem Sofa bequem gemacht und ihre Finger in Cleos weichem Fell vergraben, die zwischen ihren Beinen liegt. Cleo hat ihren Kopf auf Pias rechten Fuß gebettet. Mit ihren treuen dunklen Augen sieht sie müde zu mir auf. Meine Klamottenprobleme haben sie noch nie interessiert. Cleo sieht ja auch immer gut aus. Selbst ohne aufwendige Pflege oder tägliches Kämmen glänzt ihr Fell und fühlt sich supersoft an. Da kann man glatt neidisch werden.

»Es ist nur, weil …«

»… ihr heute euer erstes richtiges Date habt und du Manuel den Verstand rauben willst. Schon kapiert«, beendet Pia meinen Satz und wackelt anzüglich mit den Augenbrauen.

»Also, daran hatte ich jetzt nicht sofort gedacht.« Die Augen verdrehend sehe ich zu meiner Freundin hinüber, die völlig zufrieden mit ihrem runden Babybauch zwischen Bergen von Kissen thront. Um uns herum stapeln sich Kartons voller Bücher, CDs und Ordner. Nächstes Wochenende findet der große Umzug ins Erdgeschoss statt.

»Warum denn nicht? Sei froh, dass du dich frei und elegant

bewegen kannst und nicht wie ein gestrandeter Wal aussiehst. Allein der Gedanke daran, mich auszuziehen, ist schon so anstrengend, dass er jegliche Lust auf Sex im Keim erstickt. Ich schwöre dir: Wenn ich an mein Bett denke, dann denke ich nur ans Schlafen.«

»Ach duuu.«

Mittlerweile ist Pia in der 27. Woche und damit am Ende des siebten Monats angekommen. In den letzten Tagen hat ihr Bauch noch einmal beachtlich an Umfang zugenommen. Obwohl sie sich insgesamt gut fühlt und nicht mit Samthandschuhen angefasst werden will, arbeitet sie in den kommenden Wochen bis zum Beginn des Mutterschutzes nur noch halbtags. Ihre Tante Ann achtet streng darauf, Pia genügend Erholungspausen zu ermöglichen. Die Vertretung ist mittlerweile auch eingearbeitet, so dass Pia das letzte Trimester genießen kann und sich nicht durch stressige Außentermine hetzen muss. Obwohl (oder vielleicht gerade weil?) ihr Bauch sich mittlerweile deutlich vor ihrer schlanken Silhouette abzeichnet, ist sie atemberaubend schön. Auf ihr glänzendes volles Haar könnte so manches Model neidisch werden und ihr strahlender Teint lässt sie stets frisch und erholt aussehen. Ich weiß, dass die Realität anders aussieht, weil der kleine Mann unter ihrem Herzen sie vor allem nachts durch wilde Turnübungen wachhält, aber man sieht Pia die Erschöpfung nicht an. Ich hatte den vielbeschworenen Babyglow immer für einen Mythos gehalten, doch jetzt weiß ich, dass es ihn tatsächlich gibt. Das Schönste an Pia ist aber nicht ihr Aussehen, sondern die zufriedene, glückliche Ausstrahlung, mit der sie jeden Raum erhellt, den sie betritt.

»Du siehst immer noch wahnsinnig toll aus«, sage ich sanft. »Auch mit Kugelbauch.«

»Sag das mal den Männern.« Obwohl Pia gerade nicht auf der Suche ist, beschwert sie sich manchmal halb im Scherz darüber, dass ihr nicht mehr dieselbe Aufmerksamkeit zuteilwird, wie vor ihrer Schwangerschaft.

»Wie läuft es denn mit Theo?«, frage ich und werfe noch mal einen langen Blick in den Spiegel.

»Gut«, antwortet sie schulterzuckend. »Ich glaube, er hat es mittlerweile akzeptiert.«

Nachdem die beiden letzten Dienstag zusammen mit Pias Tante Ann essen gewesen sind, hat Theo noch einmal das Gespräch mit Pia gesucht und sie offen heraus gefragt, ob sie sich mehr mit ihm vorstellen könnte. Ihr ist zwar klar gewesen, dass dieses Thema früher oder später auf den Tisch kommen würde, doch das hat das Gespräch für sie nicht leichter gemacht. In den letzten Wochen hat Theo sich sehr ins Zeug gelegt und Pia bewiesen, dass das Geburtsjahr auf seinem Personalausweis nichts zu bedeuten hat. Wann immer sie ihn gebraucht hat, war Theo für sie da. Er hat sie zu Arztterminen begleitet, Babymöbel mit ihr ausgesucht und aufgebaut und auch sonst alles getan, um ihr zu zeigen, dass sie sich in jeder Hinsicht auf ihn verlassen kann. Dabei hat er gemerkt, dass er Gefühle für die Mutter seines Kindes entwickelt, die er nicht länger ignorieren kann und will. Pia hat lange mit sich gehadert und intensive Gespräche mit mir darüber geführt, wie es mit Theo und ihr weitergehen soll. Einen wirklichen Rat konnte ich ihr nicht geben, denn diese Entscheidung musste sie ganz alleine treffen. Am Ende ist Pia zu dem Entschluss gekommen, dass ihre Gefühle für Theo nicht ausreichen, um eine stabile Partnerschaft darauf aufzubauen. Für sie ist es das Wichtigste, einen verlässlichen Vater für ihr Kind an ihrer Seite zu haben – und zwar auf freundschaftlicher Basis, mit gegenseitigem Respekt und einem Umgang auf Augenhöhe.

»Was nützt es mir, es mit ihm zu versuchen und dann in ein paar Monaten oder Jahren festzustellen, dass es einfach nicht reicht?«, hat sie mich gefragt. »Für mich wäre es viel schlimmer, eine Beziehung aufzubauen, obwohl von vornherein absehbar ist, dass sie nicht halten wird. Ich bin selbst ohne Vater aufgewachsen. Zwar behaupte ich bis heute, dass mir dieser Umstand keineswegs geschadet hat, aber ich würde lügen, wenn ich sagte, dass ich mir nicht manchmal eine männliche Bezugsperson gewünscht hätte. Fußballspielen im Park, Eisessen am Strand oder Vorlesen vor dem Zubettgehen – all diese Dinge hat meine Tante Ann voller Liebe und Hingabe übernommen, aber dennoch habe ich meine Freundinnen um ihren Papa, ihren starken Helden, beneidet. Ich könnte es nicht ertragen, Theo eines Tages zu verlassen und unserem Kind seinen Vater vorzuenthalten, den es davor jeden Tag gesehen hat. Stell dir vor, ich müsste dem Kleinen plötzlich erklären, dass die Mama den Papa nicht mehr lieb hat und er ihn ab sofort nur noch am Wochenende sehen kann. Ich glaube, das würde uns dreien das Herz brechen.«

Sie hat traurig und nachdenklich gewirkt an diesem Nachmittag letzte Woche. Ich konnte nur erahnen, wie schwer ihr die Entscheidung gefallen war.

»Deshalb finde ich es besser, wenn wir von vornherein mit offenen Karten spielen. Eine Partnerschaft nur dem Kind zuliebe am Laufen zu halten wird nicht funktionieren. Und ich bin nun mal kein Beziehungsmensch. Daran kann auch Theo leider nichts ändern. Vielleicht werde ich eines Tages einen Mann kennenlernen, der mich vom Gegenteil überzeugt, vielleicht auch nicht. Trotzdem werde ich mein Bestes geben, um alle wichtigen Entscheidungen gemeinsam mit Theo zu treffen. Er soll sich niemals außen vor fühlen. Er soll wissen, dass er seinen Sohn jederzeit sehen kann. Ich vertraue ihm zu hundert Prozent. Dass ich mich auf ihn verlassen kann, hat er mir bewiesen, und ich bin wirklich dankbar dafür, dass unser Sohn so einen wundervollen Vater haben wird. Aber mehr kann und will ich ihm nicht versprechen, denn das wäre gelogen. Das hätte er nicht verdient. Theo verdient eine Frau, die seine Gefühle ohne Wenn und Aber, ohne Bedenken und Zukunftsängste erwidern kann und ihn glücklich macht.«

Am Ende ihrer kleinen Rede standen uns beiden Tränen in den Augen. Auch wenn ich es schade finde, dass aus Pia und

Theo kein Paar geworden ist, bin ich doch froh darüber, dass sie wenigstens als Familie zusammenhalten werden.

»Erde an Sophie! Du solltest dich langsam fertigmachen, wenn du nicht zu spät kommen willst.«

Mein Blick fliegt zu der großen Wanduhr, die neben einem Stapel Unterlagen vor dem Sofa lehnt. Schlagartig erwache ich aus meinen Gedanken. »Mist, so spät schon! Ich muss los. Danke noch mal für das Kleid!«

»Jederzeit wieder. Mir passt es ja eine ganze Weile nicht mehr.« Wehmütig zupft sie am Saum des grünen Sommerkleides, das sie mir für mein heutiges Date geliehen hat.

Ich beuge mich zu Pia, gebe ihr einen Kuss auf die Wange und stupse Cleo sachte auf die Nase. Widerwillig öffnet sie ein Auge und schmatzt kurz.

»Viel Spaß. Ich bin gespannt, was du morgen zu erzählen hast.«

»Danke.« Ich lächele.

Als ich schon halb zur Tür hinaus bin, ruft sie mir noch einmal hinterher. »Ach, Sophie?«

»Ja?« Neugierig stecke ich den Kopf zurück ins Wohnzimmer.

»Nadine würde jetzt so etwas Banales sagen wie: Viel Spaß. Aber Nadine ist in den Flitterwochen, deshalb musst du mit meinem Rat vorliebnehmen.«

»Und der wäre?«

»Schnapp dir den heißen Tierarzt! Und tu nichts, was ich nicht auch tun würde.« Zwinkernd scheucht sie mich zur Tür hinaus.

»Alles klar.« Ich verlasse ihre Wohnung mit einem breiten Grinsen und einer Horde Schmetterlinge im Bauch.

Um kurz vor sechs erreiche ich den See, an dem ich mit Manuel verabredet bin. Seit unserer Aussprache am letzten Freitag sind sechs Tage vergangen, in denen wir uns nicht wiedergesehen haben. Schuld daran war zum einen der nahende Abgabetermin des

Kurzromanes, den ich übersetzt habe, und zum anderen Manuels Arbeitszeiten, die ihn werktags bis mindestens 18 Uhr an die Praxis binden. In der letzten Woche haben wir stattdessen auf die Art Kontakt gehalten, die uns scheinbar am besten liegt: über den *DateZig*-Chat. Jeden Abend haben wir uns über unseren Tag, die Arbeit und andere kleine und große Neuigkeiten ausgetauscht und uns so Stück für Stück besser kennengelernt. Außerdem hat Manuel keine Gelegenheit ausgelassen, um schamlos mit mir zu flirten, was ich in vollen Zügen genossen habe. Zum ersten Mal seit langer Zeit schafft es ein Mann wieder, meine Knie weich werden zu lassen – und das durch bloße Textnachrichten. Gestern Abend habe ich ihm schließlich gestanden, dass eine Woche des Nichtsehens entschieden zu lang ist und wir das in Zukunft dringend ändern müssen. Manuel war ganz meiner Meinung.

Heute habe ich mich dabei erwischt, wie ich die Stunden bis zu unserem Treffen zähle. Und jetzt ist es endlich so weit: Unser erstes richtiges, offizielles Date steht an. Mit kribbelnden Fingerspitzen und laut klopfendem Herzen gehe ich auf meinen Lieblingsabschnitt am Ufer zu, den ich Manuel als Treffpunkt vorgeschlagen habe. Das Wetter ist für August ungewöhnlich kühl – nicht gerade die besten Voraussetzungen für ein Picknick, aber davon lassen wir uns nicht beeindrucken.

Ich wickele die kuschelige Strickjacke enger um Pias Kleid und beschleunige meine Schritte. Die letzten Meter renne ich fast. Manuel ist schon da, er hat es sich auf einer karierten Decke gemütlich gemacht und die Beine übergeschlagen. Bei seinem Anblick verdoppelt sich mein Herzschlag. Als er mich bemerkt, steht er auf und lächelt mich überglücklich an. Etwas unbeholfen lasse ich mich von ihm in den Arm nehmen, doch als ich seine Hände an meiner Hüfte spüre, entspanne ich mich sofort. Mein Körper reagiert instinktiv, er ist auf eine fast schon süchtige Art empfänglich für Manuels Berührungen.

»Du siehst toll aus«, begrüßt er mich und drückt einen Kuss auf meine Wange.

»Du aber auch.« Und das ist sogar noch untertrieben. In seinem blau-weiß karierten Hemd, der dunklen Jeans und der braunen Lederjacke sieht Manuel einfach zum Niederknien aus. Den Bart hat er frisch gekürzt, er kitzelt mich ganz sachte an der Wange. Das dunkle Haar lockt sich leicht über seinen Ohren. Vermutlich könnte er bald einen Haarschnitt vertragen, doch mir gefällt der Wuschellook ausgesprochen gut. Arm in Arm kuscheln wir uns auf der Decke zusammen. Vom See weht kühle Luft herüber und treibt mich noch enger an Manuels Körper. Ein paar Frösche haben in der Nähe ein Konzert für uns angestimmt.

Als ich die randlose Brille bemerke, die auf seiner Nase sitzt, muss ich grinsen. »Seit wann bist du Brillenträger?«

»Schon immer. Ich bin weitsichtig und brauche das Ding hauptsächlich bei der Arbeit. Oder zum Lesen – wie so ein alter Opa.«

Ich erinnere mich dunkel daran, dass er sie trug, als er Cleos Wunde versorgt hat. Schmunzelnd stoße ich ihn in die Seite. »Ich finde, sie steht dir.«

»Hab ich mir schon gedacht. Deshalb mache ich heute auch extra eine Ausnahme und trage sie nur für dich fernab der Praxis und meines Lesesessels.«

»Sehr aufmerksam.« Lächelnd nehme ich das Sektglas entgegen, das er mir frisch gefüllt hinhält.

Als wir anstoßen, schaut er mir tief in die Augen und verursacht ein paar Loopings in meinem Bauchraum. Der Sekt rinnt fruchtig und süß meine Kehle hinab.

»Blondine mit Hund sucht Brillenträger mit Herz«, zitiert er aus meinem *DateZig*-Profil. »Ist das eigentlich ernst gemeint? Haben Männer mit gesunden Augen keine Chance bei dir?«

»Nicht doch.« Lachend schüttele ich den Kopf. »Das war eigentlich nur ein Spaß. Pia, Nadine und ich haben über meiner Kontaktanzeige gesessen und gegrübelt, was wir schreiben könnten. Blondine mit Hund stand schnell fest und Mann mit

Herz auch, aber irgendwie war das den beiden nicht gut genug.«

»Und da dachtest du, ein intellektuelles Äußeres könnte nicht schaden?«

»Ein intellektueller Geist ist mir lieber. Aber lustigerweise ist mir an dem Abend aufgefallen, dass die letzten Männer, die ich interessant fand, allesamt Brillenträger waren.«

Manuel nickt ernst. Dann rückt er das Brillengestell umständlich auf seiner Nasenwurzel zurecht. »Soso. Und was meinst du nun? Muss ich sie weiterhin privat tragen, damit du nicht das Interesse an mir verlierst?«

»Spinner«, sage ich sanft und stoße ihn mit meiner Schulter an. »Ich glaube nicht, dass ich in absehbarer Zeit das Interesse an dir verlieren werde.«

»Puh!« Er wischt sich imaginären Schweiß von der Stirn und legt dann die Hand auf sein Herz. »Da bin ich aber beruhigt.«

Nachdem das also geklärt ist, befördert er den Inhalt des Picknickkorbes ans Tageslicht. Der Anblick von belegten Sandwiches, mit Weinbrand gefüllten Pralinen, herrlich duftenden Erdbeeren und einem Schälchen Schokosoße lässt mir das Wasser im Mund zusammenlaufen. Neben dem Sekt packt er noch eine kleine Flasche Wasser aus, von der ich aber nicht glaube, dass wir sie brauchen werden.

»Du hast mir gefehlt«, gesteht er, nachdem wir uns über das Essen hergemacht haben. Behutsam legt Manuel den Arm um mich und ich kuschele mich an ihn.

»Du mir auch. Lass uns nicht wieder so lange bis zum Wiedersehen warten, ja?«

»Bestimmt nicht. Obwohl ich zugeben muss, dass die Vorfreude auch einen gewissen Reiz hatte. Meine Mitarbeiterinnen haben sich die ganze Woche gefragt, warum ich so gute Laune habe. Vor allem, als ich während der OPs fröhlich vor mich hin gepfiffen habe.«

»Ehrlich?« Die Vorstellung bringt mich zum Lachen. »Deine

armen Patienten. Ich hoffe, du hast nicht vor lauter Aufregung dein Operationsbesteck in den Hunden, Katzen und Kaninchen vergessen.«

»Keine Sorge. Würde mir nie passieren.«

»Dann bin ich ja beruhigt. Ich erwäge nämlich, Cleos Tierarzt zu wechseln, weißt du?« Schmunzelnd sehe ich zu ihm auf.

»Ach ja?« Neugierig dreht er den Kopf, um mich besser ansehen zu können. »Bist du mit ihrem bisherigen nicht mehr zufrieden?«

»Doch, schon, aber er geht Ende des Jahres in Rente. Und ich habe gehört, dass sich hier in Markkleeberg kürzlich ein charmanter, gutaussehender junger Tierarzt niedergelassen hat.«

»Erzähl mir mehr«, raunt er dicht an meinem Ohr. Augenblicklich stellen sich sämtliche Härchen auf meinen Armen auf.

»Ich habe auch gehört, dass er einen Dackel besitzt, der auf den Namen Gustav hört. Und wie es der Zufall so will, habe ich eine kleine Schwäche für Dackel. Vor allem, wenn sie ihren Herrchen in Sachen Liebenswürdigkeit in nichts nachstehen.«

»Soso, der Hund ist also der ausschlaggebende Punkt.« Er grinst. »Angeblich ist dieser Gustav total verrückt nach dominanten Dackelmischlings-Damen. Das habe *ich* jedenfalls gehört.«

»Na, das ist ja ein Ding! Zufälligerweise habe ich ein Exemplar dieser äußerst liebreizenden Mischung zu Hause. Vielleicht sollten die beiden sich mal treffen?«

»Das ist eine gute Idee. Ich könnte mir vorstellen, dass die zwei viel Spaß miteinander haben werden und sich Gustavs Herrchen überdies Hals über Kopf in Cleos Frauchen verguckt.«

»Ach, sag bloß? Ist er denn Brillenträger? Ansonsten hat er nämlich leider keine Chance bei ihr.«

Prustend halte ich mir die Hand vor den Mund. Manuel quittiert meinen Witz, indem er sich mit seinem ganzen Gewicht auf mich wirft. Lachend fallen wir nach hinten über und finden uns kurz darauf auf der kühlen Picknickdecke wieder. Seinen Mund an meinem Hals vergraben, küsst er sich den Weg zu meinem Gesicht hinauf. Es fällt mir schwer, das Lachen einzustellen, aber den nun folgenden Kuss möchte ich um nichts in der Welt verpassen. Viel zu lange schon haben sich meine Lippen nach seinen verzehrt. Als er die Spur aus federleichten Küssen kurz vor meinem Mundwinkel beendet, zieht er sich ein Stück zurück und sieht mich liebevoll an. »Danke für den schönen Abend«, flüstert er.

»Er ist noch lange nicht vorbei.« Lächelnd ziehe ich ihn an mich und überbrücke die Distanz zwischen unseren Mündern. Jeder Quadratmillimeter meiner Haut glüht vor Verlangen auf, als seine Lippen meine berühren. Manuel schmeckt nach Sekt und Erdbeeren. Mein Körper beugt sich ihm entgegen und ich wünschte, dieser Moment würde niemals enden.

Etwas atemlos löst er sich viel zu früh wieder von mir. Auf seinen Wangen zeichnet sich Hitze ab. Es gefällt mir, was meine Küsse mit ihm anstellen, denn mir geht es nicht anders. Am liebsten würde ich für immer mit Manuel auf dieser Decke liegen bleiben. Ich vergrabe meine rechte Hand in seinem Haar und spiele mit den Locken in seinem Nacken. Mein Herz scheint anstelle von Blut pures Glück durch meine Adern zu pumpen. Schon lange habe ich mich nicht mehr so geborgen gefühlt wie in diesem Moment.

Plötzlich zuckt Manuel zurück und blickt sorgenvoll in den Himmel. Vereinzelte Regentropfen fallen prall auf den See nieder. Von Norden her zieht eine schwarze Wolkenfront heran. Erst jetzt bemerke ich, dass sich auch die Luft deutlich abgekühlt hat. Unter Manuels warmem Körper habe ich das gar nicht bemerkt. Missmutig stemmt er sich hoch und reicht mir seine Hand. Ohne sein Gewicht auf mir wird mir schlagartig kalt.

»Aus irgendeinem Grund scheint Petrus der Meinung zu sein, uns andauernd Regen schicken zu müssen.« Schnell packt er die herumliegenden Speisen und Getränke in den Korb und faltet die Decke zusammen. Ich helfe ihm, so gut ich kann, doch nur drei Minuten später regnet es bereits in Strömen. Manuel breitet die Decke wieder aus und hält sie schützend über uns.

»Ich wohne gleich da vorne.« Er nickt in Richtung eines schicken neuen Appartementkomplexes, der gleich am Ufer liegt. Mit dem Korb unter dem Arm und der Decke über den Köpfen versuchen wir dem immer stärker werdenden Regen davonzulaufen. Als Manuel die Wohnungstür aufstößt, sind wir dennoch nass bis auf die Knochen.

»So ein Mistwetter«, knurrt er und tritt die Schuhe im Flur von seinen Füßen. Sein dunkles Haar klebt feucht in seiner Stirn, die schönen Locken sind verschwunden. Ich setze den Picknickkorb behutsam auf dem Boden ab und befreie mich aus meinen Ballerinas.

Manuel verschwindet derweil im Nebenzimmer und kommt kurz darauf mit einem großen Handtuch zurück, das er um meine Schultern legt. In dieser Sekunde zerreißt der erste Donnerschlag die Stille. Ich erschrecke mich ein wenig, entspanne mich dann aber sofort wieder. Es geht doch nichts über ein schönes Sommergewitter. Lächelnd öffnet Manuel eine weitere Tür und geleitet mich in ein großzügig geschnittenes Wohnzimmer. Gustav liegt auf der u-förmigen Couch und wedelt freudig mit dem Schwanz, als er mich sieht.

»Möchtest du etwas Trockenes zum Anziehen von mir?«

»Ja, bitte.« Fasziniert sehe ich zum Fenster hinaus in den Himmel, der innerhalb von wenigen Minuten pechschwarz geworden ist. Grelle Blitze zucken durch das Dunkel und lassen die umliegenden Häuser in einem gespenstischen, stroboskopähnlichen Licht aufleuchten. Keine Minute später drückt Manuel mir eine Trainingshose und ein langärmeliges, weiches Shirt in die Hand.

»Du kannst dich gerne nebenan oder im Bad umziehen.«

Er selbst angelt sich ein trockenes Shirt, das über der Sofalehne hängt, und schält sich in einer fließenden Bewegung aus seinem nassen Hemd. Ohne den Blick von seinem schlanken Körper abzuwenden, gehe ich rückwärts aus dem Zimmer und tausche das feuchte Kleid gegen die kuschelig warmen Sachen, die unglaublich gut nach ihm riechen.

»Steht dir ausgezeichnet«, schmunzelt er, als ich in der weiten Kleidung zurück ins Wohnzimmer komme. Er trägt jetzt ebenfalls Trainingshose statt Jeans, doch das legere Outfit tut seiner Attraktivität keinen Abbruch. Im Gegenteil, plötzlich überkommt mich das dringende Bedürfnis, mich auf der Couch an ihn zu schmiegen.

»Komm her.« Langsam zieht er mich an sich und rubbelt mit dem Handtuch, das ich unter den Arm geklemmt habe, vorsichtig über mein feuchtes Haar. Ich lege den Kopf in den Nacken und genieße die Fürsorge, mit der er über meinen Kopf streicht.

»Wein?«

»Gerne.«

Ich lasse mich neben Gustav aufs Sofa sinken und sehe Manuel dabei zu, wie er den Raum verlässt. Ohrenbetäubender Donner kracht über uns hinweg und ich bemerke, wie dunkel es im Zimmer geworden ist. Genüsslich streiche ich über Gustavs Fell, das sich ganz anders anfühlt als das von Cleo. Sofort dreht sich der Dackel auf den Rücken und legt den Kopf nach hinten. Lächelnd kraule ich seinen Bauch.

»Vorsicht!«, warnt Manuel, als er mit zwei Gläsern und einer Flasche aus dem Raum zurückkommt, in dem ich die Küche vermute. »Wenn du einmal damit anfängst, lässt er nicht mehr locker. Der alte Opi hier ist nämlich ein richtiger Herzensbrecher. Er jault dir so lange die Ohren voll, bis deine Finger einschlafen.«

»Macht nichts«, winke ich ab. »Damit kann ich leben.« Verzückt beobachte ich Gustav dabei, wie er meine Streicheleinheiten mit geschlossenen Augen genießt.

»Hund müsste man sein«, raunt Manuel grinsend. »Gustav, mein alter Freund, du weißt, dass ich es dir von ganzem Herzen gönne, aber heute Abend möchte ich diese schöne Frau gerne für mich alleine haben.« Er schnippt einmal mit den Fingern und deutet auf das flache Kissen unter der Heizung. Ohne zu zögern, springt Gustav vom Sofa und macht es sich darauf bequem. Ich bin angemessen beeindruckt. Cleo hätte mir nur ein müdes Blinzeln geschenkt und weiter ihre Streicheleinheiten eingefordert. Als es erneut lautstark kracht, erschrickt Manuel ein bisschen. Seufzend lasse ich mich in seine Arme sinken und blicke zum Fenster hinaus. Es ist mittlerweile so finster, dass ich außer den Umrissen der Möbel kaum noch etwas erkennen kann. Über unseren Köpfen tobt das Gewitter mit so einer Heftigkeit hinweg, dass ich mich langsam frage, ob ich später überhaupt wieder nach Hause komme. Der Regenschauer sieht nicht so aus, als ob er bald nachlassen würde.

»Soll ich das Licht anmachen?«, bietet Manuel an.

»Also, eigentlich finde ich es ganz romantisch.«

»Stimmt auch wieder«, schmunzelt er, zieht dann aber trotzdem den Arm unter meinem Rücken weg und zündet ein paar Kerzen auf dem Fensterbrett an. Schon wirkt der Raum heimelig und gemütlich. Ich kuschele mich zufrieden in die Kissen. »Besser«, befindet er und reicht mir ein Weinglas.

»Worauf stoßen wir an?«

»Auf einen besseren Sommer?«, schlägt er vor.

»Falsche Antwort.« Ich grinse kopfschüttelnd.

»Hm, auf verschmuste Dackelopas vielleicht?«

»Nicht schlecht. Aber auch noch nicht ganz das Richtige.«

»Lass mich überlegen.« Ohne mich aus den Augen zu lassen, tippt er sich nachdenklich ans Kinn. »Auf charmante Tierärzte, die ihrer Traumfrau zuliebe Brille tragen?«

Bei dem Wort Traumfrau macht mein Herz einen holprigen Sprung.

»Gar nicht so schlecht«, flüstere ich und küsse ihn sanft auf die Wange.

»Ich hab's!«, sagt er triumphierend. Neugierig sehe ich ihn an. »Darauf, dass du bei dem Wetter unmöglich nach Hause gehen kannst und heute Abend bei mir bleibst.« Er setzt ein verschmitztes Grinsen auf und sieht mich treuherzig an.

»Netter Versuch«, lache ich. »Darüber reden wir noch.«

»Na gut«, gibt er sich geschlagen. »Worauf trinken wir dann?«

»Auf uns«, flüstere ich und stoße mein Glas gegen seines. Der kühle Weißwein schmeckt unglaublich gut. Ich nehme einen großen Schluck und lecke genüsslich über meine Lippen. Zum Austrinken kommen wir jedoch beide nicht mehr, denn noch während ich den Geschmack auf meiner Zunge genieße, nimmt Manuel mein halb leeres Glas an sich, stellt es auf dem Sofatisch ab und zieht mich auf seinen Schoß. Seine Hände schließen sich um meine Mitte und halten mich fest. Ich presse die Beine um seine Oberschenkel und genieße den nun folgenden Kuss, der alle zuvor dagewesenen in den Schatten stellt.

* * *

Nachdem das Gewitter vorübergezogen ist, regnet und stürmt es den ganzen Abend hindurch. Nicht, dass uns das etwas ausmacht – unsere Hände und Lippen sind viel zu sehr damit beschäftigt, den Körper des anderen zu erkunden, als dass wir uns an dem Unwetter, das dort draußen tobt, stören würden.

Um kurz vor elf bekomme ich eine Nachricht von Pia:

> Wehe, wenn du deinen Knackarsch heute noch irgendwo anders hinbewegst als in Manuels Bett. Cleo übernachtet bei mir. Sie schläft schon tief und fest und wärmt meine Füße. Ich rücke sie erst morgen früh wieder freiwillig raus. So ein flauschiges Tierchen wirkt nämlich sehr beruhigend auf unwetterhassende schwangere Frauen. Also genieß den Abend und vor allem die Nacht!

»Wer war das?«, will Manuel wissen, dessen Lippen seit geraumer Zeit mit meinem Hals verschmolzen sind.

»Pia.«

»Und was gibt's?« Seine Hände wandern unter meinen Pullover und entfachen eine flammende Spur auf meinem Bauch. Es fällt mir schwer, mich auf seine Worte zu konzentrieren.

»Sie hat mir gerade mitgeteilt, dass Cleo bei ihr bleibt und sie sie vor morgen früh nicht wieder gehen lässt.«

»Gute Frau«, murmelt er, während der Pullover immer höher rutscht und seine Küsse immer tiefer wandern. Zufrieden gurrend helfe ich ihm dabei, sein eigenes Oberteil loszuwerden, bevor kurz darauf meines folgt.

»Also, ich muss gestehen, dass mir meine Klamotten an dir wirklich gut gefallen. Aber ohne gefällst du mir noch wesentlich besser.« Seine Brust fühlt sich stark und warm an meiner an.

»Den sollten wir vielleicht noch loswerden.« Ich zupfe ungeduldig am Träger meines spitzenbesetzten BHs.

»Unbedingt.«

»Und die auch«, flüstere ich und schiebe meine Hand in den Bund seiner Trainingshose.

»Nichts lieber als das.« Manuel atmet so heftig, dass ich seine Worte kaum verstehe. »Und die«, fügt er hinzu und schiebt die Hose über meinen Po und weiter über meine Oberschenkel. Jeder Zentimeter meiner Haut, den er freilegt, scheint unter seiner Berührung zu brennen. Mein heiseres Lachen wird nur durch den prasselnden Regen übertönt.

»Danke, Petrus«, murmelt Manuel, kurz bevor seine Lippen meinen Bauch berühren.

»Wofür?«, frage ich atemlos.

»Dafür, dass da draußen gerade die Welt untergeht und du deshalb heute Nacht bei mir bleiben musst.«

Zur Antwort beiße ich ihn sanft in die Schulter und ernte eine Mischung aus ersticktem Stöhnen und verhaltenem Lachen. »Ich wäre auch so geblieben.«

Manuel lächelt mich hochzufrieden an. »Gut zu wissen.«

Dann befreit er endlich den Rest meines Körpers von all den überflüssigen Textilien.

* * *

Der schrille Klingelton meines Handys reißt mich aus dem Schlaf. Als ich die Augen öffne, trifft mich ein unschuldiger Sonnenstrahl mitten ins Gesicht. Der neue Tag liegt so hell und freundlich vor mir, als hätte es das gestrige Unwetter nie gegeben. Ich versuche mich zu strecken, doch Manuels Arm liegt um meine Taille geschlungen und macht es mir schwer, mich zu bewegen. Glücklich denke ich an die letzte Nacht zurück. Wir sind Arm in Arm auf seinem Sofa eingeschlafen, nur bedeckt von einer dünnen Decke. Jetzt strahlt Manuels schlaftrunkener Körper eine Hitze aus, die meine Haut nur allzu gern willkommen heißt. Vorsichtig winde ich mich unter seinem Griff hervor und angele mein Handy vom Tisch. Es ist eine Nachricht von Pia:

> Guten Morgen, Schlafmütze! Ich hoffe, du hattest letzte Nacht Besseres zu tun, als zu schlafen. Cleo und ich drehen gerade eine Runde um den See. Was immer du gerade machst: Hör nicht auf damit! Lass dir Zeit. Aber vergiss später nicht, mir alles zu erzählen ;)

Mit einem seligen Lächeln auf den Lippen tippe ich meine Antwort:

> Was würde ich nur ohne dich tun? Ich werde deinen Rat beherzigen und zurück zu dem umwerfenden nackten Mann unter die Decke krabbeln.

Pias nächste Nachricht lässt nicht lange auf sich warten:

> So ist's brav.

»Wer wagt es, uns in aller Herrgottsfrühe aus dem Bett zu klingeln?«, fragt Manuel verschlafen neben mir. Gähnend rekelt er sich unter der halb heruntergerutschten Decke. Auf seiner Wange zeichnet sich die Struktur des groben Sofastoffes ab.

»In aller Herrgottsfrühe? Es ist fast zwölf, mein Lieber.« Ich beuge mich zu ihm, gebe ihm einen Kuss auf die Stirn und streiche eine Handvoll wirrer Locken zur Seite. Manuel schließt die Augen und genießt meine Berührung.

»Dann wird es dringend Zeit fürs Frühstück«, beschließt er und zieht mich in seine Arme. Mit dem Rücken schmiege ich mich an seinen Bauch und schließe die Augen. »Das klingt wunderbar.«

»Dazu müsste ich dich allerdings loslassen«, flüstert er an meinem Hals. Als seine Lippen meine Haut und seine Hände meinen Bauch berühren, spüre ich ein federleichtes Kribbeln in mir aufsteigen.

»Dann ist das keine gute Idee.« Grinsend drehe mich in der Umarmung zu ihm um. Der liebevolle Blick aus Manuels tiefgrünen Augen trifft mich mitten ins Herz.

»Was machen wir da nur?«, flüstert er. Mit jedem Wort wird sein schelmisches Grinsen breiter.

»Frühstück wird völlig überbewertet«, wispere ich zurück und lege mein Bein um seinen Oberschenkel. Manuels Finger graben sich in meine Pobacken und ziehen mich enger an ihn.

»Sehe ich ganz genauso.«

Epilog – 3 Monate später

November

Über den riesigen Dumbo-Luftballon hinweg sehe ich kaum, wo ich hintrete. Nadine ergeht es mit dem monströsen Blumenstrauß in ihren Armen nicht anders. Behutsam setzen wir einen Schritt vor den anderen, weichen geschäftig umhereilenden Krankenschwestern und Ärzten aus und schlängeln uns an Patienten in Bademänteln vorbei, die auf den Gängen festgewachsen zu sein scheinen.

»Die starren uns alle an«, flüstert Nadine amüsiert.

»Einfach nicht beachten.«

Nadine tritt nach vorne an den Empfang und meldet unseren Besuch an. Eine freundliche junge Krankenschwester erklärt uns, in welchem Zimmer Pia liegt. Als wir an ihr vorbeigehen, erhasche ich einen Blick auf ihr Lächeln, mit dem sie dem fröhlich wippenden Dumbo hinterhersieht. Wir folgen dem Gang, bis wir vor Zimmer 512 ankommen. Nadine versucht, den Riesenstrauß auf einem Arm zu balancieren, damit sie klopfen kann. Aus dem Zimmer sind leise Stimmen zu hören.

»Herein!«, ruft eine barsche Frauenstimme, die ich sofort als Anns identifiziere.

Während Nadine die Klinke mit ihrem Ellenbogen herunterdrückt, wird die Tür gleichzeitig von der anderen Seite aufgezogen.

»Ihr seid's! Komm her, Kindchen, ich nehme dir das ab.« Ann

greift sich die Blumen und verschwindet sofort zur Tür hinaus, um eine Vase zu organisieren.

Ich ziehe den in der Luft tanzenden Dumbo hinunter vor meine Brust, damit ich Pia richtig erkennen kann. Sie liegt matt lächelnd im Bett ihres schmucklosen Einzelzimmers. Neben ihr steht ein fahrbares Babybettchen, in dem ihr winzig kleiner Junge schläft. Nachdem ich den Luftballon an einem Besucherstuhl befestigt habe, gehe ich zu ihr hinüber.

»Hey«, begrüßt sie uns und streckt die Arme aus, damit wir sie umarmen können. Auch zwei Tage nach der anstrengenden Geburt sieht sie noch immer matt und erschöpft aus. Aber ihre Augen strahlen glücklich.

»Wie geht es dir?«, frage ich.

»Ach, na ja …« Pia ist hart im Nehmen, das ist nichts Neues. Sie ist niemand, der sich beklagt, auch wenn es ihr noch so schlecht geht. »Tante Ann ist da. Und Theo hat uns auch schon besucht. Er wird mir zur Seite stehen, wenn wir nach Hause können.« Mit einem liebevollen Lächeln streckt sie ihre Hand aus und streicht ihrem kleinen Sohn vorsichtig über seine rosige Wange.

»Darf ich ihn mir mal ansehen?«, frage ich.

»Nur zu.«

Nadine beugt sich ebenfalls tief über sein Bettchen. In ihren Augen glänzen schon wieder Tränen. In letzter Zeit war sie sehr emotional, wenn die Sprache auf die anstehende Geburt kam.

»Hallo, Henry«, flüstere ich in dem Bemühen, genügend Abstand zu halten, um ihn nicht aufzuwecken, und trotzdem nah genug heranzutreten, um ihn richtig ansehen zu können. Der kleine Mann ist nun fast achtundvierzig Stunden alt. Auf den ersten Blick ist es unmöglich zu sagen, ob er Pia oder Theo ähnlicher sieht. Er hat eine niedliche kleine Stupsnase und rote, volle Lippen. Unter dem weißen Mützchen lugen dunkle Haare hervor. Die sehen eindeutig nach Pia aus, aber das kann sich alles noch ändern.

»Er ist wunderschön«, flüstert Nadine.

In diesem Moment schlägt Henry die Augen auf und blinzelt verschlafen in meine Richtung. Ganz automatisch erstreckt sich ein breites Lächeln über mein ganzes Gesicht. »Hier sind Tante Sophie und Tante Nadine.«

»Die Namen solltest du dir merken«, sagt Pia grinsend. »Die beiden siehst du nämlich ab jetzt öfter.«

Er blinzelt noch zweimal, dann verzieht er seinen kleinen Mund und beginnt zu wimmern. Innerhalb von Sekunden schwillt das Weinen zu einem herzzerreißenden Schreien an. Für so ein kleines Kerlchen hat er ein erstaunlich lautes Organ.

»Hat er Hunger?«, ruft Ann über Henrys Gebrüll hinweg. Die Vase mit der bunten Blumenpracht stellt sie auf dem Besuchertischchen ab.

»Ich weiß nicht.« Pia bedenkt ihren Sohn mit einem mitfühlenden Blick. Sie will sich hochstemmen, doch ein schmerzhaftes Zucken flackert über ihr Gesicht.

»Kann ich ihn hochnehmen?«, fragt Nadine vorsichtig.

»Aber natürlich.« Tante Ann antwortet für Pia, stellt sich hinter Nadine und erklärt ihr, wie sie den Kleinen halten und stützen muss. Er wirkt unglaublich winzig in Nadines Armen, doch sobald sie ihn etwas hin und her schaukelt, beruhigt er sich allmählich. Nadine lächelt Pia stolz an.

»Steht dir ausgesprochen gut.« In derselben Sekunde weiten sich Pias Augen, als sie bemerkt, was sie gerade gesagt hat. Babys sind noch immer ein heikles Thema für Nadine. Umso überraschter bin ich, als sie Pias Worte mit einem Lächeln quittiert.

»Das will ich doch hoffen. Sophie, kannst du bitte mal ein Foto von uns machen?«

»Klar.« Hastig nestele ich mein Smartphone aus der Handtasche und mache ein paar Bilder von Nadine und Henry. Er hat sich tief in ihren Arm gekuschelt und die Augen geschlossen. Henry wirkt so friedlich, dass man gar nicht anders kann, als ihn gnadenlos anzuschmachten.

»Schickst du eins an Alex?«, bittet sie mich.

Ich blicke kurz von meinem Display auf. »Bist du dir sicher?«

Sie nickt energisch. »Absolut. Er soll sich schon mal an den Anblick gewöhnen.«

Als ich sie fragen will, was sie damit meint, tritt Ann heran und drückt Klein Henry ein sanftes Küsschen auf die Stirn. »Die Oma muss jetzt los und schicke Wohnungen an wohlhabende Paare verkaufen. Geld verdienen nennt man das, damit ich dich später mit Spielzeug überschütten kann.«

»Wag es bloß nicht!«, protestiert Pia halbherzig.

Ann grinst durchtrieben. »Ich komme dich morgen wieder besuchen, Pia-Kind.« Dann dreht sie sich um und streicht ihr kurz über den Arm. »Ruh dich ein bisschen aus, wenn er schläft. Ich hab dich lieb.«

»Ich hab dich auch lieb.« Mit müden Augen sieht sie ihrer Tante hinterher, als sie den Raum verlässt.

»Ich biete mich hiermit offiziell für Spaziergänge, Besorgungen und Hilfe aller Art an«, sagt Nadine eifrig, als wir wieder unter uns sind. Sie ist offensichtlich jetzt schon bis über beide Ohren in das kleine Bündel auf ihrem Arm verliebt.

»Hey, ich bin auch noch da!«, werfe ich lachend ein.

»Ja, aber ich muss üben.« Kaum sind die Worte raus, grinst Nadine wie ein Honigkuchenpferd.

»Üben?«, fragt Pia verwirrt.

»Nein!«, rufe ich im selben Moment ungläubig.

Nadine nickt strahlend. Ihre Wangen leuchten rosa auf, als sie die Bombe platzen lässt. »Ich bin schwanger!«

Pias Augen werden kugelrund. »Henry, du bekommst bald einen Spielgefährten. Oder eine Spielgefährtin?« Sie sieht Nadine forschend an. »Wie weit bist du?«

»Ende der 12. Woche«, sagt sie stolz.

»So weit schon?« Mir klappt vor Überraschung die Kinnlade herunter. »Warum hast du mir nichts gesagt?«

»Genau!«, will auch Pia wissen. »Warum hast du nichts gesagt?«

Ein wenig beschämt senkt Nadine den Blick. »Alex und ich wollten die große Neuigkeit so lange für uns behalten, wie es geht. Nachdem wir es so lange erfolglos probiert hatten, hatte ich Angst, dass etwas passiert. Wir wollten die ersten drei Monate abwarten, bevor wir es offiziell machen.« Sie hält kurz inne. Ganz langsam breitet sich ein strahlendes Lächeln auf ihren Lippen aus. »Anscheinend haben unsere Flitterwochen ihrem Namen alle Ehre gemacht. Ich wollte euch nicht ausschließen, aber es ist immer noch so unwirklich.« Erneut steigen Tränen hinter ihren Lidern auf.

»Ich weiß genau, was du meinst«, sagt Pia mitfühlend. »Ging mir am Anfang auch so.«

»Komm her«, fordere ich Nadine auf und schließe sie und Henry behutsam in meine Arme. »Ich freue mich wahnsinnig für dich und Alex.« Sie schmiegt ihren Kopf an meine Schulter und atmet erleichtert aus.

»Ich auch«, stimmt Pia zu und streckt die Arme aus. Kurzerhand übergibt Nadine Henry an mich und beugt sich zu Pia über das Bett, um die Umarmung entgegenzunehmen.

Etwas unbeholfen wippe ich vor und zurück. »Na, hallo«, flüstere ich und bin heilfroh, als der Kleine nicht anfängt zu schreien. Henry öffnet träge ein Auge, schmatzt genüsslich und schließt es kurzerhand wieder. Und mehr braucht es nicht, um mein Herz an ihn zu verlieren.

* * *

»Wie war es bei Pia?«, erkundigt sich Manuel, als er mich etwas später auf dem Besucherparkplatz des Krankenhauses abholt.

»Sie hat noch Schmerzen, aber sie ist überglücklich. Wir sind alle ganz verliebt in den Kleinen. Henry ist so … so süß. Und niedlich. Und verschlafen. Und laut.«

Er lacht herzlich, als ich ihm in allen Einzelheiten von meinem Besuch erzähle. Arm in Arm schlendern wir zur Haltestelle und fahren gemeinsam zurück nach Markkleeberg. Die ganze Fahrt über schwärme ich von Henrys Winzigkeit, den Geräuschen, die er macht, und seinem unwiderstehlichen Babyduft. Während die Bahn uns ruckelnd nach Hause bringt, zerplatzen dicke Tropfen an den Scheiben. Das trübe Novemberwetter schickt seit Tagen schwere Regenwolken über die Stadt, doch das ist uns egal. Manuel und mir ist jeder Anlass recht, um uns, wann immer es geht, auf seinem gemütlichen Sofa zusammenzukuscheln und über unsere gemeinsame Zukunft zu sprechen.

Als er seine Wohnungstür aufschließt, preschen acht Pfoten durch den Flur. Das klackernde Geräusch wird von wildem Jaulen und aufgeregtem Schwanzwedeln begleitet.

»Hey mein Schatz«, begrüße ich Cleo, bevor Gustav sie zur Seite drängt, um sich ebenfalls eine Portion Streicheleinheiten von mir abzuholen. Die beiden sind in den letzten Wochen ebenso zusammengewachsen wie Manuel und ich. Sie teilen sich mittlerweile Gustavs Körbchen unter der Heizung und schnarchen selig um die Wette. Sogar ein wenig Benehmen hat Cleo von Gustav gelernt. Wenn wir Manuel in der Früh zur Praxis bringen und am Abend wieder abholen, läuft sie vorbildlich an der Leine mit, ohne zu ziehen und zu bocken. Dafür lässt sie Gustav keine Sekunde aus den Augen und jeder Grashalm, den er beschnuppert, wird von ihr noch einmal ganz genau beäugt. Die beiden sind ein Herz und eine Seele und das macht mich wahnsinnig glücklich. Fast genauso glücklich, wie in Manuels tiefgrüne Augen zu sehen, die mich jeden Tag liebevoll anlächeln und mir wortlos zu verstehen geben, wie viel ich ihm bedeute.

Mittlerweile verbringen wir so viel Zeit miteinander, dass wir beschlossen haben, zusammenzuziehen. Pias Tante Ann haben wir schon mit der Suche nach der passenden Wohnung beauftragt. Groß und hell muss sie sein, Platz für ein Arbeitszimmer und ein potentielles Kinderzimmer bieten und ein kleiner Garten für Gustav und Cleo wäre auch nicht schlecht. Bis es so weit ist, pendeln wir die 600 Meter Luftlinie zwischen unseren Wohnungen hin und her.

»Meine Mutter hat uns übrigens zu Weihnachten zum Essen eingeladen«, erzähle ich ihm später beim Abendessen. Mama und Manuel haben sich schon ein paarmal getroffen und auf Anhieb gut verstanden. Seine Familie werde ich an den Feiertagen ebenfalls kennenlernen. Seit Mama sich regelmäßig mit ihrem Kollegen, Herrn Rudolf von der EDV, trifft, liegt ein Strahlen auf ihrem Gesicht, das ich schon lange nicht mehr an ihr gesehen habe. An Weihnachten will sie ihre neue Beziehung offiziell machen und uns einander vorstellen.

»Das freut mich.« Manuel lächelt mich über seinen Teller hinweg an. »Meinst du, ich muss mir extra etwas Neues zum Anziehen kaufen oder reichen Hemd und Jeans dafür aus?«

»Bei meiner Mutter?« Ich lache. »Du könntest auch im Schlafanzug kommen und sie würde dich vergöttern.«

»Da bin ich ja beruhigt. Ich bin nämlich nicht so der Anzugträger.«

»Wobei mir dein Outfit auf Nadines Hochzeit sehr gut gefallen hat«, schnurre ich.

»Das war leider nur geliehen«, gesteht er.

»Wie schade.«

»Aber du kannst gerne wieder dieses umwerfende rote Kleid anziehen, wenn wir bei deiner Mutter Weihnachten feiern.« Er hebt vielsagend die Augenbrauen und entlockt mir ein Kichern.

»Das Kleid wirst du nicht so schnell vergessen, was?«

Als Antwort schiebt er seinen Teller von sich, steht auf und zieht mich von meinem Stuhl. Mit klopfendem Herzen folge ich ihm aufs Sofa, wo er mich rittlings auf seinen Schoß zieht. »Als ich dich zum ersten Mal darin gesehen habe, wusste ich, dass du mir nie wieder aus dem Kopf gehen würdest.« Er flüstert die Worte an meinem Hals und schickt kleine prickelnde Schauer über meine Haut. »Aber von mir aus könntest du auch im Kartoffelsack herumlaufen. Es wäre mir egal.«

»Weil du ihn mir sowieso ausziehen würdest?«, necke ich ihn.

»Ganz genau.« Grinsend schiebt er seine Hände unter meinen Pullover. Diese zarten kleinen Berührungen bringen mich jedes Mal fast um den Verstand. Ich erwidere Manuels eindringlichen Blick und erkenne darin dieselben tiefen Gefühle, die auch ich in den letzten Wochen für ihn entwickelt habe. Was wir beide haben, ist etwas ganz Besonderes, das wird mir mit jeder Sekunde klarer.

»Manuel?« Mein Herz klopft heftig gegen meine Rippen. Noch nie habe ich die folgenden Worte ausgesprochen, aber der Drang, sie endlich hinauszulassen, wird immer stärker.

»Ja?« Seine Nasenspitze stupst sanft gegen meine.

»Ich liebe dich«, flüstere ich, bevor ich meinen Mund auf seinen senke. Auch nach unzähligen Küssen kann ich einfach nicht genug von seinen weichen Lippen bekommen. In den letzten Monaten habe ich gemerkt, dass ich von diesem wunderbaren Mann niemals genug kriegen werde. Die Gefühle, die er in mir auslöst, sind mit nichts in der Welt vergleichbar.

Als er sich von mir löst, strahlen seine Augen. »Und ich liebe dich, Sophie. Mehr als alles andere.«

Seine Worte brennen sich tief in mein Herz. Ich werde sie dort für immer verschließen und gut auf sie achtgeben. Egal, wie unsere gemeinsame Zukunft aussehen wird, an guten und an weniger guten Tagen werde ich mich an diesen Moment tiefster Geborgenheit erinnern und wissen, dass alles gut werden wird.

Ein gemütliches Schmatzen durchbricht die romantische Stimmung. Gleichzeitig sehen wir zur Heizung hinüber, unter der Cleo sich an Gustav geschmiegt hat. Ihr Kopf ruht auf seinem Rücken.

»Ich glaube, die beiden wollten uns gerade zustimmen.« Manuel lacht leise. Dann zieht er mich wieder an sich und überzeugt mich abermals davon, dass ich nie wieder einen anderen Mann als ihn küssen will.